AtV

Claudia Gudelius hat aztekische Sprache und Medizin studiert. Sie promovierte über indianische Heilkunde und war Fliegerärztin bei der Luftwaffe. Sie lebt mit ihrem Mann und ihren vier Kindern in einem kleinen Dorf in Oberbayern. Im Aufbau Taschenbuch Verlag erschien 2002 ihr Roman »Feuerfrosch«. Dem »Wüstenparfüm« ging eine mehrwöchige Expedition durch die Libysche Wüste voraus.

Die deutsche Studentin Jo Zakyneros, die an einer Ausgrabung in der Libyschen Wüste teilnimmt, wird Opfer eines Anschlages. Bewegungslos liegt sie im Sand und sieht sich räuberischen Beduinen oder gar arabischen Terroristen ausgeliefert. Es ist die Zeit des Embargos, und das isolierte Land birgt zahlreiche Gefahren für Ausländer. Doch die junge Frau hat Glück: Ein fremder charismatischer Mann namens Achmed eilt ihr zu Hilfe und pflegt sie hingebungsvoll in der Einsamkeit der Wüste. Allmählich begreift Jo, daß sie unter dem Schutz eines einflußreichen Beduinenoberhauptes steht. Als Scheik Achmed seinerseits erfährt, daß Jo eine Pflanzen- und Duftexpertin ist, die sein Interesse am Gewürzhandel und an den alten Karawanenwegen leidenschaftlich teilt, öffnet er sich ihr. Sein Wissen um exotische Aromen und antike Städte – und nicht zuletzt sein unwiderstehlicher Duft – faszinieren Jo; nicht minder angetan ist Achmed von ihrer Schönheit und ihrem Verstand. Denn Jo besitzt die Fähigkeit, komplexe Parfüme genau zu analysieren. Dank dieser seltenen Gabe gelingt es der jungen Frau schließlich, die Drahtzieher des blutigen Attentats ausfindig zu machen. Deren Spuren führen über Regierungspaläste, Auktionshäuser, Alchimistenstuben direkt in eine deutsche Universität …

Claudia Gudelius

Das Wüstenparfüm

Roman

Aufbau Taschenbuch Verlag

ISBN 3-7466-1903-3

1. Auflage 2003

Umschlaggestaltung Preuße & Hülpüsch Grafik Design
unter Verwendung eines Fotos von © Ecoscene, PICTURE PRESS
Satz LVD GmbH, Berlin
Druck Clausen & Bosse, Leck
Printed in Germany

www.aufbau-taschenbuch.de

Für meine arabischen Begleiter in der Libyschen Wüste,
Thomas aus Oberau,
das Endoprothetik- und Anästhesistenteam aus Garmisch
und den guten Geist dieser Klinik

Mittelmeer
Apollonia
Darnah
Benghasi
Tobruk
Marawa
Akhdar Gebirge
Assalum
Marsa Matrûh
Alexandria
Port Said
Wadi
Hamamah
Amsaad
El Alamein
Suez
Ajdabiyah
Oase Al Jaqhub
Kairo
Qattara
Senke
Oase Siwa
Oase Bahariya
Libyen
Libysche
Wüste
Asyut
Oase Farafra
Oase Charga
Oase Dachla
Luxor
Ägypten
Kafra - Oasen
Assuan
Dschebel el Awaynat
Nubische
Wüste
Sudan

1. Kapitel

Für ein Lagerfeuer war der Widerschein am Himmel zu hell.

Als Jo Zakyneros, Studentin am Münchner Institut für Ethnobotanik, gestern ins Wadi Hamamah gefahren war, hatte man kein weithin sichtbares Feuer entzündet.

Jo bog von der Schotterstraße ab und nahm die unbefestigte Piste Richtung Nordosten. Das Licht ihrer Scheinwerfer fiel auf eine Steinmarkierung. Sie bremste und folgte einer Reifenspur nach Norden. Sie konnte stolz sein, als Frau allein in der Nacht durch Libyen zu fahren, aber das war kein Grund, ein Willkommensfeuer zu entfachen.

Kein Zweifel, das Feuer war riesig. Es gab nicht genug Brennmaterial hier, um solche Flammen zu nähren. Jo umfuhr Buschwerk, beschleunigte und konzentrierte sich auf die Fahrspur. Nur mit Anlauf kam sie die sandige Piste hinauf, hinter der Professor Tellos die Ausgrabung im Wadi Hamamah leitete. Er war ein reicher Libyer, der es sich leisten konnte, den Holzvorrat für eine ganze Woche an einem einzigen Abend zu verbrennen. Und er war ein umsichtiger Mann. Er würde genau abwägen, ob es nötig wäre. Bei einem Unglück zum Beispiel.

Jo erreichte den Hügelkamm und nahm Gas weg. Unten im Wadi brannte es lichterloh. Der grelle Schein zuckte über den steinigen Talgrund und beleuchtete den pyramidenartigen Berg *Ras Karawah*. Zum Schutz gegen die Helligkeit kniff Jo die Augen zusammen. Langsam ließ sie den Wagen zur Ausgrabungsstelle hinunterrollen. Nach hundert Metern Fahrt erreichte sie ebenes Gelände. Hier schien noch alles unversehrt zu sein. Am großen Aufenthaltszelt und der Versorgungsstation loderten keine Flammen. Doch weder hier noch auf dem Weg zur Ausgrabung begegnete ihr ein Mensch. Jo bog um eine Felsgruppe und mußte bremsen. Vor ihr öffnete sich ein riesiger Krater. Zwei Dinge nahm Jo gleichzeitig wahr: Diese zuckenden, über den Boden züngelnden Flammen waren kein Freudenfeuer, und die Menschen, die im Sand lagen, bewegten sich nicht.

Jo sprang aus dem Auto und rannte auf die erste reglose Gestalt zu. Sie erkannte die rot-weiß gestreifte Wollmütze und die blaue Jeansjacke, die Professor Tellos gewöhnlich trug. Er lag bäuchlings am Eingang eines Schachtes, die Beine angewinkelt und die Arme unter dem Brustkorb verborgen. Er schien in den Schacht zu starren, aus dem Steinmauern und Mosaikwände herausragten.

Phönizische Ruinen, schoß es Jo durch den Kopf. Da waren sie aus dem steinigen Nichts aufgetaucht, purpurfarbene Kacheln, in Fels geschlagene Stufen, Simse und Nischen, fast mit Händen zu greifen, durch eine Detonation aus Sand und Vergangenheit emporgestiegen. Sie schnappte nach Luft. Was hatte Tellos angerichtet? Hatte er wider jede Professionalität die Pforte zur Ali-Baba-Höhle nicht mit dem Sesam-öffne-dich qualifizierter Arbeit, sondern mit Sprengstoff aufgetan? Sie wagte sich einen Schritt näher heran, kniete nieder und tastete nach dem Professor. Ihre Finger berührten den Stoff seiner Jacke, fühlten das feuchte, steife Tuch und die Klebrigkeit des durchtränkten Gewebes. In diesem Moment wußte sie, daß nichts mehr sein würde wie früher. Die Exkursion nach Libyen war zum wahrhaftigen Alptraum geworden: der Expeditionsleiter schwer verletzt, sie allein in einem Land, wo unbedachte Schritte ins Gefängnis führen konnten, ihr Leben also fast schon ausgelöscht wie das der Forscher und Arbeiter hier, deren Namen ihr wie Bestandteile der eigenen Totenrede durch den Kopf irrten. Hier waren Grabräuber am Werk gewesen oder verfeindete Beduinenstämme, Rebellen aus den Bergen, Extremisten, Soldaten in Erfüllung einer Mission, Terroristen, Fundamentalisten, Schmuggler von der nahen ägyptischen Grenze oder Bluträcher in Verwirklichung ihres Auftrags. Mechanisch, ohne zu zaudern, packte Jo den Professor bei den Schultern und drehte ihn um. Das ging leichter als erwartet. Seine Arme waren am Ellbogengelenk abgerissen und sein Brustkorb eine klaffende rote Höhle. Jo blickte in das entstellte Gesicht ihres Lehrers. Die rot-weiße Wollmütze saß immer noch schräg am Kopf, in leichter Schieflage, um zu der Stirn auch das linke Ohr vor Kälte zu schützen, das sensiblere der beiden, wie jeder hier wußte, der Tellos kannte; am Tiefgang seiner Wollhaube konnte man dann den Stand der Temperatur abschätzen.

Die Nacht war kalt, Jo zog die Mütze weiter hinab, krempelte den Rand mit den Fingern zurück und schob eine graue Haarsträhne darunter. Dann sank der Torso an seinen alten Platz. Sie reinigte ihre Hände mit Sand und ging zum Auto hinüber. Sie war nie hiergewesen, sie hatte nichts gesehen. Wie jeden Tag würde sie jetzt den Jeep starten, durch das Lager fahren, ihre Unterkunft in Marawa erreichen, ihre Sachen in eine Tasche werfen und, ohne Aufsehen zu erregen, Libyen verlassen.

Ohne zur Seite zu blicken, ohne in das Auto zu springen oder mit aufheulendem Motor davonzufahren, verließ sie das Lager. Vor der sandigen Hügelauffahrt mußte sie beschleunigen und, oben angekommen, den Fuß wieder vom Gas nehmen. Alles war Routine, alles war alltäglich, nichts war geschehen. Jo ließ die Ausgrabungsstätte hinter sich, fixierte die Strecke vor sich und versuchte, das ewig klemmende Wagenfenster zu schließen. In diesem Moment vernahm sie einen dumpfen Schlag, ein Geräusch, als zerberste die Luft.

Sie waren noch da! Hinter ihr, neben ihr, jenseits der Scheinwerfer, vor ihr oder an der Stoßstange des Autos. Jo schrie, starrte in den Rückspiegel, ohne etwas zu erkennen, trat das

Gaspedal durch, bremste, schaltete herunter und wieder hinauf, beschleunigte, ließ den Schaltknüppel los, biß sich in die rechte Hand, um ihre Schreie zu unterdrücken, wurde auf dem Autositz nach oben geschleudert, griff mit beiden Händen nach dem Lenkrad und hörte Büsche gegen die Karosserie peitschen. Die Markierung von *Bir es Safa* tauchte im Scheinwerferlicht auf, und erste Steine der nahen Schotterstraße spritzten unter den Reifen davon. Jo spürte, wie der Jeep mit einem Satz auf die ungeteerte Straße sprang und nach links schleuderte. Ein Ungetüm tauchte unmittelbar vor ihr aus dem Dunkel auf, ein unbeleuchteter Lastwagen, der plötzlich vor ihrer Windschutzscheibe erschien. Metall traf kreischend aufeinander, und Glassplitterregen trommelte auf ihr Gesicht.

Das Auto schoß über die Straße hinaus, krachte gegen Steine und Felsen und tanzte dann wie ein Kreisel durch den Sand. Eine Riesenfaust schien sie zu packen und auf den Boden ihres Fahrzeuges zu werfen. Sie roch verbrannten Gummi und schmeckte Blut im Mund.

Ein unbekannter Sternenhimmel wölbte sich über ihr in unglaublicher Pracht. Glitzernde Lichter funkelten wie Millionen Tautropfen über dunklem Grund. Nichts kam an die Schönheit dieser Nacht heran, an den Glanz der Sternbilder über ihr, an die hellen Lichter zu ihrer Rechten. Jo versuchte, den Kopf zu drehen. Mit einem mörderischen Schmerz im Nacken kam die Erinnerung zurück. Das brennende Wadi fiel ihr ein, das schiefe Gesicht des Professors, der Geruch nach Blut und Tod. Ein Würgen packte sie, eine vernichtende Übelkeit, ein Glühen in der Kehle, bis ihr Essensreste aus dem Mund quollen. Stechender Geruch breitete sich aus, ihr Bauch wölbte und senkte sich, aber sie selbst blieb liegen, fassungslos, gelähmt, überwältigt von Schmerz und Panik. Sie wollte die Hand heben, sich damit über den Mund wischen, sich aufrappeln und von hier fortkommen, aber ein Anspannen der Finger genügte, um einen nie gekannten Schmerz hervorzulocken. Er jagte die Schulterblätter hinunter, die Wirbelsäule entlang und trieb ihr Tränen in die Augen. Der Glanz der Sterne verschwamm.

Mit der gleichen Geschwindigkeit, mit der die Wüstenluft Jos Tränen trocknete, fielen ihr jetzt Medienberichte ein, die seit Jahren über Libyen, seine politischen Extremisten und die Drahtzieher verschiedener terroristischer Aktionen berichteten. Plötzlich flammte ein Scheinwerfer auf, und Jo begriff, daß ihre Erinnerungsbilder lebendig wurden, sich in vermummte Gestalten verwandelten, die jetzt ihr Blickfeld kreuzten; Leute mit Gewehren an der Seite, Männer, deren lange Gewänder raschelnd über den Sandboden strichen. Jo wollte Luft holen. Sie fürchtete, an ihrer pelzigen Zunge zu ersticken.

Was sie erkannte, waren nicht Fernsehbilder aus dem Wohnzimmer, sondern Bewaffnete aus dem Jetzt, deren Gesichter hinter weiß-schwarzen und roten Tüchern verborgen waren, die Körper in Übermänteln versteckt. Einen verrückten Moment lang klammerte sie sich an die Vorstellung eines Alptraums und dann an die Hoffnung, ihr bewegungsloser Körper hier am Boden sei unbemerkt geblieben. Schließlich mußte sie sich eingestehen, daß sie tatsächlich von einer bewaffneten Truppe entdeckt worden war, aus der sich vier Gestalten lösten und auf sie zukamen.

Mit erstaunlicher Klarheit vernahm sie die Schritte auf dem steinigen Untergrund und die verhalten gegebenen Befehle. Hätte sie nur mit gleicher Wachsamkeit auf die Warnungen des Auswärtigen Amtes in Deutschland gehört, das sie eindringlich ermahnt hatte, von einer Exkursion in ein Land abzusehen, das permanent mit der zivilisierten Welt in Konflikt geriet und korrumpierbar sei, bereits im letzten Jahrhundert durch Piraterie gegen die christliche Seefahrt ins Visier der jungen amerikanischen Nation geraten war und heutzutage nicht davor zurückschrecke, Giftgasanlagen für Massenvernichtungswaffen zu bauen. Der Lockerbie-Anschlag fiel Jo ein, die zerfetzten Leichen in einer Berliner Diskothek und die grauenhaft Verstümmelten, die alle auf das Konto von Libyern gehen sollten, Menschen wie jene, die jetzt vor ihr standen.

Aus dem Scheinwerferlicht schälte sich eine Gestalt heraus, ein großgewachsener Mann, der niederkniete und sich zu ihr herabbeugte. Im Nachbarland schnitten Fundamentalisten Frauen und Kindern die Kehle durch, erinnerte sich Jo, als sie registrierte, daß er an seinen Gürtel griff. Einen entsetzlichen Augenblick lang sah sie die Stahlklinge aufblitzen, dann tasteten Finger nach ihrer Kehle. In ihrer Vorstellung vom Getötetwerden war die Mörderhand eiskalt, hart und rauh, eine gefühllose Klaue. Jetzt aber spürte sie weiche, warme Finger an ihrem Hals entlanggleiten, nahm den Hautkontakt wahr wie Trost und ersehnte Liebkosung. Sie hätte gerne geweint an dieser Hand, die nach dem Halsausschnitt ihres Hemdes tastete, mit der kalten Dolchklinge darunterfuhr und den Stoff mit einer einzigen Bewegung durchtrennte. Jo fühlte plötzlich Bartstoppeln auf ihrer Brust, eine Männerwange, die sich an ihr Herz drückte. Sekunden später starrte sie in ein dunkles Augenpaar. Der Tod ist barmherzig, durchfuhr es Jo, gütig und, mein Gott, interessant! Sie sah etwas in diesen Augen, das sie an die weiten Sandebenen denken ließ, an den wiegenden Schritt der Kamele und das Auf und Ab ihrer Rücken. Sie schloß die Lider nicht, obwohl ihre Augen brannten. Mit diesem Blick wollte sie verschmelzen, untergehen in dem Mitgefühl, das er auszudrücken schien.

Der Schmerz in ihrem Körper ließ nach, die Angst vor dem Ende schwand. Sie fühlte die warme Hand des Fremden über ihr Gesicht streichen, verfolgte die Bewegung um ihren Mund herum, hinauf zu ihren Augen, die Stirn entlang und spürte sie schließlich auf ihren Lippen enden. Der Tod ist sanft, dachte sie erneut, mit einem Duft nach Sandelholz. Messerklingen fuhren neben ihrem Körper mit einem scheußlichen Geräusch in den steinigen Untergrund, kratzten und scharrten. Blechernes Scheppern schreckte Jo auf und wollte sie schreien lassen, aber die Hand blieb auf ihrem Mund liegen und nahm ihr fast die Luft zum Atmen. Rufe wurden laut, das Scheinwerferlicht kam näher und erlosch.

Mit einem Ruck erwachte Jo. Ein fürchterlicher Schlag hatte ihren Rücken getroffen und einen langgezogenen Schrei aus ihr herausgepreßt. Sie spürte das Rumpeln eines großen Wagens unter sich und den kalten Wüstenwind, der über ihr Gesicht fegte. Dann erkannte sie die Silhouetten der Männer im Morgengrauen um sich herum, flatternde *Kefirs* und *Gallabiyyas* im Fahrtwind. Die Gestalten schienen sich alle gleichzeitig zu ihr herabzubeugen, richteten ihre stechenden Blicke auf sie und riefen ihr etwas zu. Das Entsetzliche fiel ihr ein, die Leichen im Wadi kamen ihr in den Sinn und der Dolch an ihrer Brust. Und diese Männer mit den kalten Augen im Schlitz ihrer Vermummung sahen genauso aus wie jene arabischen Terroristen der Medienbilder. In ihren Blicken konnte Jo nichts von der gutmütigen Freundlichkeit der Arbeiter aus dem Wadi Hamamah erkennen, keine Verbindlichkeit, die sie als Menschen auszeichnete. Ihre weißen und blauen Übermäntel waren mit rostroten Blutflecken besudelt, und sie stanken nach Schaf.

Eine Bodenwelle schleuderte Jos Körper von der Unterlage hoch, und ein vielstimmiges Gebrüll setzte ein. Vor ihren Augen begann die aufgehende Sonne purpurfarben am Horizont zu tanzen. Plötzlich kletterten nackte Füße über sie hinweg, lange Beine in einer schwarzen Hose tauchten über ihr auf, und ein weißer Mantel streifte ihr Gesicht. Jo erkannte die nachdenklichen, dunklen Augen unter den buschigen Brauen wieder. Ein schmales, braunes Gesicht mit einem kleinen Schnauzbart näherte sich ihrem Kopf, sie atmete Sandelholzduft und spürte, daß der Fremde jetzt Wange an Wange neben ihr lag, sie fest umklammert hielt und jede Bodenwelle mit seinem Körper abzufedern schien. Eine Woge der Dankbarkeit überschwemmte Jo und ließ sie erneut in tiefen Schlaf fallen.

Sie erwachte aus einem Traum. Ein weiter Ritt über sonnengetränkte Wüstenlandschaft hatte sie dem Trugbild einer ziehenden Karawane folgen lassen, einer Reiterschar, die sich in gleißende Helligkeit auflöste, sobald Jo in ihren Reihen Schutz zu finden suchte. Stechendes Licht schlug ihr jetzt entgegen, schrille Geräusche trafen ihr Trommelfell, und beißende Gerüche stiegen in ihre Nase. Dann wurde es wieder düster um sie, und Licht und Laute drangen nur noch gedämpft zu ihr herüber. Schatten geisterten durch ihre Welt, zogen an ihren Armen und Beinen, drückten und kniffen sie. Augen ohne Gesichter erschienen vor ihr, und dunkle Tücher bewegten sich in ihrem Blickfeld.

Plötzlich wurde sie vollkommen wach. Sie spürte Fesseln am Körper, roch den Qualm eines Feuers zu ihren Füßen, sah schwarze Zeltbahnen über sich und das dunkle Gesicht des Mannes, der sich zu ihr herabbeugte. Ein kleiner Oberlippenbart über einem vollem Mund erschien, eine markante Nase, forschende Augen und schließlich ein weiß-roter *Kefir,* der wie ein Schleier um seinen Kopf geschlungen war. Du bist Leben und Tod, sagte eine Stimme in Jo, du bist der Mann mit dem Dolch. Sie wollte etwas sagen, um Hilfe und Gnade bitten, aber ihr Mund war ausgedörrt. Sie wollte aufstehen, doch die breiten Fesseln hielten sie fest. In ihrer Furcht verschwamm das Gesicht des altbekannten Fremden vor ihr. Der Saum seines Mantels fiel über sie, als er sich herabbeugte, die Fesseln strenger zog und mit Pflöcken am Boden fixierte. Jo hoffte auf ein Tasten seiner magischen Hand auf ihrer Haut, auf ein Mitfühlen mit ihrer Qual und ein wenig Barmherzigkeit. Statt dessen arbeitete er konzentriert daran, sie unverrückbar festzubinden.

Sie schloß die Augen und sah die Schwärze hinter ihren Lidern in purpurfarbene Kreise übergehen. Purpur, dachte Jo, die Farbe der Phönizier. Die Exkursion! Der verstümmelte Körper ihres Professors erschien in den roten Kreisen, die Wollmütze auf seinem Kopf explodierte und stürzte in den Krater. Sie konnte den Schwefelgestank des zerborstenen Gesteins riechen, die Flammen im Wadi sehen und die blaugoldenen Mosaikwände, die Stufen in den Sand hinab, die Simse mit den bemalten Kacheln. Ein dumpfer Schlag hallte durch ihre Erinnerung, Bilder von Tellos und den Kollegen flackerten auf. Sie hatten lachend neben ihm gestanden, Eléni aus Athen und Nabil Fara aus Tripolis. Sie hatten sich auf das große Sandsieb gestützt und den einheimischen Arbeitern zugesehen. Der Torso des Professors tauchte neben den Gestalten auf und schwebte zu den Ruinen hinüber, die aus dem Sand ragten. Jo hörte sich schreien.

Jetzt endlich legte sich die weiche Hand des Fremden auf ihren Mund. Die gräßlichen Bilder verblaßten, der Gestank nach Blut und Hölle zerrann. Statt dessen stieg süßer Geruch in Jos Nase, ein Duft nach Thymianwiesen und Blumensträußen, nach Lavendelfeldern und Sauberkeit, nach etwas, das sie an erlesene Speisen und Kerzenschein erinnerte, an knisternde Seide und gedämpfte Musik. Das Hotel in Kairo kam ihr in den Sinn, die leisen Stimmen der Angestellten, das Verwöhnambiente einer exklusiven Unterkunft. Es muß mit dem verführerischen Duft dieser Männerhand zusammenhängen, dachte Jo. Sie konnte diesen Wohlgeruch nicht mit ihrer Vorstellung von einem Terroristen verbinden, und nichts an seiner Stimme klang kalt und endgültig, als er jetzt auf sie einsprach. Jo öffnete die Lider, sah sich den nachdenklichen Augen gegenüber und spannte die Nackenmuskulatur, um den Kopf zu heben. Der Mann schrie auf, brüllte sie an, der sanfte Blick verwandelte sich in zorniges Funkeln. Er hielt ihr beide Hände vors Gesicht, bog die Finger zurück und machte dabei ein schreckliches, knackendes Geräusch. Jo erstarrte: Ich habe mir einen Wirbel gebrochen, verstand sie. Himmelherrgott, warum lebe ich noch?

Der Schreck dehnte sich endlos aus und schien sie zu ersticken, als ihr schlagartig klar wurde, daß sie eigentlich nur ihre Finger spüren konnte. Sie schnappte nach Luft, sah aus den Augenwinkeln ihren Brustkorb auf und ab gehen unter einer dunklen Decke, die man über sie gebreitet hatte. Sie konzentrierte sich, leckte über die trockenen, rissigen Lippen, konnte ihren Körper wahrnehmen als etwas Plumpes, Taubes unterhalb des Kinns. Tränen flossen über ihre Wangen. Die Krankenrückholversicherung fiel ihr ein, die lächerlichen Formulare, die sie gewissenhaft gelesen, ausgefüllt und unterschrieben hatte, als ob ein Blatt Bedrucktes sie aus dem Zelt würde entführen können wie ein fliegender Teppich.

Der Mann fing ihren Blick auf, nickte ihr zu und erhob sich. Sie konnte ihm mit ihren Augen folgen, sah, wie er etwas suchte und ein bauchiges Gefäß fand. Er tauchte seinen Finger hinein, beugte sich über sie und bestrich ihren Mund mit einer öligen Salbe. Ihr Gesicht entspannte sich, und die Lippen waren nicht mehr zusammengezogen, als hätte sie den Mund voller Schlehenfrüchte. Der Helfer ist Beduine, dachte Jo jetzt; ein Schaf- und Kamelhirt, nichts weiter.

Doch abermals mußte sie an das brennende Wadi und die vielen Bewaffneten denken. Alle hatten diesen rot- oder weißschwarzen *Kefir* getragen, gewöhnliche Nomadentracht. Und die Gewehre? Jo spürte einen stechenden Schmerz im Kopf, als sie versuchte, an dem Beduinen vorbeizuschielen und die Kalaschnikow zu entdecken, die sie gestern gesehen hatte. Aber im Dämmerlicht des Zeltes konnte sie keine Waffe ausmachen. Sie würde ihm Geld bieten, viel Geld. Sie legte sich die Worte sorgsam zurecht, öffnete den Mund, um zu reden, und spürte augenblicklich seinen Finger in ihrer Mundhöhle. Ehe sie protestieren konnte, verstrich er die ölige Substanz auf ihrem Gaumen und am Zahnfleisch. Sie versuchte, die Lippen aufeinanderzupressen, aber er packte ihren Unterkiefer und hielt ihren Mund offen. Sie stieß einen Protestlaut aus und biß auf seinen Finger.

Der Mann sprang auf und ließ einen Wortschwall auf sie niedergehen. Doch als er den Zorn in ihren Augen erkannte, begann er zu lachen, ein lautes, befreiendes Lachen. Er steckte den Kopf durch den Zelteingang und rief etwas nach draußen. Augenblicklich erschienen mehrere verhüllte Gestalten und blickten zu Jo herüber. Der große Fremde gestikulierte lebhaft, schob die Neugierigen zum Zelt hinaus und ließ Jo in ihrer Zwangslage ohne Erklärung zurück. Sie hörte seine amüsierte Stimme von jenseits der schwarzen Tuchbahnen, vernahm das Lachen der anderen und das Scheppern von Töpfen und Bechern. Das Leben muß lustig sein, dachte sie bitter, der Beduinenalltag, dem sie mit ihrer Hilflosigkeit eine ulkige Bereicherung bot. Sie war versucht, ihre Wut auf diese Menschen hinauszubrüllen, ihnen Beleidigungen zuzuschreien, die sie aus ihrem Desinteresse aufrütteln sollten, aus der Unverfrorenheit, mit der sie sich ihrer bemächtigt und sie verschleppt hatten. Doch sie verdrängte alle häßlichen Ausdrücke, die ihr in den Sinn kamen, und suchte nach angemessenen Worten, mit denen sie den Idioten draußen vor dem Zelt klarmachen konnte, daß ihre Regierung bereit war, das Lösegeld für sie zu zahlen.

Selbstverständlich ging es um Geld. Da sie ihr nicht nach dem Leben trachteten, konnte ihre Gefangenschaft nur Geiselnahme bedeuten, ein Versuch der räuberischen Gesellschaft, den kargen Unterhalt als Schaf- und Kamelzüchter durch Erpressung aufzupeppen. Jo versuchte, die politische Situation in Libyen zu überdenken. Seit mehr als sechs Jahren bestand jetzt das Embargo gegen dieses Land. Die Möglichkeit, Handel zu treiben, war auf Schmuggelware begrenzt, die kaum die ägyptischen und tunesischen Grenzen überwand.

Der Geldstrom durch Touristen war fast völlig versiegt, die großen Einnahmen aus den Erdölförderanlagen beinahe ganz zurückgegangen. Die Not unter der libyschen Bevölkerung war riesig. Jo wußte, daß die meisten Ausländer Libyen verlassen hatten, die Posten in den Erdölgesellschaften waren verwaist, die Krankenhäuser ohne Ärzte. Ihr Geld würde willkommen sein. Sie glaubte sich zu erinnern, daß Deutschland zusammen mit Italien, Frankreich und Rußland ein vollständiges Ölembargo stets abgelehnt hatte. Würde es ihr einmal im Leben zugute kommen, einen deutschen Paß zu besitzen? Und wo war dieser abgeblieben? Sie sah ihn deutlich in ihrer Rucksacktasche stecken, zusammen mit Bargeld und wichtigen Utensilien. Den Rucksack hatte sie das letzte Mal auf dem Beifahrersitz ihres verunglückten Fahrzeuges gesehen. Dort war er sicher auch den Banditen aufgefallen und völlig ausgeräubert worden.

Ein paar Gestalten erschienen unter den schwarzen Zeltbahnen, machten schwatzend dem Großen Platz, der ein dickwandiges Glas mit grüner Flüssigkeit herantrug. Er hielt es prüfend gegen das Licht des Eingangs und schwenkte es dann vor Jo hin und her. Sofort verstand sie seine Botschaft und spürte quälenden Durst. Er grinste ihr jetzt zu, sein Gesicht legte sich in tausend Lachfalten, und in seinen Augen tanzten Lichter. Etwas an seiner großen Fröhlichkeit schien Jo nicht gefallen zu wollen, aber sie lächelte bereitwillig zurück. Verzeih mir, dachte sie dabei, vergib, daß ich dich gebissen habe.

Der Mann kniete nieder und packte ihr Kinn. Dabei öffnete er ihren Mund so weit, daß er ihre Wangenmuskulatur seitlich zwischen die Zähne schieben konnte. Sein Griff war eisenhart und tat weh. Jo klappte mit den Augendeckeln. Sie hatte verstanden. Sie würde keinesfalls zubeißen. Sekundenlang versuchten sie beide, in den Augen des anderen zu lesen. Schließlich schien er zufrieden, nahm einen großen Schluck Tee und näherte sich ihrem Mund. Jo hörte vor Entsetzen auf zu atmen.

Der Beduine preßte seine Lippen auf ihren Mund, schob seine Zunge zwischen ihre geöffneten Zähne und ließ den Tee in ihren Mund laufen. Einen Moment lang glaubte Jo, vor Ekel zu ersticken. Sie hörte Rufe vom Zelteingang, die anfeuernd klangen. Sie schluckte die Flüssigkeit hinunter und fühlte sich augenblicklich besser. Der Tee war stark und süß, mit dem Aroma von Pfefferminze. Der schale Geschmack in ihrem Mund verschwand, das Brennen in der Kehle hörte auf, und ihr Kopf wurde klarer. Sie ließ sich widerstandslos tränken, als sei sie ein Säugling.

Als das Glas fast leer war, drehte sich der Mann um und scheuchte die Zuschauer hinaus. Da sie nicht schnell genug verschwinden wollten, nahm er eine Handvoll Sand und schleuderte sie zu ihnen hinüber. Jo hörte abklingendes Gelächter, dann schlugen Autotüren zu, und ein Motor heulte auf. Der Beduine gab ihr den letzten Schluck Tee, langte neben sich, zog eine blaue Plastikplane hervor, füllte sie mit Sand und schlug die Decke zurück, unter der Jo lag. Ich bin vollkommen nackt, durchfuhr es sie. Und nicht nur die Hände, sondern auch die Füße stecken in Schlaufen, die fest an Pflöcke gebunden sind. Zu ihrem Entsetzen konnte sie die Zehen nicht bewegen. Außer einem dumpfen Brennen in den Beinen fühlte sie nichts. Sie starrte den Fremden an und fing seinen besorgten Blick auf. Ohne die Augen von ihr zu lassen, legte er ihr die Hand auf den Bauch. Zuerst spürte Jo nur den Druck seiner Finger, dann die Wärme, die von ihm ausging, und die kreisende Bewegung seiner Handflächen. Plötzlich wußte sie, daß sie dringend Wasser lassen mußte.

»Bring mich hier weg«, flüsterte sie heiser. »Ich zahle, was du willst. Ich bin krank, verstehst du?« Er antwortete mit einem ungläubigen Gesichtsausdruck, schüttelte den Kopf und verstärkte die Bewegung. Jo fühlte Panik aufsteigen und zugleich eine ungeheure Hitze im Gesicht. Ihr wollte kein passendes Schimpfwort auf arabisch einfallen, so schrie sie auf deutsch: »Verdammter Scheißkerl, was du hier vorhast, ist Leichenschändung!«

Der Beduine schob seine linke Hand unter ihr Gesäß und hob sie millimeterweit hoch. Mit der rechten Hand stopfte er Plastikplane und Sand darunter. Der Mann deutete auf sich: »Achmed«, sagte er.

»Jo«, flüsterte sie.

Achmed stand auf und achtete darauf, daß sie ihn sehen konnte. Am Zelteingang hockte er sich auf den Boden, ließ die Hose herunter und machte laute, prustende Geräusche. Er deutete auf sich und das, was unter ihm sein sollte. »Achmed«, wiederholte er, zeigte dann auf sie: »Jo.«

»Niemals«, gab sie zurück. Er antwortete mit schnellen, unverständlichen Worten, verdrehte die Augen, griff sich an den Leib und sank stöhnend zu Boden. Schließlich blieb er regungslos liegen. Jo schluchzte laut. Der Beduine betrachtete sie nachdenklich, prüfte den Sand zwischen ihren Beinen, schüttelte den Kopf und begann, mit beiden Händen ihren Bauch zu massieren. »Hör auf«, flüsterte Jo. Er ließ sofort von ihr ab und hockte sich an den Zelteingang. Jo spürte einen fürchterlichen Krampf im Unterleib, der jedoch kein Resultat hervorbrachte. Qualvolle Minuten verstrichen. Schließlich stellte sie sich ihr Badezimmer zu Hause vor. Sie sah das weiß gekachelte Zimmer, redete sich ein, auf der nach Desinfektionsmittel riechenden Klobrille zu sitzen und die Spülung zu betätigen. Plötzlich spürte sie eine ungeheure Erleichterung.

Achmed trat zu ihr, klatschte in die Hände und entfernte sich mit der sandgefüllten Plane. Jo lächelte. Das Problem war gelöst, und sie konnte entspannen. Doch plötzlich war er wieder bei ihr, mit Plane und frischem Sand, und bewarf den Bereich zwischen ihren Beinen, den er mit der linken Hand abklopfte. Vor Scham schloß Jo die Augen. Ein süßer, lieblicher Duft stieg alsbald in ihre Nase und ließ sie aufatmen. Das ist Rosenwasser, durchfuhr es Jo, die jetzt wieder zugedeckt mit ihren Blicken Achmed folgte. Rosenwasser, dachte sie, die alkoholfreie Essenz, die man gewöhnlich in Dollarnoten aufwiegt und die dieser Mann aus einer grünblauen Glasflasche über mich versprengt. Aus einem Behälter erlesener Schönheit und Eleganz, der hundert oder mehr Jahre alt sein muß, aus einem kostbaren gewölbten Gefäß mit langem schlankem Hals und zierlicher Schnute. Die Ethnobotanikerin in ihr ließ sie ihren Zustand vergessen. »Rosenwasser«, zitierte sie fließend, »die Schweißtropfen des Propheten. Als er in den Himmel aufstieg, fielen sie zur Erde und ließen die Rosen sprießen.«

»Masha Allâh!« rief Achmed, deutete eine Verbeugung an und strahlte über das ganze Gesicht. Doch rasch wandelte sich sein Lächeln zur strengen Miene. *»Stanna!«* wiederholte er mehrmals, »Warte!«. Er schlug das Tuch am Eingang zurück, verschwand im gleißenden Sonnenlicht und ließ Jo von einem Moment auf den anderen allein. Sie hörte wieder eine Tür klappen und ein Auto davonfahren.

Sie war allein. Zahlreiche Fragen brachen über sie herein. Die Beduinen waren motorisiert. Auch Achmed hatte ein Auto. Warum brachte er sie nicht in eine Stadt, in ein Krankenhaus? Behielt er sie wie Beutegut? Würde er ihr Leben schonen, wenn sie ihm Geld gab und vortäuschte, nichts von den Toten zu wissen? Was war im Wadi Hamamah geschehen? Was hatten die Bedus dort getan? War sie die einzige Überlebende des Massakers? Eléni, die Griechin, fiel ihr ein, die junge Archäologin, die ihr gestern noch vom *Phaskomilia,* dem berühmten wilden Muskatsalbei Kretas, erzählt hatte, oder war es vor einer Woche gewesen? Wo war sie überhaupt, und was war geschehen? War ihr Wirbel gebrochen, war sie gelähmt? Querschnittsgelähmt? Aber nein, begehrte sie auf, ich kann Blase und Darm kontrollieren und fühle meine Beine. Ein heißes Brennen stieg in ihre Augen. Ich bin nicht gelähmt, vielleicht nur betäubt wie nach einem schweren Schlag. Der Aufprall mit dem Lastwagen kam ihr in den Sinn, das Kreischen des Metalls, so, als höre sie es eben jetzt. Die Zeit schien stillzustehen, das Geräusch klang ab, Stille breitete sich aus, Lautlosigkeit rechts und links von ihr, kein nahendes Autogeräusch, weder Menschen- noch Tierstimmen waren zu hören.

Die Unendlichkeit des öden Landes erschien vor ihren Augen, braune, sandige Weiten, die seit dem Embargo kein Flugzeug überqueren durfte, kein Auto durchfuhr, wo weder Touristenbusse schwatzende Menschen herbeibrachten noch Tankstellen die Hauptstrecken säumten und die Erdölfördertürme, die einzigen Orte menschlicher Betriebsamkeit, seit der Ausfuhrsperre verlassen waren. Wer sollte sie jemals hier aufspüren, wer würde ihr helfen, nach ihr suchen? Geschichten überkamen sie wie Alpträume, Zeitungsmeldungen von entführten Touristen, Lösegeldforderungen räuberischer Beduinen und Kleingedrucktes über verschollene Menschen, die nicht bedeutend genug waren für Sensationsberichte. Die Überlegungen drückten auf ihre Brust, schnürten ihren Hals und lähmten ihre Gedanken, ihren Verstand, das einzige an ihr, was sich noch frei hätte bewegen können. Sie war das Opfer einer Entführung, Gefangene einer beutegierigen Bande. Diese Überzeugung nistete sich erneut bei ihr ein, fraß sich fest, begann zu wachsen und fand entsetzliche Bestätigung, als Jo nach langer Zeit Motorengeräusch vor dem Zelt vernahm und einen Mann im Eingang erblickte, der ihre schlimmsten Befürchtungen übertraf.

Er war ein mißgestalteter Gnom mit schütterem Bart und Greisengesicht. Ein abscheuliches kleines Gespenst mit braunen Zahnstummeln im Mund, einem Auge mit weißgetrübter Pupille und einer blöde grinsenden Fratze. »Nein!« schrie sie mit aller Kraft, als er an ihr Lager trat und die Decke zurückzog. Ihre Augen suchten Achmed, doch der wich ihrem Blick aus, beschäftigte sich mit irgendeiner Flasche, die er dem Zwerg reichte. Dieser setzte sie an den Mund und trank in großen Schlucken, beugte sich über Jo und blies ihr den Alkoholdampf wie ein Feuerspucker ins Gesicht. Das ist Palmwein, roch Jo und stöhnte auf. Es war ein übles Zeichen, daß sich der Kerl vor ihren Augen betrank. Erst als er den Vorgang mehrmals wiederholte und Achmed dabei einen leisen Singsang anstimmte, ahnte Jo, daß es sich um ein Ritual handelte. Sie hätte gern gewußt, was der Gnom beabsichtigte. Doch der kleine Kerl beachtete weder ihre Protestlaute, noch beantwortete er ihre Fragen. Als spule er eine festgelegte Behandlung ab, salbte er seine kleinen runzligen Kinderhände mit Öl, hielt sie über Jos Körper, ohne diesen zu berühren, und murmelte dabei Unverständliches. Erst als sie ein heißes Brennen auf der Haut spürte und dies dem Alten kundtat, schien er sie wahrzunehmen. Sekundenlang richtete er den stechenden Blick seines gesunden Auges auf sie, dann schloß er es, warf den Kopf in den Nacken und sang. Schließlich fuhr er mit seinen Fingern vorsichtig über ihren Körper, tastete sich die Wirbelsäule hinab und wieder hinauf. Er legte seine beiden Zeigefinger vor Jos Augen zusammen und verschob sie gegeneinander. Jo brauchte Minuten, bis sie glaubte begriffen zu haben, daß ihr Wirbel nicht gebrochen, sondern verschoben war. Eine ernsthafte, aber keine bleibende Verletzung, vorausgesetzt, sie würde in einem ordentlichen Krankenhaus von Fachkräften behandelt. *»Mustashfâ!«* forderte sie deshalb mit Nachdruck. »Krankenhaus!«

Achmed und der Alte redeten gleichzeitig auf sie ein, schüttelten den Kopf und gestikulierten mit den Händen. Der Zwerg legte sein faltenreiches Gesicht in noch mehr Runzeln und Schrunden, kniff das entstellte Auge zu und überhäufte Jo mit Worten, von denen sie keines verstand. Deshalb griff er nach der Palmweinflasche und setzte sie an ihren Mund. Das Gebräu schmeckte nach alten Putzlumpen, abscheulich und bitter, es reizte zum Ausspucken, doch Achmed hielt Jo die Nase zu, und sie mußte schlucken. Mit dem Gluckern der

Flüssigkeit begann sich das schwarze Zeltdach über ihr zu drehen, die Stimmen der beiden Beduinen drangen nur noch gedämpft an ihr Ohr. In einem letzten klaren Winkel ihres Bewußtseins ahnte Jo, daß Palmwein allein diese Wirkung nicht haben konnte. Er war mit Drogen versetzt.

Ihr Mund wurde trocken, sie verlor jedes Gefühl für ihren Körper und schien jetzt völlig losgelöst von ihren Armen und Beinen zu sein. Amüsiert beobachtete sie die beiden Dämonen im Raum, die mit den schwarzen Wänden um die Wette tanzten, an ihren Gliedmaßen zerrten und kneteten. Dann verschwammen auch diese Bilder, und Jo sah sich mit den Düften von Bergamotte und Weihrauch aus den Kohlebecken im Zelt aufsteigen und weit oben am kratzigen Haar der Ziegenfelltücher hängenbleiben. Dort hielt sie nach einem Riß im Zelt Ausschau, durch den sie entweichen konnte, erkannte aber, daß sie wie flüssiges Kerzenwachs wieder zurück auf ihr Lager tropfte. Sie sah ihren Körper zusammenfließen und fest werden.

Plötzlich erblickte sie Achmed, der auf ihren Beinen hockte und sie unbarmherzig festhielt. Der Alte hingegen schien hinter ihr zu sein. Er packte ihren Kopf, stemmte sich mit seinen nackten Füßen gegen ihre Schultern und riß sie mit einem Ruck nach hinten. Jo begann zu lachen. Sie sollte wachsen, natürlich. Sie war ja schließlich auf die Winzigkeit einer Puppe geschrumpft, der man auch noch den Kopf abgerissen hatte. Er lag neben ihr und grinste sie blöde an. Je länger sie ihre eigene Fratze anstarrte, desto größer wurde ihr Unbehagen über die körperliche Teilung. Sie wollte um Hilfe schreien, aber kein Wort entkam ihren trockenen Lippen. Statt dessen beugte sich ein altes Weib über sie, ein Weib mit wilden Haaren, von Schlangen umzüngelt. Hekate, Schutzgöttin der Hexen aus Kolchis? fragte Jo tonlos. Die Alte nickte, ihr Bild zerrann, an seiner Stelle standen Worte hell und leuchtend vor der Zeltwand: *Ich bin das vielgestaltige Weib, vom Himmel ge-*

kommen, mit dem Anblick des Stieres, dreiköpfig und wild. Die Buchstaben rollten sich zu einer riesigen Schlange auf, die in Jos Kopf kroch, sich zusammenringelte und einschlief.

Tief in der Nacht erwachte sie, vor Kälte schlotternd. Ihre Füße waren eisig, die Beine fast taub. Sie zog die Knie an, legte sich auf die Seite und rieb ihre kalt gewordenen Arme. Plötzlich erstarrte Jo mitten in der Bewegung. Lag sie nicht gelähmt im Zelt eines Beduinen? Vorsichtig, als könne sie ihrer eigenen Erinnerung nicht trauen, schob sie die grobe Wolldecke ein Stück hinunter und schielte zum Feuer hinüber. Ein Mann schlief dort neben der Glut und schnaufte heftig, ein anderer hob den Kopf und blickte sie an. Er langte hinter sich, fütterte das Feuer mit Kamelbällchen, stand auf und kam zu ihr herüber. Er schlug die Decke zurück, sah ihren zusammengekrümmten Körper, prüfte die Kälte ihrer Haut und legte sich neben sie. Jo, noch immer benommen wie in einem Traum, wagte kaum zu atmen. Der Beduine bedeckte sie mit seiner *Gallabiyya,* zog ihren Kopf an seine Brust, stopfte die Wolldecke fest um ihren Körper und schlang beide Arme um sie. Jo hörte auf zu zittern, sog statt dessen tief Luft ein. Seine Haut roch nach Edelholz und Jasmin, seine Wärme durchdrang sie wie ein göttliches Geschenk. Sie mußte an die Toten im Wadi denken und zugleich an seine sanften Hände und den Ausdruck seiner Augen. Als ihr endlich bewußt war, daß sie jede einzelne Faser ihres Körpers fühlen und bewegen konnte, weder Arme noch Beine gelähmt waren und sie Leben und Gesundheit diesem Mann verdankte, begann sie vor Freude unter der Wolldecke zu zappeln. Achmed griff in ihre Haare und verpaßte ihr einen einzigen kräftigen Ruck, etwa so, als wolle er ein Pferd zügeln. »Schlaf, Frau!«

Bevor Jo die Augen schloß, fiel ihr Blick auf die Kalaschnikow mit dem gebogenen Magazin. Sie hob sich deutlich von den grauen Pappschachteln mit der kyrillischen Beschriftung ab. Der Feuerschein zuckte über die aufgerissene Pappe und die glänzenden Patronen.

Die nächsten Tage vergingen zwischen Schlaf und Traum, in den Händen des Alten oder eingehüllt in Achmeds Wärme. Die Welt schien stückweise in Ordnung zu kommen, und die Benommenheit wich aus Jos Kopf und Körper. Sie fühlte das Leben pulsieren, wartete voller Anspannung darauf, aufstehen zu dürfen, und vermied es, hinüber zu dem jetzt leeren Platz zu blicken, den noch vor kurzem Munition und Kalaschnikow besetzt hatten. Im Verhalten der beiden Männer konnte sie nichts Verwerfliches finden, ihre Sorgen galten allein ihrem Wohlergehen und die Waffen dem persönlichen Schutz. Sie sprachen leise miteinander, senkten den Blick, wenn Jo das Wort an sie richtete, und vermieden jeden Kontakt mit ihr, es sei denn, er diente ihrer Genesung.

Eines Tages war der Zeitpunkt gekommen, da der Alte mit seiner Behandlung zufrieden schien und Jo erlauben wollte, die ersten Gehversuche zu wagen. Er wolle nur noch ihre Beinmuskulatur stärken, ließ er sie wissen. Achmed kam von draußen herein und sah zu ihnen herüber. Der Zwerg kniete gerade an Jos Seite, hatte ihren bloßen Unterschenkel auf seine Schulter gelegt und beugte und streckte ihn. Mit einem Blick erkannte Jo die plötzliche Wut in Achmeds Augen, eine wilde, kaum gebändigte Lust, dem Alten die Kehle durchzuschneiden. Er riß seinen Krummdolch aus dem Gürtel, stieß einen Schrei aus und fuchtelte mit dem Messer in der Luft herum. Der Gnom klammerte sich an Jos Schenkel fest und kreischte, als solle er hier auf ihrem nackten Körper geopfert werden. Doch genauso abrupt wie begonnen endete der Streit. Der Alte klappte den Mund zu, und Achmed verbarg den Dolch.

Er lief aus dem Zelt und kam mit einem weiten blauen Frauenhemd zurück, das er über Jo warf. Der Zwerg zog es augenblicklich wieder fort, schüttelte den Kopf und kicherte vor sich hin. »Sieh!« forderte er schließlich und ruckelte auf den Knien bis zu Jos Oberkörper, beugte sich über ihre Brust und begann zu saugen. Dann hob er den Kopf und deutete triumphierend auf die steifen Brustwarzen und die feinen aufgerichteten Härchen ringsum. Er blickte von Jo zu Achmed, nickte zufrieden und hielt die Hand fordernd auf. Jo sah Achmed in die Tasche greifen, sah ihn ihre goldene Armbanduhr herausholen und dem Zwerg geben. Dieser kroch zurück auf seinen Platz zu ihren Beinen, um seine Arbeit wiederaufzunehmen. Achmed blieb unschlüssig stehen, seine Augen wanderten von Jo zu dem Alten und hinunter zum Boden. Da schnalzte der Gnom dreimal mit der Zunge, als wolle er ein Kamel antreiben. Achmed stieß einen Knurrlaut aus, verließ rückwärts das Zelt, den Blick noch immer sorgenvoll auf Jos Nacktheit gerichtet. Sie sah ihn hinausgehen, über die Zeltschnur stolpern, sich fluchend an die Zehen greifen und dann auf einem Bein durch den Sand springen. »*Tamam*«, befand der Alte und tätschelte ihr Knie. »In Ordnung.«

Die große Ernüchterung folgte, als der Zwerg ihr kurze Zeit später das blaue Frauenhemd zuwarf, ihr befahl, es anzuziehen und aufzustehen. Jo tat, wie ihr geheißen, wälzte sich auf die Knie, krümmte den Rücken wie eine Katze und kam mühsam hoch. Sekunden später sah sie sich wieder am Boden liegen. Das schwarze Zelt drehte sich wie ein Karussell, und das nachdenkliche Gesicht des Alten erschien über ihr. Jo holte keuchend Luft. Sie hatte nicht geahnt, daß sie so schwach war. Dann vernahm sie den Klang einer kleinen Handtrommel, die der Gnom schlug. Es sei ein Kraftlied, ließ er sie wissen. Sie möge ihre Zehen im Rhythmus dazu bewegen und an die Zeiten denken, da sie wie ein Fohlen durchs Leben gesprungen sei. Jo wackelte gerade mit Fingern und Zehen, als Achmed plötzlich neben ihr erschien, ihre Hände ergriff und sie im Takt dazu bewegte.

Jo hörte und fühlte den Rhythmus der Musik und sah bald

auf der Leinwand ihrer geschlossenen Lider zwei blonde Zöpfe, die zusammen mit ihrer großen Schultasche auf und ab sprangen. Sie blickte rechts und links über die Straße und rannte zum alten Eisentor hinüber, das den großen Garten mit den Walnußbäumen verschloß. Sie öffnete es und lief unter den mächtigen Bäumen auf das Haus zu. Das Küchenfenster stand weit offen. Dort konnte Jo den Großvater erkennen, der mit kleinen Glasflaschen hantierte.

»Kein Mittagessen?« rief sie ihm zu.

»Du kannst dem Parfüm einen Namen geben. Wenn er mir gefällt, gibt's Futter, andernfalls ...«

Die kleine Jo stieg die vier Stufen zur Haustür ganz langsam hinauf. Wenn seine neueste Parfümkreation nach Lilien und Rosen duftete und ihr dabei der Name *Wintertraum* über die Lippen käme, würde er ihr den Lammbraten streichen und auch den Joghurt mit Honig. Jo fühlte ihren Magen rumoren. Großvater kochte viel besser als ihre Mutter. Das war schon zu Lebzeiten ihrer Eltern kein Geheimnis gewesen. Aber seit zwei Jahren sehnte sie sich nach dem Essen von Mutter und Vater, hoffte, die Eltern würden eines Tages genauso unvermutet wiederkommen, wie sie durch den plötzlichen Unfalltod aus ihrem Leben verschwunden waren.

»Nun?«

Jo warf die Schultasche auf den Boden, nahm den Flakon vorsichtig zur Hand, entstöpselte ihn und wedelte sich den aufsteigenden Duft zu. Er roch wie sehr reifes Obst, schwer und herb. Sie hatte immer ein paar Begriffe für ein blumiges, leichtes Parfüm, wie es der Großvater bevorzugt mischte, parat, aber für dieses hier fehlten ihr vorerst die Worte. Mit einem Glasstab trug sie einen einzigen Tropfen auf die Innenseite ihres Handgelenks auf und bat um Zeit. Wenn sie von Kopf- und Herznote sprach, die sich erst nach einigen Minuten voll entwickeln würden, konnte sie zumindest mit Salat und einer Winzigkeit vom Lammbraten rechnen. Seit der

Großvater sie in die Geheimnisse der Gerüche und Gewürze einweihte, ihr einen eigenen Platz in seiner Duftküche eingeräumt hatte, ihr zeigte, wie man in Porzellanschälchen Patchouli und Mandelöl vermengte, hatte sie sich den Wortschatz einer Fachkraft zugelegt.

»Wenn du keinen Namen weißt, dann beschreibe, was du riechst!« versuchte der Großvater zu helfen. Sie hatten sich inzwischen an den Ecktisch gesetzt, und Jo schielte zum griechischen Bauernsalat hinüber. Er war natürlich abgedeckt, wie alle anderen Schüsseln auch, damit sein Geruch nicht den Eindruck des Parfüms stören konnte. Trotzdem war der Anblick dieses Gerichts in der Glasschale so mächtig, daß sie ihn mit dem Duft in Verbindung brachte. »Ich sehe hungrige Männer«, sagte sie gepreßt, wohl wissend, sie könnte sich um Braten und Nachtisch reden, aber unfähig, das Bild zu vertreiben, das jetzt deutlich vor ihren Augen stand. »Es sind Zyprioten, wie wir. Sie laufen durch Gras und Olivenhaine und beladen Schiffe.« Jo roch an ihrem Handgelenk. »Phönizische Schiffe, und sie gehören zur Flotte, die Alexander den Großen beliefert. Die Männer sind Parfümeure und Salbenbereiter. Sie verlassen die Heimat, um mit Gewürzen zu handeln.« Jo hatte jetzt die Augen fest geschlossen und atmete erneut das Aroma ein. »Sie waren schon oft mit den Phöniziern auf See. Ich kann Meerwasser riechen. Aber da ist noch etwas.«

Jo fühlte Großvaters Hand auf ihrem Arm und schob sie weg. Er wollte sie bremsen, aber sie war kurz davor, die Zutaten zu entschlüsseln. Das war dem Großvater immer ein bißchen unheimlich. Wenn es ihr gelang, die Zusammensetzung herauszubekommen, dann waren Tischabräumen, Geschirrspülen und Hausaufgabenmachen für diesen Tag kein Thema mehr. Sie konnte nach solchen Erfolgen bis zum Abend an der Isar bleiben, bei schönem Wetter baden gehen und Lagerfeuer machen, bei Regen oder Schnee auf den Knien durchs Unterholz kriechen und schlammverkrustet wie ein Troll nach

Hause kommen. Der Großvater würde für seine »kleine naseweise Prinzessin«, wie er sie nach solchen Erfolgen gern nannte, kochen, waschen und putzen.

Jo schnüffelte am Handgelenk. Wenn sie einen Geruch wahrnahm, sah sie immer Bilder. Sie konnte zum Beispiel Gärten sehen und Gemüsemärkte, bis sie den Stand des Gewürzhändlers entdeckte und die Zutaten vor Augen hatte, die sie roch. Nebenbei sah sie Szenen wie in einem Film. Etwa Frauen in bunten Gewändern in einem Lavendelfeld oder Ballkleider aus Seide, die in einem Rosengarten im Wind schaukelten. Diesmal aber sah sie jenseits der Schiffe eine Karawane durch die Wüste ziehen. »Hier riecht es nach Tieren, nach Kamelen und Pferden, nach Gewürzballen, Datteln, Leder und Sand«, murmelte sie, riß plötzlich die Augen auf und starrte den Großvater an, ohne ihn wahrzunehmen. »Du hast Zypergras verwendet, Amber und Moschus, dazu Lotusblüte und etwas Neroli. Das ist ein Männerparfüm, Großvater. Nenn es *Wüstenfahrer*!«

Jo konnte sich gut an die Tränen erinnern, die ihrem Großvater in den Augen standen. Später beim Essen beschwor er sie, weiterhin fleißig zu lernen, damit er noch erleben könne, daß sein einziges Enkelkind, die Nachfahrin zypriotischer Auswanderer und Parfümeure und die letzte Zakyneros, den Münchner Großmarkt hinter sich ließ und zur weltweit bekannten Parfümeurin aufstieg. Denn wer nicht nur Alexander den Großen zu seinen Ahnen zählen durfte, der ihr ja auch die blonden Haare vererbt hatte, sondern obendrein noch Hanno, den Phönizier, den berühmten Afrika-Umsegler der Antike, zur Verwandtschaft zählen konnte – einmal abgesehen von den zypriotischen Salbenbereitern, Sindbad dem Seefahrer und den Parfümköchen der Königin von Saba –, der war einfach dazu ausersehen, diesen Vorfahren nachzueifern, selbst Welteroberer, Duftzauberer und Aromakünstler zu werden und Unsterblichkeit zu erlangen.

Wie auf ein Stichwort öffnete Jo die Augen und blickte an ihrem mageren, schlappen Körper hinunter. Sie hatte ein gewisses Geschick, Gerüche zu identifizieren, das ließ sich nicht leugnen, und sie befand sich am Ende ihres ethnobotanischen Studiums, das ihr erlauben würde, beispielsweise vertrocknete Salbölreste phönizischer Grabbeigaben abzukratzen und zu identifizieren. Nebenbei mischte sie zu ihrem Vergnügen Salben und Parfüme, aber nie zuvor war sie der Sterblichkeit näher gewesen als gerade jetzt.

Die alten Phönizier hatten Schutzgötter an Bord gehabt, fiel ihr ein, faltengesichtige Zwerge, die ihnen die Pest vom Leib hielten und sie vor Hals- und Beinbruch bewahrten. Ihre Darstellungen hatte Jo zuletzt in Alexandria im Museum gesehen. »Besch!« rief sie plötzlich laut. Denn Besch nannte man diese Gnome. »Besch«, nickte der Alte und hörte auf, die Trommel zu schlagen. »Besch ist mein Name.«

Augenblicklich kam Jo auf die Füße. »Du bist Besch?« wiederholte sie. Ein Heilkundiger also aus einer Kultur, die vor mehr als zweitausend Jahren untergegangen war? Sie vergaß, daß sie schwach und hinfällig war, machte vorsichtig einige Schritte, nahm dann den Stock, den man ihr reichte, und ging um ihre Bettstatt herum. Sie blickte an sich herunter und hätte schreien mögen vor Begeisterung. Sie war wieder ein ganz normaler Mensch, eine Frau im Kleid, die auf eigenen Füßen stehen und dem Leben entgegentreten konnte. »*Al-hamdulillâh*!« dankte sie Gott, und wie selbstverständlich fiel sie in das ausführliche Gebet ein, das Besch und Achmed jetzt an *Allâh* richteten, an den Allbarmherzigen, den Lebendigen und Ewigen.

In dieser Nacht schlief sie allein. Die beiden Männer rollten sich am Feuer in ihre Decken. Abseits davon bibberte Jo unter rauher Ziegenwolle dem Morgen entgegen. So gesund bin ich also, dachte sie und versuchte, die seltsame Sehnsucht nach dem Körperkontakt ihrer Krankheitstage zu verdrängen und sich allein auf das Glück ihrer Genesung zu besinnen.

Anderntags nahm sie Abschied von Besch, dem Heilkundigen. Jo sah Achmed ein Tuch aufschlagen, ihren Rucksack herbeiholen, hineinlangen und ihre Besitztümer hübsch aneinandergereiht auf dem Tuch ausbreiten. Sie erblickte ihre Taschenlampe, das Schweizer Messer und die Wasserflasche, den kleinen Kompaß, den Kugelschreiber und ein winziges Vorhängeschloß nebst Schlüssel. Im Handumdrehen schnürte Achmed ihr Hab und Gut zu einem Bündel und reichte es dem Zwerg. Es hätte Jo gefallen, den Alten zu umarmen und zu küssen, seine Zauberhände zu berühren und ihm tausendfach zu danken. Aber sie legte nur die Fingerspitzen der rechten Hand ans Herz und verneigte sich. *»Yislamu idek, doktôr«*, sagte sie. »Gesegnet seien deine Hände, Arzt!«

Besch starrte sie unziemlich und direkt an und überschüttete sie mit einem Wortschwall.

»Aber doch ein Heilkundiger?« beharrte Jo, die nur Bruchteile verstanden hatte.

»So ist es!« riefen beide Beduinen wie aus einem Mund. Und dann: *»Hêsne, frâs, dschamal«*, ein Heilkundiger für Hengste, Stuten und Kamele.

Achmed und Besch nahmen ihre Sachen auf, verließen das Zelt und entfernten sich im gleißenden Sonnenlicht. Jo blickte ihnen durch die Zeltöffnung nach, sah Achmeds Auto entschwinden, starrte auf die haushohen Sanddünen, die er in einer schmalen Senke umkurvte, eine Staubfahne hinter sich lassend. Sie rieb sich über das heiße, trockene Gesicht und wollte ihren Augen nicht trauen. Gab es südlich von Hamamah mehrere Dünen, vom Wind geschaffene Sandgebilde, die der Verfasser des Reisehandbuchs zu beschreiben vergessen hatte? Sie dachte an den Libyenführer, die praktische Ausgabe im Taschenbuchformat. Möglicherweise verschwieg der Autor diese ersten Fotomotive hier bei Hamamah, nur wenige Autostunden von der nächsten Stadt entfernt, diese bemerkenswerten Formationen, die sonst nur tief im Süden der Libyschen Wüste zu finden waren. Außerdem gab es einzelne Wanderdünen am Rand einer Wüste, tröstete sich Jo. Sie konnten plötzlich entstehen und vergehen, ohne zu irgendeinem Eintrag in der Karte zu führen. Vorsichtig näherte sie sich dem Zelteingang.

Ein glühender Himmelskörper stand senkrecht über ihr. Jo zuckte vor dem stechenden Licht zurück und kniff die Augen zusammen. Schweißperlen traten auf ihre Oberlippe und trockneten sofort. Sie fuhr mit der Zunge darüber und schmeckte das Salz. Dann knirschte Sand zwischen ihren Zähnen. Jo krallte sich am Zelttuch fest und ging hinaus.

Achmeds Behausung stand ganz allein inmitten einer Umgebung, die dem Foto von Mandara glich, einem Wüstenbereich 500 Kilometer südlich von Tripolis, im Herzen der Sahara. Jo hatte diese Landschaft auf Bildern im Reiseführer gesehen; turmhohe Sanddünen, auf der Karte punktiert hervorgehoben und als *schwierig* gekennzeichnet, für den Fall, daß jemand der gestrichelten Linie nachfahren wollte und den Hinweis *Piste, schwer erkennbar* nicht fürchtete. Südlich davon folgten Lavafelder und Felsabbrüche, erinnerte sich Jo, und das Sternchen fiel ihr ein, jenes Symbol für den letzten Polizeiposten, ehe die braungefärbte Karte nach Hunderten von eintönigen Kilometern durch den Grenzstrich zum Niger und Tschad unterbrochen wurde. Das war das Abschlußblatt ihres Reiseführers.

Jo tastete sich am Zelt entlang. Ein heißer Wind blies ihr die Haare ins Gesicht, fettige, verfilzte Strähnen. Nach wenigen Metern hockte sie sich nieder. Ihr rechtes Bein zitterte in der ungewohnten Haltung. Sie fühlte erst Erleichterung im Bauch und dann die Fersen feucht und heiß werden, bis trockene Sandkörner nachrieselten. Mühsam raffte sie sich wieder auf und humpelte zurück. Mehr wollte sie nicht sehen. Sie kroch in die Dunkelheit des Zeltes und sank auf den Boden. Saß sie im Zentrum eines Wanderdünennestes bei Hamamah? Jo starrte auf den Lichtstreifen im Zelteingang. Sie war nicht beim Wadi, sondern irgendwo dort draußen, wo der Reiseführer nichts als Sand und die große Einsamkeit versprach, im völligen Abseits von jeder Zivilisation, auf der letzten Seite des Buches, am Ende.

Mit den Tränen, die über ihr Gesicht liefen, roch Jo ihren Körper. Sie sog die Luft ein und schnüffelte an Armen und Brust. Ihre Haut stank säuerlich, ranzig und nach Lagerfeuer, ein bißchen wie entsorgte Kleider vom Wertstoffhof. Vielleicht hatte Achmed Spiegel und Kamm im Rucksack gelassen, hoffte sie. Aber diese Tasche lag hinten am Ende ihres Schlafplatzes. Es war viel zu heiß, um sich jetzt dorthin zu bewegen. Hätte er ihr nur die Uhr gelassen! Die runde weiße Stelle auf ihrem Handgelenk leuchtete wie ein Signal. Sie konnte sogar winzige helle Flecken erkennen, wo ehemals Eingabeknöpfe die Haut vor Sonnenlicht geschützt hatten. Mit Hilfe dieser Knöpfe hätte sie die Zeit seit ihrem Unfall ablesen und bestimmen können, wie hoch sie sich über dem Meeresspiegel befand. Oder darunter. Jo wühlte ihre Hände in den Sandboden. Das gute Stück verfügte sogar über eine Temperaturanzeige, es hätte ihr genau angezeigt, ob es vierzig oder fünfzig Grad heiß war, vielleicht auch sechzig. In all den Tagen hatte sie die ungeheure Hitze nicht bemerkt. Aber jetzt, da sie sich mitten in der Wüste wußte, ging ihre Lebensfreude von vorhin in der Hitze von Sand und Sonne unter.

»Ghsêl!« rief Achmed irgendwann später, als er unbemerkt ins Zelt getreten war und Jo mit Sand bewarf. *»Malâbes, malâbes, maiy suchna.«* Er zupfte an ihrer Kleidung und rieb die Hände gegeneinander. Schließlich hielt er sich die Nase zu.

»Waschen?« fragte Jo. »Hier?« Sie setzte sich auf und stierte Achmed an. »Wenn Sie nicht genügend Handtücher vorfinden, wenden Sie sich bitte an die Rezeption«, zitierte sie den Hinweis eines Mehrsternehotels in Kairo. »Lassen Sie sich von den Produkten unseres Hauses verwöhnen, genießen Sie ein

Schaumbad mit den Duftnoten des Orients. Unser freundliches Personal berät Sie gern.«

»*Ghsêl, yalla*!« forderte Achmed wieder. Er reichte ihr die Wasserflasche herüber. Als sie Wasser auf ihre Handflächen gießen wollte, packte er die Flasche und hielt sie ihr an den Mund. »Kaltes Wasser trinken«, erklärte er. »Heißes Wasser waschen.«

»Maiy suchna«, wiederholte Jo. »Ich habe alles verstanden. Während meine Kleider gewaschen werden, nehme ich ein Bad im Pool. Danach treffen wir uns an der Hotelbar.« Sie machte keine Anstalten aufzustehen.

Achmed rümpfte die Nase und schüttelte den Kopf. Plötzlich wich die Ratlosigkeit aus seiner Miene und machte der Pfiffigkeit Platz. Er griff hinter sich und stellte ein zylindrisches Gefäß vor ihre Füße. Alabaster, schoß es Jo in den Sinn, eine Pyrix aus Alabaster, auf die jedes Museum stolz sein könnte. Wie kommt ein Beduine an eine Pyrix, an ein Salbengefäß aus pharaonischer Zeit? *»Rimth«*, erklärte Achmed, hob den Deckel des alten Prachtstücks hoch und tauchte seinen Finger in die graugelbe Maße. Ein süßer, balsamischer, reiner Geruch stieg Jo in die Nase, ein Duft nach Blumengärten und frischer Wäsche, nach Babyhaaren und Aromakissen aus Kräuterläden. Achmed zog das Gefäß zurück und ging langsam rückwärts aus dem Zelt. Was enthielt dieses *Rimth?* War nicht ein Hauch Zitrusöl dabei und Narzissenduft? Sie stolperte hinter Achmed und der Pyrix her. Als sie vor seinem Pickup stand, begriff sie, daß er sie wie ein Schaf mit dem Salzfaß hinausgelockt hatte. »Waschen!« sagte er wieder und dann: »Steig ein! *Yalla*!«

Jo versuchte, sich auf den Beifahrersitz zu ziehen. Sie glaubte, vollkommen kraftlos zu sein. Ein kleiner Schubs von Achmed hätte ihr helfen können. Er stand neben ihr, sah ihren unbeholfenen Bewegungen zu und schien alle Zeit der Welt zu haben. Als Jo endlich den hohen Sitz erklommen hatte, langte sie nach der Wagentür und knallte sie zu.

»Du bist gesund, Frau«, sagte Achmed.

Jo fühlte, wie ihre Wangen glühten. Sie hielt sich am offenen Fenster fest und starrte auf die bizarre Wüstenlandschaft, ohne sie zu sehen. Natürlich war sie wieder gesund, aber ein bißchen Schonung hielt sie noch für angemessen, und selbstverständlich wollte sie sich waschen, was für ein Mißverständnis hatte das ergeben! Glaubte Achmed, sie mit kostbaren Gefäßen locken zu müssen, damit sie dem Mindestmaß täglicher Hygiene gerecht wurde? Erst Bodenwellen, die ihr schmerzhafte Schläge in den Rücken versetzten, lenkten sie von der ungeheuren Peinlichkeit ab. Sie verkrampfte sich auf dem Beifahrersitz, als Achmed beschleunigte und den steilen Hang einer Düne hinauffuhr. Am Kamm ließ er den Wagen sekundenlang zwischen Himmel und Sand schweben, dann kippte die Front langsam nach unten. Jo schrie erst vor Entsetzen und bald vor Begeisterung. Sie rollten einem winzigen See entgegen, einem blauen Edelstein inmitten steil aufragender goldgelber Dünen und graugrüner Palmen. Schilfmatten und Palmblattzäune schützten die kleine Oase vor den herandrängenden Sandbergen. Auberginen, Tomaten und Gurken gediehen unter Palmen, erkannte Jo noch vom Wagen aus. Sie rutschte vom Beifahrersitz, kaum, daß Achmed angehalten hatte. »Warum steht dein Zelt nicht hier?«

»Namûs«, erklärte er und imitierte das Surren der Insekten. Jo kniete am Seeufer nieder, tauchte die Hand ins Wasser und zuckte zurück. Das Wasser war heiß und roch nach Schwefel. Das Pyrixgefäß stand plötzlich neben ihr, ein frisches Baumwollkleid legte Achmed dazu und daneben den Rucksack. »Jo!« rief er, deutete mit Gesten an, sie möge sich das Kleid abstreifen, Haare und Körper einseifen, die Kleidung schrubben und schließlich untertauchen. Dann legte er die Finger auf seine Augen und drehte sich um.

An dieses erste Bad mußte Jo immer wieder denken, wenn Achmed sie neben sich auf den kleinen Teppich einlud, sich ihren frischen Geruch zufächelte und ihr langes blondes Haar durch seine Fingerspitzen gleiten ließ, als berühre er kostbaren Stoff aus dem Basar. An *Rimth* dachte Jo, wenn sie Achmed bei seiner täglichen Arbeit im Garten der Oase beobachtete, den Bewegungen seines schlanken Körpers mit ihren Blicken folgte, sobald der Wüstenwind das dünne Tuch der *Gallabiyya* gegen seine Muskeln drückte. Morgens beim Aufstehen sehnte sie sich schon nach dem Saphir-See, während Achmed noch oberhalb des Zeltes auf einem Dünenkamm kniete und sich gegen Mekka verneigte. Der Geruch von Holzfeuer und Minztee mit dem Hauch von Sandelholz und Jasmin, der immer über seinen Händen schwebte, war für Jo unlösbar mit Achmed verbunden. Achmed, der Beduine, der vorgab, kostbare Gefäße aus historischen Zeiten geerbt zu haben, der Mann, der hartnäckig mit ihr über die Gewinnung des Seifenkrautes stritt und darauf bestand, daß jener wunderbare *Rimth*-Geruch allein aus den Substanzen eines unscheinbaren Zwergstrauches gewonnen wurde, den Jo noch nie zuvor gesehen hatte, Achmed, der eines Abends vom Zelt fortging und ihre aufgeregten Fragen mit finsterer Miene beantwortete, ihr Aus! Ende! Vorbei! vom nächsten Dünenkamm zuschrie und einfach in der Wüste verschwand. Der Stunden später mit einem breiten Lachen, Kamelen und gefüllten Nahrungsbeuteln wieder auftauchte, ihr grüne Melonen, Fladenbrot und Schafskäse reichte, ohne ihre Hand zu berühren. Der von seiner Familie erzählte und der Frau, die ihm elf Kinder geboren hatte. Der alles über Jos Vater und Brüder wissen wollte und erschrak, als er von ihrem Einzeldasein erfuhr. Sie akribisch nach ihrer Jungfernschaft aushorchte und ein junges Palmblatt mit einem Finger durchbohrte, als sie nicht gleich verstand. Um sie dann wissen zu lassen, wie traurig ihr Leben wäre ohne den Schutz einer Familie, aber gezeichnet vom Umgang mit vielen Männern. Der Beduine, der den sternenübersäten Nachthimmel nutzte, um zu ihr von der Schönheit des Lebens zu sprechen, vom Glück, seine Kraft in der Wüste messen zu können, von der Glut der Sonne, die ihn hier draußen zu einem Mann gebrannt hatte, der nur in der Wüste Luft zum Atmen fand. Und der selten das Zelt betrat, ohne durch eine Schulterbewegung die Glöckchen am Eingang heftig klingeln zu lassen, bis Jo aufblickte und sein Eintreten guthieß. An ihre nackte Hilflosigkeit erinnerte sich Jo, wenn sie abends jenseits des Feuers lag und Achmeds Silhouette betrachtete. Um diese Zeit brachte er getrocknete Kamelbällchen für den Morgen herein, stellte Teekessel und Gläser griffbereit und scharrte Glutstückchen zu einem kleinen Haufen. Dann erzählte er von seinem Leben, von den Männern, die tagelang durch die Wüste zogen, und den Frauen, die allein bei den Herden blieben und besser als jeder Gelehrte wüßten, wo die saftigsten Kräuter wuchsen, die Käse und Fleisch den unverwechselbaren Geschmack verliehen. Ob die Frauen sich verhüllten, wenn Fremde kämen, wollte Jo bei diesem Gespräch wissen, aber Achmed winkte ab. Fremde wären willkommen, versicherte er. Sie wären ein Geschenk. Als sie die Frage wiederholte und nach treffenderen Worten suchte, trat er neben Jos Lagerplatz. Im Schein der Glut erkannte sie ein kleines Fläschchen, ein Balsamarium in kostbarer Gold-Bandglastechnik gearbeitet, dem ein edler, verführerischer Duft entströmte. Erschrocken richtete sie sich auf und hob abwehrend die Hände. »Ich kann dir nichts dafür geben.« Doch Achmed betupfte ihre Stirn und Unterarme mit dem köstlichen Duft. Dann kehrte er an seinen Platz zurück. »Geschenk«, betonte er.

Darüber grübelte Jo am nächsten Tag in der Oase, als sie im Schatten neben Achmed in der Mittagshitze döste. Sie sah nachdenklich zu ihm hinüber. Er fing ihren Blick auf, streckte die Hand aus, wickelte eine ihrer Haarsträhnen um seinen Finger und zog daran. Dann langte er nach Jos Rucksack, hielt ihr die Ledertasche vors Gesicht, deutete auf den abgerissenen Schulterriemen und forderte sie auf, ihre Sachen in Ordnung zu halten. Einen Moment lang war Jo versucht, ihm vorzuhalten, daß ihr Rucksack nahezu leer geräumt war, sie all die kleinen sinnvollen Gegenstände an Besch abgegeben hatte und daß sie obendrein ihren Paß vermisse, das Bargeld und die Kreditkarte. Aber Achmed war bereits aufgestanden. Trotz der Hitze ging er zum Auto hinüber und kam mit Nadel, Faden und einer Pappschachtel wieder. Jo wühlte in der Schachtel herum. Darin befanden sich kleine Metallbügel, Ringe und Splinte. Sie zog einen Ring durch den Lederriemen, stach sich die Finger wund, als sie ihn festnähte, ließ ihn dann in den Karabiner einklicken und testete das Ergebnis. »Prima. Du kannst noch viele Taschen flicken.« Sie lachte und deutete auf die Schachtel mit all den Metallteilen. Achmed blickte an ihr vorbei und schien den Horizont zu fixieren. Dann legte er sich hin und schob die Schachtel unter seinen Kopf. Sekundenlang war es Jo, als ob die Luft zwischen ihnen knistern würde. Sie hatte plötzlich ein flaues Gefühl im Magen und schielte zu dem Metallring hinüber. Es war ihr, als ob sie diesen Gegenstand schon einmal gesehen hätte. Nicht im Supermarkt, ein Schlüsselring war es nicht, das wußte sie genau. Sie nahm den Rucksack hoch und schnupperte am Ring. Natürlich roch er nur nach Metall, nichts weiter. Doch Jo mußte sofort an einen Film denken. Sie hatte diese Art Ring in einem Kriegsfilm gesehen. Es hatte eine fürchterliche Explosion gegeben, und der Held hatte den Ring triumphierend hochgehalten.

Sie ließ den Rucksack sinken und blickte zu Achmed hinüber. Er hatte die Augen geschlossen und atmete ruhig. »Ich muß nach Hause«, sagte Jo viel zu laut. »Zurück nach Deutschland. Was ist geschehen, Achmed? Wann kann ich zurückgehen?« Sie hörte ihre Stimme mit jedem Wort schriller werden.

»Viele Fragen.« Er rollte sich zur Seite und drehte ihr den Rücken zu.

»Achmed!«

»Laß die Hitze vergehen. Warte bis heute abend. Sei still!«

Bis zum Abend schienen brütende Hitze und dumpfes Schweigen über der Oase zu hängen. Das Wasser des Sees verwandelte sich in eine bleigraue Masse, die keine Abkühlung brachte, Mücken schwärmten schon vor Sonnenuntergang durch die Luft, und heiße Windstöße wirbelten Sandfontänen über die neu gesetzten Pflanzen. Jo mußte sich eingestehen, nicht nur jeden Zeitbegriff, sondern auch nahezu den Verstand verloren zu haben. Sie hatte nach ihren ersten unbeholfenen Schritten ganze Tage verstreichen lassen, war einfach nur glücklich über ihre Genesung gewesen, hatte das fürchterliche Geschehen im Wadi verdrängt, weder nach Tellos noch nach der Polizei gefragt und auch nicht Rechenschaft über ihr eigenes Verhalten abgelegt. Sie kämmte bewußt ihr Haar, wenn Achmed nach dem Bad aufblickte, so wie er täglich zwischen ihnen den Abstand auf dem Teppich um Fingerbreite verringerte, bis sie über eine winzige Distanz hinweg die Wärme seiner Haut spüren konnte. Sie bewegte sich flinker, sobald sie seinen Blick spürte, hielt sich aufrechter beim Gehen und schaffte es, ihm zufällig in der Enge des Zelteingangs zu begegnen, dem einzigen Ort im Umkreis von Kilometern, der ein flüchtiges Berühren erlaubte, und sei es nur mit den weiten Ärmeln der Kleider. Sie lauschte nachts zu seinem Schlafplatz hinüber, vermißte ein regelmäßiges Atmen oder gar leichtes Schnarchen, vernahm nur eine angespannte Stille, die ihr zu beweisen schien, daß auch er keinen Schlaf fand.

Sie mußte fortgehen. Sie hatte sich benommen, als befände sie sich mitten in einem Wüstenurlaub mit Amüsementgarantie. Und sie mußte aufhören, sich zu belügen. Sie hatte Tote im Wadi gesehen und bewaffnete Männer. Durch einen wunderbaren Zufall hatte sie überlebt und war wieder gesund geworden. Jetzt durfte sie ihr gütiges Schicksal nicht weiter strapazieren. Würde man sie in München vermissen? Jo dachte an ihre Untermieterin Patrizia, die sich wie immer um Haus und

Garten kümmerte, wenn sie auf Exkursion war. Aber Patrizia war darauf vorbereitet, daß Jo monatelang nichts von sich hören ließ. Carsten, mit dem sie sich einen Platz am Mikroskop im Ethnobotanischen Institut teilen mußte, würde frühestens gegen Semestermitte ihre Abwesenheit bemerken. In den Wochen davor würde er es einfach nur genießen, das Mikroskop für sich allein zu haben. Und die anderen Kommilitonen? Kurz vor Studienende würden eigennützige Überlegungen jede Sorge um eine Mitstudentin, die sehr bald Konkurrentin um einen der Arbeitsplätze werden könnte, rasch beiseite fegen. Von einer Suchaktion, die man wegen ihr starten würde, konnte also keine Rede sein. Vielleicht hatte auch niemand außerhalb Libyens Kenntnis von diesen Geschehnissen in Hamamah? Jo nahm eine Handvoll Sand auf und ließ ihn durch die Finger rieseln.

Natürlich gab es noch Gerrit Montanus, die alte, fast erloschene Flamme. Zu Beginn ihres Studiums hatte sie es genossen, Freundin des jungen Archäologen zu sein, von ihm zu lernen und zu profitieren. Dann waren sie beide bald in fachliche Auseinandersetzungen geraten, die immer schärfer wurden, je mehr Jo dazulernte. Sie mußte grinsen, wenn sie daran dachte. Das Podest, das Gerrit sich göttergleich selbst errichtet hatte, war durch sie ins Wanken gekommen. Trotzdem hatte er sie immer gut beraten und durch seine zynische Art dazu angehalten, exzellent informiert zu sein, um ihm Paroli bieten zu können. Dabei lernte Jo nicht nur seine scharfzüngige Rhetorik fürchten, sondern vor allen Dingen auch seine aggressive Rechthaberei zu hassen. Interessanterweise hatten sie diese wissenschaftlichen Schlachten mit ausgiebigen Bettszenen auszumerzen versucht. Jo blickte zu Achmed hinüber, der leise im Schlaf schnaufte. Im Gegensatz zu allen anderen Männern, mit denen sie sich geliebt hatte, war Gerrit niemals danach eingeschlafen. Und heute wußte sie auch, warum. Es war ihnen beiden auch beim Liebesspiel immer nur darum gegangen, besser als der andere zu sein. Und wie erschöpft Gerrit danach auch sein mochte, er gab sich nicht die geringste Blöße. Würde also ausgerechnet er sie vermissen? Jawohl, das würde er. Er hatte sie nie kleingekriegt und nie zum Weinen gebracht. Selbst damals, als sie sich endgültig voneinander trennten, waren sie beide um absolute Korrektheit bemüht gewesen, und das aus einem einzigen Grund: Der eine möge ja nicht vom anderen denken, das Ende ihrer Beziehung würde ihm so nahe gehen, daß er darüber die guten Sitten vergaß. So gingen sie seit zwei Semestern höflich miteinander um, trafen sich sogar, um Wissenschaftliches zu diskutieren und von ihren jeweiligen Exkursionen zu erzählen. Gerrit würde sie vermissen, weil er sich mit keiner anderen so trefflich streiten konnte und sich dabei bemühen mußte, die prickelnde Erotik, die sie beide bei ihren Auseinandersetzungen immer noch empfanden, unter Kontrolle zu halten. Wie lange würde er brauchen, um herauszufinden, daß die Libyenexkursion gescheitert und sie in Gefahr war? Jo versuchte, sich an seine Pläne zu erinnern. Er mußte momentan bei einer Ausgrabung in Italien sein, die ihn sicherlich völlig beanspruchte. Das war auch so ein Punkt gewesen, den Jo anfangs nicht hatte verstehen können. Sie hatte nicht glauben wollen, daß Archäologen mit jeder Schaufel Erde immer tiefer in der historischen Zeit versanken und den Bezug zum Alltag verloren. Bis auch sie vor einem Jahr bei einer Exkursion auf Kreta Reste minoischer Tonkrüge gefunden hatte, die einst Aromata als Opfergabe enthielten.

Jo hatte tagelang über den Analysen gebrütet, Zypergras und Korianderessenz entdeckt sowie Spuren von Iris-Parfüm, das als Spezialität Zyperns galt. Während ihrer Arbeit am Gaschromatographen stieß das Team südlich von Knossos auf gebrannte Tontäfelchen, auf sogenannte Bestellisten: *An Maron, den Zyprioten, 6 Fässer und 2 Amphoren Öl, an Orsekodos, den Meisterparfümeur, daraus Parfüm herzustellen als Opfergabe aus Anis, Zypergras, Terpentinpistazie und Irisessenz.*

Die genaue Verlautbarung der Inschrift hatte sich bei Jo tief eingeprägt, denn über diese unmittelbare, jahrtausendealte schriftliche Bestätigung ihrer Laboranalysen hatte sie den Geburtstag von Gerrit vergessen und beinahe den Rückflug nach München verpaßt. Dort hatte Gerrit sie nicht, wie versprochen, abgeholt, sondern war überraschend zu einer Ausgrabung nach Mannheim gereist. Tage später hatten sie sich endlich wiedergesehen, gestritten und beinahe versöhnt. Als Jo nicht langatmig um Entschuldigungen für den vergessenen Geburtstag rang, sondern auf ihre eigene zypriotisch-phönizische Abstammung hinwies und enthusiastisch Theophrast und Plinius den Älteren zitierte, die auch noch in sehr viel späterer Zeit die herausragende Rolle der Zyprioten als Meisterparfümeure erwähnten, versicherte ihr Gerrit, daß sie zu keiner stabilen Verbindung tauge, unzuverlässig, egozentrisch und erfolgssüchtig sei, über den Duftstoffen und ihren Händlern, diesen Zyprioten und Phöniziern, den Mitmenschen vergesse, auch nicht den geringsten Versuch zu einem versöhnlichen Miteinander unternehme und schließlich nur im Sinn habe, mit vorschnellen Forschungsergebnissen aufzutrumpfen. Er hatte nicht ganz unrecht, mußte sich Jo jetzt im nachhinein eingestehen. Ja, sie wollte besser sein als er, als dieser arrogante, sprachgewandte und leider sehr gut aussehende Mann. Begegnete sie ihm unvermutet an der Uni, konnte es passieren, daß ihr Herz einen Sprung machte. So etwas nannte sie dann einen schlechten Tag. Viel besser ging es ihr, wenn sie bemerkte, daß er den jeweiligen Studenten an ihrer Seite taxierte und einen Anflug von Eifersucht erkennen ließ, wenn sie plötzlich allzu intim mit ihm umging. – Doch wann würde Gerrit sie vermissen? fragte sich Jo und besann sich auf die Gegenwart. Achmed vertröstete sie auf den Abend, um ihr Auskunft zu geben, was geschehen war. Sie war vollkommen auf ihn angewiesen. Was sie dabei am meisten störte, war die Tatsache, daß Achmed diesen Zustand genoß.

Als es Abend und endlich kühler wurde und sie wieder im Zelt saßen und Fladenbrot buken, war Jo so in Gedanken versunken, daß sie mit der linken Hand zulangte. Ohne Vorwarnung traf sie ein scharfer Schlag auf dem Rücken der unreinen Hand. Sie schrie wütend auf, ohne dabei den geringsten Eindruck bei Achmed zu hinterlassen. Also zügelte sie ihr Temperament und machte ihm leise Vorhaltungen, die er nicht zu hören schien. Statt dessen goß er den süßen Tee nur fingerbreit in ihr Glas. »Ich habe Durst«, beklagte sich Jo.

Achmed stieß einen großen trockenen Zweig ins Feuer, der prasselnd verbrannte.

»Ich will nach Hause!«

Er räumte den Mehlsack zur Seite, stellte die Teekanne fort und ballte die rechte Hand zu einer imaginären Waffe, die er Jo an die Schläfe hielt. »*La,* nein«, sagte er schlicht. Dann strich er den Sand zu seinen Füßen glatt, formte ein Wadi, legte Steine und Stöckchen hinein, flog mit der Hand über die Landschaft und ließ Bomben fallen. Jo pickte einen kleinen Bombenstein aus dem Relief. »Das Wadi wurde bombardiert?« fragte sie fassungslos. »Von wem?«

»Almanya«, erklärte Achmed und malte ein Strichmännchen in den Sand. Daneben skizzierte er einen Riesen. »Dieser«, sagte er. »Deutschlands großer Bruder, Amerika.« Er fing ihren ungläubigen Blick auf. »Wie damals Tripolis und Benghasi«, fügte er hinzu und ergänzte, er habe Brüder, Vettern und Freunde verloren.

Waren die Bedus im Wadi gewesen, um Tote zu bergen? Jo versuchte, einen klaren Gedanken zu fassen. Herrschte denn Krieg? Was rechtfertigte ein Bombardement Libyens? Sie hatte als letzte Meldung die neuesten Auseinandersetzungen zwischen Palästinensern und Israelis im Kopf, ein Natomanöver im Mittelmeer und eine großafrikanische Konferenz, zu der Gaddafi geladen hatte. In was war sie hineingeraten? Und was hatte dies mit Professor Tellos zu tun? Jo mußte sich an das viele Blut und die zerfetzten Körper erinnern. War sie die einzig Überlebende des Massakers? »Und Professor Tellos?«

Achmed reagierte mit einem Wortschwall, dem sie nicht ganz folgen konnte: Vielleicht habe Tellos Menschen unterstützt, die andernorts Terroristen genannt wurden? Möglicherweise habe Tellos fremden Mächten einen Vorwand geliefert, die barbarische Rache üben wollten für ein Geschehen in Europa, das Jahre zurücklag? Sie, Jo, würde wie ein Hirsekorn zermahlen werden, da sie sich zwischen Mahlstein und Schüssel befinde. Denn sei sie nicht die Vertraute des Professors gewesen und habe trotzdem das Bombardement überlebt? Könne man sie und ihren Aufenthalt im Wadi nicht als verdächtig bezeichnen?

»Ich!« schrie Jo und spreizte vor Empörung alle zehn Finger. »Ich war zur Arbeit in Hamamah. Und was hast du dort getan?«

»Ich habe dich gefunden.«

Jo starrte wie benommen vor sich hin. Was wußte sie über Libyen und die politische Lage? Die Welt beschuldigte Libyen, Ausbildungscamps für Terroristen zu unterhalten und chemische Anlagen zu bauen, um Kampfstoffe herzustellen. Das hatten die USA vor vielen Jahren veranlaßt, Libyen zu bombardieren. Danach hatte sich der Flugzeugabsturz bei Lockerbie ereignet, was ebenfalls auf das Konto Libyens gehen sollte. Vier Jahre nach Lockerbie verhängten die UN ein Embargo über das Land. Jo dachte an Professor Tellos. War es vorstellbar, daß er Terroristen unterstützt hatte? Sie hätte Achmed gern gesagt, sie halte seine Erklärungen für reine Spekulation, aber ihre Arabischkenntnisse reichten dafür nicht aus. »Kannst du mich über die Grenze bringen?« fragte sie deshalb so einfach wie möglich.

Doch Achmed verneinte. Er ginge zwar häufig über die Grenze, aber für ihn gäbe es immer wieder Zeiten so wie jetzt, da wäre es klüger, das Leben eines Wüstenbewohners zu führen und das Talent zu pflegen, sich nur um die eigene Nase zu kümmern. Jo möge Sandstürme über die Geschehnisse hinwegfegen lassen und sich darin üben, Geduld zu entwickeln, denn *Allâh* sei mit den Geduldigen.

»Ich habe nichts Böses getan, Achmed. Ich habe Professor Tellos als aufrichtigen Menschen geschätzt, der gute Arbeit geleistet hat. Ich habe mit Politik nichts zu tun.«

Achmed antwortete nicht darauf, sondern wickelte sich in seine Decke und legte sich schlafen. Jo sah in die Dunkelheit hinein und verschränkte die Arme vor der Brust. Sie hatte große Lust, zu Achmed hinüberzugehen und eine Antwort aus ihm herauszuschütteln. Als sie nach langer Zeit unter ihre Decke kroch und glaubte, Achmed würde längst schlafen, hörte sie ihn plötzlich sagen: »Kennst du den Koran? Dort kannst du lesen, daß der Mensch oft das Böse auslöst, im Glauben, er bewirke das Gute.«

Auch in den folgenden Tagen gelang es Jo nicht, Achmed noch einmal zum Thema ihrer Ausreise anzusprechen. Erst als sie eines Abends selbst versuchte, ein Sandrelief zu bauen, um Achmed fragen zu können, wo sie sich befände, wurde er wieder zugänglich. Er kniete sich neben sie, lachte über ihren Versuch, Libyen zu gestalten, und errichtete mit wenigen Handgriffen ein Relief des Landes. Jo konnte den Verlauf von Küste und Gebirgen ausmachen und erkannte zu ihrem Schrecken, daß Achmed weit im Süden von Hamamah Palmblättchen in den Sand steckte, damit die Oase Al Jaqbub kennzeichnete und noch südlicher davon seinen Zeltplatz markierte. Von der Oase Al Jaqbub zog er eine Piste zur nahen ägyptischen Grenze und der Oase Siwa hinüber und ließ sie wissen, nur dort könne sie eines fernen Tages nach Ägypten gelangen, wenn dies in ihrem *Kismet*, dem gottgewollten Schicksal, vorgesehen sei. Denn der Süden des Landes jenseits ihres Zeltplatzes sei ein gefährliches Lava- und Minenfeld. Die einzige Route führe hinunter zu einem Berg, zum *Dschebel el Awaynat,* wo die Grenzen von Libyen, Sudan und Ägypten zusammenliefen. Wer dort nicht in der Wüste umkäme, liefe Gefahr, auf einen Sprengsatz zu treten oder mitten in ein Feuergefecht zwischen den Grenzposten zu geraten.

»El Awaynat«, wiederholte Jo andächtig. »Der legendäre Berg!« Zu ihm waren Abenteurer und Forscher während des Zweiten Weltkriegs aufgebrochen, hatten ihren Ruf und das Leben riskiert, um jene Felsbilder zu finden, die eindeutige Beweise lieferten, daß dort mitten in der Wüste das Land einst grün gewesen war, durchzogen von Flüssen, die heute trokkene Schluchten waren.

»Du hast von dem Berg gehört?« fragte Achmed überrascht und erzählte von den Felsbildern eines steinzeitlichen Volkes, das in diesem fruchtbaren Land gelebt hätte, zu einer Zeit, als die Pyramiden von Giseh noch nicht errichtet waren. Er wisse, wo sich die Zeichnungen der *Schwimmer der Wüste* befänden, er kenne die Felswände mit den Bildern badender Menschen und darüber hinaus Tropfsteinhöhlen, in denen sie ihre Toten bestattet hätten. Ihre Skelette lägen dort und Grabbeigaben, winzige Tonkrüge mit unbekanntem Inhalt, im Laufe der Jahrtausende konserviert. Noch habe sich kein Forscher dorthin gewagt.

Jo hatte ihm atemlos zugehört, war dann aufgesprungen, hatte ihr Notizheft geholt und die *schwimmenden Menschen des Awaynat* gezeichnet. »Sprichst du davon, Achmed? Dann bring mich dorthin. Laß mich die berühmten Bilder sehen, zeig mir die Tropfsteinhöhle und schaff mich dann über die Grenze!«

Achmed wies auf die Strecke von Al Jaqbub nach Siwa. »Hier ist der schnellste Weg nach Ägypten. Wenn wir zum *Awaynat* ziehen, müssen wir Kamele nehmen. Wir werden für lange Zeit nur uns und die Gefahr haben. Der eine muß des anderen

Freund sein. Weder Mißtrauen noch Gier darf zwischen uns herrschen.« Er stand auf, entrollte seinen Gebetsteppich, holte die Kalaschnikow daraus hervor und begann, sie zu putzen.

Jo klappte das Notizbuch zusammen, blickte über seine Schulter hinweg hinaus in den Sternenhimmel und sah, wie der Abendwind die Fransen am Zelteingang wild hin und her schaukeln ließ. An seiner Seite würde sie der Wüste gewachsen sein. Sie nahm eine leere Munitionsschachtel aus seiner Hand und riß sie in kleine Fetzen, um die Glut anzufachen, wie er es ihr auftrug. Als das Feuer heller brannte, setzte sie den Wasserkessel auf und gab eine Handvoll schwarze Teeblätter, Zucker und Zimtstangen in die brodelnde Flüssigkeit. Sie ließ den Tee ziehen, goß ihn in ein dickwandiges Glas und reichte es Achmed. Er legte das Gewehr zur Seite, schloß seine Hand fest um die ihre und das Glas und zog sie langsam zu sich heran, bis er einen Schluck Tee nehmen konnte. »Auf dem Weg zum *Awaynat* werden wir so eng beieinander sein, daß keine Messerklinge zwischen unsere Körper paßt.« Er stellte das Glas ab und öffnete die Arme. »Wir werden wie ein Mensch leben und atmen. Wir werden uns mit Liebe wappnen und stärken müssen. Komm auf mein Lager!«

Minutenlang blickte Jo zu Achmed hin. Das Sandrelief mit dem *Awaynat* befand sich noch immer zu seinen Füßen, dort, wo auch die Kalaschnikow lag. Seine Augen waren voll Sanftmut auf sie gerichtet. Sie konnte wieder die Weite und Freiheit der Sahara darin erkennen, tiefe Zuneigung, aber auch Abenteuerlust und jugendlichen Übermut. Schließlich wandte sie sich ab, stand auf und ging zu ihrem Schlafplatz. Sie fühlte sich von diesem Blick wie von einer Waffe getroffen, an einer Stelle berührt, wo aller Gleichmut, jede Vernunft und sachliche Überlegung zusammenfielen und ein Gefühl freisetzten, das sich wie ein wildes Tier auf ihr Denken stürzte. Achmed könnte sie nicht nur über die Grenze, sondern auch an den Ursprung der Menschheit bringen, ihr die Grabbeigaben einer steinzeitlichen Kultur zeigen und zu einem Ruhm verhelfen, der nur wenigen Forschern je zuteil wurde. Seine Liebe und Zuversicht würden sie beschützen, trösten, ermutigen und alle Strapazen vergessen machen. Jo glaubte, die Qual der Versuchung nicht eine Minute länger ertragen zu können. Sie vergrub ihr Gesicht in der Wolldecke und stieß einen unterdrückten Schrei aus. Achmed riß ihr das Herz stückweise aus dem Leib.

In den folgenden Tagen gingen sich Jo und Achmed aus dem Weg. Er schien bemüht, sie in keiner Weise zu provozieren, und Jo vermied es, ihm nahe zu kommen. Als sie bei der Mittagsruhe darauf achtete, deutlichen Abstand zu ihm zu halten, schlich sich ein amüsiertes Lächeln in sein Gesicht und ein schalkhaftes Funkeln in seine dunklen Augen. Jos Miene wurde sofort abweisend und finster, was sein Grinsen noch verstärkte. Sie hätte ihm gern gesagt, daß hundert kleine Teufel in seinen Augen tanzten, aber sie entschloß sich, ihn mit absolutem Schweigen zu strafen, das sie bis zum nächsten Tag durchhielt. Da holte Achmed kurz nach Sonnenaufgang ohne jede Erklärung einen Spaten aus dem Wagen und zauberte zu Jos großem Erstaunen ihren Paß, Bargeld, Kreditkarte und die europäische Kleidung hervor, um sie gleich darauf im Sand zu vergraben. Es könne geschehen, daß libysche Soldaten nach ihr suchen würden, ließ er sie wissen. Sie gab sich desinteressiert und antwortete mit Achselzucken. Er forderte sie auf, allein im Zelt oder in der Oase auf ihn zu warten, da er die Familie um Rat fragen müsse, wie man ihr helfen könne, und erst abends wiederkäme. Jo konnte ihr Erschrecken, allein in der Wüste zu bleiben, nicht ganz verbergen und warf ihm einen ängstlichen Blick zu. »Willst du Hilfe?« fragte Achmed ohne jede Gefühlsregung. »Dann mußt du allein bleiben.«

»Natürlich«, antwortete sie kalt, verärgert über seinen Gleichmut. »Ich bin auch vorher allein in Libyen zurechtgekommen.

Schließlich habe ich hier gearbeitet.« Vielleicht war es an der Zeit, Achmed begreiflich zu machen, daß sie eine selbständige Person war, jemand, der ohne jeden Schutz einer Familie allein für sich sorgte. Jo hatte bisher gedacht, daß er zwischen ihrer Lebensart und jener der Beduinenfrauen unterscheiden würde. Da er sie aber so verwundert anblickte, erklärte sie ihm jetzt, warum sie einerseits in Libyen sei und andererseits schnellstens nach Hause wolle. Sie sei eine *Murakkitu,* eine Parfümeurin. Sie studiere die Zusammensetzung alter Salben, Parfüme und Öle, um daran die Geschichte der Menschheit, ihrer Handelswege und Vorlieben, Lüste und Interessen, Geschmack und Wissen nachvollziehen zu können.

»*Murakkitu?*« wiederholte Achmed ungläubig. Er brachte einen olivfarbenen Metallkasten heran, den Jo genau betrachtete, denn die Beschriftung kennzeichnete ihn als Munitionskiste. Sie erwartete, irgend etwas Schreckliches zu erblicken, aber Achmed befahl ihr, die Augen zu schließen und ihr Geruchsvermögen zu beweisen. Jo hörte den Deckel aufspringen und vernahm das altvertraute Klappern kleiner Glasflaschen und das Rascheln getrockneter Pflanzenteile. Als erstes roch sie Myrte und nannte sie bei ihrem arabischen Namen *Richan.* Ohne zu zögern, erkannte sie dann Styrax, den arabischen Abhar, irrte sich weder beim Zitronenkraut noch bei der Behaarten Spatzenzunge, der Gegliederten Anabasis oder der Strauchmelde. Sie spürte, wie sich mit dem Einatmen der Pflanzenaromen ihre verkrampfte Haltung löste und das alte freundschaftliche Vertrauen zu Achmed wieder die Oberhand gewann. Er griff nach ihrer Hand, hielt sie einen Moment fest und legte ihr dann kleine getrocknete Knospen hinein. Jo zerrieb sie zwischen den Fingern, roch daran und nannte sie Ada, den Weißen Saxaul, sog danach den Duft des Bakkis ein und unterschied ihn problemlos von Qesia, Ledanon und Shirp. Zum Schluß fühlte sie nur Achmeds Hand in der ihren und atmete den Duft ein. »Das ist deine Hand, Achmed«, sagte sie mit geschlossenen Augen, aber mit einem Lächeln um den Mund. »Ein kleiner Geruch von Feuer und Minztee haftet noch daran und ein leichter süßlicher Duft wie ein Hauch aus einem Blumengarten, aber vor allen Dingen das Aroma von Sandelholz und Jasmin. Ich wundere mich darüber, denn es riecht nach Stoffen, die ich aus dem fernen Orient kenne und nicht hier in Libyen erwarte.« Wieder sah sie hinter ihren geschlossenen Lidern ein Bild entstehen. »Du mußt ein weitgereister Mann sein«, ergänzte sie deshalb, »denn ich sehe dich an der Spitze einer Karawane durch die Wüste ziehen. Du bist im Weihrauchland gewesen und dort, wo man Terebinthe erntet. Ich kann es riechen.«

Sie spürte plötzlich Achmeds Hände auf ihrem Gesicht und öffnete ihre Augen. Sie begegnete seinem staunenden, bewundernden Blick und fühlte einen winzigen Triumph, der darauf beruhte, daß er wußte, wie wichtig er für sie war. »Es gibt keinen Zufall, nur von *Allâh* gewollte Begegnungen«, flüsterte Achmed fast andächtig. »Ich kenne noch die alten Karawanenwege und Gewürzstraßen und folge ihnen, damit sie im Gedächtnis der Menschen erhalten bleiben und nicht verlorengehen.« Er nahm die Hände langsam von ihrem Gesicht, legte sie auf sein Herz und verbeugte sich vor ihr. »Man sagt, daß alles, was wir suchen, uns seinerseits schon lange sucht und daß es uns findet, wenn wir unserem Herzen folgen.«

Er bot ihr an, sie zur Oase zu fahren, und reichte ihr beim Einsteigen ins Auto seinen Arm. Am Saphir-See angekommen, deutete er auf eine stachlige kugelrunde Pflanze, die, vom Wind getrieben, einen Dünenkamm hinunterrollte. Das »Geschenk des Nordwindes für mein Feuer« nannte er sie. Es handle sich um Zilla, konterte Jo, um einen Strauch, der nach einer Frau aus dem Geschlecht Adams benannt war, die ebenso kratzbürstig gewesen sei wie diese Pflanze. Um Lamechs Frau, bestätigte Achmed, um Silla, die Stachlige. Einvernehmlich ließen sie sich im Schatten der Palmen nieder.

»Menschen haben Kriege um Aromapflanzen und Gewürze geführt«, setzte Achmed das Gespräch nach einer Weile fort. Niemand wisse das besser als die Wüstenbewohner, die seit Menschengedenken diese Kostbarkeiten der Natur durch wilde und öde Gebiete transportierten.

»Düfte haben Signalwirkung«, bestätigte Jo. Die unterschiedlichsten Völker würden beim Geruch desselben Aromas das gleiche empfinden und ihr Handeln danach ausrichten. Wer die Düfte beherrsche, hätte auch Macht über die Menschen.

»Was war deine Aufgabe im Wadi Hamamah?« fragte Achmed übergangslos.

»Professor Tellos hoffte, phönizische Ruinen zu finden. Die Phönizier waren vor allen Dingen Händler. Sie besaßen das Monopol auf die wichtigsten Gewürze und natürlich auf den purpurfarbenen Saft der Meerschnecke, der ihnen die Bezeichnung Phönizier eingebracht hatte. Diese Farbe war so selten und begehrt, daß sie Priestern und Königen vorbehalten war. So wurden die Phönizier unendlich reich. Das bescherte ihnen viele Feinde. Die Römer besiegten die Phönizier schließlich und merzten jede Erinnerung an dieses Händlervolk aus. Alles, was wir in Hamamah von den Phöniziern gefunden hätten, wäre deshalb sehr kostbar gewesen. Meine Aufgabe war es, alte Salbölreste zu identifizieren oder pflanzliche Überreste zu untersuchen. Ich hätte damit vielleicht einen Teil phönizischer Geschichte beschreiben können.«

»Es gibt verrückte Menschen«, antwortete Achmed nach einer Weile. »Sie sehen aus, als säßen ihnen hundert Dämonen im Nacken. Sie müssen die ersten auf einem Berg sein und die schnellsten Wanderer in der Mittagshitze. Die Dämonen treiben sie an, gönnen ihnen weder Ruhepause noch Vernunft. Ich habe schon solche Menschen durch die Wüste geführt.«

»Du meinst, das Massaker von Hamamah sei von ehrgeizigen Forschern verübt worden?«

»Vielleicht.« Achmed zog ein weißlich-gelbes Harzklümpchen aus der Tasche, zerrieb es zwischen den Fingern und wedelte den Geruch zu Jo hinüber.

Jo schnupperte nur einmal in der Luft. »Das ist Myrrhe, die ihr *Murr* nennt.«

»Kennst du die Bedeutung von *Murr*? Es ist ein Duft, der besonderen Menschen vorbehalten ist, Menschen, die im Leben viel erreichen können. Aber zuerst müssen sie durch das Bittere des *Murr* aufgerüttelt werden, um ihren wahren Lebensweg zu entdecken. Du kennst *Isa Ben Maryam*, den Propheten Jesus. Man sagt, weise Männer aus der Wüste haben ihm bei seiner Geburt *Murr* dargebracht, damit er seinen Weg erkenne, doch noch bei seinem Sterben mußte man ihm das Bittere der Erkenntnis reichen, denn es gibt keinen Gott neben Gott.«

Jo antwortete nicht darauf. Das letzte, was sie sich zu ihren Problemen wünschte, war eine Diskussion mit einem überzeugten Monotheisten über den Sinngehalt der christlichen Dreifaltigkeit.

»So wie du dir über meinen Geruch ein Bild von mir gemacht hast, sehe ich dich im Duft des *Murr* stehen. Du wirst Bitteres kosten müssen, um deinen Lebensweg zu begreifen.« Achmed stand auf, drehte Jo so in die Sonne, daß ihr Profil einen Schatten in den Sand warf, und zeichnete mit dem Finger ihre Silhouette am Boden nach. Ihrem Gesicht verpaßte er eine überdimensionale Nase. »Das ist deine außergewöhnliche Nase. Durch sie bist du anderen voraus. Die Dämonen mißgünstiger Menschen, dieser kurzsichtigen, plattnasigen Ungeheuer, werden versuchen, dir diesen Vorsprung abzujagen. Du bist in Gefahr. *Allâh yehrussak*, Gott möge über dich wachen.« Mit diesen Worten ließ er sie allein.

Mit einem Palmwedel glättete Jo den Sand zu ihren Füßen und teilte ihn in eine Pro- und Kontraliste für Achmed ein. Sie wollte versuchen, sich ein objektives Bild von ihm zu machen. Er ist verantwortungsbewußt und fürsorglich, urteilte sie und malte Pluszeichen für diese Eigenschaften in die Proliste. Er verfügt über erstaunliches Wissen, hält die Gastfreundschaft hoch, pflegt Anstand, Toleranz und Großzügigkeit. Weitere Pluszeichen folgten. Er hat bemerkenswerte Sitten, fand sie, und er riecht gut. Aber dann schwebte ihre Hand über der Negativseite und malte schließlich nur ein einziges großes Fragezeichen hinein. Ein Mann, der eine Kalaschnikow besaß und Munitionskisten hortete, der dort gewesen war, wo sich ein Massaker ereignet hatte, was war das für ein Mensch? Er war gewiß nicht zimperlich, überlegte Jo und erinnerte sich, wie oft er sie zurechtwies. Seine Meinung war Gesetz. Wie würde er mit Gesetzesbrechern umgehen? Jo löschte die Liste mit ihrem Palmwedel. Er war die verwirrendste Person, die sie jemals kennengelernt hatte.

Das Geschehen im Wadi Hamamah schien auch nicht klarer zu sein. Hätte es sich wirklich um eine amerikanische Strafaktion auf libyschem Territorium gehandelt, müßte doch die libysche Führung größtes Interesse daran haben, ihre, Jos Gefährdung als Ausländerin öffentlich anzuprangern. Vielleicht würden sie mich gern als politisches Unterpfand nutzen, mit der Aussicht auf sattes Lösegeld, dachte sie dann erschrocken. Oder vielleicht als Person, die vor amerikanischen Bomben durch den beispiellosen Einsatz eines libyschen Staatsbürgers gerettet worden war? Achmeds Erklärung, sie sei verdächtig, hielt sie für vollkommen abwegig. Sie hatte nichts getan. Sie hatte keine Verbindung zu irgendwelchen Leuten, die tödliche Waffen besaßen und diese benutzten. Sofort fühlte Jo ein heißes, unangenehmes Prickeln auf ihrer Kopfhaut. Diese Überlegung gehörte leider der Vergangenheit an. Sie war in Gefahr, weil sie Achmed kannte, den Mann mit der Kalaschnikow. Deswegen hielt er sie in der Einsamkeit versteckt. Oder fürchtete er um sie, weil sie doch in die schmutzige Weltpolitik hineingezogen worden war?

Was auch immer geschehen war, im Wadi waren Unschuldige gestorben, sagte sich Jo. Deshalb schieden die USA als Täter aus, denn nach ihrem Verständnis würden die USA niemals Unrecht mit Unrecht begegnen, die Zeiten biblischer Rache waren doch längst vorbei. Ein Auge-um-Auge-Verhalten könnte nur weiteres Vergehen auslösen, eine Entwicklung, die kein zivilisiertes Land anstreben würde. Bevor sie sich also zu dem Gedanken hinreißen ließ, sie wäre Zeuge eines Rückfalls in die Barbarei geworden, wollte sie lieber annehmen, libysche Grabräuber hätten sich im Wadi Hamamah zu schaffen gemacht. Dabei war es zur Eskalation gekommen, die einem angesehenen Forscher und einigen verrückten Ausländern das Leben gekostet hatte. Nichts, worüber die libysche Presse gern berichten würde. Vielleicht war ein phönizisches Salbölgefäß aus dem Wadi Hamamah Achmeds Lohn, hielte er sie nur lange genug in der Wüste vor der Öffentlichkeit versteckt, bis sie als verschollen galt? Und die blutbefleckten Vermummten? Hatten sie tatsächlich nur Tote geborgen oder Leichen beseitigt und Spuren verwischt? Wie konnten sie gerade dann zur Stelle sein, als sich die letzte Detonation ereignete? Oder war das zu einer anderen Zeit geschehen? Wieweit kann ich mich überhaupt auf meine Erinnerung verlassen? fragte sich Jo bestürzt.

Minutenlang blieb sie vollkommen ruhig sitzen. Sie mußte sofort aufhören nachzudenken, sonst würde sie verrückt werden. Es war absolut still um sie. Sie lauschte angestrengt, es war nichts zu hören. Die Stille war so durchdringend, daß sie meinte, einen unerträglichen Druck in den Ohren zu spüren. Jo fühlte, wie das Blut in ihren Schläfen pochte. Sie mußte Achmed trotz allem überreden, sie in eine Siedlung zu bringen. Lieber würde sie unangenehme Fragen und Tage in Untersuchungshaft ertragen, bis man sie ausreisen lassen mußte, als allein in der Wüste bleiben. Jo erhob sich und nahm ein Bad im See. Ohne Achmed hatte der Ort von seinem Zauber eingebüßt. Die Sonne brannte stechend vom Himmel, und die

Dünen warfen das gleißende Licht erbarmungslos zurück. Die Palmen waren nicht grün, sondern staubgrau, das Wasser stank nach Schwefel. Der winzige Fleck mitten in der Wüste wirkte deprimierend klein und verlassen. Jo planschte im Wasser. Sonst war nichts zu hören. Nicht einmal das Schilf raschelte. Es war vollkommen still. Diese Grabesruhe herrschte hier vermutlich schon seit Jahrtausenden und würde auch die nächsten hundert Jahre anhalten, ob Jo die Rückkehr gelang oder die Wüste sie gefangenhielt. Sie war ein Niemand im Nichts. Sie mußte wenigstens über ihren jetzigen Horizont hinausblicken!

Die nassen Haare und das feuchte Kleid trockneten bereits beim Aufstieg auf die erste Düne. Sorgsam auf ihre Spuren im Sand achtend, stapfte Jo Richtung Norden, immer dünenaufwärts, in der unsinnigen Hoffnung, einen Punkt zu erreichen, der ihr einen Ausblick auf die Umgebung gewährte. Doch mit jedem Gipfel war es ihr, als ob sie sich stets auf demselben Platz befände. Als sie sich umwandte und die Oase plötzlich hinter den Sandbergen verschwunden war, machte sie auf der Stelle kehrt und rannte zurück. Ihre Beine schmerzten, und der Durst schien unerträglich. Sie hatte nichts erreicht. Jo griff nach ihrem kleinen Rucksack aus marokkanischem Ziegenleder, der so unverfänglich schien, daß Achmed ihr gestattet hatte, ihn zusammen mit den wenigen Hygieneartikeln zu behalten. Ihr Notizbuch aber könnte ihr Untergang sein, hatte er sie gewarnt. Das Gegenteil war jetzt der Fall. Jo vertiefte sich in ihre ethnobotanischen Eintragungen und versuchte, sie zu ergänzen.

Gleich neben dem Schwefelsee fand sie Palmen, Tamarisken und Hammada-Sträucher, Pflanzen, die selten gemeinsam wuchsen. Nach ihrem Kenntnisstand gediehen die einen auf salzhaltigen Böden, während die anderen nur sandige Böden vertrugen. Um das zu klären, nahm sie Bodenproben, die sie im Labor analysieren wollte. Jo faltete Blätter aus ihrem Notizbuch zu kleinen Tüten und beschriftete sie. Dabei kümmerte es sie nicht, daß ihr Tun im Moment reichlich absurd schien. Irgendwann würde sie nach Deutschland zurückkommen. Beim Abzeichnen des Blattstandes eines Hammada-Strauches fiel ihr die dicke *Enzyklopädie der psychoaktiven Pflanzen* ein. Dort hatte sie gelesen, daß Hammada Substanzen enthielt, die weit entfernt jenseits des Atlantiks als *Harman*-Droge von den indianischen Schamanen des Regenwaldes genutzt wurden. Dabei handelte es sich um die berühmte *Ayahuasca*-Droge, die viele Analoga auf der ganzen Welt hatte und aus zahlreichen miteinander verwandten Pflanzen gewonnen werden konnte. Mit ihrer Hilfe gelang es Schamanen, visionäre Träume heraufzubeschwören, in denen sie mit den Pflanzen- und Tiergeistern kommunizierten. Der Gedanke, Menschen hätten schon lange vor ihrer Zeit hüben und drüben des Atlantiks ähnliche Bedürfnisse mit gleichen Mitteln zu stillen versucht, ganz so, als ob sie ein gemeinsames Urwissen besäßen, gehörte zu Jos Lieblingshypothesen. Demnach hatten Menschen der Alten Welt lange vor Kolumbus den Atlantik überquert und Handel mit der Neuen Welt getrieben.

Jo lachte laut in die Stille hinein. Es gab tatsächlich angesehene, seriöse Wissenschaftler, gebildete Herren in Schlips und Sakko, die sich wie Hyänen an die Gurgel gingen, weil der eine behauptete, Atlantiküberquerungen vor Kolumbus wären möglich gewesen, und der andere dies verneinte. Die einen sprachen dabei von der Diffusion, dem naturbedingten Austausch der Kulturen beiderseits des Atlantiks, und die anderen, die Non-Diffusionisten, lehnten das so strikt ab, als gelte es, die Ehre des gesamten christlichen Abendlandes zu verteidigen. Dabei besaßen die Diffusionisten bedeutende Indizien, die sie in die Wissenschaftsschlacht einbrachten. Es gab unzählige Tonfigürchen mit Darstellungen bärtiger semitischer, phönizischer oder afrikanischer Menschen, die alle in Amerika gefunden worden waren, sowie Felsinschriften in Brasilien und Nordamerika, auf denen Seefahrer in phönizischer und nubischer Schrift ihr Schicksal beklagten, vom Kurs abgekommen und an fremden Gestaden gestrandet zu sein. Die Non-Diffusionisten taten diese Beweise als plumpe Fälschungen ab, übersahen dabei, daß die Inschriften zu einer Zeit entstanden waren, in der das phönizische Alphabet noch nicht entschlüsselt und damit auch Fälschern nicht zugänglich war. Die wirklich bedeutende Frage, wer denn von so einer Fälschung überhaupt profitieren könne, stellten sie sich niemals. Statt dessen wurden sie nicht müde zu beteuern, daß die Entdeckung der Neuen Welt durch christliche Seefahrer erfolgt sei und alle Völker vor diesen zur Überwindung der weiten Strecke weder das Können noch das Gottvertrauen besessen hätten.

Wenn doch nur die Diffusionisten und Non-Diffusionisten ihre Kräfte bündeln würden, um Forschung und nicht Bestätigung alter Vorurteile zu betreiben, dachte Jo. Dann könnte man der Menschheitsgeschichte ein interessantes Kapitel hinzufügen und Anstoß für neue Betrachtungen geben. Aber sie wußte um die Verbissenheit, mit der dieser Kampf geführt wurde, und auch darum, daß der größte Teil des Leids auf der Welt durch die Weigerung der Menschen verursacht wurde, etwas dazuzulernen. Forscher wurden offiziell verleumdet und mundtot gemacht, man drohte ihnen mit Entlassung, und das alles nur, um bei der abgenutzten Vorstellung zu bleiben, das christlich-mittelalterliche Europa sei allein in der Lage gewesen, Neuland zu entdecken.

Selbstverständlich mußte Jo dabei an Gerrit denken. Trotz seiner Jugend war er wohl der verbohrteste Non-Diffusionist auf diesem Planeten. Seine Argumentation war halsstarrig und er selbst vollkommen verschlossen und unzugänglich für jede Logik oder neue Idee. Wenn sie jemals in ihrem Leben einen unwiderlegbaren Beweis finden würde, der den Austausch der Kulturen zwischen der Alten und der Neuen Welt vor Kolumbus bestätigte, würde sie alles daransetzen, ihn Gerrit zu präsentieren. Denn nichts auf der Welt könnte sie mehr ergötzen, als sein heiliges, festgefahrenes Schulwissen zum Einsturz zu bringen.

Ohne allzusehr auf Hunger, Durst, Mücken oder den Sonnenstand zu achten, untersuchte Jo den Pflanzenwuchs der Oase. Sie trug jedes Grün in ihr Notizbuch ein. Darüber vergingen ihre Kümmernisse und der Tag. Sie blickte erst auf, als plötzlich ein großer Schatten auf sie fiel. »Achmed?«

Der Mann war ein Fremder. Jo erschrak. Er war ein richtiger Hüne, gut einen Meter neunzig groß. Und er machte ein furchterregendes, grimmiges Gesicht. Was Jo sonst noch von ihm erkennen konnte, war tiefdunkle Haut, die er mit einer hellblauen *Gallabiyya* bedeckt hatte. Anstelle eines *Kefirs* trug er einen himmelblauen Turban. Hätte er Jo nicht so finster gemustert, wäre sie von seiner imposanten Erscheinung sehr beeindruckt gewesen. So hatte sie einfach nur Angst. Sie rappelte sich auf, legte die rechte Hand aufs Herz und verneigte sich tief: *»Masa' al cher, ya Sayyid.«*

Die Mundwinkel des Hünen zuckten. Aber er verneigte sich ebenfalls und erwiderte den Gruß. »Darf ich Sie bitten, mir zum Auto zu folgen?« Sein Englisch war tadellos.

»Sie sprechen Englisch?«

»Sie auch?«

Jo errötete und hielt sich an ihrem Notizbuch fest. »Ich wollte eigentlich noch etwas hierbleiben.«

»Allein in der Wüste? Das wird Scheik Achmed nicht gefallen. Er hat mich beauftragt, Sie zu holen.«

»Ich bin mir nicht sicher ...«

»Das heißt, Sie trauen mir nicht?«

»Ehrlich gesagt, könnten Sie mir wer weiß was erzählen.«

»Ist das so üblich, dort, wo Sie herkommen?«

»Es gibt überall solche und solche Menschen.«

»Wenn ich nun ein solcher wäre, würde das etwas ändern? Hätten Sie die Wahl?«

Jo überlegte kurz und willigte ein. Der Kerl war blitzgescheit.

Vor der steilen Düne, hinter der er Achmeds Pickup geparkt hatte, nahm er Jo auf den Arm. »Ich habe die ausdrückliche Erlaubnis dazu«, erklärte er dabei in seinem guten Englisch. »Scheik Achmed vergleicht Sie mit einem kostbaren Gefäß, angefüllt mit Wissen und Weisheit, aber auch voller Zerbrechlichkeit. Er bat mich, Sie sowohl vor körperlichen Strapazen zu schützen als auch darauf zu achten, daß Sie sich nicht selbst verletzen. Er sagte, man müsse Sie wie die Mohnblume daran hindern, die Blüten dem Sturm entgegenzuhalten, um von ihm zerfetzt zu werden.« Ohne merkliche Anstrengung trug er Jo die Düne hinauf und zum Pickup hinüber. Er öffnete die Beifahrerseite mit dem Ellbogen, setzte sie behutsam ab, schloß die Tür und ging hinten um das Auto herum. Jo warf einen Blick in den Rückspiegel und begegnete seinen Augen, die sie anstarrten. Du lügst, dachte Jo spontan und senkte den Blick. Du hast dir deinen eigenen Reim auf Achmeds Worte gemacht. Du nimmst sie als Vorwand, mich zu berühren.

»Wie heißen Sie?« versuchte sie ein lockeres Gespräch.

»Wie würden Sie einen Moslem nennen?«

»Mohammed?«

Er schmunzelte und fuhr los. »Sie wollen sicher wissen, wo ich Englisch gelernt habe?« er sprach, ohne zu ihr hinüberzuschauen. »Aber Sie fragen nicht, weil Sie nicht unhöflich sein wollen, stimmt es? Man hat Ihnen erklärt, daß sich eine Frau in der arabischen Welt zurückhalten soll, nicht wahr?«

»Haben Sie in Oxford Psychologie studiert?«

Er lachte und entblößte dabei eine Reihe tadelloser weißer Zähne. Er schaltete in einen höheren Gang und ließ die Hand auf der Handbremse liegen, eine auffallend zarte Hand, gepflegt und schmal. »Ich verdiene meinen Lebensunterhalt nicht bei den berühmten Schmieden von Ghat«, erklärte er, warf Jo einen Blick zu und bemerkte ihre Überraschung. »Es fällt Ihnen schwer, Ihre Gedanken zu verbergen.«

Jo sah angestrengt durch die Windschutzscheibe. Es gefiel ihr nicht, daß er soviel über sie wußte. Zudem hatte sie das Gefühl, er würde sie testen und jede Reaktion Achmed kundtun.

»Möchten Sie wissen, was passiert ist?«

»Und?« Jo fuhr herum und musterte ihn.

Er schaltete und legte die Hand auf die Lehne des Beifahrersitzes. Wenn Jo nicht die unbequeme Stellung beibehalten wollte, würde sie sich an seine Hand lehnen müssen. Sie versuchte, aufrecht sitzenzubleiben. Schon nach wenigen Minuten verkrampfte sich ihre Rückenmuskulatur. »Warum reden Sie nicht?« fragte sie.

»Ich bin mit Alternativen beschäftigt.« Kurz darauf fuhr er ruppig über den steinigen Teil der Piste. Jo hielt die angespannte Haltung nicht mehr aus und lehnte sich an seine Hand. Wohlige Wärme durchströmte sie. Er stützte ihren Rücken, wenn der Weg über Bodenunebenheiten ging, und spannte die Muskeln an, um sie bald wieder zu lockern. Es war ein angenehmes Gefühl und ersetzte die Unterhaltung. Erst als sie in der beginnenden Dunkelheit das Lagerfeuer vor einem Zelt ausmachten, zog Mohammed die Hand zurück und ergriff mit beiden Händen das Steuer. Er stoppte an den Zeltpflöcken, sprang aus dem Auto, hob Jo heraus, hielt sie sekundenlang fest und stellte sie schließlich Achmed vor die Füße.

»*Marhaba*, Jo!« Über Achmeds Gesicht huschte ein strahlendes Lächeln. Dann bat er sie, hinüber ins Zelt zu gehen und dort zu warten. Jo zögerte einen Moment. Achmed trug ein dunkelblaues, weites, im Wind flatterndes Gewand, das ihn vor dem zuckenden Feuerschein wie einen König aus dem Morgenland aussehen ließ. Jo konnte sich von seinem Anblick vor den Dünen und dem Sternenhimmel nicht losreißen. Sie waren wieder vereint, so wie er es versprochen hatte. Dann fiel ihr Blick auf das Zelt und einen im Feuerschein glänzenden dicken Draht, der wie eine Wäscheleine von der Zeltspitze meterweit bis zu einer hohen Holzstange gespannt war. Sie registrierte, daß Achmed und Mohammed sie plötzlich alarmiert betrachteten und einen schnellen Blick miteinander tauschten. Jo wandte sich ab, ging zum Zelt hinüber und schlug das Eingangstuch zurück. Sie war eine Frau und mochte wenig von Technik verstehen, aber bei der »Wäscheleine« handelte es sich um eine Langdrahtantenne für einen sicheren, weitreichenden Funkverkehr, für eine Art der Kommunikation also, wie sie vom Militär im Feld benutzt wurde – oder von Rebellen. Sie ließ das Eingangstuch fallen und stellte sich im Zeltinnern daneben auf. Von hier konnte sie durch einen Riß in der Zeltbahn das weitere Geschehen beobachten.

Sie sah Achmed wütend gestikulieren und beobachtete Mohammed, der rasch den Funkdraht abbaute. Wenn Achmed die Möglichkeit hatte, hier draußen einen Funkverkehr aufrechtzuerhalten, dann gab es keinen Grund, das vor ihr zu verbergen. Es sei denn, es handelte sich um etwas Gesetzloses, etwas, das sie nicht erfahren durfte, weil sie es verraten könnte. Oder stritt Achmed mit Mohammed, weil dieser sie berührt hatte? Jo legte die Hand ans Ohr, um die heftigen Worte besser verstehen zu können. Aber sie gingen im Motorengeräusch unter, das sich aus der Wüste näherte. Sie sah Scheinwerferlicht über den Nachthimmel gleiten und dann Auto um Auto vorfahren und anhalten. Manche Besucher erschienen in traditioneller Kleidung, andere trugen moderne Hosen und Shirts, einige fuhren allein in alten Autos vor, viele kamen gedrängt auf der Ladefläche eines Lkws an. Aber wie sie auch aussahen und auftraten, immer verneigten sie sich vor Achmed und warteten auf die Erlaubnis zum Sprechen. Mehr als einmal konnte Jo unter den Übermänteln Waffen erkennen, und manche der Männer trugen den *Kefir* so vor dem Gesicht, daß nur ihre Augen heraussahen. Jo fühlte eine unangenehme Hitze im Genick. Der Anblick der Vermummten erinnerte sie an die Nacht ihres Unfalls. Und so wie damals schien auch hier Achmed der Wortführer zu sein, derjenige, der sich die Meinung der anderen vortragen ließ und dann eine Entscheidung traf. Wenn er gesprochen hatte, erfolgte keine Widerrede. Mohammed hatte ihn »Scheik Achmed« genannt, und so, wie sie ihn jetzt als Oberhaupt zwischen seinen Untertanen sah, dämmerte ihr, daß er ein bedeutender Anführer sein mußte. Mindestens hundert Männer schienen zu kommen und zu gehen. Es waren so viele, daß Jo, durch das lange Stehen müde geworden, von einem Bein auf das andere trat. Seine gehobene Stellung als Scheik lieferte natürlich eine gute Erklärung für seine vorbildliche Haltung, sein Wissen und die noble Art der Gastfreundschaft. Leider sprach es auch dafür, daß er gewohnt war, mit fürstlicher Berechtigung über das Schicksal seiner Anvertrauten zu bestimmen. Ich befinde mich wie ein verirrtes Schaf in seiner Obhut, dachte Jo, gleichermaßen behütet und beherrscht.

Wortfetzen und Gelächter, aber auch die Aromata von Kardamomkaffee und Zimttee wehten zu ihr herüber. Sie spürte, wie Hunger und Durst mächtiger als ihre Besorgnis wurden. Die Besucher schienen nicht in Eile zu sein. Sie nahmen noch ein Schälchen Würzkaffee oder Tee zu sich, steckten die Köpfe zusammen, berieten sich und verließen die Runde erst nach mehr als einer Stunde. Etwa ein Dutzend Männer blieb zurück, machte sich an der dunkelroten Glut des Feuers zu schaffen, buk Fladenbrot und bedeckte in Blätter Gewickeltes mit Asche. Bald zogen Wohlgerüche zu Jo herüber. Achmed winkte Mohammed zu sich heran. Mit Erstaunen beobachtete Jo, wie widerspruchslos der große Mann seinen Auftrag ausführte. Er füllte einen Blechteller und näherte sich dem Zelt. Jo huschte auf ihren Platz zurück.

»Sie haben Hunger?« fragte Mohammed, stellte eine Petroleumlampe ab und bot Jo Essen an.

»Bitte«, Jo klopfte auf den Platz neben sich. »Bitte setzen Sie sich. Erklären Sie mir, was los ist.«

Mohammed reichte ihr ein Glas Tee und machte keine Anstalten, ihre Einladung anzunehmen. »Wir haben ein großes Problem.«

»Und das wäre?«

»Haben Sie einen Spiegel, schöne Frau? Benutzen Sie ihn, denn darin sehen Sie unser Problem verkörpert. Wie werden wir Sie los? Wie schaffen wir Sie unbemerkt über die Grenze? Wer wird Sie begleiten, und wann kann es geschehen? Viele Männer haben darüber beratschlagt, wenn auch die meisten Gedanken wertlos wie ein Tropfen Wasser auf heißen Sand waren.«

»Worauf hat man sich geeinigt?«

Mohammed hob die Hände zum Himmel: »Auf ein Wunder des Allerbarmers. Möge er uns den richtigen Mann zur rechten Zeit an die Grenze stellen.« Er deutete eine Verbeugung an und verließ sie.

Trotz dieser ungewissen Auskunft fühlte Jo einen mächtigen Hunger und schlang Reis mit gesottenem Gemüse und Lammfleisch hinunter. Danach reinigte sie den Teller mit Sand, stellte ihn beiseite und ging zurück zu ihrem alten Beobachtungsposten neben dem Eingang. Die Männer draußen vor dem Zelt schienen der harte Kern zu sein, der sich noch immer damit herumschlug, wie man Jo Zakyneros über die Grenze schaffen könne. Im Feuerschein sahen die Gesichter wild und verwegen aus. Stattliche Schnauzbärte beugten sich über winzige Mokkatassen, und Gesichtstücher wurden zurückgeschlagen, um Reis und Fleischbällchen im Mund verschwinden zu lassen. Als die *Schischa,* die Wasserpfeife, die Runde machte und Jo den frühlingshaft-frischen Duft von Apfelblatt roch, sah sie Achmed die Hand heben und ein Zeichen geben. Einige Männer standen auf, liefen zu ihren Autos und brachten Trommeln und Zupfinstrumente herbei. Die Musikanten begannen zu spielen und zu singen, und die Zuhörer lagerten sich auf Teppichen und Kissen im Halbkreis um das Feuer. Im monotonen Einerlei der fremdartigen Musik meinte Jo, hin und wieder ihren Namen im Gesang zu vernehmen. Plötzlich brachen die Klänge ab.

»Komm heraus, Jo!« rief Achmed zu ihr hinüber, als wisse er genau, wo sie stehe. Jo ließ einige Sekunden verstreichen, schlug das Eingangstuch zurück, zog sich die Schuhe aus und ging zu seinem Kissen ans Feuer, ohne auch nur einen der Männer direkt anzublicken.

Ali, der Sänger, ein junger Bursche in knallroter Hose und schwarzem Hemd, erhob sich jetzt, verbeugte sich vor Jo und stimmte ein Lied auf sie an, in dessen Refrain alle Männer einfielen. Musik und Gesang steigerten sich innerhalb von Minuten, Mohammed sprang auf, tänzelte barfuß und mit wiegenden Schritten im Kreis herum, beschleunigte seine Bewegungen, als die Männer rhythmisch zu klatschen begannen, löste seinen blauen Turban, schlang ihn wie einen Schleier um Gesicht und Kopf und imitierte einen Bauchtanz. Jo beobachtete den schmalhüftigen großen Mann beim Tanz und sah seine Augen im schmalen Sehschlitz aufleuchten. In der Dunkelheit, im Auf und Ab des Feuerscheins und verborgen hinter seiner Kleidung, schien nicht wirklich klar zu sein, ob es sich bei diesem Tänzer um einen Mann oder um eine Frau handelte. Jo sah die schmalen, braunen Füße durch den Sand wirbeln, das verführerische Wiegen, Neigen und Drehen eines Körpers, der Sinnlichkeit, Beherrschung, rasende Leidenschaft, vollkommene Hingabe und Stärke zugleich ausdrückte. Gerade die Energie, die wilde Kraft, die den Sprüngen und Schritten des großen Tänzers anhafteten, und die graziöse Leichtigkeit, mit der Mohammed im Takt aufpeitschender Trommelklänge fast über den Sand zu schweben schien, lösten in Jo ein prickelndes Gefühl aus, das ihren Kopf und ihren Bauch durchströmte. Sie wagte einen schnellen Blick zu ihrem Gegenüber und erkannte, daß auch dieser Beduine mit weit geöffneten Augen auf die sinnliche Darstellung starrte. Als Mohammed direkt vor Jo tanzte, den Sand zu ihren Füßen aufstieben ließ und mit heftigen, ruckartigen Hüftbewegungen auf die heißen Rhythmen der Musik reagierte, klatschte Achmed ein einziges Mal in die Hände. Augenblicklich ließen die Musikanten ihre Instrumente sinken. Mohammed fiel auf die Knie und starrte sie leidenschaftlich an.

»Was wollen Sie?« fragte Jo. Sie war naßgeschwitzt und hörte, daß ihre Stimme heiser klang.

»Wir wollen, daß Sie glücklich sind.« Er wickelte den Turban um seinen Kopf, erhob sich so leicht und geschmeidig vom Boden, als sei er eine Raubkatze, und trat in die Dunkelheit zurück.

Am anderen Morgen erwähnte Achmed den Abend nicht, noch erklärte er Jo, was er vorhabe. Er forderte sie auf, ins Auto zu steigen, und fuhr Richtung Norden. Dabei summte er eine Melodie. Plötzlich brach er ab. »Mohammed ist ein schöner Mann.«

»Nein«, Jo schüttelte heftig den Kopf.

»Du lügst, Frau.« Achmed trat jäh auf die Bremse, hielt an und wandte sich ihr zu. Er umfaßte ihr Gesicht und fuhr mit seinen Fingern über ihre Lippen. »Du sprichst hiermit, aber du sagst etwas anderes.« Er ließ die Hände sinken und umspannte ihre Taille.

Jo blickte stur geradeaus. Die Sonne heizte das Auto in Minutenschnelle auf. Achmeds Hände brannten auf ihrer Haut, und ihr Mund schien auszudörren. Schließlich ergriff er wieder das Steuer und setzte die Fahrt fort, die zu einer Reise durch Hitze und tiefe Sandverwehungen wurde. Jo mußte sich an Tür und Armaturenbrett festklammern, litt unter der ruppigen Fahrweise, spürte den Anflug von Kopfschmerzen, kniff die Augen gegen die blendende Helligkeit zusammen und hoffte, daß die Fahrt bald zu Ende sei.

Erst als Achmed ihr während einer Pause vom *Mahr*, dem Brautschatz seiner Mutter, erzählte, der jetzt ihm gehöre, da er keine Schwester habe, wurde Jo wieder munter. Sie betrachtete den großen Silberbecher, den Achmed ihr zeigte, sah die kostbare Silberschmiedekunst, ein Gefäß, dessen Henkel von aufrecht stehenden goldenen Widdern mit Lapislazuliaugen gebildet wurden. Dieser Becher war alt, wertvoll, makellos gearbeitet und schien ihr mit Sicherheit nicht Zierat eines Beduinenvolkes, sondern Teil königlicher Ausstattung zu sein. Achmed erlaubte ihr, ihn abzuzeichnen, verkrustete Reste von den Innenseiten zu kratzen, in Papiertütchen zu sammeln, um sie eines Tages in München untersuchen zu können.

Auf der Weiterfahrt träumte Jo davon, mit Hilfe ethnobotanischer Analyse herauszufinden, von welcher Art der Inhalt des Gefäßes einst gewesen sei und woher die Substanzen stammen, um vielleicht dadurch rekonstruieren zu können, wie es in den Brautschatz von Achmeds Mutter geraten war. Achmed hatte ihr erzählt, daß seine Mutter aus der Oase Siwa stamme, deren Wahrzeichen der Widder sei. Natürlich wußte Jo, daß in Siwa der widderhörnige Gott Amun verehrt worden war, doch diese Silberarbeit zeigte nicht die Merkmale ägyptischer oder ptolemäischer Handwerkskunst, sondern erinnerte an Persien.

Während Jo über die Verbindungen zwischen den Persern und Ägyptern nachdachte, sich der Perserkönige Kyros, Kambyses, Dareios und Xerxes erinnerte und darüber nachsann, wer von ihnen zuletzt den königlichen Becher in der Hand gehalten haben mochte, setzten sie ihre strapaziöse Wüstenfahrt fort. Als Achmed stoppte und ihr einen Landstrich mit magerem Bewuchs und schwarzen Beduinenzelten zeigte, dies seine Negev Hamida nannte, die fruchtbare Steppe, die seine Familie und Herden ernähre, verdrängte Jo die Gedanken an den Silberbecher. Sie folgte Achmed auf den Kamm der letzten großen Sanddüne, die eine Grenze zwischen den beiden Landschaften bildete. Jo blickte durch sein Fernglas, sah Kamele, Pferde, Schaf- und Ziegenherden und betrachtete Männer, Frauen und Kinder, die alle zu Achmeds Besitz zu gehören schienen. Sie hörte ihn von seinen Kindern sprechen, von denen keines das Hirtenleben fortführen wolle. Sein ältester Sohn Abdul etwa werde auf Malta zum Flugzeugmechaniker ausgebildet, und seine jüngste Tochter Aischa bestehe darauf, ihren Brautschatz in ihre Ausbildung zu investieren. Obwohl er ihnen gestatte, einen modernen Beruf zu ergreifen, fuhr Achmed fort, während sie zum Auto zurückgingen, müßten alle Kinder in den Ferienmonaten das Leben der Beduinen teilen. Denn allein durch ihr Wanderdasein hätten seine Vorfahren jahrhundertelang überlebt. Nun locke die Regierung mit Prämien, um auch die letzten Umherziehenden seßhaft zu machen. Dafür würde das *Man Made River Project* betrieben, ein künstlicher Fluß aus fossilem Grundwasser, der ihnen Wasser garantieren solle, das aus dem Süden Libyens in den Norden transportiert würde. Ein Projekt, das Achmed als kurzlebig ansah, als Augenwischerei, das den Generationen nach ihm den Hungertod bringen könnte. Denn selbstverständlich würde dieses Wasser den Oasen im Süden fehlen. Schon jetzt sei dort der Grundwasserspiegel der Brunnen gesunken. So würde das ehrgeizige Projekt bedeuten, daß in naher Zukunft, im Norden sowie im Süden, Wassermangel herrsche und niemand mehr wüßte, wie man allein mit Disteln, Zwergsträuchern und genügsamen Tieren in der Wüste überleben könne. Jo hatte die ganze Zeit geschwiegen und verstand jetzt, daß Achmed wegen seiner Ansichten als Aufrührer galt, als Rebell, der trotz seiner Weltoffenheit den traditionellen Weg des Nomaden beibehalten wollte und damit der libyschen Regierung so lästig war wie ein Dornbusch im Lilienfeld. Aber sie glaubte inzwischen herauszuhören, daß er mit dem Gedanken spielte, sie, Jo, seinem beachtlichen Besitz einzuverleiben.

Seit diesem Moment, da Jo begonnen hatte, alles mißzuverstehen, waren mehr als acht Tage vergangen. Jo blickte vom Feuer auf, an dem sie Tee bereitete, und dachte zurück. In der Negev

Hamida hatte sie nicht nur Kamele, Zelte und Menschen gesehen, sondern fern am Horizont war auch ein Lastwagen Richtung Osten gefahren; sie hatte begriffen, daß er zur ägyptischen Grenze unterwegs war, die nahe schien. Und die Information, daß ausgerechnet Mohammed einen gewissen Einfluß auf die Grenzer dort habe, hatte sie gereizt werden lassen. Viel zu laut und heftig hatte sie gefordert, Achmed müsse sie sofort dorthinbringen, und gefleht, sich Mohammed anvertrauen zu dürfen. Als Achmed mit ausdruckslosem Schweigen reagiert hatte, war sie schluchzend in die Wüste gerannt.

Nach diesem albernen Ausbruchversuch hatte Achmed prophezeit, daß ihre *Mondzeit* nahe, sie deshalb verrückt sei und Hilfe bräuchte. Obwohl Jo gar nicht verstehen wollte, was er mit *Mondzeit* meinte, hatte sie mitansehen müssen, daß er, wieder zurück in seinem Lager, das Zelt mit einem Baumwolltuch in Männer- und Frauenbereich teilte, ihr seine elfjährige Tochter Aischa mit einem großen Korb einfacher Hygieneartikel schickte und sie anwies, vier Tage im Zelt zu bleiben und getrennt von ihm zu essen. Was Jo daran am meisten geärgert hatte, war die Tatsache, daß er recht hatte. Ihre *Mondzeit* hatte tatsächlich eingesetzt, und Aischas Anwesenheit hatte sich als abwechslungsreich und angenehm erwiesen. Sie hatte sich nach Aischas Anweisung über einem Kohlebecken mit Kamille und Weihrauch geräuchert, was ihr die Unterleibskrämpfe nahm. Sie hatte gelernt, sich so über den Räuchertopf zu stellen, bis der Dampf aufstieg und oben am Halsausschnitt entwich. Sie hatte ihre Arabischkenntnisse mit Hilfe des kleinen Mädchens mit dem Madonnengesicht verbessert und geübt, Fladenbrot in heißer Asche zu backen und mit brennenden Palmwedeln abzufackeln.

Jo schmeckte den Tee ab, stand auf und stellte die Petroleumlampe bereit, die ihr Halima, Achmeds Frau, zusammen mit einem kleinen Hocker aus geflochtenem Palmblatt geschickt hatte. Nach ihrem Verständnis deutete dies nicht nur großzügige Gastfreundschaft an, sondern auch den Wunsch, sie in Libyen zu behalten. War sie vielleicht ein wertvolles Tauschobjekt, etwas, das sogar Halima nicht aus der Hand geben wollte?

»Du grübelst«, stellte Achmed fest. Er betrat das Zelt, dessen Trennung inzwischen wieder aufgehoben worden war. Jo reichte ihm einen Becher süßen Minztee. Nachdem er einen Schluck davon genommen hatte, präsentierte er ihr eine alte Zeitung. »Kannst du das lesen?«

Mit großer Mühe gelang es Jo, die Schlagzeilen zu entziffern. Bei der Bombardierung im April 1986 war in Tripolis Gaddafis Tochter getötet worden. »Das ist sehr traurig«, bestätigte Jo. »Aber es ist schon viele Jahre her. Was hat das mit mir zu tun?«

Achmed hob die rechte Hand und zählte an den Fingern auf: »Die Regierung braucht einen Verhandlungsgrund, um mit der Welt ins Gespräch zu kommen. Sie können dich als Geisel betrachten oder den Tod von Gaddafis Tochter mit deinem vergelten. Oder abseits der großen Politik mich und meine Familie endlich in die Knie zwingen, mir vorwerfen, dich, ohne es zu melden, beherbergt zu haben, nach den Gesetzen freier Menschen, die sie brechen wollen. Du bist eine große Gefahr für uns. Sie werden dich benutzen, um deine Regierung und mich zu Zugeständnissen zu zwingen.«

»Ich bin überhaupt nicht wichtig, Achmed. Ich bin eine Studentin, mehr nicht. Wahrscheinlich fragt niemand nach mir. Es gibt keine Familie in Deutschland, die um mich weint. Niemand wird wissen wollen, wo ich bin und ob ich wiederkomme.«

»Du zählst als Mensch. Du hast Tauschwert. Mit deinem Schicksal kann die Regierung gegen die Bombardierung durch Amerika protestieren, oder sie kann dich zur Spionin erklären und damit auch meine Familie beschuldigen. Mit dir hat sie ein Druckmittel gegen mich in der Hand.«

»Dann sollte ich auf dem schnellsten Weg verschwinden!«

»Auf dem sichersten Weg. Sie dürfen dich nicht an der Grenze aufgreifen! Du mußt lernen, Geduld zu haben, wegen mir und meiner Familie.«

»Deine Frau«, griff Jo das Thema auf. »Ist sie nicht verärgert, daß ich hier bei dir lebe?«

»Du kannst nur hier leben. Die Zeltbewohner dürfen dich nicht sehen. Männer schweigen, aber Frauen und Kinder reden. Halima ist recht, was ich entscheide. Wir wollen dir helfen, aber gefährde uns nicht. Warte auf eine Gelegenheit, *inschallâh*! Gott allein kennt die Zukunft.« Achmed stellte den Teebecher zur Seite. »Du bist nicht überzeugt? Nein, lüge nicht. Ich sehe es an deiner Stirn, die gewellt ist wie Wanderdünen. Niemand wartet in Deutschland auf dich? So bleibe hier, bis ein günstiger Moment kommt! Du willst Pflanzen erforschen? Sieh dir an, was in der Wüste gedeiht, lerne von ihr! Die Wüste ist geduldig und bleibt deshalb immer siegreich. Wer in ihr leben will, muß schlau sein und sein Schicksal annehmen. Mach es wie die Kamele! Müssen sie im Sandsturm weiterwandern, schließen sie dasjenige Auge, in das der Wind die scharfen Körner treibt. Das andere lassen sie offen und blicken geradeaus.« Achmed erhob sich und kam mit Kamelfutter wieder. »Sicher kennst du diese Pflanze?«

»*Kaub*, eine Distelart?«

»Richtig. In ihrer Jugend sind die Disteln weich und schmackhaft, im Alter werden sie hart und ledrig. Man kann sie nicht mehr genießen. Deswegen nennen wir sie auch Frauendistel. Wer die jungen Pflanzen gierig vernascht, hat zwar auf angenehme Art seinen Hunger gestillt, aber es bleibt ihm nichts für die langen, einsamen Tage. Deshalb pflegt ein kluger Mann die Distel, bis sie alt geworden ist. Dann kann er ihren Kern ernten, das Innerste, das nahrhaft und haltbar zugleich ist.« Er langte in die Tasche und reichte Jo eine kantige Nuß.

»Sehr schmackhaft.«

»Jedes Alter hat etwas zu bieten.«

»Möchtest du mich hierbehalten, bis ich eine harte Nuß geworden bin ... warum antwortest du nicht?«

Achmed legte die Finger an die Lippen und bedeutete ihr, still zu sein. »Hörst du?« fragte er.

Sie waren vor das Zelt getreten und vernahmen ein fernes Pfeifen, das sich bald zu einem Heulton steigerte. »*Harmattan*, der kalte Wind kommt! Beeile dich, *yalla*!« Rasch überprüften sie die Zeltpflöcke und -schnüre und trugen Wasserkanister und Brennholzvorräte hinein. Noch ehe Achmed den Eingang verschließen konnte, brauste der Sturm heran, ein schneidend kalter Windstoß fuhr unter das schützende Dach, wirbelte Sand und Asche auf, trieb einen Funkenregen durch die Dunkelheit und löschte das Feuer. In wenigen Minuten sank die Temperatur um etliche Grad. Heftige Windstöße ließen ihre Behausung beben. Ein loses Seilende schlug pfeifend gegen die Wand aus schwarzem Tuch. Die kalte Wüstennacht wurde eisig. Jo wickelte sich in ihre Decke und zog eine Ecke über den Kopf. Dann prasselten Sandkörner wie Geschosse auf das Zelt. »Ich wußte nicht, daß man im Sandsturm erfrieren kann«, versuchte sie zu scherzen.

»Ich habe ein Mittel dagegen.« Achmed verschwand hinten im Zelt, grub im Sand und kam mit einem weißlich-gelben Brocken in seiner Hand zurück. Er knetete ihn zwischen den Fingern zu einer Rolle und legte ihn unter dürre Ästchen auf die Feuerstelle. Dann wies er Jo an, mit ihrem Körper den Wind abzuhalten, und entzündete die weißliche Masse. Das Feuer begann prasselnd zu brennen. Jo sah zu, wie er frisches Wasser in den Kessel goß, die Flammen nährte und schließlich den großen Teesack heranzog. Während er die verschiedensten Pflanzenteile in das kochende Wasser warf, kam sie ins Grübeln. Derartiges knetförmiges Material kannte sie nur aus Agentenfilmen, in denen Terroristen damit vortrefflich die

Autos der verhaßten Politiker in die Luft jagten. Achmed fing ihren sorgenvollen Blick auf, doch statt Bestürzung schlich sich wieder der Schalk in seine Augen. Allerdings erklärte er sich nicht, sondern bat Jo, den Tee umzurühren. Sie sah Nelken und Kardamom im Topf schwimmen, Zimtstangen, Ingwerwurzel und Sandelholz sowie viele zerkleinerte Blätter und Früchte, die sie so rasch nicht identifizieren konnte. Jo fischte eine Zimtstange aus dem heißen Wasser. Wenn sie weichgekocht sei und fad schmeckte, sei auch der Tee fertig, hatte Achmed sie wissen lassen. Die Zimtbaumrinde brannte immer noch scharf und aromatisch auf der Zunge. Jo war versucht, Achmed aufzufordern, noch etwas Plastiksprengstoff nachzulegen, aber sie langte statt dessen zu den Kamelbällchen hinüber. *Allâh* allein mochte wissen, was um sie herum geschah. Ihr war nicht danach, mitten im Sandsturm Bedenken anzumelden.

Schließlich zog ein würzigen Duft in ihre Nase. Sie prüfte wieder die Beschaffenheit der Rinde, goß Tee in einen Becher und reichte ihn Achmed. Er nahm einen winzigen Schluck, forderte sie dann auf, sich zu ihm zu setzen und sich an ihn zu lehnen, da sie seinen Halt brauchen würde, wenn sie den Mut besäße, ebenfalls vom Tee zu kosten. Sie sei immer bereit dazuzulernen, gab Jo zurück, hockte sich zu ihm unter die Decke und probierte das heiße Getränk. Der Tee schmeckte pfeffrigscharf und honigsüß zugleich und belebte sie augenblicklich. Ihre Hände wurden warm, ihre Wangen begannen zu glühen, und Hitze durchströmte ihren Körper. Achmed griff nach dem Becher, bröselte getrocknete Kräuter hinein, rührte mit seinem Finger um und bestrich ihre Lippen damit. »Wir nennen es das Königskraut. Es verleiht der Liebe Flügel.«

Es ist doch kein Alkohol im Tee, fragte sich Jo, als sie Sekunden später glaubte, zentimeterhoch über dem Boden zu schweben. Jenseits der schützenden Decke meinte sie, Bewegungen um sich herum zu spüren, neblige Schatten wahrzunehmen, die vor dem tiefschwarzen Hintergrund der Zeltwände auftauchten und Gestalt annahmen, zu Dunst zerflossen, neue Formen bildeten und das gelbrote Licht des Feuers mieden. »Es sind die Geister, die zurückholen wollen, was im Brautschatz meiner Mutter ist«, flüsterte Achmed nahe an ihrem Gesicht. Sie spürte seine Wange und seine Lippen auf ihrer Haut. Ihr Herz klopfte jetzt wie rasend. Achmed fühlte es und umschloß sie fest mit beiden Armen. Jo lächelte in die Dunkelheit hinein. Die Schatten wichen zurück, aber ihr Herz schien sich auszudehnen und zu öffnen und eine Botschaft zu empfangen. Ein Wohlgeruch, reich, süß und zärtlich, ein warmer, blumiger Duft nach Morgensonne auf Rosenblüten erfüllte die Luft. Jo wußte nicht, ob sie dies roch oder fühlte, sie hörte nur Achmed tief ein- und ausatmen und begriff, daß dieses Aroma von ihr ausging und sie beide in eine Wolke aus verführerischem Dunst hüllte. Sie würde jeden Moment die Kontrolle über sich verlieren. »Erzähl mir vom Brautschatz deiner Mutter«, flüsterte sie. »Wie kommen persische Widder nach Siwa?«

Achmed wiegte sie leicht hin und her. »Es ist die Geschichte einer großen Liebe.« Er ließ die Hände hinabgleiten, bis sie auf ihren Beinen lagen. Jo spürte den Druck seiner Finger, die sanfte Melodie, die sie zu spielen schienen. »Danach«, murmelte er. Sekunden verstrichen. Der Wind heulte auf und verstummte plötzlich. Das Feuer brannte hell und ruhig. Achmed blickte Jo an, erkannte das winzige Zögern in ihren Augen und wurde ernst. Er stand auf, ging zu seinem Lager hinüber, kniete sich nieder und verneigte sich gegen Osten. »Brich mir das Herz, *Allâh*!« rief er aus, »um Raum für grenzenlose Liebe zu schaffen!«

In dieser Nacht fand Jo lange keinen Schlaf. Der Sturm ließ nach, aber die Decken fühlten sich sandig und kratzig an, und ein bitterkalter Windstoß fegte in Stößen über den Zeltboden. Jo hörte Achmed ruhig atmen und haßte ihn dafür. Seine Beherrschung und Geduld schienen groß wie die Wüste zu sein. Oder so gewaltig wie ihre Sehnsucht. Sie verkroch sich tief unter ihren Decken, bis ihr die Luft zum Atmen knapp wurde. Wenig später wurde sie unsanft gerüttelt. »Steh auf, schnell!«

»Was ist passiert?« Jo klammerte sich schlaftrunken an Achmed.

»Ich weiß es nicht. Bleib hier, bis ich wiederkomme oder jemanden schicke.« Verwirrt blickte Jo hoch. Hinter Achmed erkannte sie Ali und sah, wie beide aus dem Zelt rannten. Sie hörte ein Auto davonfahren, danach war es still. Im Schein der Petroleumlampe packte sie ihre Habseligkeiten zusammen, die Achmed aus dem Sand ausgegraben und zu ihr gelegt hatte. Sie lauschte in die Dunkelheit hinein und wartete. Plötzlich betrat jemand das Zelt. Der Strahl einer Taschenlampe blendete sie. Eine dunkle Hand erschien hinter dem Lichtkegel und reichte ihr ein Stück Papier: »Geh mit Schamsi und Ghobad«, war darauf zu lesen. »Vater will es so. Gott schütze dich. Aischa.« Jo ließ den Zettel sinken. »*Yalla*!« zischte die Stimme hinter der Taschenlampe. Ein Kleiderbündel flog vor ihre Füße. »Zieh das an.«

Jo schlüpfte in eine schwarze Hose, zog ein weißes Hemd über und wickelte ein schwarzes Tuch um den Kopf. Dann reichte ihr der Fremde einen schwarzen Mantel. Sie fühlte sich grob gepackt und nach draußen befördert. »Achmed?« fragte sie. »Wo ist Achmed? Wer bist du?«

»Schamsi. Sei still, Frau.«

Der Wind hatte sich gelegt, und die Sterne funkelten vom blanken Nachthimmel. Jo zitterte vor Kälte und Müdigkeit. Sie war hinter dem Fremden um das Zelt getrottet und konnte dort im Sternenlicht Kamele und einen zweiten Mann ausmachen. Widerstandslos ließ sie sich zu der kleinen Karawane hinüberführen und auf den Rücken eines Tieres heben. Sie klammerte sich gerade erst fest, als sich das Kamel auch schon ruckartig erhob und sie erst nach vorn und dann nach hinten warf. Jo hörte ein leises Zungenschnalzen, sah die Kamele um sich herum aufstehen und sich in Bewegung setzen. Schamsi drängte sein Reittier an das ihre. »Stell keine Fragen, Frau. Halt dich gut fest, denn wir müssen die steilen Dünen im Süden hinauf, wo noch genug Wind bläst, um unsere Spuren zu verwehen.«

Jo wagte keine Widerrede. Noch seine leisen Worte klangen barsch und befehlend. Sie blickte zaghaft um sich. Die Spitze der Karawane führte der andere Beduine an, ihm folgten zwei Kamele mit großen Lasten und schließlich sie und hinter ihr Schamsi. Schweigend zog die Karawane gen Süden.

Erst bei Anbruch der Morgendämmerung erkannte Jo den schwindelerregenden Dünenkamm, auf dem sie sich nun schon seit Stunden fortbewegten, einen schmalen Grat, der hoch über einen Abgrund hinwegführte. Als Felsen und Steine in der Tiefe zu sehen waren, saßen die Beduinen ab und nahmen jeweils zwei Kamele am Führstrick. Dort hinab in die Tiefe müsse sie, gaben sie Jo zu verstehen. In diese Senke hinein, hinunter zu den haushohen Steinblöcken. Sie möge sanft auf ihren Kamelhengst einsprechen, denn er fürchte den Abgrund. Noch ehe Jo begriff, was geschah, sah sie die beiden Bedus in einer Staub- und Sandwolke zu ihren Füßen verschwinden. Als sich der Dunst legte und die ersten heißen Sonnenstrahlen auf ihr Gesicht fielen, stand Jo noch immer oben am Dünenkamm und starrte ungläubig auf den felsdurchsetzten Abstieg, den die anderen bereits hinter sich gebracht hatten. Wenn ich mich lange besinne, gehe ich dort niemals hinunter, dachte Jo und zog vorsichtig am Führstrick. Sie schnalzte lockend mit der Zunge, so, wie sie es von den Beduinen gehört hatte. Der Kamelhengst machte tatsächlich einige Schritte in ihre Richtung, erblickte die Tiefe und stemmte alle viere in den Sand. Jo sah sich plötzlich Kopf an Kopf mit dem Tier, das seine furchterregenden gelben Zähne im ersten Tageslicht zeigte. Sie ruckelte noch einmal zaghaft am Strick, doch der wurde ihr augenblicklich aus der Hand gerissen, und ein ohrenbetäubendes Röhren erschallte.

Aus der Senke blickten die Männer zu ihr herauf. Jo meinte, ihr hämisches Grinsen zu erkennen und sie lachen zu hören. Sie sah zu ihnen hinunter. Um dorthin zu gelangen, würde das Kamel fast auf dem Hintern hinabrutschen müssen. Jo wagte einige Schritte in die Tiefe. Vielleicht würde es ihr einfach nachlaufen. Aber nichts geschah. Unten im Tal setzten sich die Beduinen in den Sand. Sie scheinen sich auf eine längere Wartezeit einzurichten, dachte Jo und hörte jetzt tatsächlich ihr Lachen. Sekundenlang war sie versucht, um Hilfe zu rufen, da hatte sie plötzlich einen verrückten Einfall. Sie winkte zu den Männern hinunter, grinste und deutete eine übertriebene Verbeugung an. Dann nahm sie den Rucksack ab, öffnete ihn, als stehe sie auf einer Theaterbühne, und holte Achmeds Geschenk, das Balsamarium mit dem kostbaren Parfüm, hervor. Sie hatte Achmed nie nach der Zusammensetzung gefragt, denn sie roch ja schließlich, daß dieses Parfüm *Ledanon* enthielt, jenes Aroma aus dem Harz der Zistrose. Mensch und Tier waren verrückt nach seinem Duft, vor allem das männliche Geschlecht. So hatten die alten Zyprioten das kostbare Harz gewonnen, indem sie ihren Ziegenböcken auf die Weide folgten und die harztriefenden Bärte auskämmten. Mit der wertvollen Substanz hatten ihre Vorfahren trefflich gehandelt, Reichtümer angehäuft und verführerische Parfüms gezaubert. Und sie, Jo Zakyneros, würde jetzt damit das Kamel überlisten und den feixenden Männern dort unten den Spaß verderben.

Jo warf dem Kamelhengst einen prüfenden Blick zu. Keinesfalls war er klüger als ein Ziegenbock. Also öffnete sie die kleine Flasche und wedelte den aufsteigenden Duft zu ihm hinüber, während sie langsam auf den Abgrund zuging. Sofort hob das Tier den Kopf, blähte die Nüstern, schnupperte und machte einen Satz nach vorn, bis er unmittelbar vor Jo stand. Vorsichtig glitt sie auf den Abhang. Mit der einen Hand stützte sie sich ab, in der anderen balancierte sie den Lockstoff. Das Kamel zögerte nur kurz, bevor es ihr blökend nachfolgte. Ohne Halt sausten beide in die Tiefe. Erst im ebenen Gelände kam Jo zum Stehen. Ihr Kamel allerdings vollführte wilde Bocksprünge um sie herum. Schließlich gelang es Schamsi, den Hengst ruhigzustellen. Danach warf ihr der Beduine einen mißtrauisch-bewundernden Blick zu. Seine dunklen Augen starrten sie aus dem Sehschlitz eindringlich an, dann schnüffelte er prüfend in der Luft. »*Ledanon*«, sagte er. »Steck es weg, es macht die Männer gefügig!«

»Ich weiß«, antwortete Jo und tupfte sich einen Tropfen hinter das Ohr.

Die nächste Stunde, in der die kleine Karawane immer tiefer in das von Felsen zerklüftete Tal eindrang und Jo die sengende Glut der höher steigenden Sonne spürte, grübelte sie über *Ledanon* und die Macht der Duftstoffe nach. Hatte sie nicht früher schon behauptet, es gäbe zwischenartliche Signalstoffe, die Mensch und Tier dieselbe Botschaft schickten? Sie spürte immer noch, wie unruhig der Kamelhengst ausschritt, hin und wieder zu einem Bocksprung ansetzte und ein lautes Röhren ausstieß. Zum ersten Mal hatte sie die unmittelbare Wirkung der machtvollen Aromata auf ein Tier selbst erprobt. Schon lange vor der Zeitenwende wußten Menschen um die Gewalt der Düfte. Was mochten die Phönizier gehandelt, was die Zyprioten in ihre Parfüms gemischt haben? Was hätte sie entdecken können, wären die phönizischen Ruinen im Wadi Hamamah nicht in einem Blutbad untergegangen?

Stunden später rückten die Felsbrocken auf ihrem Weg enger zusammen, und ein Fortkommen schien unmöglich. Die kleine Karawane erreichte eine schmale Schlucht zwischen haushohen Felsen, die weit über Jos Kopf einen Überhang bildeten und nur noch einen Streifen Sonnenlicht hindurchließen. Hier befahl Schamsi Rast. Er und sein Begleiter, den er Ghobad nannte, banden den Tieren die Vorderbeine zusammen und entluden sie. Jo bewunderte, mit welcher Schnelligkeit sie schwarzes Zelttuch zwischen eng beieinanderstehenden niedrigen Felsen ausspannten und ein Lager einrichteten. Dann befahlen sie ihr, zu ihnen zu kriechen. Es war gerade soviel Platz vorhanden, daß sie knapp nebeneinander lagern konnten. Erstmalig konnte Jo die beiden Beduinen genauer mustern, da sie ihren Gesichtsschutz zurückgeschlagen hatten. Schamsi schien der jüngere zu sein. Ein beeindruckender schwarzer Schnauzbart zierte seinen Mund und betonte die große Nase. Den weiß-roten *Kefir* hatte er jetzt wie ein Pirat um den Kopf geschlungen und vorn an der Stirn zusammengeknotet. Er blickte Jo forschend an, und ein verwegenes Grinsen stahl sich in sein Gesicht. Sie beobachtete, wie er eine Kalaschnikow unter dem Mantel hervorholte und neben sich in den Sand legte. Schamsi war groß und schlank, noch dünner als sein hagerer Begleiter Ghobad. Wenn dieser grinste, und das schien er ständig zu tun, zeigte er braun verfärbte, schief stehende Zähne. Er reichte Jo einen Blechbecher mit lauwarmem Wasser.

»Können wir nicht Tee trinken?« bat sie.

»Kein Feuer«, Schamsi wies zum Himmel. »Hubschrauber.«

Jo schluckte widerwillig das Wasser hinunter. Es schmeckte schal und abgestanden. Ihr Versuch, mit Ghobad, der Friedfertigkeit ausstrahlte, ins Gespräch zu kommen, mißlang. »Er spricht kein Arabisch«, erklärte Schamsi. Eine Weile schwiegen sie. »Wie lange werden wir rasten?« wollte Jo schließlich wissen.

»Bis zur Dunkelheit. Dann ziehen wir weiter nach Süden, um uns zu verstecken.«

Jo schloß die Augen. Selbst hinter den Lidern spürte sie jetzt die gleißende Helligkeit der hochsteigenden Sonne. Sie zog ihr Tuch vor das Gesicht, stand auf, um den Unterschlupf zu verlassen.

»Wohin?«

»Ich muß mal.«

Schamsi griff nach seinem Gewehr und folgte ihr. Er packte sie am Arm und zog sie hinter den nächsten Felsen. Dort stocherte er mit dem Gewehrkolben am Boden herum und befahl: »Hier, hüte dich vor den Schlangen. Du darfst keinen anderen Sand nehmen als diesen.«

»Danke. Bitte geh wieder zum Lager.«

»Nein.« Schamsi drehte ihr den Rücken zu.

Jo schlich behutsam von Schamsi fort, erreichte unbemerkt den nächsten Felsen und fand einen Platz am Boden, wo sich nichts regte und sie sich niederhocken konnte. Erleichtert kehrte sie zu ihm zurück. Er warf einen Blick über die Schulter und entdeckte ihre Spuren. »Du bist ungehorsam.«

Davon berichtete er Ghobad ausführlich und mit wütenden Blicken in seinem harten, kehligen Beduinendialekt. Aber jetzt würde er ihr keine Gelegenheit mehr geben, dickköpfig zu sein, ließ er sie auf arabisch wissen, packte Jo fest an den Schultern und drückte sie neben sich zu Boden. Sie würde hier bei ihm liegenbleiben, bis er ihr gestatte, sich zu erheben. Jo protestierte nicht, sondern schloß die Augen. Sie fühlte sich hundemüde und sehnte sich nach Schlaf. Doch schon nach kurzer Zeit kam ihr die Hitze unerträglich vor. Hier unten, zwischen den Felsen gab es keinen Wind. Die schwarzen Steine speicherten die Sonnenglut und strahlten sie wie ein Ofen zurück. Sie begann zu keuchen, rang nach Luft und mußte sich aufsetzen. Ihre Beine brannten, Rücken und Hüfte schmerzten. Sand war eine verdammt harte Matratze. Die Zeit kroch dahin. Draußen vor der Zeltplane herrschte noch die gleiche blendende Helligkeit wie zuvor. Die beiden Beduinen neben ihr atmeten tief und gleichmäßig. Jo hielt es nicht mehr aus und wollte nach draußen. Aber Schamsi griff nach ihr: »Bleib! Du mußt schlafen.«

»Ich kann nicht. Es ist so heiß. Mir tut alles weh.«

»Trink!« Schamsi drückte ihr den Becher mit dem abgestandenen Wasser an die Lippen. »Ich muß Achmed mein Leben für deines geben. Füg dich, Frau.«

Achmed, dachte Jo, trank und legte sich wieder hin. Sein Zelt stand auf einer kleinen Erhebung, so daß es ständig ein kühlender Lufthauch umwehte. Das schwere Ziegenhaartuch hielt Helligkeit und Hitze ab. Seine Fürsorge umgab sie bei Tag und Nacht. Was war geschehen, war Achmed in Gefahr, würde sie ihn wiedersehen? Tiefe Benommenheit bemächtigte sich ihrer und ließ sie alles um sie herum vergessen. Ein fürchterliches Dröhnen im Kopf brachte sie nach alptraumgeplagtem Schlaf zurück in die Wirklichkeit.

Schamsis Lippen waren nahe an ihrem Ohr und berührten ihre Haut. »Warte auf uns«, flüsterte er. »Wir müssen zu den Kamelen. Hubschrauber!« Sie sah ihn mit dem Gewehr hinter Ghobad aus dem Zelt huschen. Jo fuhr in die Höhe. Das Zeltdach über ihr tanzte in der flimmernden Luft. Vor ihren Augen wechselten Schwärze und gleißende Helligkeit ab. Ein stechender Kopfschmerz vermischte sich mit dem Dröhnen des Hubschraubers. Sie griff nach ihrem Rucksack, fand eine Tablette und schluckte sie trocken herunter. Das Medikament blieb im Hals stecken und löste einen Hustenanfall aus. In diesem Moment erstarb das Getöse des Hubschraubers. Es wurde absolut still. Jo packte den Wasserkanister und setzte ihn an die Lippen. Das Gluckern und Schlucken schien meilenweit durch die Wüste zu hallen. Laute Kommandorufe ertönten, dann zerrissen Schüsse die Stille. Jo zuckte zusammen. Sie haben Schamsi und Ghobad gefunden, fürchtete sie. Sie lauschte in die Totenstille hinein, bis sie vom Starten des Hubschraubers aufgeschreckt wurde. Das trockene Knattern nahm ab und entfernte sich. Eine schweigende Wüstenwelt blieb zurück. Jo hockte wie gelähmt unter dem Zeltdach. War es eine Finte? Waren Soldaten zurückgeblieben, lauerten sie hinter den Felsen dort draußen, das Gewehr im Anschlag, das dunkle Dreieck zwischen den Zelttüchern im Visier? Was würde geschehen, wenn sie allein war? Würde sie nicht ein libysches Gefängnis der Verlassenheit der Wüste vorziehen? Hätte sie sich zeigen sollen, um vielleicht doch auf schnellstem Weg in die Zivilisation zu gelangen? Niemand beantwortete ihre Fragen. In der Lautlosigkeit der Wüste hörte Jo ihr Blut in den Ohren brausen. Und waren da nicht leise Schritte jenseits der dünnen Wand aus Tuch? Jos Herz begann zu rasen. Würde sie ohne Anhörung erschossen werden? War sie eine Terroristin, die man erledigen mußte, solange man noch eine Chance dazu hatte? Da schlich jemand an ihrem Unterschlupf vorbei, machte kehrt und steckte den Kopf herein. Es war der grinsende Ghobad. Hinter ihm kroch Schamsi unter die Zeltplane.

»*Al-hamdulillâh*!« Jo schrie vor Erleichterung. »Gott sei Dank!« Sie packte den Wasserkanister und bot ihn den Männern an. Alle drei setzten ihn hintereinander an den Mund. »Ich habe Schüsse gehört, was ist passiert?«

»Ein alter Trick. Die Soldaten haben versucht, uns oder die Kamele aufzuscheuchen. Aber wir sind liegengeblieben. Jetzt sind sie fort.« Schamsi zeigte lachend auf seine Finger. »Ich habe alle Soldaten gezählt. Acht sind gekommen, und acht sind wieder gegangen. Sie haben uns nicht gesehen. Beruhige dich, kleine Frau.«

Jo erwachte vom leisen Singsang der Männer. Sie stützte sich auf den Ellbogen und blickte zu ihnen hinüber. Man hatte ihr auf einem Palmblatt Datteln und Feigen zurechtgelegt und den Becher mit Wasser dazugestellt. Es würde gleich dunkel werden, und somit stand der Aufbruch bevor. Seit mehreren Tagen zogen sie jetzt durch die Wüste. Jo hatte sich daran gewöhnt, sich nur mit Sand und einigen Tropfen Wasser zu waschen und die Einschränkungen ohne Klagen zu ertragen. Sie half beim Auf- und Abbau des Lagers mit. Ohne sich groß auszutauschen, waren sie zu einer gut funktionierenden Einheit zusammengewachsen – wie Datteln, die aneinanderklebten. Jo gestand sich sogar ein, den Geruch nach Schafen, der den Kleidern der Männer anhaftete, in der Verlassenheit der Sahara mit dem Gefühl der Geborgenheit zu verbinden. Sie blickte verstohlen zu den beiden hinüber. Irgend etwas war zwischen ihnen. Es bewegte sich unter dem schützenden Zelttuch und ließ die Luft knistern. Jo legte den Kopf zur Seite und lauschte. Es ging von der Wüste aus. Es war die Totenstille draußen und der Anblick von Felszacken und Dünen unter einer gnadenlosen Sonne. In dieser mörderischen Abgeschiedenheit klangen die leisen Stimmen der Beduinen wie Melodien, wirkten die raschen, zielsicheren Handgriffe wie langgeübte Tanzbewegungen. Jo konnte sich an ihrer Gegenwart nicht satt sehen. Obwohl es vor zwei Tagen zu jenem unerfreulichen Zwischenfall gekommen war.

Jo war aus dem Mittagsschlaf erwacht und hatte geglaubt, ihren Augen nicht trauen zu dürfen. Ghobad und Schamsi hatten mit alten Goldmünzen eine Art Mühle gespielt, wobei sie das Brettmuster in den Boden gescharrt hatten. Auf Anhieb hatte sie das Münzbild eines punischen Tempels ausmachen können und dann jenes der Göttin Tanit. Es handele sich um karthagische Schekel, hatte Schamsi mit großer Gelassenheit erklärt. So wie diese aus Kartaram, der Weststadt. Er hatte ihr zwei Münzen in die Hand gelegt, die das Bild einer Pflanze und eines einmastigen hochbordigen, phönizischen Schiffes aufwiesen. Aber diese hier sei einzigartig, hatte er betont und ihr die große Goldmünze mit Pferd und Landkarte gereicht. Vor Aufregung hatte Jo alles um sich herum vergessen. Sie hatte ihre kleine Lupe aus dem Gepäck geholt, die Landkartenmünze betrachtet und einen Schrei ausgestoßen. Auch wenn die Prägungen haarfein waren, hatte sie die Küstenlinie Nordafrikas ausmachen können. Die Meerenge von Gibraltar war überdeutlich dargestellt, ebenso die gesamte Westküste der Iberischen Halbinsel. In Höhe von Großbritannien hatte sie zwei Einprägungen vorgefunden, die nur die dortigen Inseln veranschaulichen konnten. Und dann hatte es ihr den Atem verschlagen. Jenseits des Atlantiks befanden sich die Umrisse einer riesigen Insel, deren nördliche und südliche Landmassen jeweils im Zierrand der Münze verschwanden. Im Süden verjüngte sich diese Insel erheblich. Es bestand kein Zweifel: Die Prägung gab die Umrisse des amerikanischen Kontinents wieder. Jo hatte gespürt, wie ihre Wangen glühten. Ihre aufgeregten Fragen hatten sich überstürzt, bis ihr endlich klar wurde, daß Schamsi und Ghobad diese Münzen in einem Ruinengelände im Wadi Hamamah namens Kartaram aufgelesen hatten. So hatte Professor Tellos von dieser Stadt und ihrer Bedeutung gewußt – und hatte seinen Mitarbeitern kein Sterbenswörtchen darüber gesagt. Hatte er ihren Spott gefürchtet oder sich gescheut, ihnen Stoff für gewagte Spekulationen zu liefern? Wollte er verhindern, daß sie durch den Namen Kartaram – Weststadt – den voreiligen Schluß zogen, von dort wären Seefahrer und Händler nach Amerika aufgebrochen? In ihrer Verwirrung und Überraschung hatte Jo vollkommen die Veränderung Schamsis übersehen.

Der Aufbruch zum nächtlichen Ritt sollte erfolgen, Ghobad war bereits zu den Kamelen geeilt, und Schamsi hatte Jo verwehrt, die Münzen abzuzeichnen. Sie sei gierig nach den Münzen, hatte er ihr vorgehalten, gierig wie er nach ihr. Als sie nicht sofort verstand, wovon er sprach, war er an sie gerückt und hatte sie seine Erregung durch den dünnen Stoff der Kleidung spüren lassen. Falls sie ihm ihren Körper gäbe, könne sie die Münzen abzeichnen, hatte er gelockt und versucht, sich auf sie zu wälzen. Er hatte sie angefleht, ihm zu Willen zu sein, hatte ihre Hand an seine Erektion geführt und versprochen, daß es ganz schnell ginge. Das alles hatte Jo zwar überrascht, sie aber nicht aus der Fassung gebracht. Gelassen hatte sie deshalb von Achmed gesprochen, von der Rache, die er nehmen, von der Schande, die Schamsi über sich und seine Familie bringen würde. Wahrscheinlich hatte ihre gleichgültige Stimme

Schamsi abgewehrt. Was ihr aber jetzt noch Herzklopfen bereitete, war die Erkenntnis, daß sie wie beim Feilschen auf dem Basar kalkuliert hatte, ob sein Angebot nicht ein akzeptabler Preis für das Bild dieser Münze sei. Ein körperlicher Akt, den zu leisten sie bereit wäre, der erledigt und vergessen werden könnte, während der Ruhm, Neues entdeckt zu haben, sie bis ans Lebensende begleiten würde. Und so wie sie Schamsi einschätzte, würde er zumindest einen erfreulichen Augenblick lang ein leidenschaftlicher Liebhaber sein, nicht zu vergleichen mit Gerrits kaltem Sex. Doch auch Schamsi schien sich zu besinnen. Er trat einen Schritt zurück und sagte leise: »*Allâh*, vergib uns!«

Inzwischen lagen viele Stunden Grübelei hinter ihr, in denen sie sich selbst geißelte und eine tiefe Scham empfand. Begegnungen mit Schamsi wurden zu einem Balanceakt zwischen Abwehr und Berührung, und jeder seiner Blicke schien geladen mit der stummen Verheißung, doch noch zum Münzbild gelangen zu können. Seine Bemerkungen wurden doppeldeutig, und Ghobad, der sie nicht verstehen konnte, warf ihnen forschende Blicke zu. Das kameradschaftliche Verhältnis zwischen ihnen bekam einen Riß, das, was die Strapazen, Entbehrungen und Ängste erträglich gemacht hatte, zerstob wie ein Sandgebilde im Wind. Jo wagte kaum noch, nach rechts oder links zu sehen. Sie wich Schamsis Blicken aus. Sein Verlangen, sie zu lieben, umwehte förmlich ihren Körper, so als trage der Wind seinen Wunsch zu ihr herüber, als seien die Sandkörner Sendboten seiner Gier. Schließlich verkrampfte sie sich dermaßen, daß ihr jeder Ritt qualvolle Schmerzen bereitete, die sie auch in den Ruhepausen kaum schlafen ließen. Stumm und gepeinigt folgte Jo den beiden Männern über schwindelerregende Grate, auf schwankendem Kamel unter sternenübersätem Nachthimmel, vorbei an messerscharfen Lavabrocken und im gleichmäßigen Trott durch knöcheltiefen Sand. Sie fühlte sich elend beim Anblick betörender Sonnenuntergänge und vollkommen verlassen zwischen den Körpern der beiden Männer. Sie hätte weinen mögen, wenn sich die Karawane bei Anbruch der Nacht unter einem mystischen Sternenhimmel in Bewegung setzte, vorneweg Ghobad mit wehendem *Kefir*, gefolgt von den Kamelen und Schamsi.

Ein scharfer Befehl Schamsis riß sie eines Nachts aus ihrer Nachdenklichkeit. Ehe sie reagieren konnte, fiel der Kamelhengst auf die Knie und schleuderte sie aus dem Sattel. Sie fühlte sich von Schamsi ergriffen und an den Leib des Tieres gedrückt. Vielleicht nimmt er sich jetzt mit Gewalt, was ich ihm verwehrt habe, dachte Jo erschrocken. Mit einer Hand langte er unter den Mantel, während er sie mit der anderen erbarmungslos festhielt. Aber dann erkannte sie im Mondlicht das Gewehr, das er hervorzog, und sah ein Ersatzmagazin und eine Schachtel Patronen, die er ihr in die Hand drückte. Sie möge sein Magazin nachladen, wenn es zum Schußwechsel käme, flüsterte er ihr zu, nahm hinter dem Kamelrücken Dekkung und brachte seine Kalaschnikow in Anschlag. Sie sei doch lange genug in Achmeds Nähe gewesen, um einer ordentlichen Schießerei standzuhalten, wisperte er an ihrem Ohr und nutzte die Gelegenheit, ihre Haut zu berühren. Als Jo eine Patrone nach der anderen mit leisem Klicken einführte und das volle Magazin bereithielt, ergriff er ihre Hand und preßte sie an seine Lippen. Dann starrte er vollkommen konzentriert in die Nacht hinaus. Jo hörte das Schnaufen der Kamele und schließlich das Geräusch eines näherkommenden Autos. Scheinwerferlicht glitt durch die Nacht und erstarb zusammen mit dem Motorengeräusch. Eine Zikade begann zu zirpen, eine andere antwortete von jenseits der Düne, dort, wo Ghobad sein mußte. Schamsi ahmte das Insektengeräusch täuschend ähnlich nach und stieß schließlich einen Pfiff aus, der sofort erwidert wurde. Da brüllten die Kamele plötzlich auf, Jo duckte sich verschreckt an Schamsis Seite nieder, und ein Mann stand unvermutet vor ihnen.

Sie hatten also den vereinbarten Treffpunkt mitten in der Wüste erreicht, und Ablösung war erschienen. Jo verstand und lockerte ihre verkrampfte Haltung. Aber dieser Mann, der sie jetzt übernehmen sollte, war nicht Achmed. Ein Feuer wurde entfacht und der erste Tee seit vielen Tagen gekocht. Jo atmete erst den frischen Minzgeruch des Getränks ein, dann nahm sie behutsam einen Schluck der kostbaren Flüssigkeit und lauschte Schamsi und Ghobad, die dem Fremden in der blauen *Gallabiyya* mit dem glatten runden Gesicht und den interessierten Augen berichteten. Die Beduinen leerten rasch die Becher, warfen Sand auf die Glut und schlugen die Mäntel über die Waffen. Der Fremde forderte Jo auf, ihm hinüber zum Auto zu folgen. »Wer bist du?« wollte sie wissen.

»Ibrahim. Ich bringe dich über die Grenze. Achmed will es so.«

Eilig nahm Jo ihr Bündel auf, ging zu Schamsi und Ghobad hinüber und verneigte sich. Die Männer saßen bereits wieder auf ihren Reittieren und murmelten Abschiedsworte. Schamsis Augen bohrten sich sekundenlang in Jos Blick, dann sah er zu den Sternen hinauf. Gegen den Nachthimmel wirkte die Karawane groß und mächtig, wie ein Scherenschnitt vor einem mit Sternen bestickten Hintergrund. Jo hörte das leise Klimpern der Glöckchen, als die Kamele loszogen. Sie stapfte hinter Ibrahim zum Auto hinüber. Ein frischer Wind trieb ihr scharfkantige Sandkörner in die Augen und ließ sie tränen.

An ein Gespräch mit Ibrahim während der Fahrt war nicht zu denken. Jo hockte in einem Auto, dem die Seitenfenster fehlten, so daß der kalte Fahrtwind ungehindert um ihre Ohren pfiff und ihre Zähne klappernd aufeinanderschlagen ließ. Auch später schwieg er immer noch, als er längst ein Lager am Fuß einer Düne aufgeschlagen, Decken in den Sand geworfen, ein Feuer entzündet und Tee gekocht hatte. Erst als Jo sich anbot, Brot zu backen, und ihr duftende Fladen gelangen, kroß und weich zugleich, sah er sich genötigt, eine knappe Erklärung abzugeben. »Wir sind bei den Jaqbub-Oasen. Wir werden nach Sonnenaufgang über die Grenze gehen.«

»Was ist mit den Soldaten, die nach mir gesucht haben?«

»Ich weiß nichts davon.«

»Wie geht es Achmed?«

Er hob die Schultern. »Ich bin ihm nur einen Gefallen schuldig.« Er stand noch einmal auf, wendete das Auto und parkte es so an der Düne, daß es einige Meter hinabrollen konnte, falls es nach der Kälte der Nacht am nächsten Morgen nicht anspringen würde.

»Lebst du hier?« wollte Jo wissen.

»Ich komme aus Siwa.«

»Oh! Du bist Ägypter?«

Sie hörte sein Lachen von jenseits der Glut. »Ich bin Siwaner. Es hat Unterägypten gegeben, es hat Oberägypten gegeben, ein vereintes Ägypten, ein getrenntes Ägypten, ein geschlagenes und ein wehrhaftes Ägypten. Aber seit Menschengedenken gibt es Siwa und seine Bewohner. Siwa ist so alt wie die Menschheit.«

»Erzähl mir davon, bitte!«

Ibrahim legte noch etwas Holz nach und stopfte sich seinen Mantel in den Rücken. »Einst flogen zwei Tauben über die Pyramiden. Die eine war schwarz, die andere weiß. Die eine flog nach Norden und gründete Delphi, die andere zog nach Westen und gründete Siwa. Das ist alles.«

Jo hätte den Rest der Nacht über Siwa, das Wadi Hamamah oder die Weststadt Kartaram reden mögen, aber sie wagte nicht, das Schweigen zwischen ihnen zu brechen. Sie verbarg ihr Gesicht in der Wolldecke und hustete in die vorgehaltenen Hände. Der Wind hatte gedreht und ihr beißenden Qualm herübergeweht. Die Kälte der Wüstennacht kroch von allen Seiten heran und ließ sie frösteln. »Leg dich hierhin«, sagte Ibrahim und zeigte ihr einen Platz an seiner Seite. Dann rückte er näher zu ihr herüber und berührte ihre Schulter. »Komm unter meine Decke. Ich friere auch. Wir könnten uns gegenseitig wärmen.«

Jo starrte zu den Sternen hinauf. »Hast du eine Frau in Siwa?«

»Ja. Sie friert jetzt sicher nicht. Wahrscheinlich ist ein Fremder bei ihr.«

Eine Sternschnuppe verglühte in Jos Blickwinkel. »Ein Fremder?« wiederholte sie. »Wie meinst du das?«

»Wie ich es sage. Das ist so Sitte bei uns. Unsere Frauen holen sich immer andere Männer.«

Ob sie ihm vom Teufel erzählen sollte, der seine Großmutter schlug, weil sie einmal keine Ausrede wußte, überlegte Jo. »Und ihr duldet das?« fragte sie statt dessen. Sie spürte, wie sich Ibrahim in der Dunkelheit zur Seite rollte und auf den Ellbogen stützte. Es sei überliefertes Gesetz, erklärte er, eine notwendige Großzügigkeit aus alten Zeiten, vielleicht, um dem Gastrecht der Wüste Genüge zu tun, oder möglicherweise eine sinnvolle Vorschrift, um Inzucht zu vermeiden. Tatsächlich zögen die Siwaner hin und wieder Kinder fremder Männer groß, liebten sie wie ihre eigenen und erfreuten sich zahlreicher Nachkommen. Sie wären leistungsstarke Liebhaber, tolerante Väter und ein Volk, das in seiner generationenlangen Geschichte noch nie besiegt worden wäre. Trotz aller Versuche neidischer Mächte und räuberischer Nachbarn hätte man die Siwaner bestenfalls reduzieren, aber nie ausrotten können. Das verdankten sie ihren alten Sitten, die nur bei oberflächlicher Betrachtung lasterhaft erschienen. Wenn sie also Liebe wolle, um sich zu entspannen und aufzuwärmen, könne sie auf ihn zählen. Sie habe großen Kummer, sage ihm sein Gespür, da sie ohne Partner allein durchs Leben gehen müsse. Das mache sie bitter.

Seit Tagen konnte Jo endlich wieder lachen. »Ich danke dir für dein Angebot. Aber es ist mein Weg, mich in die Bitterkeit von *Murr* zu vertiefen, um zu erkennen, wohin ich gehe. Es wäre ganz falsch, wenn ich jetzt eine andere Richtung einschlagen würde.«

»So bist du gesegnet«, antwortete Ibrahim zu Jos großem Erstaunen. »Geehrt, durch besondere Herausforderungen des Lebens.«

An diesen Trost mußte Jo denken, als sie anderntags wenige Meter vor der Grenze haltmachten. Noch vor Sonnenaufgang waren sie aufgebrochen, hatten Jos Ausweis und Gepäck zwischen Mehlsäcken und Datteln versteckt, waren schweigend und frierend über holprige Fahrrillen zu den Jaqbub-Oasen gelangt, hatten bei Sonnenaufgang die Teerstraße erreicht, Tamariskenhaine und Palmwälder hinter sich gelassen, waren an hoch beladenen Eselkarren vorbeigefahren und hatten sich durch eine Senke mit schweren Straßenschäden dem Rand einer hohen Sanddüne genähert. Verlassene Kontrollhäuschen, Autowracks und Baracken zogen an ihnen vorbei, bis ein großer Schlagbaum die Straße sperrte. Dort hatte sich ein Soldat mit Maschinenpistole aus dem Schatten des Wachhäuschens gelöst, sie an den Randstreifen gewinkt und ein langes Palaver mit Ibrahim begonnen, bis er mit ihm um das Auto gewandert und schließlich hinüber zum Zollhaus geschlendert war.

Inzwischen war die Sonne über die Kuppe der großen Düne gestiegen. Jo, fest in ihren schwarzen Mantel gehüllt und mit einem dunklen Kopftuch vor dem Gesicht, beobachtete, wie die Schatten mit zunehmendem Licht schrumpften, drüben am Wachhäuschen einen schmalen dunklen Streifen bildeten, in den sich Ibrahim und der Grenzbeamte hockten. Höher stieg die Sonne, brannte schonungslos auf die Wüste und das Auto herunter. Sie tilgte die Gelassenheit aus Jos Denken, verbrannte jeden Versuch, sich in Geduld und Schicksalsergebenheit zu üben, und kochte ihre Empfindungen schließlich zu ungenierter Feindseligkeit hoch. Voller Wut starrte Jo zum Schattenplatz hinüber, dorthin, wo sich ein zweiter und dritter Grenzbeamter eingefunden hatten, mit Tablett und winzigen Kaffeetäßchen. Jo konnte den aromatischen Duft wahrnehmen und das Gebäck riechen, das zum Kaffee serviert wurde. Sie fixierte Ibrahim und versuchte, ihm eine Botschaft zu schicken. Sie würde ersticken, einen Hitzschlag bekommen oder einfach nur schreien, wenn er jetzt nicht endlich das Täßchen abstellen, das Plaudern einstellen und mit ein wenig mehr Schwung den Weg zum Auto aufnehmen würde. Doch er schlenderte gelassen zu ihr, hatte den Nerv, noch eine dumme, abgedroschene Bemerkung zur Hitze des Tages zu den Grenzern hinüberzurufen und mit peinigender Langsamkeit ins Auto zu steigen. Auch hier fuhr er nur ruckelnd an, beschleunigte ein bißchen, steuerte auf den Schlagbaum zu und kehrte um.

Allein das dicke Tuch vor Jos Gesicht und das Klappern des Autos verhinderten, daß man ihre wütenden Schreie bis zur Grenze hörte. Seine Auskunft, heute ginge es nicht, wollte sie so lange nicht wahrhaben, bis er seinerseits zu brüllen anfing. Es sei nicht seine Schuld, daß sie sich in Libyen befände, er wäre froh, wenn sie fort wäre, und es wäre besser für jeden von ihnen, wenn sie nie gekommen wäre.

Stunden später machten sie halt. Ibrahim spannte seinen Mantel zwischen Auto und geöffneter Wagentür, bot Jo einen Platz auf diesem kleinen Schattenfleck an, kochte Tee und servierte ihn zusammen mit Brot, Käse und Melonenscheiben. Ob er diesen Professor Tellos gekannt habe, erkundigte sich Jo vorsichtig. Ibrahim klärte sie lauthals darüber auf, daß Tellos verrückt gewesen sei, ein dummer Mensch, der nicht habe handeln wollen, obwohl es für alles immer einen Preis gäbe, was jeder wisse, nur eben ein Dummkopf nicht. Die Summe, die man Tellos geboten habe, sei hoch gewesen, vor allem dafür, daß es sich nur um die Ruinen der Feinde gehandelt habe.

»Der Feinde?« hakte Jo nach. »Sprichst du von der Ausgrabung im Wadi Hamamah, von Kartaram? Geht es um die Phönizier? Sind das die Feinde, die du meinst?«

»Sie kamen einfach hierher und nahmen sich die besten Weidegründe«, erklärte Ibrahim, als sei dieser Übergriff gestern geschehen.

»Ibrahim, das war vor zweitausend Jahren! Und Professor Tellos hat im Auftrag der Regierung eine antike Stadt ausgegraben. So etwas ist unverkäuflich. Das muß im Land bleiben, das ist von unschätzbarem Wert. Kennst du Leptis Magna, die Römerstadt bei Tripolis? Sicher kennst du sie. Dorthin kommen viele Touristen. Es werden immer mehr werden, und sie bringen auch euch Wohlstand.«

»Das ist langsames Geld. Es fließt so spärlich wie der Regen in der Sahara. Hier ein Tropfen und dort ein Tropfen. Schon ist es versickert. Mit dem anderen Geld könnte man morgen neue Brunnen graben.«

»Du kannst doch nicht eine antike Stadt verkaufen!«

»Jemand hat Geld geboten, viel Geld. Dafür, daß man nichts ausgräbt. Die Stadt hat zweitausend Jahre unter dem Sand gelegen, warum sollte sie nicht weiterhin unter der Wüste ruhen?«

Auch als sich Jo das Gehörte noch einmal wiederholen ließ, verstand sie nicht recht, was Ibrahim damit sagen wollte. Sie betrachtete sein mißmutiges Gesicht. Sie konnte ihm ansehen, daß er wenig Lust hatte, einer begriffsstutzigen Frau noch einmal alles von vorn erklären zu müssen. Deshalb wechselte sie das Thema und fragte ihn, ob Tellos vielleicht Freiheitskämpfer unterstützt habe.

Tellos sei zwar kein geschickter Händler, aber stolz gewesen, bekam Jo daraufhin zu hören. Es habe ihm nicht gefallen, daß Libyen von Fremden bestimmt werde, daß überall, im Krankenhaus, bei den Erdölgesellschaften, beim Straßenbau – an allen wichtigen Stellen – Ausländer säßen, daß es keine libyschen Ärzte und Ingenieure gäbe. Er habe die Freidenker im Land unterstützt, diejenigen, die etwas verbessern wollten. Eben darum hätte er das Geld annehmen sollen. So hätte man Kinder auf Schulen schicken und sie studieren lassen können.

Tellos hatte also auch in Libyen Feinde gehabt, verstand Jo. »Wer hat ihn umgebracht?« fragte sie geradeheraus.

»Das fragst du mich? Du hast ihn zuletzt gesehen.«

»Als ich ihn am Boden liegen sah und umdrehte, hatte ihm eine Explosion fast den Oberkörper weggerissen.«

Sie bekam wieder die Geschichte von den Bomben zu hören, von denjenigen abgefeuert, die schon Tripolis und Benghasi attackiert hatten, die wohl auch keine Rücksicht auf unschuldige Arbeiter bei einer Ausgrabung nähmen, so wie sie ja auch Frauen und Kinder auf den Dachgärten von Tripolis nicht verschont hatten. Sie verstehe nichts von Politik, ließ Jo ihn rasch wissen, sie verabscheue Gewalt, und selbstverständlich bedaure sie den Tod unschuldiger Menschen, aber sie glaube doch, daß hinter dem Terroranschlag im Wadi Hamamah eine Geschichte stecken müsse, die sich ihrem Begreifen entziehe. Etwas Gewaltiges.

Ob sie endlich fertig sei, wollte Ibrahim wissen. Es lohne nicht, über das Schlechte in der Welt zu reden und Zeit in der Hitze zu verbringen, wo sie doch bald im kühlen Schatten der Oase sitzen könnten. Und da es um Schlechtigkeit keine Geheimnisse gebe, da sie so alt sei wie die Menschheit und sich immer nur um Besitz und Macht drehe, könne sie bestimmt verstehen, daß es sich auch hier nur um Geld gehandelt habe, wie bei jeder anderen Übeltat auch. Und genau deswegen hätte man auch Siwa immer wieder überfallen, zu Zeiten der Pharaonen, im Zuge der großen Kriege der jüngsten Vergangenheit und damals, als das Amun-Orakel noch den Nabel der mystischen Welt verkörperte.

»Wenn du aus Siwa bist«, versuchte Jo bei der Weiterfahrt in den Süden das Gespräch wieder vorsichtig auf Tellos und

Kartaram zu lenken, »was bedeutet das Wadi Hamamah jenseits der Grenze für dich?«

»Siwa hier, Jaqbub dort und grüne Wadis im Norden. Das sind die Plätze, wo es Wasser gibt, wo wir zu Hause sind. Unsere Heimat sind die Wüste, die Weideplätze und die alten Karawanenwege. Die Grenze hat keine Bedeutung.«

»Führt denn ein Karawanenweg ins Wadi Hamamah?«

»Es gab eine direkte Verbindung von Siwa über Jaqbub durch das Wadi Hamamah ans Meer.«

»Natürlich.« Jo stellte sich die Karte Libyens vor. »Vom Wadi Hamamah ging es nach Cyrene und Apollonia, damals, als das Wadi noch fruchtbar war und die Cyrenaika die Heimat griechischer und phönizischer Aussiedler. Hat Siwa schon mit den Phöniziern Handel getrieben?«

»In Siwa wird gehandelt, seitdem es Menschen gibt. Das hat Siwa reich und wichtig gemacht. Noch heute führt der große Pilgerweg aus dem Westen durch Siwa. Es kommen Tausende von Menschen am ersten Vollmond im Oktober dort zusammen. Eine Woche lang wird gehandelt und gefeiert. Es ist wunderbar.«

»Und was handelt ihr?« Jo erwartete, von kupfernen Schüsseln und Schmuck zu hören.

»Frauen. Es werden Frauen gehandelt. In Siwa findet der größte Heiratsmarkt Nordafrikas statt. So eine wie du würde gutes Geld bringen.«

»Ich denke, das ist verboten? Siwa liegt doch in Ägypten.«

»Siwa liegt im Herzen der Wüste. Es stimmt, daß es zu Ägypten gehört, ich glaube, seit hundert Jahren. Was sind hundert Jahre? Siwa ist alt, uralt. Nur die Pyramiden sind älter.«

Ibrahim begann, eine kleine Melodie zu singen, langte mit der linken Hand aufs Autodach und schlug einen Trommelwirbel. Jo lehnte sich zurück und schwieg. Sein monotones Lied lullte sie ein, ließ sie einnicken, bis sie schließlich ein besonders unsanftes Rumpeln aufrüttelte, als das Auto über Steine holperte und plötzlich am Saphir-See zu stehen kam. Augenblicklich fühlte sich Jo hellwach. Sie würde doch zurechtkommen, bis Achmed sie hier abholte, fragte Ibrahim hastig. Er suchte ihren Paß und ihre Habseligkeiten zwischen Mehlsäcken und Sitzpolsterung hervor, händigte sie Jo zusammen mit zwei Flaschen Wasser aus und düste in einer Staubwolke davon.

Achmed? Sie würde Achmed wiedersehen? Jo blickte dem Dunst nach, den Ibrahims Wagen aufwirbelte. Sie hatte damit gerechnet, irgendwo ein Notlager aufzuschlagen, um morgen noch einmal zu versuchen, mit Ibrahims Hilfe über die Grenze zu gelangen. Nun sollte sie Achmed wiedertreffen, für den es allerdings ausgeschlossen war, die Grenze nach Ägypten zu überqueren. Sie würde abermals in seiner Obhut warten müssen.

Jo zog die Kleidung aus, warf sie ins seichte Wasser und stieg dann selbst in den See, um ausgiebig zu baden. Was würde ihr in seiner Behausung als erstes begegnen? Sprengstoff, Rosenöl oder die Kalaschnikow? Würde er bestürzt sein, sie wieder beherbergen zu müssen, oder höfliche Gelassenheit an den Tag legen, um seine Gastfreundschaft nicht bloßzustellen? Und ich, fragte sich Jo, was erwarte ich?

Sie schrubbte ihre Kleidung mit Sand und einem winzigen Seifenrest, strich sie mit den Händen glatt, zupfte einige Dornen aus dem Hosensaum, zog die nassen Sachen wieder an und kämmte ihr Haar. Es würde Abend werden, bis Achmed den See erreichte. Sie hatte Stunden, um sich zu überlegen, wie sie sich verhalten sollte. Aber dann stieg sie auf die hohe Düne hinauf und blickte nach Süden, seinem Kommen entgegen. Einzig in ihrer romantischen Vorstellung saß er wie ein Relikt aus einer anderen Zeit mitten in der Wüste in einem Zelt aus Ziegenhaar und wartete auf den Klang der Buschtrommel oder wie auch immer die Bedus sich hier verständigten. In

Wirklichkeit konnte er jeden Augenblick am Saphir-See auftauchen, weil ihn Ibrahims Nachricht schon erreicht hatte, als er gerade per Funk oder Telefon mit einem Waffenhändler über die Preisentwicklung von Schnellfeuergewehren kommunizierte. Das Nomadendasein half ihm, seine anderen Aktivitäten zu verbergen.

Wahrscheinlich hatten Öde, Hitze und Einsamkeit ihren Einfluß auf die großen Religionsstifter gehabt, die alle Männer der Wüste waren, dachte Jo, als sie kurze Zeit später ihren Aussichtsposten wieder verließ. Es war einfach zu heiß, um nur dazusitzen und in die Ferne zu starren, und es war zu deprimierend, die Eintönigkeit des Landes zu betrachten und dabei Probleme zu wälzen.

Jo hockte sich in den kleinen Schatten unten am See, nahm einen großen Schluck Wasser und säuberte danach ihre Hände mit Sand. Sie vollzog das Sandreinigungsritual so, wie sie es von den Bedus abgeschaut hatte. Die scharfen Körner rieben alles Äußerliche, den Schmutz und die Last, ab, die an ihr hafteten, reinigten ihre Poren, damit sie wieder durchatmen konnte, und beraubten sie ihrer Hornhaut, des dicken Fells, das täglich neu wuchs und sich wie ein Panzer um sie legte. Danach fühlte sie sich erneuert und aufnahmebereit für das, was das Schicksal ihr vorherbestimmt hatte.

Zwischen halbgeschlossenen Lidern sah Jo in vielen Stunden die Schatten lang werden und den Mond rund wie eine Wassermelone über den Dünenkamm steigen. Sie lauschte in die Dunkelheit hinein und konnte nichts anderes als Stille vernehmen. Friedliche Stille, nichts, was sie beunruhigte oder ängstigte. Aber dann erblickte sie Achmed oben am Dünenkamm. Sie hatte ihn bedächtig und würdevoll erlebt und war überrascht, ihn jetzt wie ein Kind rennen zu sehen. Die Zuneigung, die ihr mit jedem Schritt entgegenkam, brachte ihre Gelassenheit ins Wanken. Achmeds Lächeln war wärmer als in ihrer Erinnerung, seine *Gallabiyya* makellos, sein Gesicht voll

Offenheit und tiefempfundener Freude. In seinen Händen hielt er einen grünen Basilikumzweig: »*Marhaba,* Jo.« Sein Geruch wehte zu ihr herüber und vermischte sich mit dem Duft des Gewürzes. Dann fiel ein Schatten über seine Freude: »Wen fürchtest du?«

»Mich selbst.«

Im Sandelholzduft stieg sie hinter ihm den Sandberg hinauf und fühlte ihr zentnerschweres Herz wie einen verrückt gewordenen Esel in sich herumspringen. Sie sah den Anflug von Übermut in seinen Augen und wünschte, eine andere Frau sein und in Libyen bleiben zu können, um den Rest ihres Lebens mit ihm über die schönen Seiten des Daseins lachen zu dürfen.

Im Auto rollte eine große Batterie vor ihre Füße, die sie von Funkgeräten kannte. Sie nahm sie hoch und bettete sie in ein Knäuel Zündschnüre, das auf dem Rücksitz ein Drahtgewirr bildete. Im unverhofften Wiedersehen war es belanglos geworden, was Achmed veranlaßte, Armeeausrüstung zu horten. Ein Gespräch zwischen ihnen kam nur stockend in Gang. Jo erzählte von ihrer Wanderung durch die Wüste, der alten phönizischen Münze, die Amerika darstellte, und den Soldaten, die sie gesucht hatten. Und Achmed berichtete, daß jene Soldaten im Hubschrauber nach Menschen gefahndet hätten, die unerlaubterweise nach Libyen gelangt wären, aber nicht nach ihr, die ja Libyen heimlich verlassen wolle. Es hätte ihn zwei fette Hammel gekostet, um ihren Tatendrang und Hunger zu stillen und ihre Zungen zu lösen. Er habe daraufhin Halima und Aischa angewiesen, den Würzkaffee zu verderben und Salz in den Tee zu streuen, um ihnen die Lust zu nehmen, die schwarzen Zelte in der Negev Hamida schon bald wieder aufzusuchen. Trotzdem müßten sie wachsam wie ein Fuchs in der Nacht sein, denn mit den nächsten Tagen käme auch die Erinnerung an den Bestand seiner prächtigen Herde zurück. Und nichts auf der Welt fürchteten die Beduinen mehr als hungrige

Soldaten. Deshalb müsse Jo auch weiterhin Gast in seinem Zelt sein und warten, bis Mohammed den richtigen Mann am Grenzübergang nach Ägypten wüßte. Doch es gäbe ein Problem, schloß Achmed.

Ein großes Schweigen breitete sich zwischen ihnen aus, dauerte während des Essens an und herrschte noch vor, als die glühenden Holzstücke zu weißer Asche zerfallen waren. Erst dann stellte Achmed die Petroleumlampe neben Jo, ergriff ihre Hand und ließ Sand hineinrieseln. »Die Probleme sind zahlreich wie die Sandkörner in deiner Hand. Du bist eine gefährliche Frau, Jo. Du hast mir von der Münze erzählt, die den alten Seeweg über den Atlantik zeigt, und du fragst, was in Hamamah geschehen ist. Du möchtest die Vergangenheit erforschen und der Weltgeschichte einen Stoß geben; du bist mächtig in deinem Wissen und der Gewalt, die du über andere Menschen hast. Männer werden deine Gefangenen. Sie erliegen deiner Weiblichkeit oder ihrem Haß, da du ihnen unerreichbar bist. Du kannst Brände entzünden, doch du weißt nichts davon. Du wirst bleiben und bohrende Fragen stellen oder fortgehen und wiederkommen, bis du dein Ziel erreichst oder untergehst. Um deinetwillen werden sich Männer bekämpfen, um dich zu beschützen oder um dich zu verderben.«

Jo glaubte ihren Ohren nicht zu trauen. »Nicht ich bin gefährlich, sondern dieses Land mit seiner Vergangenheit und den politischen Verstrickungen.«

Achmed stand auf und legte eine Decke über ihre Beine. »Wir erzählen uns gerne Geschichten, damit wir begreifen können, was um uns herum geschieht. Kennst du die Geschichte von Kadij? Kadij, ein Beduine aus Ägypten, belud eines Tages seine Kamele, um Weizen von Charga über Dachla und Qasr nach Farafra zu bringen. Schon seine Vorfahren und die Väter seiner Vorfahren hatten die Oasen mit Getreide beliefert. Er folgte dem alten Pfad seiner Ahnen, der abseits der heutigen Piste von Süden nach Norden führt. Nachdem er seine Geschäfte in Dachla abgewickelt hatte, ritt er weiter zur Nachbaroase, nach Qasr. Seine Kamele schritten kräftig aus, denn ihre Last war nicht mehr so schwer. Da stürzte sein bestes Tier plötzlich vor seinen Augen in die Tiefe, ein zweites folgte, und er selbst fiel auch hinab. Als Staub und Schrekken sich etwas legten, erkannte er, daß er durch den Sandboden in altertümliche Gewölbe gestürzt war. Statuen und kostbare Grabbeigaben, Schmuck und bunte Wandgemälde, Schätze von großem archäologischem Wert erblickte er. Dazwischen lagen seine Kamele und Ladungen. Die Hälfte seiner Karawane war hier zu Fall gekommen. Als er Hilfe holen konnte, stellte man rasch fest, daß er in römische Gräber gestürzt war. Fachleute aus der ganzen Welt kamen nach Qasr. Experten staunten über die wunderbare Entdeckung. Kadij hoffte, den Verlust seiner Karawane durch Finderlohn ausgleichen zu können. Daraus wurde nichts, und er verlangte, man möge ihn wenigstens als den Entdecker dieser Nekropole nennen. Doch man steckte ihn ins Gefängnis. Er habe unerlaubte archäologische Grabungen vorgenommen und den Ritt über das Gräberfeld nur vorgetäuscht, lautete die Anklage. Er wurde erst nach Jahren aus der Haft entlassen. Sein rechtes Bein ist seit dem Sturz verkrüppelt, sein Verstand durch das Geschehene getrübt. Er sitzt heute neben den Gräbern von Qasr und bettelt um Almosen.« Achmed blies den Sand aus ihrer Hand und legte sie an seine Wange. »Das Gastrecht, das ich dir gewähren kann, ist längst abgelaufen. Du bist ohne Familie und Zugehörigkeit, eine Stute auf dem Markt, die niemand kaufen will. Aber jeder darf dich ansehen und abschätzen. Du willst in deine Heimat zurückgehen, doch wir wissen nicht, wann das möglich ist. Vielleicht wirst du dich wieder verstecken müssen, und ich kann nicht bei dir sein. Ich muß dir den Schutz geben, den eine Beduinenfrau genießt.«

Jo sah der Flamme zu, die ruhig und gleichmäßig hinter dem Glas brannte. Achmed hielt ihre Hand fest und küßte jede ihrer Fingerspitzen. »Es ist eine List. Ich werde dich im Beisein der Stammesältesten bitten, meine Frau zu werden. Es ist ein Spiel, das nur wir beide kennen. Du wirst nein sagen, doch wir werden trotzdem gewinnen. Wenn ich um dich werbe, gehörst du zu mir, und keiner darf es wagen, dir etwas anzutun. Du stehst unter meinem Schutz, denn auch bei uns sagen die Frauen nein und meinen ja.«

Es war kein Feuerholz im Zelt, das nachzulegen, kein Tee, der aufzugießen war, kein Handgriff möglich, um zu verbergen, was Jo jetzt fühlte. Und Achmed ließ ihr keine Zeit nachzudenken. Er legte die Hände auf den Ausschnitt ihres Kleides und küßte ihre Schultern. »Wenn ich nein sage, gewinnen wir?« vergewisserte sie sich.

Achmed hatte ihren Kopf in seinen Schoß gezogen und spielte mit ihren Haaren. »Wenn du nein sagst und ich nicht aufhöre, um dich zu werben, siegt unser Brauch.« Er bedeckte Jos Hals mit Küssen, ehe er ihren Mund fand. Aber sie wand sich aus seiner Umarmung und hielt seine Hände fest. »Was geschieht, wenn ich ja sage?«

Achmed blickte verdutzt und begann dann zu lachen, daß Jo meinte, das Zelt würde beben. Er hob sie auf, trug sie zu ihrem Lagerplatz, streifte ihr das Kleid über den Kopf und fuhr mit seinen Handflächen die Konturen ihres Körpers nach. »Dann«, sagte er noch immer lächelnd, »siegt meine List.«

Jo setzte sich ruckartig auf und hielt ihn zurück. »Ich kann dich nicht heiraten.«

Er nahm ihre Hände und küßte die Innenflächen. »Ich habe dich verstanden. Aber wir wissen nicht, was die Zukunft bringt. Wir werden uns brauchen. Wir werden Kraft aus unserer Liebe schöpfen, sie wird uns Durst und Hunger vergessen lassen und die Mühsal deiner Flucht.« Er hielt Jo mit einer Hand fest und zog sich mit der anderen aus. Als er die *Gallabiyya* abstreifte, glaubte Jo, er verwandle sich in einen der schmalhüftigen dunklen Grabwächter von Tut Anch Amun.

»Hast du je vom Brauch aus Siwa gehört, der Heimat meiner Mutter? Die Kunst, Liebe zu geben und dabei Energie zu gewinnen?« fragte er. »Es ist alles in einem magischen Buch aufgeschrieben, ein Geheimnis, das die Siwaner von Generation zu Generation weitergeben, das Vermächtnis einer großen Liebe.« Er legte Jo eine Hand auf den Bauch. »Du mußt lernen, richtig zu atmen. Atme jetzt ein, dein ganzer Körper muß sich vorwölben, wenn die Luft in dich strömt. Du nimmst Energie auf, spürst du das?«

Jo, die bisher immer genau auf die gegenteilige Art geatmet hatte, fühlte ein ungeheures Prickeln im Unterleib. Nach einiger Zeit der richtigen Atmung schlug sie die Augen auf.

»Auf die gleiche Art kannst du meine Energie aufnehmen. Du mußt dich mit deiner Atmung bewegen. Aber zuerst gebe ich dir seelischen Schutz. So steht es in unserem magischen Buch geschrieben, und so soll es sein.« Er legte Jo eine Fingerspitze sacht auf den Scheitel und eine auf die Zehe, danach berührte er mit einer Hand ihre Augen, die Nase und den Mund, während er mit der anderen Hand erst gegen die Fußsohle und dann gegen die Kniekehle drückte. Als sich seine Fingerspitzen auf ihrer Brust und dem Venushügel befanden, fühlte sie sich federleicht und von großer Kraft erfüllt. Sie richtete sich ungewollt zum Fersensitz auf, etwas, das sie nie zuvor gekonnt hatte.

»Du bist von einem Schutzfeld umgeben«, flüsterte Achmed. »Leg die Hände neben deinen Nabel und beweg sie dann kreisförmig nach außen, bis die Arme ganz ausgestreckt sind. Kannst du die Schutzzone fühlen? Sie schließt uns beide ein.«

Jo bewegte die Arme erst langsam, dann immer schneller. Sie glaubte, etwas zu umrunden, das einer riesigen Seifenblase glich. Schließlich umfaßte sie Achmed und preßte sich an ihn. Er kniete sich zwischen ihre Beine und hob sie ein Stück hoch. »Atme richtig«, forderte er. Jo schloß die Augen und konzentrierte sich auf die Atmung. Sie spürte, wie sich ihr Bauch gegen Achmeds Körper wölbte. Sie näherte sich ihm immer mehr, bis sie sich schließlich auf seine Schultern stützte, sich langsam herabsinken ließ und ihre Beine fest um seinen Rücken schloß. Ihr ganzer Körper schien von seiner Kraft erfüllt zu sein. Mit jedem Atemzug verschmolz sie mehr mit Achmed. Nie zuvor hatte sie so etwas erlebt. »Du gibst mir die Energie der Erde, und ich gebe dir die Energie der Sonne.« Achmed löste Jos Hände von seinen Schultern, umfaßte sie und ließ sie vorsichtig nach hinten sinken. Dann zog er sie wieder ein wenig zu sich heran. Er paßte diese Schaukelbewegungen ihrer Atmung an. Plötzlich hörte sie, wie er zu zählen begann. Bei vier änderte er den Rhythmus und bewegte sich schnell und ruckartig. Jo schrie auf, aber es war schon vorbei, und seine Bewegungen verliefen wieder langsam und gleichmäßig. Als er von neuem zu zählen anfing, spürte sie, wie ihr ganzer Körper vor Erwartung bebte. Wieder bei vier angekommen, hielt er einen qualvollen Moment inne, ehe er zustieß. Jo verlor für den Bruchteil einer Sekunde das Bewußtsein. Achmed hörte mit der Bewegung auf, bis sie wieder ruhig und gleichmäßig Luft holte. »Es gibt tausend und eine Möglichkeit, zur Ekstase zu gelangen«, erklärte er lächelnd. »Liebe ist schöpferische Energie. Wenn du sie nicht leichtfertig mißbrauchst, entfacht sie ein inneres Feuer, das dir große Kraft liefert. Aber sie ist vor allem eine geistige Erfahrung. Wenn du es richtig machst, siehst du in mich hinein und ich in dich.« Er zog Jo hoch und legte seine Stirn an die ihre. Dabei hob und senkte er ihren Körper, ohne sich selbst zu bewegen. »Kannst du die Flamme in mir sehen?«

Jo sah ein einziges orangerotes Licht, das ihren Körper vollkommen verzehrte und gleichzeitig mit nie gekannter Leistungsfähigkeit erfüllte. »Ich sehe Licht«, flüsterte sie. »So muß es gewesen sein, als die Welt erschaffen wurde.«

»Wenn du willst, gehen wir beide bis an den Ursprung zurück.« Er ließ Jo vorsichtig zu Boden sinken und löste ihre

Beine von seinem Rücken. Dann beugte er ihre Knie, bis sie sich mit den Fußsohlen fest gegen seine Brust stemmen konnte. »Jetzt sind es nur noch tausend Übungen«, flüsterte er, als er sich auf sie senkte. Jo erblickte sein Gesicht, beleuchtet von den Mondstrahlen, die durch die Zeltlöcher fielen. In einem Riß der Ziegenhaardecke genau über Achmeds Kopf funkelte ein Stern.

Ein scharfer, aromatischer Geruch weckte Jo am nächsten Morgen. Er wehte vom Feuer herüber, wo Achmed stand und sich räucherte. Sie betrachtete sein markantes Profil, sah seinen Handbewegungen zu und war einen Moment verwirrt. Er kam ihr so vertraut vor, als würde sie seit Jahren an seiner Seite leben und hätte nicht erst gestern die erste Liebesnacht mit ihm verbracht. Ehe er zum Räuchergefäß griff, ahnte sie, was er tun würde, welche einzelnen Griffe nun aufeinanderfolgen würden. Sie fing seinen Blick auf, der mit größter Selbstverständlichkeit und einer gewissen Zufriedenheit über ihren nackten Körper strich, und wußte, daß er an diesem ersten Morgen danach ohne jede Poesie zum Alltagsgeschehen übergehen würde. Jo spürte einen Anflug von Unbehagen. Sie fühlte sich ein klein wenig wie ein fremdes Schaf, das auf einmal mit den anderen mitlaufen sollte. Wie erwartet, griff Achmed nach ihrem Baumwollkleid und warf es ihr zu: »*Yalla!* Beeil dich!«

Nachdem sie sich gewaschen hatte, trat sie zu ihm ans Feuer. »Heute ist der Tag der Brautwerbung«, sagte Achmed. Er ließ Jo niederknien, warf Zweige auf die glühenden Holzstücke und wedelte den Rauch in ihre Richtung. »Dies ist *Myriki,* ein Symbol für Schönheit, Anmut und Jugend. Es wehrt alles Böse ab. Atme den Rauch tief ein und halte bei der Brautwerbung einen frischen Zweig in deinen Händen.«

»Kann ich etwas falsch machen?« fragte Jo. »Gibt es irgendwelche Regeln, an die ich mich halten muß?«

»Du bekommst den besten und zähesten Brautwerber an deine Seite. Er wird dir helfen, den Preis in große Höhen zu treiben. Nimm die schwarze Bluse hier und die rote Weste: Du sollst schön sein, wenn ich um dich werbe.« Jetzt ließ er sich doch zu einer kleinen, vertrauten Geste hinreißen. Er berührte ihren Arm mit seinen Fingern, als ob er ihr Mut machen wolle. »Bitte, warte im Frauenzelt!« Er trat zurück und ließ das Baumwolltuch herunter, das den Raum in zwei Bereiche teilte.

Mit pochendem Herzen hörte Jo den Geräuschen zu, die bald zu ihr herüberdrangen. Autos fuhren vor, Türen klappten, und viele Stimmen schwirrten durcheinander. Durch ein Loch im Tuch konnte Jo ausmachen, daß bunte Teppiche und bestickte Kissen ausgelegt wurden. Ali und seine Helfer waren dabei, das Zelt mit Stangen und Tuchbahnen zu vergrößern, und Frauen und Kinder trugen Speisen herein. Dann entdeckte sie eine große, kräftige Frau in leuchtend rotem Gewand und orangefarbenem Schultertuch, dessen Ränder mit winzigen silbernen Glöckchen gesäumt waren. Sie sah sehr fraulich und schön aus. Sie war älter als Jo und runder, aber ihr Gesicht war immer noch glatt und ihre Bewegungen flink. Wo ihr schwarzes Haar unter dem Schal hervorlugte, konnte Jo silberne Kämmchen und Spangen sehen. Ihr Anblick fesselte Jo. Bei jedem Handgriff klimperten zahlreiche goldene und silberne Armreifen, dazu klingelten die schweren goldenen Ketten, die sie um den Hals trug. Sie machte sich an der Feuerstelle zu schaffen, buk im Handumdrehen Fladenbrot, kochte Kaffee und Tee, belud ein Tablett mit zwei winzigen Täßchen, der Schnabelkanne und frischen Datteln und sah zum Frauenteil herüber. Sekundenlang fragte sich Jo, ob sie wohl herüberkommen würde, aber da schlug die andere bereits den Vorhang zurück. Die Fremde lächelte, stellte das Tablett zur Seite, ging auf Jo zu und schloß sie fest in die Arme. »Ich bin Halima, Achmeds Frau. Willkommen, Schwester.«

Jo merkte, wie sie an der Seite der anderen zu zittern begann. »Du bist blaß, Kind«, fand Halima und zog Jo neben sich auf ein Sitzkissen. »Und du bist dünn.« Sie schnalzte mit der Zunge. »Achmed ist ein grober Mann. Er hätte dich längst zu den Frauen bringen sollen.« Sie ließ ihren Blick durch Jos Bereich schweifen und blieb an einem Wasserkanister hängen. »Hat er keinen Wasserkrug im Boden vergraben, damit du jederzeit kühles frisches Wasser hast?« Sie schüttelte verständnislos den Kopf. »Wo sind die langen Troddeln, um Mücken abzuhalten? Es hat dir an manchem gefehlt.« Sie bot Jo ein Schälchen Kaffee an und steckte ihr süße Datteln in den Mund. Dann langte sie in einen Tabaksbeutel und drehte sich eine dicke Zigarette. »Erzähl von deiner Heimat.«

Jo fand ihre Sprache wieder. Sie habe keine Familie, erklärte sie, aber Freunde und einen Beruf, was ihr einen Ausgleich schaffen würde. Halima unterbrach sie bald. »So hast du weder Vater noch Bruder? Willkommen bei uns. Bitte, heirate Achmed.«

Das Ungeheuerliche war ausgesprochen. Jo stockte der Atem. Sie machte den Mund auf und klappte ihn wieder zu. Ihr wurde unerträglich heiß. Kleine Schweißbäche sammelten sich in ihrem Genick und rannen den Rücken hinunter. Sie erinnerte sich an jede einzelne Zärtlichkeit Achmeds, an die vielen Stunden, die sie schlaflos neben ihm verbracht hatte, an die ungeheure Zumutung, die sie als Gast in seinem Zelt für seine Familie darstellen mußte, an jeden Gedanken, der Achmed und der Magie seiner Persönlichkeit gegolten hatte. Sogar an Schamsi dachte sie, mit dem sie sich beinahe auf einen Handel – Beischlaf gegen Münze – eingelassen hatte, sie war sich bewußt, daß sie keinen einzigen ehrlichen Gedanken darüber verschwendet hatte, was Achmeds Frau in all dieser Zeit fühlen mochte. Sie erinnerte sich an Aischa, die ihr wie eine Schwester Vertrauen und Zuneigung entgegengebracht hatte, die ihr Geschenke ihrer Mutter überreicht hatte, einer Frau, die Kümmernisse und Demütigungen mit Weisheit ertragen haben mußte. Neben ihr fühlte sich Jo klein, selbstsüchtig und schuldig. Sie hätte am liebsten Halimas Hand ergriffen und unter Tränen um Verzeihung gebeten. Jos Anblick mußte so jammervoll gewesen sein, daß Halima sich erneut genötigt sah, der Jüngeren zu helfen. Sie nahm einen tiefen Zug und stieß eine Rauchwolke aus, die bis zur oberen Zeltstange stieg. »Es gibt viele Gründe, Achmed zu heiraten. Auch ein Hahn hat mehrere Hühner. Du wirst Kinder gebären, Söhne und Töchter mit goldenen Haaren und heller Haut. Du wirst sie in fremden Sprachen unterrichten, so wie du es mit Aischa, meiner Tochter, schon getan hast. Du wirst den Ruhm unserer Sippe mehren. Du wirst den Nachkommen vom Leben in Europa berichten und auch meinen Kindern eine Hilfe sein. Wenn du seine Frau bist, mußt du mit ihm in die Wüste ziehen. Das bedeutet für mich, daß ich endlich in Tobruk, in unserem Stadthaus, bleiben kann. Wenn ich dort etwas Kaltes trinken will, gehe ich an den Kühlschrank. Meine Freundinnen kommen am Nachmittag zum Plaudern, und abends mache ich den Fernseher an. Ich brauche kein Feuerholz zu sammeln und verbrenne mir nicht die Finger beim Brotbacken. Ich könnte dir noch tausend Gründe aufzählen. Nur eins möchte ich dich noch wissen lassen: Ich würde dich wie meine Schwester behandeln.«

»Bist du nicht eifersüchtig, Halima? Möchtest du Achmed nicht ganz allein für dich haben?« Jo hatte endlich ihre Gedanken ordnen können.

Halima gluckste. »Ich habe ihm elf Kinder geboren. Kannst du dir vorstellen, was das bedeutet? Obwohl ich *Allâh* für jedes Kind danke, wäre ich froh, du würdest meinen Platz auf seinem Lager einnehmen. Er ist ein guter Liebhaber, das kannst du mir glauben«, sagte sie zu Jos Entsetzen und blickte sie dabei forschend an.

Jo hatte das dringende Bedürfnis, die Augen zu senken, aber sie hielt dem dunklen Blick Halimas stand. Sie begriff, daß es hier um praktische Dinge und nur am Rande um Zuneigung ging, und wie eine Kamelstute abgeschätzt zu werden gab ihr den Gleichmut zurück, Halimas prüfenden Blicken gewachsen zu sein.

»Achmeds Vorfahren stammen aus Siwa«, ergriff Halima wieder das Wort. »Vielleicht weißt du nicht, was das heißt? Ohne Achmeds Einverständnis möchte ich auch nicht davon sprechen, denn es handelt sich um eine Geheimlehre. Wer sie ausüben kann, verfügt über unerschöpfliche Energie. Als ich jung war, glaubte ich daran, aber heute weiß ich, daß nur die Männer ihre Lebenskraft dabei erneuern.«

Dann ist dir das Wesentliche entgangen, dachte Jo, als Halima jetzt innehielt und sich eine neue Zigarette drehte.

»Die Frauen werden nur schwanger«, nahm Halima den Faden wieder auf. »Mit jedem Kind geht ihnen Kraft verloren. Ich bin einfach müde, und ich habe genug Kinder geboren. Wenn ich Achmed zufriedenstellen will, muß ich mich anstrengen. Ich bin abends von der Arbeit erschöpft. Ich sitze dann gern auf dem Hausdach oder vor dem Zelt und schwatze mit meinen Nachbarinnen. Aber Achmed verlangt, daß ich jederzeit für ihn da und zu allen Verrenkungen bereit bin. Er hat es am liebsten, wenn ich ihm die Beine auf die Schultern lege. Früher hat mir das nichts ausgemacht, aber jetzt strengt es mich an. Und oft weckt er mich auch mitten im Schlaf. Er ist sehr kräftig und kann einfach nicht genug bekommen.«

»Kannst du nicht mit ihm darüber sprechen? Er könnte Rücksicht auf dich nehmen.«

»Die Ehe ist ein Geschäft. Wenn er seine Bedingungen erfüllt, muß ich auch meine einhalten.«

»Ich bin verwirrt«, beeilte sich Jo zu sagen. »In meinem Land gibt es das nicht. Eine Frau heiratet den Mann, den sie liebt. Sie möchte ihn ein Leben lang für sich behalten und ihn nicht mit einer anderen Frau teilen müssen.«

Halima lachte. »Ich stamme aus Tripolis. Ich bin in der Stadt groß geworden. Das Leben in der Wüste fällt mir schwer. Ich habe es viele Jahre lang ertragen, denn so war es abgemacht. Was nennst du denn Liebe? Ich habe alles, was ich will, Achmed schlägt mich nicht, er ist freundlich und großzügig. Wahrscheinlich meinst du mit Liebe das Bedürfnis, die Beine breit zu machen? Ja, das kenne ich auch. Es stellt sich immer zwei Wochen nach der Mondzeit ein. Wenn du ihm nachgibst, wirst du schwanger. Das habe ich nach dem ersten Kind gemerkt. Und dann gibt es natürlich noch die Liebe zu den Kindern. Aber sie ist sehr schmerzhaft. Schon wenn sie sich den Weg ins Leben suchen, schreist du vor Schmerzen. Das läßt dich nie mehr los. Du fürchtest um sie und leidest wegen ihnen, findest nachts keinen Schlaf und bangst täglich um ihr Wohlergehen – und das alles nur wegen Liebe! Gegen die Liebe zu deinen Kindern kannst du dich nicht wehren. Deshalb mußt du die Liebe wenigstens aus deiner Ehe heraushalten. Ich achte Achmed, und ich habe ihm nichts vorzuwerfen, aber jetzt fühle ich mich alt und müde, und er ist noch jung und kraftvoll. Ich würde mich freuen, wenn du in Zukunft als erste aufstehen und die Ziegen melken würdest. Ich werde sehr glücklich sein, wenn ich in Tobruk im Schatten sitze und weiß, daß du Achmed auf seiner Wanderung durch die Wüste begleitest. Es ist nicht gut für einen Mann, wochenlang ohne Frau auskommen zu müssen. Er kommt dabei leicht auf unsinnige Gedanken. Ich würde mich besser fühlen, wenn du bei ihm wärst.«

Jo besann sich auf Achmeds Versprechen, nur sie beide würden die Regeln des Spiels kennen. »Ich werde über deine Worte nachdenken«, brachte sie hervor.

Halima hatte ihre Zigarette zu Ende geraucht, zog Jos Kopf heran und küßte sie auf beide Wangen. Dann holte sie ein Döschen aus ihrem Gewand und zeigte auf die schwarze Paste. »Das ist *Kajal*. Ich werde dir helfen, dich schönzumachen.« Ohne auf

Jos Proteste zu achten, umrandete sie ihre Augen mit schwarzer Farbe, malte ihren Mund rot, zupfte die reichbestickte Bluse zurecht und begann dann, Jos Haare zu kämmen. »Du brauchst keine Angst zu haben, Schwester.« Ihre kräftigen braunen Hände fuhren geschickt über Jos Kopf und strichen die Haare glatt. »Wenn die Hochzeit ausgehandelt ist, werden wir das Brautzelt errichten. Wir schicken dir ein reich geschmücktes Brautkamel mit prall gefüllten Satteltaschen. Du wirst es besteigen. Es trägt dich zu deinem Brautzelt, das alleine dir gehört. Dort erwartest du Achmed auf deinem Lager. Wenn du dich vor ihm fürchtest, kannst du das Recht der drei Nächte erbitten. Er bleibt in dieser Zeit bei dir, doch darf er dich nicht zu seiner Frau machen. Dann warten wir alle auf den vierten Morgen, wenn er das weiße Tuch mit dem Jungfernblut auf die Zeltstange hängt.« Halima berührte Jos verkrampfte Schultern und versuchte, in ihren Augen zu lesen. Zuerst begegnete sie Jos ernstem Blick, dann sah sie ein Funkeln in ihren Augen aufsteigen, ein Lächeln um ihren Mund sich ausbreiten, das die Sammlung und das andächtige Zuhören vertrieb und einem breiten Grinsen Platz machte. Jo fühlte sich von Halima gepackt und fest in die Arme genommen. Die beiden Frauen lachten, die eine an der Schulter der anderen. »Wir lassen uns deswegen nicht das Fest verderben«, kicherte Halima. »Das ist gut, das ist prächtig. Der große Scheik wird sich mächtig in den Arm schneiden oder die Tradition preisgeben müssen. Ah, er wird sich weh tun müssen und sein eigenes Blut mit dem weißen Tuch auffangen, um es im gespielten Triumph nach draußen zu tragen. Wir werden es erblicken, unseren Triller ausstoßen, und ich werde die lauteste sein. Aber dann wird jeder auf deinen Bauch starren, um als erster zu erkennen, wann er sich rundet.« Halima kicherte noch immer, als sie sich aufrichtete und sich die Lachtränen aus dem Gesicht wischte. »Ich verlasse dich jetzt. Sorge dich nicht, Schwester. In der Welt mögen die Schnauzbärte regieren, aber nicht in meinem Zelt!«

Mit Halimas Verschwinden wurde es leiser nebenan. Motoren wurden angelassen, und Autos fuhren davon. Plötzlich bewegte sich der Vorhang erneut, und Mohammed betrat den Frauenbereich. »Ich bin glücklich, heute Ihr Helfer sein zu dürfen.« Seine elegante Verbeugung und sein tadelloses Englisch überraschten Jo von neuem.

»Sie sind mein Berater?«

»Wer könnte sich mehr und besser für Ihren Vorteil einsetzen als ich? Nur Achmed selbst, aber der ist hier auf der anderen Seite.«

»Was muß ich tun?«

»So schön und verführerisch aussehen wie möglich. Den Rest erledige ich. Ich werde den Preis in schwindelerregende Höhe treiben.« Er zog Jo in seine Arme, legte seine Wange an die ihre und küßte ihren Scheitel. »Das ist mir gestattet, Schönste. Schließlich muß ich wissen, was ich verhandle.« Er ließ rasch seine Hände über ihren Körper gleiten. Dann schlug er den Vorhang zum Männerzelt zurück.

Jo war überrascht. Der Raum war fast vollkommen mit Matten, Teppichen und Kissen ausgelegt. Sie sah Kohlebecken, aus deren Glut aromatische Düfte aufstiegen. In der Mitte des Zeltes waren Gegenstände unter einem großen Tuch verborgen. Daneben hatte man Speisen aufgetürmt. Platten mit Obst und Reis, gefüllte Fladenbrote und Lammspieße, Schnabelkannen und Teegläser standen griffbereit am Boden. Jo erblickte Ali und ein Dutzend weißbärtiger Beduinen, die sie noch nie zuvor gesehen hatte. Aber dann fesselte Achmeds Aussehen ihre Aufmerksamkeit. Er trug eine dunkle Hose, darüber eine blaue *Gallabiyya,* die mit goldenen Streifen durchsetzt war. *Kefir* und Mantel waren aus dem gleichen Stoff. Sein Gesicht war ernst, aber seine Augen strahlten. Sein Anblick war überwältigend.

Die Verhandlung um den Brautpreis wurde mit einem köstlichen Mahl eröffnet. Man reichte ihr Melonenscheiben, Fleischspieße, Trauben und Käse. Dazu gab es Unmengen von starkem schwarzem Kaffee aus kleinen Porzellanschalen. Ali, der heute über seiner roten Hose einen gestreiften Mantel trug, bediente die Gruppe. Gesprochen wurde nicht. Als sich die Platten leerten, reichte man Jo eine silberne Schüssel mit den Früchten des Granatapfelbaums. Alle Augen waren auf sie gerichtet. Sieh an, dachte Jo, der Granatapfel, das Symbol für Liebe und Fruchtbarkeit. »Gebe ich ein Versprechen, wenn ich davon esse?« flüsterte sie Mohammed zu, der neben ihr saß.

»Noch nicht. Aber es wird als gutes Zeichen gewertet.«

»Dann sollte ich vielleicht nicht davon nehmen?«

»An Ihrer Stelle würde ich einfach essen, was mir angeboten wird. Sie haben noch einige Zeit in staubtrockener Wüste vor sich und für unseren Geschmack sowieso zu wenig Fett auf den Hüften.«

»Darf ich Sie daran erinnern, daß ich kein Schlachtvieh bin?«

»Aber meine Schöne«, flüsterte er zurück. »Wie könnte ich das vergessen? Sie erscheinen mir jede Nacht in meinen Träumen. Wenn mich das Schicksal nicht zu Ihrem Vermittler bestimmt hätte, würde ich um Sie werben!«

Jo lächelte still vor sich hin. Die Menschen hier, die aromageschwängerte Luft und die gelbe Sandwüste draußen vor dem Zelt wirkten filmreif. Ali räumte die Reste zur Seite, nur Fladenbrot und Schnabelkanne blieben zurück. Ein alter Beduine goß sich dunkelbraunen Würzkaffee ein und wandte sich dann an Jo. »Dein Kaffee duftet wie der Wohlgeruch des Paradieses.«

»Und dein Fladenbrot hat keine Löcher«, meinte ein anderer.

»Als *Allâh* dich schuf, ließ er Sorgfalt walten.«

»Neben deiner Schönheit welken die Rosen.«

»Dein Körper ist schlank und kräftig. Du wirst viele Kinder tragen können.«

»Dein Haar ist golden wie der Glanz des Mondes.«

»Dein Blick ist bescheiden, aber nicht demütig. Du wirst keinen Streit in die Zelte bringen.«

Jo ließ den Blick zu Halimas Broten hinüberschweifen und zum Kaffee, den diese gekocht hatte. Da berührte sie Mohammed leicht am Arm. »Man bittet Sie, englisch zu reden.«

»Und warum, um Himmels willen?«

»Sagen Sie ein Gedicht auf, oder zitieren Sie die *Times*. Hier kann man Ihren Worten sowieso nicht folgen.«

Jo blickte von einem Weißbärtigen zum andern, während sie sich über »das unbewußte Riechen und die Macht der Aromata« verbreitete, das Thema einer Vorlesung, die sie in London gehört hatte. Die Beduinen nickten bedächtig, legten den Kopf zur Seite und hörten ihr aufmerksam zu.

»Sie spricht fremde Sprachen«, eröffnete einer von ihnen wieder das Ritual.

»Sie hat keine Scheu vor einer Versammlung. Unsere Frauen werden von ihr lernen können.« Das rief sofort eine heftige Debatte unter den Alten hervor, bis Mohammed die Streitenden unterbrach. »Wollt ihr über eure Frauen zanken, bis mein Hintern platt ist wie ein Brotteig? Laßt uns beginnen!«

Achmed, der bisher nur zugehört hatte, schlürfte jetzt ein Schälchen Kaffee, stellte es umgekehrt zu Boden und hob die Hand. Die Alten verstummten augenblicklich. Jo hörte den Wind über die Zeltschnüre streichen. Die Stille schien anzuwachsen und sich wie eine ungeheure Last auf sie zu legen. »Ich begehre dich zu meiner Frau«, sagte Achmed. Obwohl sie auf diese Worte vorbereitet war, spürte sie ihr Herz bis zum Hals hinauf pochen und das Blut in den Ohren rauschen. So hörte sie kaum, wie Achmed ihr den Reichtum seiner Herden schilderte, das Haus in Tobruk erwähnte und seine Fähigkeit, eine große Familie ernähren zu können, peinlich genau darlegte. Und er würde sie wie Halima behandeln, ließ er sie wissen, denn der Engel Gabriel habe den Gläubigen die Waage der Gerechtigkeit gebracht, damit Redlichkeit unter den Menschen herrsche und jedem Gleiches geschähe.

»Was gibst du für sie?« fragte Mohammed unbeeindruckt.

Ein listiges Lächeln erschien auf Achmeds Gesicht. »Einer Frau wie Jo darf man nicht nur Gold und Schmuck bieten. Sie braucht ganz andere Dinge, die ihr wertvoll wie ein Schatz sind.« Er hob die Ecke des Tuches auf und legte ein Sandrelief frei, ein kunstvoll gestaltetes Abbild Nordafrikas und der Arabischen Halbinsel. Einzelne Gebiete waren durch Blätter als Oasen gekennzeichnet. Von dort liefen rote Wollfäden in alle Himmelsrichtungen. An ihren Endpunkten lagen Körner oder Gewürze.

»Das sind alte Karawanenwege«, erläuterte Achmed und zeigte auf die Fäden. »Obwohl sie heute weitgehend unbenutzt sind, werde ich sie in den nächsten Jahren bereisen. Ali wird mit mir ziehen. Wenn das Wissen um die alten Wege nicht weitergegeben wird, ist es verloren. Dann sind wir für immer von den Motoren abhängig. Ich biete Jo an, mich auf diesen Wanderungen durch die Wüste zu begleiten. Ich weiß, daß sie sich danach sehnt, zu all den Völkern und Orten zu gelangen, wo der Gewürzhandel stattfand, und Namen wie *Awaynat* und *el Khadim* sind Musik in ihren Ohren. Ich werde Jo durch die Libysche Wüste, über den Sinai, durch die Wüsten Nefud und Rub al Khali bis ins Wadi Hadramaut führen, wo sie mit eigener Hand Weihrauch ernten kann. Ich werde sie bis jenseits von Byblos bringen, von wo das Zedernöl und *Hatet-ach,* das heilige Tannenöl, stammen. Ich werde ihr den Weg zeigen, der über die Oasen Siwa und Dachla nach Theben führt. In einem Tal verborgen, befindet sich dort die älteste Inschrift der Welt. Von hier nahmen Karawanen den Anfang und mit ihnen das geschriebene Wort. Ich werde Jo nach Westen bringen, nach Ghat und Ghadames, dem Zentrum aller afrikanischen Karawanenwege, wo Gold, Elfenbein und Ebenholz noch heute gehandelt werden. Ich werde ihr zeigen, wo die Pflanze des prophetischen Wahnsinns gedeiht und wo die Küstenbewohner *el Anbar* sammeln, wie sie es schon taten, als Iskander, Alexander der Große, durch jenes Land zog. Ich möchte Jo mitnehmen zu den Rosengärten, von denen uns Sadis vor Jahrtausenden berichtete, und zu den Basaren, wo um alles gefeilscht wird, was Jos Herz schneller schlagen läßt: um nach Zimt duftende *Qesia*-Rinde vom Roten Meer, die so kostbar ist, daß die Nabatäer am Ende des Karawanenweges die Stadt Petra errichteten, um Wegzoll zu erheben; um *al Zahafaran,* den Jo Safran nennt und der zu den heiligen Zutaten des *Kyphi*-Parfüms gehört, mit dem sich die Pharaonen salbten; um *Stor,* dessen Verwendung schon die Inschriften von Persepolis bezeugen, und um das *Metopon* aus Siwa, mit dem man einst die Stirn des künftigen Osiris salbte und das Kleopatras Parfüm krönte, um den großen Cäsar zu betören. All dies lege ich ihr wie ein Geschenk zu Füßen, denn ich weiß, daß ihre Neugierde auf diesem Gebiet unersättlich ist.«

»Was sagen Sie dazu?« Mohammed wandte sich an Jo, die Tränen in den Augen hatte. »Ich bin erschüttert«, flüsterte sie. »Er kennt mich besser als jeder andere.«

»Vielleicht wissen Sie nicht, was es bedeutet, auf einem Kamel durch den Sand zu ziehen? Genausogut könnten Sie in die Nähe der Orte fliegen und sich ein klimatisiertes Auto mieten. Wegen Weihrauch wollen Sie sich wochenlang durch die Wüste quälen?«

Jo berührte sacht die Weihrauchkörner, die in der Vertiefung lagen, die das Wadi Hadramaut darstellte. »Es ist ein wunderbares Geschenk, Achmed. Es bedeutet mir mehr, viel mehr als Gold.« Sie nahm ein Harzkügelchen aus dem Wadi Ram in Jordanien hoch und roch daran: »*Schehelat*?« fragte sie. Sie kannte das Produkt, welches einst zu den acht Wohlgerüchen in Salomos Tempel gehörte, nur unter seinem biblischen Namen. Die Vorstellung, sich an seinem Ursprungsort unter die Menschen zu begeben, die damit seit Jahrtausenden handelten, begeisterte sie.

»Sie sind zu voreilig«, rügte Mohammed. »Vielleicht hat Achmed Ihren besonderen Geschmack getroffen, aber davon können Sie nicht leben. Das ist nicht genug«, erklärte er barsch. »Sieh Jo genau an. Ihre Haut ist weich und zart, ihre Lippen sind voll und rosig. Betrachte ihr goldenes Haar und atme ihren Duft. Für all das willst du nicht mehr geben als einen wochenlangen Marsch durch die Wüste, wo die Sonne ihre Haut in gegerbtes Leder verwandeln und ihr Haar stumpf machen wird? Gehört ein Ritt in der Hitze nicht zu den Dingen, die das Leben verkürzen? Was hast du noch zu bieten?«

»Du bist ein herzloser Händler.« Achmed verschränkte die Arme und lehnte sich zurück. Zwischen seinen Augenbrauen erschienen senkrechte Falten. Die Alten blickten von ihm zu Mohammed, bewegten klappernd die Gebetsketten zwischen den Fingern und strichen sich über die Bärte. Schließlich kehrte das Lächeln in Achmeds Augen zurück, und er berührte Jos Hände über das Sandrelief hinweg mit den Fingerspitzen. »Du hast recht, Mohammed. Ihre Haut ist jung und zart. Sie zu spüren ist ein Vorgeschmack auf ewige Freuden.« Er lüftete das Tuch ein zweites Mal.

Jo glaubte zu träumen. Vor ihr stand ein Dutzend großer und kleiner Parfümfläschchen, Salbölgefäße und kunstvoll geschnitzte Schminkdosen. Die Sammlung war alt und erlesen, sie würde der Stolz eines jeden Museums sein. »Darf ich sie anfassen?«

»Bitte.« Achmed bewegte seine geöffneten Hände über der Gabe.

Von all den Kostbarkeiten fesselten drei kleine, fingerlange Fläschchen Jos Aufmerksamkeit als erstes. Sie waren bauchig, hatten einen langen dünnen Hals und zeigten ein Relief. Jo nahm sie behutsam auf. Sie konnte Palmen ausmachen und sphinxähnliche Tiere, die unter den Bäumen kauerten. Durch das hellgrüne Glas hindurch erkannte sie eingetrocknete Salbölreste aus alten Zeiten. »Das sind sidonische Reliefgläser, mindestens zweitausend Jahre alt«, murmelte sie. Das handtellergroße Balsamarium daneben, aus zartem Glas gefertigt, erinnerte sie an Abbildungen karthagischer Gefäße aus ihrem Lehrbuch. Blaue Fläschchen in Weintraubenform und Salbengefäße aus Alabaster in Blumengestalt standen neben Schminkbehältern aus schwarzem Granit und einem geschnitzten Kästchen aus Zedernholz. Ihr Blick fiel auf die winzigen Salbentöpfe mit ihren Schnurösen, die an einer Kette um den Hals getragen wurden. »Alle diese Gegenstände sind zu kostbar, um verschenkt zu werden. Sie gehören ins Museum.«

»Wenn du meine Frau wirst, gehören sie dir.«

»Ich habe kein Recht darauf. Du darfst sie nicht fortgeben.«

»Sie sind seit langem im Besitz meiner Sippe. Wenn du sie als meine Frau annimmst, bleiben sie im Besitz der Familie. Ich gebe sie nicht fort.«

»Achmed, diese Dinge sind für jeden Archäologen unbezahlbar. Darf ich mir Proben daraus nehmen?«

»Nein. Wenn du ihr Geheimnis kennst, sind sie nur noch halb soviel wert.«

»Mehr hast du Jo nicht zu bieten als ein paar alte Glasflaschen, beschädigt, zerkratzt und mit eingetrocknetem Inhalt?« Mohammed bewegte seine linke Hand über dem Schatz, als wedle er Fliegen fort. »Wenn sie deine Frau wird und du sie schlecht behandelst, soll sie dann mit einer kleinen verschrammten Glasflasche zum Basar laufen und sie in Geld umtauschen? Ist das alles, was du für eine blonde Jungfrau bieten willst?«

Über Achmeds Gesicht huschte kein verräterisches Lächeln, und seine Mundwinkel zuckten nicht. »Ihr Herz gehört keinem Mann, und ihre Seele gleicht einer Rosenknospe«, stimmte er zu und lüftete das Tuch erneut.

Jos Blick fiel auf eine silberne Schale von der Größe einer halbierten Melone. Den sorgfältig gearbeiteten Rand schmückten goldene Lotusblumen und Palmblätter. Zwei goldene Widder bildeten die Griffe. Ihre Hörner waren aus Lapislazuli, und in ihren Augenhöhlen funkelten Achate. Jo drehte die Schale andächtig in den Händen. Sie gehörte zu dem silbernen Becher, den Achmed ihr gezeigt hatte. Ein Prunkstück aus königlichem Geschirr, einer Prinzessin würdig, teuer und edel. Sie schüttelte den Kopf.

»Nicht genug?« Achmeds Augenbrauen wanderten in die Höhe.

»Zu einer Ehe gehört mehr als etwas Silber.« Mohammed blickte fordernd auf seine nach außen gekehrten leeren Handflächen.

»Hör auf, Mohammed. Das ist unverschämt.« Jo vergaß, daß alles nur ein Spiel war, spürte ein Brennen in Kehle und Augen und hatte nur den Wunsch, mit Achmed allein sein zu dürfen. Er packte das Tuch, zog es vollständig fort und enthüllte goldgelbe Sandkörner. »Dort liegt kein Schatz«, erklärte er Jo und den Alten, die lange Hälse wie Kamele machten, um einen Blick auf den vermeintlichen Reichtum, auf den letzten Trumpf zu erhaschen. Achmed ergriff Jos Hand und führte sie an sein Herz. »Das Wertvollste ist hier verborgen. Ich liebe deine Art, Jo, eine Pflanze in die Hände zu nehmen und sie von allen Seiten so aufmerksam zu betrachten, als sei sie dir eine Schwester. Ich mag es, wenn du auf deinem Standpunkt beharrst, deinen Willen durchsetzt und nichts geschehen läßt, was du nicht selber wünschst. Ich bewundere deine Hartnäckigkeit auf der Suche nach Erkenntnis und deine Furchtlosigkeit gegenüber diesem fremden Land, der Wüste und seinen Bewohnern. Du bist klug und gibst dein Wissen gerne weiter, du bist neugierig und hörst nicht auf zu fragen. Du verachtest niemanden, sondern begegnest den Menschen mit Interesse und Offenheit. Du bist etwas Besonderes. Ich möchte mein Leben lang an deiner Seite sein, denn ich liebe dich.«

Einen törichten Augenblick lang war Jo versucht, Achmed ein Ja! hinüberzurufen und den Gemeinsamkeiten zu vertrauen, die sie verbanden. Dann meldete sich ihr Verstand und schalt sie eine Närrin. Sie hoffte auf ein listiges Zwinkern in

Achmeds Augen, auf ein Signal, sie solle seinen Worten keine Beachtung schenken und das Spiel zu Ende bringen. Doch je länger ihre Antwort ausblieb, desto ernster wurde er.

»Äußern Sie sich!« forderte Mohammed.

»Ya salâm!« Ihre Kehle war trocken wie ein Wadi in regenarmer Zeit. Dafür glaubte sie, reichlich Wasser in den Augen zu spüren. Gleich würde ihr schwarzes *Kajal* über die Wangen laufen und sie in einen Nachtmahr verwandeln. Dem Ernst der Verhandlung war sie nicht gewachsen, Achmeds Blick ebensowenig wie dem dunklen Taumel, der sie ergriff. Mit ähnlicher Intensität hatte er gestern nacht die Fessel der Liebe zwischen ihnen beschworen, hatte ihre Sehnsüchte wahr werden und sie durch die Kraft seiner Liebesenergie schweben lassen. Sie meinte, die Hitze seiner Haut und seinen Herzschlag an ihrer Brust zu spüren. Die Erinnerung daran ließ sie aufschrecken. Er hatte sie in Besitz genommen, hatte ihren Körper und Geist in seinen Bann gezogen und war dabei, sie für immer zu binden. Jo blinzelte aus ihrem Tagtraum in das Licht der Verhandlungsrunde hinein. *»Ya salâm«*, wiederholte sie. »Dein Herz ist groß wie die Sandebene und deine Hand offen für alle, die deine Hilfe brauchen. Wohlüberlegt sind deine Worte und treffen ihr Ziel, ohne zu verletzen. Dein Zelt ist jedem Heimstatt, der arm und hungrig ist. Deine vornehme Art ist eines Fürsten würdig und deine Tugend Zierde deiner Männlichkeit. Doch mein Platz ist in meiner Welt.« Sie machte eine bedeutungsvolle Pause. Dann schilderte sie ihr Leben in Deutschland, ein Dasein in der Kälte und Betriebsamkeit einer europäischen Großstadt. Von Kindheit an sei ihr dieses Leben vertraut, so wie Achmed ein Sohn der Wüste sei. »Ich könnte nicht immer hier leben«, erklärte Jo. »Achmed, würdest du mir nach Deutschland folgen, um dort viele Jahre zu bleiben?«

»Nein.« Die Antwort kam prompt.

»So sage auch ich nein. Aus dem gleichen Grund wie du.«

Achmed nahm das Tuch auf und legte es über den Brautpreis. Die silberne Schale verschwand darunter, ebenso die Parfümfläschchen und zuletzt das Sandrelief. »Ich werde dir trotzdem die Wüste zur Heimat machen und nicht aufhören, um dich zu werben. Denn meine Geduld sei unerschütterlich, wie der Prophet uns lehrt.«

Ein seltsames Geräusch ließ Jo aufhorchen. Sie saß am Gipfel einer Sanddüne und lauschte in die beginnende Dunkelheit hinein. Dann wußte sie plötzlich, was sie vernahm. Die Stille um sie herum war so mächtig, daß sie Sandkörner rieseln hörte, von der Abendbrise über den Kamm getragene Steinchen. Sie sah den Sternen zu, die über das schwarze Zelttuch stiegen. Morgen würde sie mit Achmed und Ali durch die Wüste hinunter zum *Awaynat* ziehen und versuchen, irgendwann dort über die Grenze zu gehen. Die Entscheidung dazu war bald nach dem Heiratsantrag gefallen. Nur zwei Tage später war ein Auto mit zwei Männern vorgefahren, die einen heftigen Streit auslösten. Sie hatte sich ganz hinten in einem dunklen Winkel des Zelts verstecken müssen und den scharfen Worten gelauscht, die hin und her gingen. Ihr war so, als käme ihr eine der Stimmen bekannt vor. Später, als es wieder still war, hatte Achmed sie aus ihrem Versteck geholt, mit angespanntem grauem Gesicht. Man verlange, daß er zwei Männer aufnehme, hatte er Jo wissen lassen, Menschen, die haßerfüllte Fanatiker und zu allem bereit seien. Da er das Gastrecht nicht abschlagen dürfe, müsse er sofort aufbrechen und den Ort hier verlassen. Ob sie stark genug wäre, mit ihm zu gehen? Jo lächelte bei der Erinnerung. So war der Abschied von Achmed verschoben worden, und ein unvergleichliches Abenteuer lag vor ihr. Jetzt hallten Achmeds Rufe zu ihr herauf, und die ruhenden Kamele grunzten zufrieden. Sie sprang auf und rannte durch den Sand hinunter, um eine letzte Nacht am alten Platz mit Achmed zu verbringen.

Der tiefe Schlaf, der sie bald in seinen Armen heimsuchte, wurde aber jäh unterbrochen. Benommen setzte sie sich auf.

War es schon Zeit zum Aufbruch? Seltsamerweise klangen die Stimmen von Ibrahim und Mohammed zu ihr herüber. Ein ungutes Gefühl beschlich sie und verstärkte sich beim Anblick von Achmeds ernstem Gesicht. »Du mußt fort, Jo. Du mußt noch heute über die Grenze, es ist die letzte Möglichkeit. Die Ägypter wollen sie schließen.«

»Was ist passiert?« Sie zitterte am ganzen Leib, nicht nur wegen der Morgenkälte.

»Die Amerikaner drohen wieder. Sie wollen einen Keil zwischen Ägypten und Libyen treiben. Es wird ihnen gelingen, denn das Erdöl der Ägypter sind die Touristen. Wenn die Amerikaner weiter Druck ausüben, werden die Touristen fortbleiben. Geld ist für Ägypten wichtiger als eine offene Grenze nach Libyen.«

»Laß uns zum *Awaynat* gehen«, bettelte Jo. »So, wie es besprochen wurde.«

Er schüttelte bestimmt den Kopf und zog sie hoch. »Sie werden die Grenze dort abriegeln. Geh, Jo!«

Verwirrt nahm sie ihr Bündel auf und tappte zur Feuerstelle hinüber. Achmed griff nach dem Kessel, goß Tee in ein Glas und reichte es ihr. Auch jetzt berührte er ihre Finger nicht, aber seine Hand zitterte so sehr, daß Teetropfen zischend im Feuer verdampften. Ibrahim räusperte sich: »Wir sind in Eile, *yalla*!«

»Die Schale«, erinnerte Mohammed. »Wir dürfen die Schale nicht vergessen.« Ungläubig beobachtete Jo, wie Achmed die silberne Hochzeitsschale aus dem Brautschatz in ein altes Tuch wickelte und sie Mohammed überreichte: »Gib sie dem Habgierigen.«

»Moment mal.« Jo war plötzlich hellwach. »Was ist hier los, wer bekommt die Schale?«

»Der Zöllner«, erklärte Mohammed. »Es ist ein großes Risiko, Sie noch über die Grenze zu lassen, das fordert einen hohen Preis.«

»Achmed, das darfst du nicht tun! Diese Schale ist Tausende von Dollar wert. Sie muß in deiner Familie bleiben.«

»Dann mußt du auch hierbleiben. Was ist Geld? Du bist mir wertvoller als jeder Schatz.«

»Das ist ein kostbares Stück. Wenn du es einem Museum in Europa zum Kauf anbietest, wirst du ein sehr reicher Mann sein.«

»Ich bin reich, wenn ich dich glücklich mache und ziehen lasse. Und du, Jo, weine nicht, sei größer als dein Unglück. Geh in Frieden. Gott möge dich vor Schaden bewahren, *Allâh yisallimak*!« Er legte die rechte Hand aufs Herz und verneigte sich.

Wie betäubt kletterte Jo zwischen Ibrahim und Mohammed in den Pickup. Ibrahim fuhr an und rumpelte die erste Düne hinauf. Im Osten kündete ein heller Streifen bereits den neuen Tag an, während die Sandtäler noch in tiefem Schatten lagen. Jo beugte sich weit über Mohammed hinaus, um aus dem Fenster zu sehen. Sie entdeckte das schwarze Zelt und oben auf dem höchsten Sandberg Achmed. »Ich komme wieder!« schrie sie gegen den Fahrtwind an, der ihr die Worte von den Lippen riß. Das Auto rollte den steilen Abhang hinunter, ein unvergeßlicher Abschnitt ihres Lebens versank hinter ihr.

»Das ist *Murr*, das Bittere«, sagte Mohammed düster. »Als *Allâh* die Liebe schuf, paarte er sie mit dem Abschied. So wurde der Schmerz geboren.«

2. *Kapitel*

Jo versuchte abzuschätzen, wann sie die ägyptische Grenze erreichen könnten. Vielleicht würde es erst soweit sein, wenn sie vor Kummer zu grauem Staub zerfallen war wie eine seit Jahrtausenden geborstene tönerne Schale. Das, so glaubte sie, konnte jeden Moment geschehen. Jo blickte teilnahmslos auf die öde Landschaft hinaus. Jedes einzelne Sandkorn birgt eine Erinnerung an Achmed, dachte sie. Ohne ihn werde ich verkümmern, eingehen wie eine Süchtige im Entzug.

Ihr Blick fiel auf einen Sennabusch, der in einer Bodensenke zwischen großen Steinen der Wüste trotzte. Das sei ein gutes Abführmittel, teilte sie Mohammed beiläufig mit und erzählte ihm ohne rechte Begeisterung, sie sei Botanikerin und Parfümeurin und hoffe, bald wieder ihr Studium in Deutschland aufnehmen zu können. Der Lehrausflug ins Wadi Hamamah sei ja gescheitert. Ob er ihr jetzt erklären könne, was dort geschehen sei?

»*Bathah,* Garaus!« antwortete Mohammed und wies seinerseits auf einen dornigen Strauch am Rand der Fahrspur. »Sie verstehen, nein? Diesen Busch, den wir als Brennstoff verwenden, nennen wir *Bathah,* das heißt: *Ich will ihm den Garaus machen.* Das ist passiert. Hamamah war voller Garaussträucher.«

»Was war los?« hakte Jo nach. Die Neugierde vertrieb ihre wehmütigen Gedanken. »Was wissen Sie darüber?«

»Zuviel Wissen läßt den Menschen vorzeitig altern«, zitierte Mohammed. »Ich liebe meine Jugend und mein Leben. Und zum Überleben gehört das Geschick, sich aus anderer Leute Angelegenheit herauszuhalten. Nehmen Sie das als Antwort! Aber woran erinnern Sie sich?«

Jo, die sich ein wenig vorgebeugt hatte, um an Ibrahim vorbei nach dem Garausstrauch Ausschau zu halten, fing einen warnenden Blick von diesem auf. Sie spürte, wie angespannt und aufrecht Mohammed neben ihr saß, und glaubte, seinen prüfenden Blick auf ihrem Gesicht zu fühlen. War da nicht ein lauernder Unterton in seiner Stimme gewesen? »Ich habe nur Scherben im Gedächtnis, Bruchstücke, die nicht zueinander passen«, antwortete sie gähnend, lehnte sich zurück und gab vor, schlafen zu wollen. Doch die vorgetäuschte Gelassenheit trieb ihr Schweißtropfen auf die Stirn, und die Plastikbespannung des Autositzes wurde heiß wie eine Ofenplatte. Welchen Grund mochte Ibrahim haben, sie, die Fremde, vor einem Landsmann zu warnen, vor einem Vertrauten, mit dem er so wie jetzt gemeinsame Sache machte? Bei der nächsten Bodenwelle spürte Jo ein saures Brennen in der Speiseröhre. Die Antwort lag auf der Hand: Mohammed war Achmed verpflichtet, sie über die Grenze zu bringen. Was in Hamamah geschehen war, konnte jedoch von so großer Bedeutung sein, daß Mohammed darüber seinen Auftrag vergaß. Jo dachte an die wertvolle Silberschale und daran, was Mohammeds Ausbildung einmal gekostet haben mochte. Wer so exzellent Englisch sprach, hatte jahrelang im Ausland studiert und dafür teuer bezahlt. Der Gedanke, Hamamah sei Ziel von rivalisierenden Grabräubern geworden, drängte sich wieder auf. Verwendete Achmed dafür den Sprengstoff? War er auf diese Weise an die vielen kostbaren antiken Gegenstände gekommen? Wenn selbst Schamsi und Ghobad in Kartaram fündig geworden waren, welche Schätze mochten dort liegen? Die phönizische Münze mit dem Abbild Amerikas fiel ihr ein. Sie war beinahe bereit gewesen, mit ihrem Körper dafür zu bezahlen. Welche Funde in der Ruine mochten andere das Leben gekostet haben? Das Geschehen in Hamamah lag jetzt Wochen zurück, aber es war noch nicht vorbei und sie noch lange nicht jenseits der libyschen Grenze.

Auf ihrem Weg dorthin rasteten sie zweimal, um Wasser aus der Flasche zu trinken und den Tank mit dem Reservekanister zu füllen. Dabei machte Ibrahim zweimal warnende Gesten, indem er Jo mit hochgezogenen Augenbrauen und gesenkten Mundwinkeln ansah. Und mehr als ein dutzendmal fragte sich Jo, was in Kartaram geschehen war. Damit verdrängte sie zwar den Kummer um Achmed und verkürzte die stundenlange Fahrt zur Grenze, nährte aber gleichzeitig das nervöse Kribbeln im Magen, das allmählich ihren ganzen Körper erfaßte und sie unruhig werden ließ, als hätte sie Flöhe unter dem

Kleid. Ich muß aus Libyen verschwinden, dachte sie gebetsmühlenartig.

Endlich konnte sie in der flirrenden Helligkeit jenseits der Windschutzscheibe das Zollhaus und den Schlagbaum ausmachen, den ein halbes Dutzend bewaffneter Grenzer flankierte. Jo zog das Kopftuch fester vor das Gesicht. Mohammed würde die Silberschale in Stücke hauen müssen. Doch wieder überraschte sie seine Handlungsweise. Ibrahim ließ das Auto im Schrittempo rollen, und Mohammed hielt den alten Mehlsack mit der Silberschale aus dem Fenster.

Zwei Zöllner liefen auf das Auto zu und griffen sich den Sack, während die anderen den Schlagbaum hochstemmten. Mohammed blickte stur geradeaus und grüßte mit erhobener Hand, als nähme er eine Parade ab. Diese marionettenhafte Haltung behielt er auch bei, als sich ein Soldat auf das Trittbrett schwang, seinen Kopf ins Wageninnere steckte und etwas hineinschrie. Erst jetzt hielt Ibrahim sekundenlang an, gerade lange genug, daß der Bewaffnete die Tür öffnen und sich zu ihnen auf den Vordersitz quetschen konnte. »*Bi kâm,* wieviel?« fragte er anstelle einer Begrüßung und deutete zu Jo hinüber.

»Mehr, als du im Monat verdienst«, gab Mohammed zurück, legte den einen Arm um Jos Schulter und die rechte Hand auf ihr Bein.

»Und wenn er mit ihr fertig ist, bin ich an der Reihe«, mischte sich Ibrahim ein, schaltete in den zweiten Gang und griff nach Jos linkem Oberschenkel. »Und dann wird sie keinen anderen mehr wollen.« Er lachte grob und fuhr mit seiner Hand bedenklich weit beinaufwärts.

Im Schrittempo kroch das Auto jetzt über künstliche Bodenwellen, zwischen Betondreiecken und Stacheldrahtverhau hindurch. Jos Kopftuch behinderte ihre Sicht, den mächtigen Panzer am Straßenrand, der hier Stellung bezogen hatte, konnte sie freilich ausmachen, als Ibrahim daran vorbeizukkelte. Jo erkannte das große Räderlaufwerk des Panzers, sah den Schatten von Turm und Kanone und glaubte, den typischen Dunst von Diesel und Waffenöl zu riechen. Schließlich wurde sie sich der Stille im Auto bewußt. Der Soldat hatte sie etwas gefragt und wartete auf ihre Antwort. Welchen Akzent mag mein Arabisch haben, fragte sich Jo und hoffte auf einen rettenden Einfall der Beduinen. Doch die beiden schwiegen. Wenn die bedrückende Stille ein Gewicht hätte, würde jetzt die Achse des Wagens brechen. Jo fühlte wieder das heiße Prickeln am ganzen Körper. Sie konnte ihre eigene Angst riechen. Mein Einfallsreichtum läßt zu wünschen übrig, dachte sie voller Selbstverachtung, legte den Kopf in den Nacken, öffnete die Lippen und zog Mohammed zu sich heran. Zuerst glaubte sie, an dem Ablenkungskuß ersticken zu müssen, dann löste sich ihre Verkrampfung etwas. Es war nicht unangenehm, diesen Beduinen zu küssen, der ein erfahrener Künstler zu sein schien, was seinen Lippen- und Zungeneinsatz anging. Sekundenlang verdrängte Jo Soldaten, Panzer und Tote im Wadi Hamamah.

»Sie fühlen sich wunderbar an«, hauchte Mohammed, als er sich endlich von ihr löste. »Ich könnte Achmeds Platz einnehmen, um Sie ein bißchen zu trösten.«

»Sie nutzen die Situation aus!«

»Nicht doch. Wenn Sie lange genug bei uns leben, werden Sie dahinterkommen, daß wir Männer hier Magier sind, verglichen mit den Europäern. Meine Freundinnen in Europa bestätigen mir das gerne.«

»Nichts als Schmeicheleien. Ich dachte, Sie wären intelligent genug, nicht auf so etwas hereinzufallen«, flüsterte sie zurück, immer noch in angstvoller Erwartung ihrer Enttarnung. Doch Ibrahim rumpelte jetzt mit Schwung durch die Schlaglöcher, was alle Insassen zwang, sich nur mit dem Festklammern an Türen und Griffen zu beschäftigen. Kurz darauf stoppte er den Wagen und ließ den Soldaten aussteigen. Halb hinter

Mohammeds Rücken versteckt, beobachtete Jo, wie er aus dem Auto kletterte, sein Gewehr zurechtrückte, grüßte und einfach in die Wüste hinausmarschierte. »Was ist los?« fragte sie. »Wohin geht er, mitten in der Wüste?« Sie konnte endlich von Mohammed abrücken.

»Auf Grenzpatrouille. Er ist ägyptischer Soldat, der in Jaqbub etwas zu regeln hatte. Wir haben ihn freundlicherweise mitgenommen. Jetzt kehrt er zu seiner Einheit zurück, die hier irgendwo im Sand versteckt ist und aufpaßt, daß die Libyer niemanden über die Grenze schmuggeln. Sie können das Kopftuch abnehmen. Willkommen in Ägypten!«

Jo riß sich das Kopftuch herunter und blickte umher. Sie konnte keine Grenzmarkierungen oder irgendeinen Unterschied zu Libyen erkennen. »Was ist, wenn uns eine Straßenkontrolle aufhält?«

»Hier ist Ihr Paß.« Er reichte ihr das Dokument. »Sie sind vor einigen Tagen als Touristin über Kairo nach Ägypten eingereist und besuchen die Oase Siwa. Sie haben Ibrahim als Führer angeheuert, wie aus diesem Schreiben zu ersehen ist. Alle Einreise- und Visa-Stempel befinden sich dort, wo sie sein sollen.«

»Dann war ich nie in Libyen?« Jo blätterte den neuen, gefälschten Paß durch, der wie ein altes, abgenutztes Dokument aussah. »Und dieser Soldat, der mich aus Libyen kommen sah, was wird er über mich berichten?«

»Nichts Aufregendes. Sie sind eine Hure aus Alexandria, die ich vor der Grenzschließung verständlicherweise wieder zurückbringe.« Dann begegnete er Jos Augen. »Tut mir leid, es war die einzige Möglichkeit.« Er wechselte mit Ibrahim einige Worte. »Wir möchten uns für unsere Zudringlichkeit entschuldigen. Sie über die Grenze zu schaffen war ein Ziel, zu dem nicht viele Wege führten. Und dieser hier war schmutzig, aber sicher. Sie haben ausgezeichnet mitgespielt.«

Jo blickte angestrengt nach draußen auf die abweisende

Landschaft, bis ihre Augen brannten. Die Sanddünen hatten die goldgelbe Farbe verloren und warfen das grelle Licht mit schmerzender Intensität zurück. Dafür verringerte sich die Anzahl der Schlaglöcher auf der Fahrbahn. Die Straße wurde breiter, war jetzt geteert und in besserem Zustand. Sie verlief schnurgerade nach Südosten. Ibrahim holperte durch eine Sandverwehung und trat dann aufs Gas. »Hundertzwanzig Kilometer bis Siwa«, sagte er.

Sie mußte die letzten Minuten geschlafen haben. Als Jo die Augen öffnete, glaubte sie sekundenlang, wieder zurück am Saphir-See zu sein. Vor ihr spiegelten sich Dünen, Palmen und blauer Himmel in der vom Wind leicht bewegten Oberfläche eines Sees, der jedoch um vieles größer war als jener in Achmeds winziger Oase. Jo erblickte eine große palmblattgedeckte Hütte am Ufer, sah den Rauch eines Feuers aufsteigen und roch den Duft von Minztee und Fladenbrot. Erst dann spürte sie die brütende Hitze im stehenden Auto und beeilte sich, hinter Mohammed auszusteigen. »Sind wir in Siwa?« fragte sie und hielt vergeblich nach Menschen und Häusern Ausschau. Der See lag vollkommen einsam inmitten steil aufragender Dünen.

»Bei Siwa«, korrigierte Mohammed. »Achmed hat diesen Treffpunkt vereinbart. Es ist ein Süßwassersee. Baden Sie, wir wenden Ihnen den Rücken zu!«

Jo lief zum Ufer hinunter und tauchte ihre Hand in das kühle Wasser. Achmed, dachte sie, du hättest mich auch an einer Bushaltestelle in Staub und Hitze absetzen lassen können! Sie watete in den See hinaus, tauchte unter, sah Käfer und Larven zwischen Wasserpflanzen umherflitzen, kam prustend hoch und schwamm an Dattelpalmen, Sanddünen und leise raschelndem Schilfgras vorbei, dem fernen Ufer entgegen. Dort legte sie sich auf den Rücken und ließ sich unter einem wolkenlos blauen Himmel im Wasser treiben. Weit drüben an der

Schilfhütte sah sie Männer am Feuer hantieren, hörte in der Stille der Wüste das Klappern der Kanister und Teekessel und erblickte Mohammed am Ufer, der nach ihr Ausschau hielt. Übermütig winkte sie ihm zu. Er zog sich bis auf die Hose aus, sprang ins Wasser und kam zügig zu ihr herübergeschwommen. Ohne Turban wirkt sein Gesicht breiter, fand Jo, und er hat negroide Züge. Diesen Kopf habe ich schon einmal als Statue gesehen. Ein Bild aus einem archäologischen Buch kam ihr in den Sinn. Sie schwamm Mohammed entgegen und schrie plötzlich auf: »Halt, bleiben Sie so! Entschuldigen Sie, daß ich Sie so anstarre. Aber ohne Turban erinnern Sie mich an den Kolossalkopf von La Venta.«

»Ich nehme an, das ist ein Kompliment?«

Jo schwamm im Kreis um Mohammed herum. »Haben Sie schon einmal von der Diffusionstheorie gehört? Sie besagt, daß lange Zeit vor Kolumbus Menschen aus der Alten Welt über den Atlantik nach Amerika segelten. Es waren phönizische und nubische Seeleute, Menschen aus Nordafrika. An der Ostküste von Mexiko, in La Venta, gibt es aus Basalt gehauene Monumentalköpfe, die der Wissenschaft ein Rätsel sind. Zum einen ist unklar, wie die tonnenschweren Steinköpfe gefertigt und transportiert wurden, und zum anderen weiß man nicht, wen sie darstellen sollen.« Jo mußte jetzt Wasser treten und nach Luft schnappen. Sie war es nicht gewöhnt, beim Schwimmen Vorlesungen zu halten. »Selbstverständlich sind es besondere Männer, die dort verewigt wurden, Kulturbringer beispielsweise oder Eroberer«, erklärte sie kurzatmig. »Einige Wissenschaftler sehen darin afrikanische Seeleute, die in vorchristlicher Zeit über den Atlantik kamen und den Indianern Mexikos Modell saßen. Sie ähneln diesen Monumenten auf verblüffende Weise, Mohammed, besonders wenn Sie eine grimmige Miene aufsetzen. Kennen Sie eine Legende, die eine Fahrt über den Atlantik beschreibt?«

»Es gibt jede Menge Geschichten von meinen Ahnen, die

monatelang durch die Welt irrten. Sie waren immer auf der Suche nach schönen Frauen.«

»Werden Sie nicht albern! Ich spreche von einem Handelskontakt zwischen Alter und Neuer Welt vor Kolumbus.«

»Momentan will mir nichts einfallen. Aber ich könnte mir vorstellen, daß ich mich heute nacht daran erinnere. Wenn Sie mir Gesellschaft leisten, werde ich Ihnen davon erzählen.«

Jo lachte und schwamm Richtung Ufer.

»Beschäftigen sich Botaniker auch mit Bildhauerei?« fragte er, neben ihr schwimmend.

»Eigentlich nicht. Aber in diesem Fall fasziniert mich das unindianische Aussehen der Monumentalköpfe von La Venta.« Jo spürte jetzt Boden unter den Füßen und holte Luft. »Die indianischen Künstler haben präzis gearbeitet. Wenn sie wulstige Lippen darstellten, dann absichtlich und nicht etwa, weil ihnen der Meißel ausgerutscht ist. Überzeugen Sie sich selbst. Fliegen Sie nach Amerika und begegnen Sie dort Ihren Ahnen! Verzeihung«, sagte sie kurz darauf, als ihr das Embargo einfiel.

»Wir sind Gefangene im eigenen Land. Was mag meine nubischen Vorfahren veranlaßt haben, das Abenteuer einer Atlantikfahrt zu wagen? Standen sie unter der Knute der Supermacht Ägypten und wollten dem Druck entkommen? Ging es um Entdeckermut?« Er bot Jo seinen Arm an und half ihr ans Ufer. Das Wasser perlte auf seiner dunklen, ebenmäßigen Haut, als habe man ein Basaltdenkmal mit Öl übergossen. »Oder ging es um Reichtum?« nahm er den Faden wieder auf. »Geht es nicht immer nur darum?«

Jo lockerte das nasse Kleid an ihrem Körper und strich sich die Haare glatt. »Das könnte man vielleicht beantworten, wenn man eine Siedlung dieser Menschen ausgräbt«, sagte sie vorsichtig. Sie dachte an Kartaram und die Goldmünze mit dem Abbild Amerikas.

»Was sucht eine Botanikerin im Wadi Hamamah?« fragte

Mohammed, während er sich geschickt den blauen Turban um den Kopf wand. »Welche Pflanzen können ihr nach so langer Zeit noch Auskunft geben? Ist es überhaupt bedeutungsvoll zu wissen, ob die Menschen damals Gerste oder Einkorn aßen?«

»Ich hätte Maiskörner finden können.«

Mohammed zog die *Gallabiyya* über seiner nassen Hose zurecht und applaudierte andeutungsweise. »Sie hätten indianischen Mais gefunden und damit bewiesen, daß ein alter See- und Handelsweg zwischen Afrika und Amerika bestand. Wieviel ist dieses Wissen wert? Dollar, Menschenleben?«

Jo sah Ibrahim aus dem Schatten der Schilfhütte kommen. Halt den Mund, Jo Zakyneros, ermahnte sie sich und sagte trotzdem: »Um diese Erkenntnis zu vertuschen, würden Fundamentalisten unter den Wissenschaftlern auch einen Mord begehen.« Sie bereute ihre Worte schon, während sie diese formulierte. Aber wieder hatte sie sich vollkommen in Mohammeds Reaktion getäuscht. Er lachte laut auf. »Niemand zweifelt daran, daß die Menschheitsgeschichte in Afrika begann und sich über die ganze Welt verbreitete. Auch auf dem Seeweg. Wir sind die Träger der Kultur.« Er ging Jo voraus in Richtung Hütte. Sie beobachtete die Geschmeidigkeit seiner Bewegungen, als er barfuß durch den glühenden Sand schritt, sah seinen wiegenden, athletischen Gang, die tänzerische Leichtigkeit, mit der er sich am Feuer niederließ, wieder aufstand, den Tee herbeiholte und Jo das randvolle Glas schwungvoll reichte, ohne einen Tropfen zu verschütten. Wenn Körperbeherrschung Ausdruck kultureller Überlegenheit war, etwas, das den Eiszeitmenschen der nördlichen Halbkugel noch heute von der Eleganz der Afrikaner trennte, dann gab es keinen Grund, an seinen Worten zu zweifeln.

Diese Feinheit allerdings schien dem Mann vollkommen abzugehen, der sie kurze Zeit später aufforderte, die Fahrt nach Kairo mit ihm fortzusetzen.

Jo hatte Hunger und Durst gestillt, hatte Abschied von Mohammed und Ibrahim genommen, war dem großen Kerl zum Auto gefolgt und fragte sich jetzt, welchen Grund Achmed haben mochte, ausgerechnet einen Begleiter für sie auszusuchen, der unter der *Gallabiyya* Jeans und Cowboystiefel trug, der wie ein schwerfälliger Riese durch den Sand stampfte, den Autoschlüssel fallen ließ und ihn, behindert durch seine Körperfülle, ächzend aufhob. Schließlich rief er einen groben Witz zu den Bedus hinüber, schmiß Jos Bündel mit Schwung ins Wageninnere, um sie dann direkt anzustarren, bis ihm ein breites Grinsen die Gutmütigkeit eines Flaschengeistes aus einem Trickfilm verlieh. Sie erwartete fast, den Spruch mit den drei Wünschen zu hören, die er ihr gewähren wolle, ehe er wieder in Aladins Wunderlampe verschwinden würde, aber er schwieg und fummelte an seinem schwarz-weißen Palästinensertuch herum, zog es vom Kopf, schlüpfte aus der *Gallabiyya* und knöpfte sein Hemd so weit auf, bis wollige Haarbüschel und ein goldener Anhänger mit arabischen Schriftzügen zu sehen waren, der an einer Kette baumelte. Er trommelte aufs Wagendach, mit riesigen, ölverschmierten Händen, und schnalzte dann mit den Fingern. »Zieh europäische Kleidung an. Wir fahren als Touristen.« Sein Arabisch klang hart, ihm fehlte der Singsang. Jo schlüpfte in ihre alten Jeans, fand sie eng, heiß und kratzig, kletterte auf den Beifahrersitz seines alten VW-Busses und blickte stur geradeaus, als seine Pranke vor ihrem Blickfeld erschien, nach ihrer Hand griff und sie schüttelte. »Ich bin Thomas«, hörte sie ihn zu ihrem Erstaunen auf deutsch sagen. »Willkommen an Bord!«

»Du bist Deutscher?«

»Das läßt sich nicht leugnen.«

Jo beobachtete seine Hände, sah ihn rasch von einem Gang in den anderen schalten, geschickt Sandverwehungen umkurven und dann mit Anlauf die steile Düne oberhalb des Sees nehmen. »Vor uns liegt Siwa«, erklärte er.

Sie blickte auf die Oase hinunter, auf ein dichtes Palmendach, aus dem glitzernde Seen leuchteten und Tafelberge herausragten. Sie hielt nach dem Amun-Tempel Ausschau, konnte aber nur den hohen, aus Lehm und Stein errichteten Häuserkomplex von Schali, dem alten Stadtteil, ausmachen. Das aus Bruchsteinen und salzhaltigem Lehm erbaute, bis zu sieben Stockwerk hohe Wohnlabyrinth mit seinen verfallenen Mauern und leeren Fensterhöhlen thronte über den neuen, niedrigen Betonbauten mit den strohgedeckten Dächern und kleinen Vorhöfen. Irgendwo in der Tiefe der Palmenhaine lag Kleopatras Bad, die gekachelte Quelle aus alter Zeit, in der die Königin einst Erfrischung fand. »Haben wir Zeit, das Amun-Orakel aufzusuchen?«

»Nix da! Ich fahre nicht gerne bei Dunkelheit. Die verrückten Ägypter fahren nachts ohne Licht, um ein paar Tropfen Benzin zu sparen. Es gibt immer wieder Tote. Erst vor drei Wochen ist der einzige Automechaniker der Oase auf der geraden Strecke von Siwa nach Alexandria in einen Lastwagen geknallt, weil sie beide ohne Licht fuhren. Deshalb hat man mir gleich seine Stelle, sein Haus mit Garten, seine Frau und seinen Esel angeboten. Die Siwaner sind da großzügig.«

»Du bist Automechaniker? Was machst du hier?«

»Ich sammle alles auf, was liegenbleibt.« Er langte über Jo hinweg und zog einen Ausweis aus dem Handschuhfach. »Schau nach. Ich arbeite für den ADAC, hat alles seine Ordnung. In seinem Auftrag bringe ich verunglückte Lastwagen wieder heim oder gestrandete Touristen.«

Jo blätterte in den Papieren. »Du bist weit herumgekommen. Von Tamanrasset in Algerien bis an den Euphrat. Und dabei hast du Achmed kennengelernt?«

Thomas rumpelte über Sandverwehungen zum Ortseingang von Siwa hinein, verlangsamte die Fahrt und zuckelte hinter einem Eselkarren her. »Das war in der Nubischen Wüste. Ziemlich weit weg von seiner Negev Hamida. Und wo bist du ihm begegnet?« Während er ihrer Kurzfassung der letzten Ereignisse lauschte, fuhr er im Schrittempo über den Marktplatz der Oase und kaufte, ohne anzuhalten, einem Jungen, der neben seinem Auto herlief, frische Datteln und kleine Bananen ab. »Hör auf!« unterbrach er Jo schließlich ziemlich scharf. »Jetzt erzähl mir mal, was wirklich passiert ist! Du gerätst zufällig in ein libysches Gemetzel, der große Scheik Achmed Aschram päppelt dich auf, und das soll alles sein? Wenn er hier in Siwa mit seiner Karawane erscheint, laufen alle Touristen zusammen und wollen den Edelbeduinen fotografieren, und die Touristentussis hängen wie im Liebeswahn aus den Fenstern ihrer Egypt-Tour-Busse und schmachten in der Sonne. Und du willst mir weismachen, daß er dir nichts von dem magischen Brauch der Siwaner beibrachte, der ihn wie eine Aura umgibt?« Thomas deutete auf einen hundert Meter hohen Berg zu ihrer Rechten. »Das ist der Dschebel Dakkrour, der Orgienberg. In der ersten Vollmondnacht im Oktober, wenn der Pilgerzug hier einfällt, gibt es dort ein wildes Sexfest. Dafür ist Siwa berühmt. Die Regeln dazu sind in einem Zauberbuch aufgeschrieben, das Jahrtausende alt sein soll. Und damit das Wissen nicht verlorengeht, wird einmal im Jahr fleißig geübt. Auf dem Orgienberg feiern die Siwaner so etwas wie die Heilige Hochzeit von Babylon. Die Mädchen müssen den ersten Freier nehmen, der sie auffordert. Mit ihm verbringen sie eine heiße Nacht. Danach gelten sie aber immer noch als Jungfrau. Das ist die erste Übung, um sich von nun an bei jedem Liebesakt ordentlich mit Energie aufzuladen.«

»Klingt ähnlich wie die uralte Sitte der Sumerer«, sagte Jo. »Dann wäre dieser Brauch mehr als dreitausend Jahre alt. Die Frage ist nur, wie kam er hierher?«

»Kennst du dich ein bißchen aus mit dem Zeug?«

»Ich studiere Ethnobotanik.«

»Ich glaub's nicht. Und da bist du Achmed begegnet? Die Moslems haben doch recht. Es ist alles im Buch des Lebens verzeichnet. Was weißt du sonst über Siwa? Kennst du die Geschichte mit den Tauben? Ja? Und die vom Menschenopferbrunnen? Nein? Schau, hier geht's zum *Tnasárr Tahtáni.*« Er bremste und fuhr an Kindern vorbei, die lachend aus einem Haus gerannt kamen. »Das ist Siwas Schule.« Sofort liefen die Kinder neben seinem Auto her. Thomas verteilte beim Fahren die gerade gekauften Datteln und Bananen aus dem geöffneten Fenster. »Wenn wir jetzt umkehren, drehen sie uns am Marktplatz das Obst noch einmal an. Grüße deinen ehrwürdigen Vater!« rief er einem kleinen Jungen zu und erklärte Jo: »Der alte Schuft versucht, mir seine Vogelfallen aufzuschwatzen, aber ich hab's nicht mit Tiereabmurksen. Ich kann ja verstehen, wenn sich die Siwaner in ihren Gärten vor den Vogelschwärmen schützen müssen. Aber soll ich damit in Deutschland aufkreuzen? Den Alten kränkt es, daß ich seinen perfekten Totschläger nicht kaufe. Dafür habe ich ihm das letzte Mal einen Tauchsieder mitgebracht. Er fand's ziemlich idiotisch, heißes Wasser aus der Steckdose zu machen, wo es hier doch massenhaft heiße Quellen und wenig Steckdosen gibt. Er will keine Tauchsieder kaufen und ich keine Vogelfallen. Jetzt sind wir quitt. So läuft das hier. Sag mal, in einer Prüfung über Siwa würdest du glatt durchfallen, was?« Sie fuhren am Menschenopferbrunnen vorbei, und Jo schwieg noch immer. »Da drüben im Brunnen hockt ein böser Geist, ein Dschinn, der jedes Jahr ein Opfer fordert. Vor kurzem hat sich eine Zwölfjährige ertränkt, weil sie vom falschen Mann schwanger war. Den alten Siwanern macht das nichts, aber die jungen sind angeblich glaubenstreue Moslems und verteufeln alles, was in Siwa seit Jahrtausenden Brauch ist. Und davon hast du noch nie gehört?«

»Sie hat sich nicht im Menschenopferbrunnen ertränkt, sondern wurde am Kleopatrabad von einem Touristen mißbraucht, ermordet und anschließend in den Brunnen geworfen. Dank meiner Ausbildung könnte ich zum Beispiel nachweisen, daß sie die typischen Algenpollen aus der Kleopatra-Brunnen-Kollektion im Haar hatte, sich unter ihren Fingernägeln Reste einer deutschen Seife befanden, die dorthin gelangten, als sie sich gegen den Touristen wehrte, und in ihrer Lunge weder Wasserpflanzen aus dem Menschenopferbrunnen zu finden waren noch Wasser. Das heißt, daß sie bereits tot war, als man sie in den Brunnen warf. Und dann würde ich im Hosensaum deiner Jeans Schilfpollen entdecken und Rosenlorbeer und nachweisen, daß du ihr am Wassergraben im Oleandergarten ihres Vaters aufgelauert hast. Das ist meine Arbeit.«

»Eh, das gefällt mir!« Thomas lachte mit hoher Fistelstimme, die nicht aus seinem breiten Brustkasten zu kommen schien. »Sperr die Ohren auf! Dieses Siwa ist so verrufen, daß ein strenggläubiger Ägypter, der hier als Soldat oder Beamter arbeiten muß, als offizielle Adresse Marsa Matrûh oder Alexandria angibt. Siwa hat einen dermaßen schlechten Ruf, daß er wirklich um seine Reputation fürchten muß, wenn er hier einige Wochen lebt. Weißt du, daß es hier Männerbünde gibt? Das sind die ärmeren Oasenbewohner, die *Zaggala*, die keinen eigenen Palmenhain besitzen. Sie liefern ihre Söhne bei den reichen Siwanern ab. Diese Knaben werden in einem Haus vor den Stadtmauern zusammengefaßt, dort leben sie, und dort arbeiten sie. Sie dürfen sich nachts nicht hinter den Mauern von Siwa in Sicherheit bringen. Früher wurden Siwas Gärten regelmäßig von räuberischen Beduinen überfallen, und die Bewohner taten gut daran, sich nachts in eine der beiden Stadtburgen Schali oder Aghurmi in Schutz zu bringen, und die *Zaggala* mußten die Gärten bewachen. Vielleicht hat sich das inzwischen geändert, aber noch heute dürfen sie erst im Alter von vierzig Jahren heiraten. Durch dieses Gesetz ist ein Männerbund entstanden, dem man wilde Homosexualität nachsagt. Ich habe immer wieder männliche Touristen getroffen, die einzig aus diesem Grund nach Siwa reisten. Der letzte

Sextourist kam übrigens aus Neuseeland, und er war ausgerechnet hinter Achmed her.«

»Und?«

»War wohl nichts. Er hat mit den Mädchen aus den Egypt-Tour-Bussen um die Wette geheult.«

Jo mußte lachen. »Und was machst du sonst, wenn du keine Geschichten erfindest?«

»Dann lese ich welche. Aber, hör mal, alles ist wahr, was ich dir erzähle. Schließlich komme ich schon seit Jahren hierher und kenne jede Taube beim Vornamen, die je nach Siwa flog.«

»Kennst du auch Mohammed, den großen Beduinen, der mich nach Siwa brachte?«

»Du machst Witze! Habe ich dir nicht gesagt, daß ich mit den Leuten handle? Jedesmal, wenn ich ein Auto holen muß, bringe ich meine Ware mit. Davon hat Mohammed erfahren. Jetzt warten wir darauf, daß das Embargo außer Kraft tritt, dann steigen wir beide groß ins Geschäft ein. Der Beduine Mohammed! Mohammed al Kahir! Ich kriege mich nicht mehr!« Thomas drückte auf die Hupe und winkte Männern zu, die im Palmenhain arbeiteten.

»Daß er irgendwo im Ausland Englisch studiert hat, habe ich auch gemerkt«, verteidigte sich Jo.

»So, das hast du gemerkt«, echote Thomas. »Er ist ein hoher Beamter im libyschen Innenministerium, auch Geheimdienst genannt. Schau mich nicht so an! In Bayern laufen die Minister auch in Lederhosen herum.«

»Ein libyscher Agent? Er hat mich mit einem wahnsinnigen Theater über die Grenze geschmuggelt!« Jo erzählte, was sich ereignet hatte. Thomas mußte so lachen, daß er nur noch Schrittempo fahren konnte. »Das hat er nur inszeniert, um dich begrapschen zu können.« Schließlich beruhigte er sich und zeigte auf eine Felsgruppe. »Das sind die Ptolemäergräber. Die Siwaner haben sie weitgehend geplündert und Mumien, Grabbeigaben und Wandmalereien verkauft. Als fast alles verhökert war, kam ihr Scheik, übrigens ein Vorfahre Achmeds, auf die Idee, Altertümer nur noch als Brautgabe in der Familie weiterzugeben. Ich transportiere ja immer wieder Archäologen hierher. Die sind ganz wild auf die alten Geschichten. Angeblich ist vor kurzem das Bild einer Silberschale in Umlauf gekommen, das die Fachwelt aufgescheucht hat.« Thomas fuhr langsam an den Kontrollposten am Ortsausgang der Oase heran. »Was macht dein Auto?« rief er zu dem Wachmann hinüber und stellte den Motor ab. »Immer noch Probleme mit dem Anlasser?« Er reichte die Pässe hin und hielt dem Posten einen kleinen Vortrag über Magnetschalter, Einzugswicklung und Einrückhebel. Der Mann lächelte breit. Er habe seit seiner letzten Unterweisung sogar den Anlasser seines Schwagers reparieren können, erklärte er, ob er Thomas dafür einige Wasserflaschen mit Siwawasser anbieten dürfe, dem besten Wasser der Welt, und ob er vielleicht beim nächsten Mal ein Vorschaltaggregat mitbringen könne? Er gab die Pässe ungelesen zurück und grüßte zackig, als Thomas weiterfuhr und die Serpentinen zum Migahhiz-Paß hinaufkurvte. »Vorschaltaggregat«, wiederholte er grinsend. »Läßt sich in einen Panzer einbauen und bringt in Libyen harte Dollar.«

Jo verstaute die Wasserflaschen hinter dem Sitz und ließ ihren Blick über die Ausstattung schweifen. Zumindest lag keine Zündschnur im Wagen herum, wenn sie auch den Eindruck hatte, sie säße in einer Werkstatt. »Was handelst du?«

»Alles, womit man nicht schießen oder sprengen kann, kein Rauschgift, keine Tiere, egal, ob tot oder lebendig. Und natürlich auch keine Menschen.« Er langte zu Jo hinüber und tätschelte ihr Knie. »Sorgen?«

»Ist Achmed dein Kunde?«

»Wir sind einander verpflichtet. Der eine hilft dem anderen aus der Patsche. Und da wir beide das Geschick haben, ständig in der Klemme zu stecken, sind wir seit Jahren aneinandergekettet wie Autoreifen und Eisenkralle im Parkverbot.

Dafür, daß ich dich hier rausbringe, habe ich etwas gut bei ihm, wofür ich mich dann wieder revanchieren muß. Wir haben nie eine Strichliste geführt, und keiner weiß genau, wer eigentlich am Zug ist. Er ist so stolz auf die alten Werte der Wüste, daß er niemals kleinlich wäre, und ich will mich nicht lumpen lassen. Wir werden uns noch bei unserem Begräbnis gegenseitig den Sand aufs Haupt schaufeln, damit nicht der eine in der Schuld des anderen steht. Das ist Beduinenadel, Wüstenkultur, etwas, was mir die Tränen in die Augen treibt, wenn ich in Deutschland jemanden um einen Gefallen bitte und derjenige ausgerechnet dann keine Zeit hat. Und warum hast du so feuchte Augen?« Er blickte zu Jo herüber und schüttelte den Kopf. »Dieses magische Aufladen durch die Liebe läßt dich mit positiver Energie zurück, Mädchen, und nicht als Heulsuse, die einen One-Night-Stand bereut. Siwanerliebe hält ein Leben lang. Ist so was wie ein Ritterschlag mit dem, na ja, ist egal, du weißt, was ich meine. Komm, ich erzähle dir etwas über die alten Siwaner, die durchtriebensten Grabräuber der Welt. Sie haben im Zweiten Weltkrieg, als sie schon alle Wandgemälde in den Ptolemäergräbern abgeschlagen und an die Deutschen verkauft hatten, mit Pflanzensaft einfach neue Bilder gemalt, sie mit Kamelpisse übertüncht, damit sie alt aussehen und muffeln, sie dann wieder aus dem Fels herausgehämmert und gegen Reichsmark eingetauscht. Die Bilder lagen also erst bei den Nazis unter Glas, weil sie teuer bezahlt waren und stanken, und gingen dann als Beutegut nach Rußland und in die USA. Irgendwann in den nächsten Jahren gibt es einen Staatsakt, und die alten Pinkelbilder werden von ehrwürdigen Leuten im Frack unter großem Getöse zurückgegeben. Aber jetzt zu der Sensation, die mir zu Ohren kam, genau das Richtige auf einer Wüstenfahrt. Die Siwaner sind ein Volk für sich. Sie waren schon immer hier und tun, was sie wollen. Kluge Herrscher versuchten, ihre Gunst zu gewinnen, wie Alexander der Große zum Beispiel, aber das weißt du ja. Die dummen kommen mit Waffengewalt. Einer war der Perserkönig …«

»Kambyses!« rief Jo dazwischen und schneuzte dann kräftig in ihr Taschentuch.

»Genau. Kambyses schickte also ein Heer von fünfzigtausend Mann aus, um das Amun-Orakel in Siwa zu zerstören. Kurz vor der Oase gerieten sie in einen Sandsturm, und die ganze Heerschar wurde vernichtet. Fast die ganze, denn ein einziger Soldat überlebte und schleppte sich nach Siwa. Du kannst dir denken, wie es weitergeht. Des Scheiks schönstes Töchterlein fand ihn halb verdurstet vor den Toren der Oase und pflegte ihn heimlich gesund. Siehe da, er genas, entpuppte sich als ansehnliches Mannsbild und eroberte das Herz der Schönen, um deren Händchen er sogleich anhielt. Natürlich gab es Ärger mit dem Vater! Der Soldat versprach, einen Brautpreis zu zahlen, der das Herz des Alten erweichen sollte. Er lieh sich ein Kamel und ritt aus, den Sold seiner Armee ausfindig zu machen. Als niemand mehr an seine Rückkehr glaubte und sich seine Herzallerliebste die Augen ausweinte und ein Gesicht machte wie du, Jo, zog er beladen mit Gold und Edelsteinen in die Oase ein. Und so weiter und so weiter. Die Siwaner wurden noch reicher und unabhängiger, bis sie fast alles wieder verhökert hatten, alles bis auf den Sold, einige Münzen und kostbare Silberschalen und Vasen, die goldene Widder zieren. Angeblich kursierte vor einigen Monaten ein Foto dieser Silberschale in der Fachwelt, und man vermutet, daß sie zu einem jahrtausendealten Tafelgeschirr des Kambyses paßt, aus dessen Restbeständen noch dem Schah von Persien bei höchsten Feiern serviert wurde. Die Siwaner behaupten, der Besitzer habe einen feierlichen Eid abgelegt, diese Schale nur dann einer Braut zu überreichen, wenn die Liebe zu ihr so gewaltig sei, wie damals vor zweitausendfünfhundert Jahren. He, du sagst ja gar nichts? Jo, du heulst ja!«

Bis Jo ihre Geschichte von der Brautwerbung, von Achmeds

Silberschale, Halimas Bemühen und dem Preis für ihren Grenzübergang erzählt hatte, waren die Sanddünen gänzlich zurückgewichen, und auch die geschichteten Zeugenberge mit ihren Schuttfächern wurden seltener und machten einer steinigen Ebene Platz, in deren Senken und Mulden Hagedorn und Sodebüsche wuchsen. Die Hitze flirrte auf der geteerten Straße. Immer wieder sah es so aus, als ob große Wasserpfützen die Straßenvertiefungen ausfüllten, doch es waren nur unterschiedlich heiße Luftschichten, die ihnen dieses Trugbild vorgaukelten. Das Schweigen draußen unter der Glut der Sonne und jetzt auch zwischen Thomas und Jo wurde groß und erdrückend. Schließlich fragte sie kleinlaut: »Kann es sein, daß Achmed den Wert der Schale nicht kannte?«

»Achmed Aschram? Verschwende daran keinen Gedanken! Er ist Experte auf diesem Gebiet. Ab und zu läßt er den Archäologen ein Schnäppchen zukommen, dafür verlangt er, daß Felsbilder in der Sahara von der UNESCO anerkannt und geschützt werden. Nimm es so, wie es ist. Er hat die Schale hergegeben, um dir zu helfen.« Und nach einer Weile fügte er hinzu: »Bei Liebeskummer gibt es drei gute Gegenmittel. Zufällig habe ich alle drei dabei.«

»Und die wären?« Jo kramte ihren Spiegel hervor und trocknete sich die Tränen.

»Ein anderer Mann?« Thomas deutete auf sich. »Okay, reg dich wieder ab. War nur ein Versuch. Mittel Nummer zwei: ein guter Schluck Whisky? Den findest du unter den Beifahrersitz geklemmt. Auch nicht? Dann hilft nur noch der letzte Seelentröster: ein tolles Buch, gleich neben der Whiskyflasche.«

Jo langte unter den Fahrersitz und zog einen Herodot hervor. »Du hast den Herrn aus Halikarnassos bei dir, den Vater der Geschichte, das älteste Geschichtsbuch der Welt?« Sie blätterte in dem abgegriffenen Herodot herum.

»Schlag mal im Ersten Buch Seite sieben auf und lies vor!«

Jo suchte die Seite und las: »Am fünften Tage sei eine große

Schar Frauen zu den Phöniziern hinab an den Strand gekommen, unter ihnen auch Jo, des Königs Inachos Tochter. Und die Phönizier seien über die Frauen hergefallen, hätten auch Jo ergriffen und nach Ägypten entführt. So sei Jo nach Ägypten gekommen, erzählen die Perser, und damit hätten die Unbilden ihren Anfang genommen.« Jo ließ das Buch sinken. »Bereite ich dir Unbill? Paßt dir was nicht?«

»Lies weiter!«

»Wegen der Jo aber«, zitierte sie wieder Herodot, »stimmen die Phönizier nicht mit den Persern überein. Nicht als Räuber hätten sie Jo nach Ägypten entführt, sondern sie habe sich mit dem Herrn des Schiffes eingelassen und sei aus eigenem Willen mit den Phöniziern davongefahren.«

»Hast du kapiert?« fragte Thomas nach einer Weile. »Deine Namensvetterin ist freiwillig davongefahren. Von Heulen und Zähneknirschen steht da nichts drin. Sie hat einen Entschluß gefaßt und ihn umgesetzt und nicht dauernd über das Wenn-Ich und Hätte-Ich gegrübelt. Hast du schon mal was von der Schmetterlingsflügelschlagtheorie gehört? Sie besagt, daß eine Bewegung auf der anderen Seite unseres Planeten in der gesamten Welt etwas in Gang setzt und nichts zufällig geschieht. Und genau deshalb bist du Achmed begegnet.«

»Warum besitzt er Zündschnur und Sprengstoff?«

»Das bereitet dir Kummer? Was weiß ich, was er in die Luft jagen will! Hier gibt es eine Menge, was man hochnehmen könnte. Vielleicht macht er auch nur seinem störrischen Esel Feuer unter dem Hintern oder braucht es, um ein Wasserloch zu sprengen. Ein Beduine hebt alles auf, was er in die Finger bekommt.«

»Er hat eine Kalaschnikow.«

»Natürlich hat er die. Mit was soll er sonst durch den Sand laufen, mit Eimerchen und Schaufel oder mit einem Sarazenenschwert? Hör auf zu grübeln, ist nicht gut bei der Hitze.« Thomas setzte die Flasche mit dem Siwawasser an den Mund

und trank sie in einem Zug leer. »Wenn wir weiter so gut vorankommen, sind wir heute abend in Alexandria.«

Nur einige Minuten später kniff er die Augen zusammen, starrte angestrengt nach vorn und trat heftig auf die Bremse. Mitten in der flirrenden Wüste konnten sie ein einsames Wachhäuschen ausmachen und einen Schlagbaum, der die Straße sperrte. Thomas kroch im Schrittempo über die Stolperschwelle aus Beton und blieb an dem winzigen Kontrollhäuschen stehen. Zwei Soldaten mit Maschinenpistolen näherten sich vorsichtig. Thomas seufzte tief: »Sieht aus, als ob ihnen langweilig wäre.« Er ließ beide Hände auf dem Lenkrad liegen. Jo hörte das Klicken, als die Soldaten ihre Waffen entsicherten. Ein dritter Uniformierter erschien neben dem Auto. »Steigt aus, Hände über den Kopf!«

»Ein Westernfreund«, knurrte Thomas. »Mach keine falsche Bewegung!« Jo musterte den großen, kräftigen Soldaten, der den beiden anderen, die noch halbe Kinder waren, Befehle erteilte. Sie mußten aussteigen und sich mit gespreizten Beinen, das Gesicht voraus, an die Wand des Kontrollhäuschens lehnen, während ihr Gepäck und der Wagen durchsucht wurden. Die Sonne brannte auf ihre Rücken. Jo fühlte, wie ihr Haar im Nacken klebte. Endlich erlaubte man ihnen, die Hände sinken zu lassen und eine normale Position einzunehmen. Der große Dicke blätterte in ihren Papieren herum. »Drogen?« fragte er schließlich. Thomas und Jo verneinten gleichzeitig. Einer der Kindersoldaten tastete Thomas gründlich ab, auf dessen Gesicht langsam ein breites Grinsen erschien. »Jetzt kriegen wir ein Problem.« Die beiden Soldaten blickten ihren Vorgesetzten an, der nachdenklich in den Zähnen stocherte, schließlich ein Funkgerät hervorholte und etwas hineinschrie. Aus dem Apparat kam nur Knarzen und Gekrächze. Thomas bemühte sich um einen ernsten Gesichtsausdruck.

»Was ist so lustig?« fragte Jo auf deutsch.

»Ihr müßt warten«, befahl der Soldat auf englisch.

»Warten auf was?« konterte Jo auf arabisch.

Der Mann blickte erstaunt auf. »Du mußt warten, bis eine Frau kommt, die dich untersucht.«

»O nein.« Endlich hatte Jo begriffen. Hier an diesem Kontrollposten gab es keine Frau, die sie hätte abtasten können, und den Männern war es nicht gestattet, sie zu berühren. Jo sah aus den Augenwinkeln, wie Thomas darum rang, nicht loszuprusten. Die Soldaten musterten ihre Stiefelspitzen.

»Ich habe keine Drogen bei mir«, erklärte Jo in ihrem besten Arabisch. »Ich verstehe, daß Sie das genau überprüfen müssen. Drogen sind eine schlimme Sache. Es ist wichtig, daß man streng mit Drogenhändlern umgeht. Deshalb soll es Ihnen gestattet sein, heute eine Ausnahme zu machen. Bitte tasten Sie mich ab. Es ist ein Notfall. Ich erlaube Ihnen, mich zu berühren.«

»Sie sprechen sehr gutes Arabisch.« Der Dicke lächelte wohlwollend.

»Ja, ich liebe dieses Land, seine Sprache und Kultur. Bitte, erfüllen Sie Ihre Aufgabe!«

Der Dicke schien sie nicht gehört zu haben, sondern brüllte wieder in sein Funkgerät. Schließlich erlaubte er ihnen, sich in den schmalen Schatten des Kontrollhäuschens zu setzen.

»Was steht im Herodot?« fragte Thomas. »Mit Jo kam Unbill nach Ägypten?« Er stocherte im Sand herum. »Die lassen uns hier hocken, bis in drei Jahren eine Polizistin zufällig des Weges kommt, falls sie überhaupt welche haben!«

»Die spinnen doch«, gab Jo zurück. »Sie suchen hier mitten in der Wüste nach Drogenhändlern und vergessen, daß auch Frauen darunter sein können.«

»Moment mal, die Schuld liegt allein bei dir. Wenn du zu Hause geblieben wärst, wie sich das für ein Weib gehört, dann würde der Dicke da drüben keine Probleme haben. Und wenn ihm das klar wird, wird er ungemütlich.«

Mittag war längst vorüber, als endlich ein Auto vorfuhr. Jo

und Thomas blickten hoffnungsvoll hinüber, wurden aber enttäuscht. Vier weitere Soldaten stiegen aus und gesellten sich zu ihren Bewachern. Es wurde ausgiebig beraten und ein zweites Funkgerät geholt. Als der Dicke an ihnen vorbeiging, schlug Thomas vor: »Könnte uns ein Soldat bis zur nächsten Station begleiten?«

»Ich kann niemanden entbehren. Wir führen eine gefährliche Operation durch.« Er verschwand im Kontrollhäuschen.

Thomas grinste. »Die hängen herum wie alte Bettlaken in der Flaute, aber der Häuptling meint, er könne niemanden entbehren.«

»Sei still! Er hockt in seinem Kabuff und studiert Vorschriften.«

»Ich wette, er liest Mickymaus.«

»Kannst du nicht das Funkgerät reparieren?«

Thomas wischte sich Lachtränen von den Backen. »Könnte ich wohl, mache ich aber nicht. Das Ding ist nur eine Attrappe. Wehe uns, wenn wir ihnen das vor Augen führen!«

Kurze Zeit später näherte sich ein Auto aus nördlicher Richtung und hielt an. Drei Beduinen stiegen aus, blickten zu Jo und Thomas herüber, diskutierten, deuteten nach Süden, verhandelten wieder und fuhren in einer Staubwolke davon.

»Hast du nicht auch das Gefühl, daß es zu viele Männer auf dieser Welt gibt?« fragte Jo nach einer Weile.

»War immer schon mein Reden. Aber sieh mal, die Bedus kommen zurück und haben eine Frau dabei!«

Der Dicke winkte Thomas und Jo zu sich heran, Soldaten und Beduinen bildeten einen Kreis um sie und schoben eine alte Beduinenfrau zu Jo hinüber. Sie lächelte freundlich und ließ dabei einen blitzenden Goldzahn sehen, tätschelte Jos Wange, befingerte ihr Haar und warf ihr ein Kußhändchen zu. Der Dicke klatschte in die Hände, ein Soldat verschwand im Wachhaus und kam mit Kaffeetäßchen wieder. Man setzte sich in einen Kreis, es wurde vom letzten Regenguß erzählt, der sich genau vor einem Jahr ereignet habe, man sprach über die unglaublichen Benzinpreise und vermutete, die Dattelernte würde befriedigend ausfallen. »Ist doch richtig gemütlich«, fand Thomas, dem der Schweiß von der Stirn lief. Bewacht von einem Soldaten, erlaubte man ihm, zum Auto zu gehen, um Wasser und Fladenbrot zu holen. »Ein schönes kleines Picknick in lauer Luft.« Er bot seine Nahrungsmittel an, holte dann ein Päckchen Zigaretten hervor und ließ es die Runde machen. Die Maschinenpistolen waren nach wie vor auf Jo und Thomas gerichtet. »Mag es dir gefallen, daß sie jetzt ihre Arbeit verrichtet?« fragte Thomas den dicken Vorgesetzten und deutete mit leicht geneigtem Kopf seine Beflissenheit an. Der Soldat schnippte mit den Fingern. Die alte Frau ließ Jo aufstehen und faßte ihr unter die Achseln. »Du hast zu wenig Fett, Enkelchen.« Sie befummelte Jos Busen, langte ihr dann kräftig auf den Bauch und zwischen die Beine. »Da ist nichts«, stellte sie fest. »Sie ist nicht schwanger.«

»Drogen«, verbesserte Jo. »Da sind keine Drogen!«

»Wie viele Söhne hast du, Enkelchen?«

»Keine.« Jo begann zu schwitzen. »Bitte, sag ihnen, daß du nichts gefunden hast!«

»Diese Hosen sind nicht gut.« Sie klopfte Jo auf das Hinterteil. »Nicht gut fürs Kinderkriegen. Du mußt ein Kleid tragen, verstehst du?« Sie hob zur Demonstration ihre eigenen Röcke um Millimeter hoch. »Es geht schneller.«

Jos Unterlippe bebte. »Sie hat keine Drogen gefunden«, erklärte sie den Soldaten. Die Maschinenpistolen senkten sich um Zentimeter. Der Dicke blätterte in einem kleinen Handbuch und schüttelte bedauernd den Kopf. »Hier steht, daß nur ein Beamter dies überprüfen darf.« Er fing Jos verzweifelten Blick auf. »Sie sind ungeduldig, lernen Sie zu warten!«

In den folgenden Stunden kamen zwei Pickups und drei Laster vorbei. In keinem saß eine Frau. »Wo sind die verdammten Touristen?« fluchte Jo. »Wenn hier eine Busladung englischer Ladys aufschlägt, möchte ich nicht wissen, was passiert.«

»Kein Problem«, brummte Thomas. »Sie werden standrechtlich erschossen.«

Stunden später fragte sie: »Hast du keine Idee?«

»Wir können spielen: Ich sehe was, was du nicht siehst, die Sonne geht unter!«

Mit dem rotgoldenen Sonnenball, der am Horizont versank, kam der Dicke aus dem Häuschen, entrollte seinen Gebetsteppich und verneigte sich Richtung Osten. Als er fertig gebetet hatte, wies er die Soldaten an, die beiden Betonstolperschwellen von der Straße zu zerren, wandte sich an Thomas und überreichte ihm die Pässe. »Gute Fahrt«, sagte er höflich, nickte ihnen zu, stieg mit seinen Untergebenen in ein Auto und fuhr davon. Thomas und Jo blieben vor dem Kontrollhäuschen zurück und starrten sich an. »Spinn' ich?« fragte Jo.

»Wieso?« Thomas hüpfte von einem Bein auf das andere und machte ein paar Kniebeugen. »Alles korrekt. Sie haben während der Dienstzeit niemanden ungeprüft durchgelassen. Jetzt ist Feierabend. Morgen ist wieder ein harter Tag.«

Während sie weiterfuhren, wurde es rasch dunkel. »Achte auf den Randstreifen«, bat Thomas. »Wenn du eine Stelle findest, wo wir runterfahren können, sag Bescheid.« Wenig später rumpelten sie über die steinige Steppe Richtung Süden. »Wir fahren so lange im rechten Winkel von der Straße weg, bis man uns nicht mehr sehen kann.« Doch nach einigen hundert Metern blieb Thomas stehen. »Bleiben wir lieber hier, das kostet zuviel Benzin.«

»Wieso gibt es in Libyen und Ägypten ständig Treibstoffknappheit?« Jo hatte sich schon gewundert, daß jeder Fahrer Reservekanister dabeihatte.

»Die Oasen werden nur eingeschränkt beliefert, damit niemand billigen Treibstoff über die Grenzen in den Sudan oder

Tschad bringen kann. Benzin ist so rar, daß manche Leute mehr Benzinkanister als Wasserkanister mit sich führen. Bei einem Fahrzeugschaden nicht ungefährlich.« Thomas sprang aus dem Auto und prüfte das Gelände. »Wird eine verdammt kalte Nacht werden.«

»Können wir nicht bis Marsa Matrûh fahren?«

»Das Risiko, in einen unbeleuchteten Datteltransporter zu krachen, will ich nicht eingehen. Brechen wir lieber morgen beim ersten Licht wieder auf! Dann erreichen wir bis zum Abend Kairo. Ich bringe dich dort zu einem Verwandten Achmeds. Da bekommst du auch Geld gegen Kreditkarte und ein Ticket.«

»Ich kann eigentlich auch in ein Hotel gehen.«

»Mach das nicht!« Thomas zwinkerte ihr zu. »Achmed hat etwas Besonderes für dich ausgesucht.«

»Und du verrätst mir nichts?«

»Absolut nichts.«

»Weißt du, was ich sonderbar finde? Achmed hat das alles innerhalb von Stunden von seinem Zelt aus arrangiert.«

»Ich weiß schon seit zwei Wochen, daß ich dich irgendwann in Siwa abholen soll. Und vergiß nicht, Mohammed sitzt ganz oben. Der kommt selbstverständlich an Richtfunk oder ähnliches heran.«

»Und Mohammed tut, was Achmed sagt?« Jo half Thomas, die Rücksitze auszuziehen und für die Nacht herzurichten. Auf einem kleinen Gaskocher bereitete sie Tee. »Nach Beduinenart?« fragte sie, füllte eine Handvoll Teeblätter und Zucker in die Kanne und verteilte Büchsenfleisch, Käse und Fladenbrot auf einem Teller.

Thomas stellte eine Petromax auf, die Wärme und Licht verbreitete. »Du scheinst nicht zu wissen, wer Achmed ist. Er ist einer der bedeutendsten Führer unter den Scheiks von Libyen. Du weißt ja sicher, daß Gaddafi seine liebe Not an allen Ecken hat, quasi von Feinden umzingelt ist. Innenpolitisch setzen ihm die Traditionalisten zu, allen voran Scheik Achmed Aschram, und außenpolitisch der Rest der Welt. Er muß sich ständig arrangieren, das heißt, er vergibt höchste Ämter auch an Bedus. Mohammed als Verwandter Achmeds ist trotz seiner Position immer noch auch dessen Befehlsempfänger. Achmed hat nur einen kleinen Makel: Er wurde zu spät geboren, sonst hätte er sich mit Lawrence von Arabien verbündet, und Gaddafis Traum von einer erweiterten Maghreb-Union wäre heute schon Brot vom Vortag. Deswegen könnte der Anschlag in Hamamah auch Achmed oder seiner Sippe gegolten haben.«

Jo nickte. »Achmed war nicht zufällig im Wadi.«

»Zufall?« Thomas schnippte mit den Fingern. »Achmed nimmt sein Leben in die Hand. Aber wenn er merkt, daß er anfängt, jedes einzelne Ereignis steuern zu wollen, geht er zwei Schritte zurück und wartet ab. Das ist nur eine seiner außergewöhnlichen Eigenschaften.« Thomas packte Jo bei den Schultern und hielt sie auf Armeslänge von sich. »Aber das hast du ja selbst erlebt. Ich wüßte nur zu gerne, wie oft mein alter Freund bei dir zwei Schritte rückwärts machte und ob es Löwensprünge oder Hühnertapper waren.« Sein gutmütiges Grinsen schien ihn wieder in den riesigen Flaschengeist zu verwandeln, der seine Fähigkeiten zur Verfügung stellte, um anderen zu helfen. Im Dunkel der Nacht, nur schemenhaft beleuchtet von der Petromax, lösten sich die Konturen seiner Gestalt auf. Jo fühlte mehr, als sie sehen konnte, daß sie einer Kraft gegenüberstand, die sie wie eine Mauer von der Welt draußen abschirmte. »Macht es dir etwas aus, wenn ich jetzt die Klappe halte?« fragte er und ließ sie los. »Ich bin müde wie ein Esel am Schöpfrad.« Er breitete die Decke auf dem Rücksitz aus. »Wir haben nur eine Decke, die müssen wir uns teilen, aber du hast ja schon ganz andere Bettgenossen gehabt.« Jetzt kicherte er vor sich hin, zog Stiefel und Jeans aus, zwinkerte Jo zu und rollte sich auf seinen Platz. Bald darauf hörte sie ihn schnarchen.

Jo ging einige Meter in die Steppe hinaus. Auch wenn diese steinige Landschaft wegen ihres kargen Bewuchses nicht mehr Wüste genannt wurde, strahlte sie dennoch große Ödnis und Einsamkeit aus. Die Sterne leuchteten in gleicher Pracht wie vor Achmeds Zelt. Was mochte er gerade tun? Vielleicht befand er sich bereits mit Ali auf seiner Wanderung durch die Wüste immer nach Süden bis hinunter zum *Awaynat.* Jo schloß die Augen bis auf einen schmalen Schlitz. Sie stellte sich vor, ihn mit seinen Kamelen am Horizont ziehen zu sehen. Er bewegte sich ruhig und gleichmäßig. Jeder Schritt war überlegt. Nichts wurde umsonst getan. Sie stand minutenlang in der Dunkelheit und blickte nach Süden, bis sie vor Kälte zitterte. Ein eisiger Wind pfiff über die Steppe.

Am nächsten Morgen war Thomas schon vor ihr wach und bereitete Frühstück. Sie hörte ihn einen alten Schlager trällern und öffnete mißmutig die Augen. »Muß das sein?«

»Meine Frauen sind verrückt danach!«

Jo schnaufte, stapfte in die Steppe hinaus und verrichtete ihre Morgentoilette.

»Hast du das Klopapier vergraben?« fragte Thomas streng, als sie zurückkam.

»Ich habe Sand genommen.«

»Ha, Beduinenweib! Ich habe schon manche Frau dabeigehabt, aber wenn Sand ins Getriebe kommt, wollen sie zurück ins Hotel.« Er fuchtelte mit beiden Armen hilflos in der Luft herum und zeigte dann nach Süden. »Weißt du, was da drüben ist? Dort liegt unter Sand begraben der Rest von Kambyses' Armee. Einen Teil der Streitmacht schickte Kambyses nach Norden, um Siwa zu vernichten, und den anderen nach Süden, um Äthiopien zu erreichen. Bei diesem Feldzug war er selbst dabei. Er war so versessen darauf, das sagenhafte Land des Golds, des Weihrauchs und der Myrrhe zu finden, daß er auch weiterzog, als ihnen der Proviant ausging.«

»War er ein Hungerkünstler?«

»Er war wahnsinnig. Er ließ seine eigenen Soldaten aufessen.«

Jo würgte an einem Stück Fladenbrot. »Verdammt trocken«, keuchte sie.

»Schließlich ging ihm auch das Wasser aus, da mußte er zurück nach Theben. Aber die Fünfzigtausend, die nach Siwa gezogen waren, sah man nie wieder. Wenn man auf die Karte schaut, meint man, sie wären über die Oasen gewandert, doch dazu gibt es keinen Hinweis. Vielleicht sind sie durch die *Qattara*-Senke gegangen und wurden vom Sandsturm überrascht oder versanken im Treibsand wie die Deutschen im Zweiten Weltkrieg. Diese Ecke ist nicht weit von hier. Hat dir Achmed nie erzählt, woher genau der Brautschatz seiner Mutter stammt?«

»Saharâ«, antwortete Jo mit vollem Mund.

»Akkurat.« Thomas nickte beifällig, als habe sie ihm die exakten Koordinaten genannt. Dann deutete er auf die Teerstraße im Norden. »*Yalla*! Wenn du endlich fertig bist, benutzen wir diese Fahrbahn, auch *Straße des Verglühens* genannt. Alexander der Große zog auf ihr nach Siwa.«

»Warum ist er nicht durch die *Qattara*-Senke gegangen?«

»Gute Frage.« Thomas verpackte ihre Ausrüstung und schwang sich auf den Fahrersitz. »Alexander war ja weiß Gott kein Weg zu gewagt oder zu weit, aber er traute den einheimischen Führern nicht. Weißt du, was ich mir denke? Kambyses' Heer wurde in eine Falle gelockt. Den Weg durch die *Qattara*-Senke kennen nur Hiesige. Vielleicht haben sie bewußt die Soldaten in den Treibsand geführt, vielleicht kam ihnen ein Sandsturm zu Hilfe.«

»Aber einer überlebte und brachte den Sold nach Siwa.« Jo kramte in ihrem Rucksack und hielt ihm Achmeds Parfümbehälter hin. »Dieses Balsamarium stammt aus dem Schatz des Kambyses, vermute ich nach den jetzigen Informationen. Es ist heute wahrscheinlich mit dem gleichen verführerischen Parfüm gefüllt wie damals. Riech mal!«

»Riecht nach Küssen unterm Eifelturm, Brummschädel und fürchterlicher Rechnung.«

»So ein Parfüm war der Sold. Die Armee des Kambyses wurde mit Goldmünzen bezahlt, aber auch mit Düften in kleinen Behältern. Einige davon habe ich gesehen.«

»Soldaten und Parfüm? Hast du zuviel Sonne erwischt?«

»Auf diese Art der Bezahlung haben noch die Römer zurückgegriffen. Parfüm und Salböl wurden verkauft oder im Tempel den Göttern geopfert. Mit einem ordentlichen Duftopfer konnte man die Götter bestechen und das Schicksal günstig beeinflussen. In der katholischen Kirche werden heute noch Gegenstände und Gläubige gesalbt wie vor Jahrtausenden. Das sind die gleichen Bräuche, die schon Kambyses pflegte. Und die Hoffnung, Gott damit gnädig zu stimmen, ist der alte Bestechungsversuch. Nur die Preise für kostbare Bestandteile sind gesunken. Damals gab es Zutaten, die mit reinem Gold aufgewogen wurden. Das Monopol im Gewürzhandel hatten erst die Phönizier und später die Araber. Das hat die Welt bewegt und den Lauf der Geschichte bestimmt. So kam auch Kolumbus nach Amerika, weil er nach einem Seeweg zu den Gewürzländern suchte, da die Türken alle Karawanenwege kontrollierten – übrigens zu Kambyses, dem Wahnsinnigen, der nicht einmal seine eigenen Soldaten verschonte: Das einzige Volk, das er anständig behandelte, waren die Phönizier. Seine ganze Flotte bestand aus phönizischen Schiffen und Seeleuten.«

»Mit einer Jo an Bord, die in den Herrn des Schiffes verknallt war? Sag mal, dein Name, ist das eine Abkürzung?«

»Jo Zakyneros, im Original. Ich stelle mir gerne vor, daß ich nicht nur zypriotische, sondern auch phönizische Ahnen habe.« Auf ihrer Fahrt Richtung Norden erklärte Jo, die Phönizier hätten eine berühmte Fabrik auf Zypern gehabt, in der sie ihre begehrten grünblauen Parfüm- und Salbölfläschchen herstellen ließen, die »Zypriotisches Glas« genannt wurden, was zu ihrer Zeit ein Markenname war. Man könne sogar heute noch Fläschchen bestimmten Herstellern zuordnen, ihr Siegel fände man auf Henkeln oder Behälterböden. Meist handle es sich dabei um Buchstaben. So gäbe es Gefäße, die eindeutig ein Z, ein A und ein K aufwiesen.

»Also ein leibhaftiges Zakyneros?« schloß Thomas.

Jo lachte. »An dem Tag, da ein Archäologe einwandfrei Zakyneros auf einem antiken Salbölgefäß entziffert, bade ich in Champagner.«

»Designed by Zakyneros! Das nenne ich Familientradition! Hast du schon einmal darüber nachgedacht, daß du dich nicht zufällig mit Ethnobotanik beschäftigst? Das Interesse daran ist in euren Genen verankert, und so wird es von Generation zu Generation weitergegeben.«

»Und was waren deine Vorfahren? Haben sie das Rad erfunden? Nein, warte: Deine Ahnen haben den Streitwagen des Pharao repariert? Halt, jetzt weiß ich es. Ihr seid mit den Kreuzrittern nach Jerusalem gekommen, wart von der arabischen Kultur begeistert und treibt seitdem Handel zwischen Abend- und Morgenland.«

»Nicht schlecht. Wir haben tatsächlich Wagner, Kutscher und Gespannführer unter unseren Vorfahren. Schon möglich, daß einer von ihnen sich einem Troß anschloß und gen Jerusalem aufbrach. Wahrscheinlich hat er bei der Schlacht von *Hattin* nur deswegen überlebt, weil er sich anbot, Sultan Saladins geborstene Katapulte zu reparieren. Du hast doch hoffentlich von dieser Schlacht gehört, nein?« Thomas trat auf die Bremse. »Soll ich dich wirklich nach Kairo bringen? Gut, aber dann kriegst du Nachhilfe.«

Während der nächsten Stunden erfuhr Jo alles, was sie schon immer über Sultan Saladin, der die Kreuzritter aus Jerusalem vertrieb, wissen wollte. Sie hörte auch einiges, was sie nicht schätzte, wie viele Köpfe wann und welche Hände wo abgehackt wurden, wo die Christen Frauen und Kinder von den Brüstungen in den Abgrund stürzten und wie der Haß zwischen Christen und Moslems durch Päpste und spätere Heilige geschürt wurde, während sich Saladin bemühte, seine Landsleute zu überzeugen, gemeinsam die Heimat gegen die Eindringlinge aus dem Frankenland zu verteidigen. »Der Name *Salah ad-Din* bedeutet *Güte der Religion.* Greif unter den Beifahrersitz rechts neben den Whisky und lies im Buch der Kreuzzüge nach, daß er seinen Namen zu Recht trug. Ich habe Herodot und die Bücher über Alexander den Großen und Saladin immer dabei. Von den drei Herren kannst du eine Menge lernen, was auch heute noch Gültigkeit hat. Nach ihnen kam nur noch Dünnes. Es gibt nichts Schöneres, als bei einer *Schischa* im Café nachzulesen, wie Alexander in Gaugamela gesiegt hat. Wenn sie dir Bilsenkraut unter den Tabak mischen, hörst du glatt die Schwerter klirren, und wenn du zuviel davon rauchst, siehst du deinen eigenen Schädel durch den Sand rollen. In Siwa gibt es hinter dem Marktplatz so ein Café. Kleiner Geheimtip, aber er wird dir nichts nützen. Frauen sind da nicht erwünscht.«

»Ich sah meinen Kopf schon zu meinen Füßen«, erwiderte Jo und erzählte von ihrer Drogenerfahrung während ihrer Behandlung durch den alten Besch. Sie habe zwar vorher noch nie Bilsenkraut probiert, aber soviel darüber gelesen, daß ihr klar sei, es könne sich nur um die alte Hexendroge aus Kolchis handeln. Und außerdem wisse sie, daß Bilsenkraut in ganz Ägypten angebaut würde. Schon im Altertum sei es das stärkste Schmerzmittel gewesen und sicherlich von arabischen Ärzten nach der Schlacht von *Hattin* verwendet worden. Schließlich seien die Mauern in der Altstadt Jerusalems noch heute von Bilsenkraut überwuchert.

»Und die Nebenwirkungen?« wollte Thomas wissen.

»Erotische Halluzinationen, sexuelle Entgleisung und Blödheit. Früher wurde Bilsenkraut unter das Bier gemischt. Das *Pils* hat seinen Namen davon. Aber seit dem deutschen Reinheitsgebot von 1516, dem ersten deutschen Drogengesetz sozusagen, ist es verboten. Gewöhnliche Verblödung durch übermäßigen Biergenuß genügt dem Staat.« Jo machte eine nachdenkliche Pause und lachte dann auf. »Zum Glück war ich gelähmt, sonst wäre ich auch entgleist.«

»Was willst du mal mit deinem ganzen Wissen anfangen? Wie verdient man sein Geld mit Ethnobotanik?«

»Kannst du stundenlang zuhören?« fragte Jo, ohne seine Antwort abzuwarten. »Ich könnte an der Uni im Lehrberuf bleiben, was nicht besonders aufregend ist, oder zu den Parfümherstellern gehen, als sogenannte *Nase,* um die Zusammensetzung von Gerüchen zu erschnüffeln. Das braucht man, um neue Duftkreationen zu entschlüsseln und zu schaffen. Obwohl es schon Tausende von Parfümvariationen gibt, werden ständig noch nie dagewesene komponiert. Der Geschmack der Menschen ändert sich, Zutaten werden neu gemischt. Damit kann man ein Vermögen machen, wie es die Phönizier vorgeführt haben. Wohlgerüche steigen als Signale zu Kopf. Ein Parfüm kann erogene Inhaltsstoffe haben, mit eindeutiger Botschaft: *Liebe mich! Egal, um welchen Preis!* Das ist keine Zauberei, sondern unbewußtes Riechen. Wir fühlen uns magisch angezogen. Sex liegt in der Luft. Das ist die Macht der Lockstoffe, der Duft der Verführung! Diese Geruchssignale werden von allen Wirbeltierarten ähnlich empfunden. Wir reagieren nicht anders als Affen auf dem Pavianfelsen. Sex steigt in die Nase und beherrscht die Gedanken. Die Menschen leugnen gerne, daß sie sich aus diesem Grund parfümieren, und behaupten lieber, Duftwolken gäben ihnen nur Selbstvertrauen.«

Thomas hob beschwörend die Hand. »Einspruch, Euer Ehren! Die halbe Welt ist ständig verschnupft, und von unserer Luftverpestung haben wir die Nase voll. Wer soll da erotische Düfte aufnehmen? Wir können bestenfalls riechen, daß unser

Gegenüber gestern eine Knoblauchpizza eingeworfen hat. Besagtes Aroma steigt erst auf, wenn der Verstand schon stillsteht. In diesem Zustand analysiere ich nichts mehr, da habe ich nur noch den Tunnelblick!«

»Genau das ist ja der Trick der Natur. Wir haben einen ausgezeichneten Riecher, das ist das Jacobson-Organ, winzige Tüpfel auf jeder Seite der Nasenscheidewand, so etwa eineinhalb Zentimeter oberhalb des Nasenlochs. Dieser Spurensucher hat uns schon längst an der Nase herumgeführt, hat uns die individuelle Duftmarke unseres Gegenübers in die emotionalen Zentren des Gehirns gespielt und Aktionen auf unbewußter Ebene ausgelöst. Wir sind vom Sachverstand her viel zu grob, um sekundenschnell zu begreifen, was wirklich mit uns geschieht. Unser Schnüffler meldet uns ein Geruchssignal, das uns die Kompatibilität des Partners anzeigt. Und jetzt interpretieren wir Wohlgerüche in die Duftwolke des Gegenübers hinein, die uns bei jedem anderen Zeitgenossen kaltließen. Plötzlich macht uns der Mief nach abgestandenem Rauch an oder der Desinfektionsgeruch eines Chirurgenkittels, Aromata, die uns in anderen Situationen eher abstoßen würden. Verstehst du, was passiert ist? Wir haben das persönliche Duftmuster eines Menschen aufgenommen und erkannt, daß er rein chemisch zu uns passen würde. Und das manipuliert uns. Zentren im Gehirn melden die Übereinstimmung an die Hypophyse, und diese beeinflußt die Keimdrüsen. Nur so läßt sich überhaupt erklären, warum Menschen zueinanderfinden, trotz aller Versprechen Seitensprünge wagen oder im Gegenbeweis sich beim besten Willen nicht riechen können. Der Fortpflanzungsdrang ist wahrscheinlich der stärkste Trieb in uns. Der Geruch nach einem passenden Partner betört uns, führt uns in Versuchung und siegt oft genug über Gebot und Gewissen. Unsere Nase erkennt, wer gesund ist. Kranke Menschen haben es da schwer. Unser Instinkt selektiert gnadenlos, bevor der Verstand zu Wort kommt. Und genau diesen

Zusammenhang haben die Menschen spätestens beim ersten Sündenfall gerochen wie den heißen Braten.«

Jo schwieg und blickte zum Fenster hinaus, sah gedankenverloren Beduinen zu, die fern am Horizont mit ihren Herden durch den Sand zogen. Dann fiel ihr Blick auf eine Tafel, die auf englisch verkündete, von hier bis El Alamein habe die Panzerschlacht zwischen dem Deutschen Afrikakorps und der 8. Britischen Armee getobt, in der mehr als 80 000 junge Soldaten gefallen seien, von denen kaum einer über fünfundzwanzig Jahre zählte. Jo lauschte in den Fahrtwind hinein, zuckte zusammen und legte ihre Hände an die Ohren. Sie glaubte, das Stöhnen der Sterbenden zu hören, als der Wind seufzend über das geöffnete Seitenfenster strich. Schließlich atmete sie tief durch und erklärte:

»Wir salben und parfümieren uns, um Gerüche zu verstekken oder zu verstärken. Wir signalisieren künstlich, daß wir jung und fortpflanzungsfähig sind. Je nach Geschmack und Lebensstil mit Frischearoma oder schweren, tierischen Düften. Die Dünste von Zibetkatze und Moschusochse riechen abstoßend. Aber in winzigen Nuancen erinnern sie uns an den Duft sexueller Ekstase. Stell dir vor, wir würden schon morgens um acht im Büro danach müffeln! Unmöglich! Also ist dieses Aroma dem Abend vorbehalten. Jemand, der durch seinen Geruch signalisiert, daß er kurz nach Kaffee und Müsli zu Exzessen auf seinen druckfrischen Faxmitteilungen bei summendem PC bereit wäre, kriegt Probleme mit der Besatzung des Großraumbüros. Und genau da setzt die Vermarktung ein und läßt uns wissen, mit welchem Aroma wir kühle Geschäftstüchtigkeit oder wilde Wollust verströmen. Und das, mein Lieber, war den Völkern schon lange vor den Römern klar. Mit der Analyse alter Salböle und Parfüme kann ich die Lebensart unserer Vorfahren aufrollen und exotische Zusammensetzungen entdecken, die uns heute wieder in die Nase und von dort zu Kopf steigen.«

Jo machte eine Pause, um einen Schluck Wasser zu trinken, dann fuhr sie ungebremst fort: »Aber auch jenseits der Wohlgerüche kann ich Brisantes finden. Die Regenwälder sind voller Pflanzen unbekannter Inhaltsstoffe. Alte Rezepturen bringen uns auf die Spur solcher Substanzen, die möglicherweise zur Behandlung der Zivilisationskrankheiten taugen. Wußtest du, daß Reisstecklinge unter Streß ein Mittel abgeben, das unserem Phenobarbital, also einem Schlafmittel ähnlich ist? Und dann die Pflanzendrogen! Das Gebiet ist riesengroß. Noch immer gibt es Rezepturen von Schamanen und Heilern, die wir nicht entschlüsselt haben, und wer weiß, was es uns bringen würde? Denke nur an den Mohn und seine schmerzstillenden Substanzen! Die waren als *orientalische Fröhlichkeitspillen*, als *Hab-i nishad*, im ganzen Morgenland verbreitet, ehe wir die schmerzstillende Wirkung erkannten. Ganz zu schweigen von unscheinbaren, fast vergessenen Pflanzen sogenannter primitiver Völker. Kennst du das südamerikanische Amarant, das winzige Korn, das den Hunger auf der Welt lindern könnte, würden wir uns auf altes Wissen besinnen? He, was ist?« Jo fühlte seine Hand auf ihrem Bein.

»Willst du deine Vorlesung bis Kairo halten, oder gibt es mildernde Umstände, wenn ich gestehe, daß du mich um Nasenlängen geschlagen hast?«

»Gut, daß du mich an den Knast erinnerst«, fuhr Jo unbeeindruckt fort. »Die Kriminaltechnologie braucht Ethnobotaniker, und zwar Pollenanalytiker. Anhand winziger Pflanzenbestandteile können sie Tatort und Zeitraum eines Verbrechens ermitteln. Das wäre was für mich! Ich habe dir doch von den Salbölresten aus dem Kambysesbecher erzählt? Vielleicht kann ich den Weg bestimmen, den die alten Ingredienzien einst zurückgelegt haben. Und das nach mehreren tausend Jahren! Damit kannst du Geschichte bestätigen oder korrigieren. Oder der Trick mit den Kakaobäumen, die nur Früchte tragen, wenn der Duft … was sagst du?«

»Marsa Matrûh«, keuchte Thomas. »Wir sind gleich da. Ich brauche ein zweites Frühstück!« Er parkte den Wagen in einer staubigen Nebenstraße, doch Jo hinderte ihn daran auszusteigen. »Mach die Augen zu!« verlangte sie und hielt ihm dann ihr Beduinenkleid unter die Nase, das sie gestern nacht anstelle der Jeans getragen hatte. »Ich rieche nichts«, wollte Thomas abwehren, besann sich aber anders. »Das ist ein Geruch nach etwas Zurückliegendem. Warte mal, gleich hab' ich's. Das riecht wie meine kleine Schwester, auf die ich aufpassen mußte. Was ist das?« Er riß die Augen auf und erkannte Jos Kleid. »Ich bringe deinen Geruch von gestern nacht ...«

»Mit etwas in Verbindung, was du behüten mußt«, vollendete Jo. »Gib deine Hände her!« Sie blickte auf seine großen, breiten Handrücken hinunter, sah sich die Handinnenflächen genau an und fuhr mit den Fingern darüber. Die Haut fühlte sich wie harter Kunststoff an, und die Finger wirkten, als könne Thomas damit Nägel in die Wand schlagen, ohne einen Hammer zu Hilfe zu nehmen. An den Seiten von Daumen und Zeigefinger befanden sich tiefe, schwarzgefärbte Querrillen, die aussahen wie die Gewinde von Muttern. Und seine harten Nägel wirkten, als könne er damit Schrauben eindrehen. Ihre beiden geballten Hände verschwanden problemlos in Thomas' Rechter. Er hat tatsächlich Greifwerkzeuge, kam es ihr in den Sinn. Sie schloß die Augen, roch an seinen Händen und zählte auf: »Diesel, Schmieröl, Gummi und ein Hauch Leder vom Lenkradschoner, sagt meine analytische Nase. Aber der emotionsgeladene Teil hat längst in meiner Geruchserinnerung verankert, daß ich diese Düfte immer mit Begriffen wie Schutz und Geleit in Verbindung bringen werde. Ich werde zu Hause ein Parfüm danach mischen und wette, daß viele Frauen diesen Geruch mögen. Du kannst es an den Touristen testen, die du aus der Wüste geholt hast. Sie schnüffeln nur einmal daran und denken sofort an Zuverlässigkeit und Beistand. Kannst du dir vorstellen, wie versessen ich darauf war, ein uraltes, phönizisches Parfüm aus Kartaram zu analysieren? Um daraus ablesen zu können, was damals geschah?«

Sie steuerten ein Café in der *Sharia Alexandria* an, wo sie arabischen Mokka, gebratene Bohnen und Paprikaschoten genoß, während Thomas Eier und Hackbällchen mit scharfer Pfeffersoße aß. »Kartaram«, wiederholte Thomas, als er nach der zweiten Portion satt war. Er schob Geschirr und Besteck auf dem kleinen Holztisch herum und legte Messer und Gabel so hintereinander, daß sie eine lange Linie bildeten. »Das ist der Nil«, erklärte er. »Wenn du vom Tellerrand, meiner Nubischen Wüste, über die Mokkatassenoasen etwas zum Meer schmuggeln willst, mußt du hier am Pfefferstreuer vorbei, das ist Siwa, kommst dann zum Salzfäßchen, das ist Jaqbub, und über die zerknüllte Serviette ins Wadi Hamamah. Von da ist es nur eine kleine Zahnstocherlänge bis zu den phönizischen und griechischen Häfen wie Apollonia und Barkas. Ich will dir sagen, was in Kartaram gefunden wurde und zu dem Gemetzel führte: Gold!« Er nahm das Messer auf und zielte mit der Spitze auf Jo. »Die Pharaonen ließen tonnenweise Gold aus Nubien nilabwärts schaffen, und die Römer machten es ihnen nach. Seitdem es Handel gibt, gibt's auch Schmuggler. Die Vorfahren meiner ehrenwerten Geschäftspartner von heute haben damals schon gewußt, wie sie Zölle umgehen und in die eigene Satteltasche wirtschaften können. Vielleicht hat Achmed höchstpersönlich bei seinen Reisen auf den alten Gewürzstraßen den Weg des Goldes gefunden und Kartaram als Umschlagplatz entdeckt, wo sogar heute noch einige Barren verbuddelt sind? Das würde das brutale Vorgehen erklären. Du glaubst doch nicht, daß ein vertrockneter Parfümrest ein paar Bedus aufscheuchen könnte? Oder denkst du an eine Zauberformel, an einen magischen Duft, der die Menschheit verführt? Hallo, Jo, wo willst du hin?«

Jo war plötzlich aufgesprungen und wedelte sich den Geruch einer tief verschleierten Frau zu, die ihren Tisch passiert hatte. »Sandelholz und Jasmin und dann dieser undefinierbare Geruch nach ... verflixt, ich weiß es nicht, Babyhaar vielleicht.« Sie hatte zu sich selbst gesprochen und folgte der Frau quer über die Straße, über den Marktplatz, an den Gewürzständen vorbei. Sie ignorierte die meterhohen Pfefferschotenberge in allen Rottönen, die geflochtenen Körbe mit Sesam- und Hirsearten in den Farben gelber Sanddünen und dunkelbrauner Nilerde, interessierte sich weder für die unzähligen kleinen Behälter mit getrockneten Blättern und zerriebenen Pflanzen noch für die Glasschalen mit goldgelbem Safran und die Säcke voller Myrtenzweige oder die Tücher, auf denen Kardamom und gerollte Zimtrinde pyramidenartig aufgehäuft waren. Dennoch verlor sie die Frau zwischen jemenitischen Weihrauchsorten und Pfefferminzbüscheln aus dem marokkanischen Bergland, entdeckte sie aber schließlich wieder jenseits der Hennablätter aus Jordanien. Die Frau stand aufrecht und in gespannter Haltung im Schatten einer schmalen Gasse. Der tiefschwarze Gewürzhändler mit dem scharlachroten Turban, der zu Jos Füßen saß und Muskatnüsse feilbot, sagte plötzlich: »Folge ihr, sie will dir wahrsagen!«

Jo beachtete Thomas nicht, der ihr japsend gefolgt war und sie am Arm nehmen und zurückhalten wollte, sondern lief zu der Frau hinüber, die wie ein Schatten mit dem Dunkel der Gasse verschmolz. Die Luft hier zwischen den hohen Lehmmauern war angefüllt mit Holzfeuerrauch und dem Duft nach Lammfleisch und Auberginen auf glühenden Kohlen. Darüber zog ein Wasserpfeifenhauch von Apfelblüte. Jo blieb stehen, zögerte, sog die Luft ein, nahm das Aroma wieder auf, ging das Gäßchen hinunter, bog um die Ecke, stand vor einem niedrigen Haus ohne Fenster, zog sich die Schuhe von den Füßen, schob den Teppich zur Seite, der den Eingang verdeckte, und betrat den finsteren Raum. Wie im Traum registrierte sie, daß Thomas hinter ihr im Türrahmen stehenblieb, während sie wie ein Hund auf der Fährte dem bekannten Duft folgte und fast über die dunkle Gestalt gestolpert wäre, die am Boden in der Finsternis hockte. Dann flammte ein Kerzenlicht auf und noch eins. Jo kniete sich auf den Lehmboden, genau der Fremden gegenüber, und blickte in den orangefarbenen Schein der Kerzenflamme. Die Verschleierte griff nach Jos Hand und führte sie an ihre Stirn. Jo spürte das dünne Gitterwerk des Baumwolltuchs, und ein seltsames Kribbeln lief über ihre Arme. Sie atmete heftig in den Bauch hinein, so wie damals in der Nacht mit Achmed.

»Der Strom fließt zwischen uns«, murmelte die Fremde jenseits der Flamme, hielt ihre Hand fest und zog mit der anderen ein Tuch am Boden fort. Jo erkannte mehrere münzgroße glatte Steintäfelchen, die weder Markierungen noch Verzierungen aufwiesen. »Nimm einen Stein auf und zeige mir das Bild.« Mit der Bewegung ihres Gegenübers wehte der vertraute Geruch heran, der Duft nach Achmed, das Aroma von Verlangen, Zuneigung und Abschied. Mit Tränen in den Augen griff Jo ein Steinplättchen heraus, drehte es um, führte es an den zuckenden Kerzenschein heran und blickte auf das eingeritzte Symbol im Stein. Es war das Abbild eines altägyptischen Salbölgefäßes. Der finstere Raum um sie herum begann sich zu drehen. Da setzte ein monotoner Singsang der Verschleierten ein und hallte in ihrem Kopf wider, bis sie die Worte verstand: »Das Zeichen der Bastet. Verschlossenes Gefäß, das sein Geheimnis bewahrt, gib ihr die Kraft, Dinge zu tun, die den Tod bedeuten! Bastet, steh ihr bei, versiegeltes Geheimnis!«

Die Wahrsagerin stieß einen Schrei aus und kippte zur Seite. Erschrocken sprang Jo auf und fühlte sich augenblicklich an den Schultern gepackt. Der Muskatnußhändler mußte ihr gefolgt sein. Er zog sie von der Wahrsagerin fort und drängte sie nach draußen: »Geh jetzt, verschwinde!« Jo legte den Stein zurück, langte in ihre Jeanstasche und warf ein Dollarstück zu der Frau hinüber.

»Geht es dir wieder gut?« fragte Thomas nach einiger Zeit. Sie hatten Marsa Matrûh hinter sich gelassen und befanden sich auf der Straße Richtung Alexandria. Der Verkehr hatte zugenommen, Lastwagen dröhnten an ihnen vorüber und drängten die *caretta,* die Eseltaxis, von der Straße. Hin und wieder zogen Kamele und Schafe durch die Steppe, und gelber Sand, vom Wind zu Fontänen aufgewirbelt, ging auf der kargen Weide nieder. »Beruhige dich, Jo! Die alte Hexe hat nur irgendwelchen Kram gesabbelt.«

»Findest du es nicht merkwürdig, daß auf dem Stein ein Salbölgefäß abgebildet war? Das Zeichen der Bastet, der Schutzherrin der Düfte und Parfümeure, deren gängiges Symbol jedoch die Katze und kein Salbentopf ist? Und wieso greife ich als Ethnobotanikerin ausgerechnet nach diesem Bild?«

»Weil alle Täfelchen das gleiche Bild hatten, verehrte Jo! Die Frau hat ja verstanden, daß du ihrem Geruch gefolgt bist, also hat sie die Parfümnummer abgezogen. Das ist Geschäftstüchtigkeit und hat nichts mit Zauberei zu tun.«

Jo langte in ihre Hosentasche, um das verbliebene Geld zu zählen. Ihre Fingerspitzen stießen auf die körnige Oberfläche einer Steintafel und tasteten nach den Rillen auf der Rückseite. »Das gibt es nicht«, keuchte sie und holte das Symbol der Bastet hervor. »Da ist das verdammte Ding. Wie kommt es in meine Hosentasche? Habe ich etwa die Frau bestohlen?«

»Unsinn. Ich habe dich genau beobachtet. Du warst ein paar Minuten wie benommen. Sie hat es dir heimlich zugesteckt, um den Zauber zu verstärken. Hier passieren ständig solche Dinge. Wir befinden uns schließlich im Land der Pyramiden und Weltwunder. Dagegen ist dein Täfelchen gar nichts.«

Sie schwiegen eine lange Zeit. Jo war tief in Gedanken versunken. Jeder Zentimeter dieses Landes atmete Geschichte und war erfüllt von jahrtausendealten Geschehnissen. Wo waren die Hoffnungen und Sehnsüchte dieser Menschen geblieben? Hatten sie sich zu einer erstickenden, düsteren Wolke zusammengeballt, die jener glich, die sie jetzt über den lavaübersäten Hügeln im Südwesten ausmachen konnte? Irrten die Gefühle und Gedanken der Menschen immer noch über dieses Land und verwirrten die Nachfahren? Nicht weit von hier hatten die Amun-Priester aus Siwa einen Fluch über Kambyses gesprochen, der 50 000 Männern den Tod brachte, und hier hatten sie später dem großen Alexander gehuldigt. Auf dieser Straße waren Kleopatra und Antonius in ihre Sommerresidenz ans Meer gereist, hatten versucht, ihrer Liebe Bestand und dem Wahnsinn ihrer Welt die Stirn zu bieten. Wir fahren an Tempelresten aus der Zeit von Ramses vorbei, dachte Jo, über römische Gräber und über unterirdische Badeanlagen hinweg, durch ein Land, das in der Antike im ganzen Mittelmeerraum berühmt war und dessen Sonne das Blut unzähliger Soldaten getrocknet hat. Wenn alle diese Seelen noch immer nach Liebe oder Vergeltung schreien, ist es da ein Mysterium, daß Menschen Visionen haben und weissagen? Jo suchte nach der Wasserflasche und trank ausgiebig. Jenseits der Straße, dort, wo der Dunst eines fernen Sturmes den Horizont verdunkelte, als rolle eine riesige finstere Wand heran, erkannte sie plötzlich das Heer des Kambyses in lockerer Marschordnung durch den Sand trotten und blickte unvermutet in die Augen eines sterbenden Soldaten. Unter dem Lederhelm mit der bronzenen Stirnplatte quoll sein schwarzes Haar, jetzt gelb vor Sand, hervor, und goldene Körner in seinen Wimpern ließen ihn die Augen schließen, gerade als sein flehender Blick Jo erreichte. Sekunden später fuhr der Wind über sein Gesicht und begrub ihn für immer unter den Dünen. Jo wurde mit dem Sturm fortgerissen, der jetzt über die Heeresmacht hinwegbrauste, die Lawine aus Staub und Sand an die Küste trieb und dort das türkisblaue Meer der Cyrenaika aufpeitschte. Jo sah, wie die Böen in die Segel der phönizischen Flotte fuhren und die Dreieckstücher mit den purpurfarbenen Hoheitszeichen, dem Abbild der Göttin Tanit, blähten. In der einen Hand hielt

Tanit die Sonne, in der anderen die Mondkugel und schien mit ihnen in rasender Fahrt über das Meer zu fliegen. Zwischen hohen Wellenbergen, deren Schaumkronen der Sturm fortriß und über das Wasser trieb, tanzten die großen Handelsschiffe auf und ab. Sie registrierte die vielen Taue, Trosse und Bootshaken, die Marlleinen und Klampen und die riesigen Mengen Proviant hinter der festen Reling von Bug bis achtern, erkannte Menschen, die Lasten festzurrten, und Ruderer, die auf ihre Bänke eilten. Das waren Biremen, Schiffe mit Ruderern auf zwei Decks, ausgestattet mit massivem Schiffsrumpf und sicherer Beplankung. Trotz des Wellengangs schienen sie leicht manövrierfähig zu sein, nahmen den Wind auf und schossen hinaus auf die aufgewühlte See. Jo schüttelte den Kopf, rieb sich die Augen und versuchte, die Bilder zu vertreiben, um in die Gegenwart zurückzufinden und die Straße nach Kairo zu sehen. Sie merkte, daß Thomas jetzt bremste, langsam an einen Kontrollposten heranrollte und die Ausweise zückte. Aus den Augenwinkeln betrachtete Jo ein Auto im Gegenverkehr jenseits des Schlagbaums. Sonnenlicht fiel auf die verschmierte Frontscheibe, Ölschlieren und Staub vermischten sich zu einem Schleier, hinter dem plötzlich das Gesicht von Gerrit Montanus aufleuchtete. Jo schrie, verstummte sofort, da der Posten auf sie aufmerksam wurde, und starrte erschrocken ihr Abbild im Seitenspiegel an. Sie sah aus, als wäre ihr ein Dämon begegnet. »Erzähl mir was von Achmed«, bat sie Thomas, als er den Schlagbaum passiert hatte. Vielleicht konnte dies das Durcheinander in ihrem Kopf ordnen und die Visionen vertreiben.

»Wie ich ihn kennengelernt habe, willst du wissen? Das war im Dezember vor zehn Jahren. Da habe ich eine Archäologengruppe nach Assiut und weiter zur Oase Charga gefahren. Achmed hat uns dort erwartet, weil er den Archäologen etwas zukommen lassen wollte, nach Absprache mit der Ägyptischen Regierung natürlich. Diesmal zeigte er ihnen römische

Meilensteine, die einen Weg markierten, den er mit seiner Karawane bereiste. Für mich war es der erste längere Aufenthalt in der Wüste, und ich war sofort begeistert. Achmed, sein Sohn Abdul und seine Leute haben uns umsorgt, als wären wir im Fünf-Sterne-Hotel. Aber unter den Archäologen war einer, ich glaube, er war noch Student, der von morgens bis abends stänkerte. Nichts war ihm gut genug. Ich habe bei dieser Reise gelernt, großen Respekt vor Achmed zu entwickeln. Er hat durch diesen Kerl einfach hindurchgesehen, obwohl der täglich Streit suchte. Der war nur an seinen römischen Steinen interessiert, und der Rest der Welt, vor allem die Bedus, waren lästiges Beiwerk. Aber Achmed lachte und sagte: »Geschäft geht über Feindschaft!« Und dann hat er mich zu Ausritten in die Wüste mitgenommen. Er zeigte mir römische Wasserlager, die er den Archäologen verschwieg. Tags darauf ist die ganze Karawane an diesen im Sand verborgenen Tonkrügen und Amphoren vorbeigezogen. Ich sehe die Szene vor mir, als wäre es gestern geschehen: Achmed, hoch zu Kamel, singend und lachend und hinter ihm die Archäologen, unpassend gekleidet, schmutzig, erschöpft und vollkommen abhängig von ihm. An diesem Tag hatte er auch besagtem Archäologen ein bockiges Kamel zugeteilt, das wilde Sprünge machte und unvermittelt in die Wüste hinausrannte. Am Abend lud er mich in sein Zelt ein und reichte mir einen herrlichen Würzkaffee: »Trinke mit mir, mein Freund«, sagte er, »auf einen wunderbaren Tag.«

Jo nickte, genauso konnte sie sich Achmed vorstellen. Sie tastete nach dem Abbild der Bastet in ihrer Tasche und fuhr die Konturen mit ihren Fingern nach. Alexander der Große hatte hier versucht, Orient und Okzident zu vereinen. Wenn ihre Vorfahren tatsächlich Salbenbereiter in seinem Heer gewesen waren, geriet sie deshalb in dieser bedeutsamen Gegend so durcheinander? Ihre Ahnen mochten gerade dort, wo sie sich jetzt befand, gerastet haben, um für Bastet ein Dankopfer aus Weihrauchkörnern, Räucherklaue und Storax zu entzünden.

Oder war etwa der sterbende Soldat ein Urahne gewesen, jemand, der in letzter Not darauf hoffte, sein Leben würde zu fernen Generationen weitergetragen werden, selbst wenn ihm das Schicksal einen frühen Tod bestimmte? Hatte sie in Augen geblickt, die heute ihre eigenen waren? Geriet ihr Wahrnehmungsvermögen dabei so aus dem Gleichgewicht, daß sie glaubte, Gerrit Montanus in einem entgegenkommenden Auto zu erkennen? Sie sollte Thomas davon erzählen. Mit seinem trockenen Witz würde er die Gespenster vertreiben, die ihr vorgaukelten, mitten in Ägypten Bekannte zu sehen. »Ich habe vorhin lauter Dinge gesehen, die es gar nicht gibt. Das Heer des Kambyses im Sandsturm, phönizische Schiffe draußen auf See und Gerrit Montanus, einen Archäologen, mit dem ich jahrelang zusammen war. Er begegnete uns am Kontrollposten am Steuer eines Autos.«

»Was? Heiliges Bilsenkraut!« Thomas ließ das Lenkrad los und rang beide Hände wie in höchster Verzweiflung. »Meinst du den Kotzbrocken Montanus? Jo, das ist doch der Typ, von dem ich grad erzählt habe. Was um alles in der Welt ...?« Er ließ den Satz in der Luft hängen und warf ihr einen mißbilligenden Blick zu. »Weiber! Mehr sag' ich nicht.«

»Kannst du anhalten? Mir wird schlecht!«

Thomas steuerte das Auto zwischen zwei Orangentransportern auf den Seitenstreifen, stoppte und lief zur Beifahrerseite hinüber. Jo stolperte in die Hitze des Tages hinaus, schnappte nach Luft und befeuchtete Stirn und Nacken mit Wasser. »Lust auf Saures und Heringe hast du aber nicht?« fragte Thomas und hob beschwichtigend die Hände, als sie ihn wütend anblickte. »Ich sag' ja nichts.« Er trat gegen den Vorderreifen und sah Jo prüfend an. »He, Weib, was ist los?« Mit einer alten Zeitung vom Rücksitz fächelte er ihr Luft zu. »Mach dir nichts draus, wenn du Kambyses gesehen hast. Das gibt's hier immer wieder. Weißt du, die Zeit verrinnt mit ihrem eigenen Tempo. Da basteln wir Uhren und versuchen, die Zeit in ein tickendes Gehäuse zu stecken, aber sie hat ihr eigenes Maß. Sie läßt dich in einer halben Stunde verdursten, und du glaubst, es wären drei Wochen gewesen. Da kommt was durcheinander. Unvollendete Unternehmungen bleiben in der Luft hängen, werden vom Sturm fortgerissen und an einer fernen Stelle unter Sand begraben. Eines Tages deckt der ewige Wind das Verborgene wieder auf. Und was ist aus den Zielen und Absichten der Menschen geworden? Der Wind trägt sie weiter. Unterschiedlich heiße Luftschichten nehmen Bilder auf, spiegeln und verzerren die Originale und projizieren sie Hunderte von Kilometern entfernt an einen anderen Ort. Und manchmal glaube ich, die Bilder selbst werden wieder lebendig. Ich bin schon mal Saladin begegnet. Er kam gerade von Tiberias herüber, wo er die Festung erobert, aber der Herrin der Burg und ihren Kindern freies Geleit nach Tripolis gewährt hatte. Das muß 1187 gewesen sein. Er sah müde aus, war aber höflich genug, meinen Gruß zu erwidern. Damals habe ich an meinem Verstand gezweifelt, aber heute weiß ich, daß man einfach der Zeit gestatten muß, auf ihre Weise anzukommen. Und daß ich diesen Montanus kenne, ist nichts Besonderes. Seit zehn Jahren fahre ich Archäologen herum. Man trifft immer wieder dieselben Leute. Vielleicht hast du eine Luftspiegelung von ihm gesehen, die hier noch herumhängt, obwohl er selbst schon längst wieder in München hockt. Wenn man alle Rätsel der Welt gerade hier lösen könnte, befände sich der Sphinx nicht am Fuß der Pyramiden.« Er half Jo ins Auto zurück und reihte sich wieder in den Verkehr ein. »Und Achmed geht dir nicht aus dem Kopf? Die haben alle etwas gemeinsam.«

»Wer?«

»Na Alexander der Große, Saladin und unser Freund Achmed. Sie bewirken etwas in uns, das uns nie wieder losläßt. Das ist, als ob sie dir eine Fahrkarte in eine andere Bewußtseinsebene schenken würden. Alexander hatte nur eine kleine Streitmacht und war den Persern zahlenmäßig unterlegen. Aber seine Makedonen glaubten, sie wären die besten und erfolgreichsten Soldaten aller Zeiten. Und dann haben sie in dieser Überzeugung gehandelt und Unsterblichkeit erlangt. Saladin lebte den grausamen Kämpfern seiner Zeit Menschlichkeit und Großzügigkeit vor. Er hat mehr Christen gerettet und mit Hochachtung behandelt als der Papst Almosen gespendet hat. Und Saladins Ritterlichkeit hat damals den ganzen Orient angesteckt und auch die Kreuzzügler beeinflußt und zu Rittern gemacht. Und Achmed …« Thomas machte eine Pause und dachte nach. »Man könnte ihm die Jungfrau Maria anvertrauen.« Er fing Jos Blick auf und lachte. »Zumindest für ein paar Wochen. Und dann gibt er dir in der Wüste das Gefühl, geborgen zu sein. Ich behaupte, sein Zelt ist der sicherste Ort auf dieser Welt. Dabei bindet er dich aber so in den Alltag mit ein, daß du glaubst, du selbst bist derjenige, der das alles meistert. Und er bringt dich zum Nachdenken über den nächsten Schritt, den du unternimmst, über das Ziel in deinem Leben und auch darüber, ob du nicht einen Haufen Psychoschrott einfach über Bord werfen solltest. Wenn du zehn Beduinen in *Gallabiyya* siehst mit dem *Kefir* vor dem Gesicht, weißt du trotzdem genau, wer Achmed ist. Ihn umgibt …«

»Eine Aura«, fiel ihm Jo ins Wort. »Und all das kann ich sehen und fast fühlen, wenn ich diese Mischung aus Sandelholz und Jasmin rieche. Aber in diesem Duft steckt noch etwas, ein Aroma, das ich auch bei der Wahrsagerin gerochen habe. Da ich nicht glaube, daß sich seine und ihre spirituellen Fähigkeiten in Duftnoten äußern, kann es sich doch nur um eine reelle Zutat handeln, die ich noch nicht benennen kann.«

»Und warum ist das so wichtig für dich?«

Jo zuckte hilflos die Schultern. »Keine Ahnung. Es hat mich schon die ganzen Wochen in der Wüste beschäftigt und läßt mich jetzt überhaupt nicht mehr los. In dem Geruch steckt eine Botschaft, die für mich bestimmt ist. Besser kann ich es nicht ausdrücken.«

Das Gespräch zwischen ihnen versiegte, und sie schwiegen, bis Thomas Kairo erreichte, sich hupend, bremsend und mit plötzlichen Beschleunigungsattacken durch den Verkehr arbeitete. Sie näherten sich der Metropole von Westen. Die große Verkehrsstraße schien Jo plötzlich klein und eng zu werden, denn hier drängelten sich schwer beladene Datteltransporter neben Armeefahrzeugen und Personenwagen. Die riesige braungelbe Dunstglocke, die Jo jenseits der Windschutzscheibe ausmachen konnte, schien diese Fahrzeuge und Menschen magisch anzuziehen wie ein ungeheurer Strudel, dem keiner entrinnen konnte. Der Lärm der Straße füllte jetzt auch das Wageninnere des alten VW-Busses aus, der Staub der Riesenstadt fiel auf die Windschutzscheibe, drang durch die Ritzen und blieb auf Haut und Haaren liegen. Jo konnte plötzlich Gerüche aufnehmen, eine wilde beängstigende Komposition aus Abfall, Obstdüften, schweren Parfüms, Gewürzen, Abgasen und Ausdünstungen. Die Menschen schwärmten von allen Seiten auf die Verkehrsader, Fahrradfahrer kreuzten die Schnellstraße, Fußgänger schreckten nicht davor zurück, sich zwischen den Lastwagen der Stadt entgegenzukämpfen. Schließlich blieb nur noch der Mittelstreifen für die Fahrzeuge frei, und auch hier konnte sich Thomas nur im Schrittempo bewegen. Sekundenlang war Jo versucht, seinen Arm zu packen und sich daran festzuhalten. Sie hatte nicht geahnt, daß sie sich nach den letzten Monaten in der Wüste so vor der Stadt fürchten würde. Die häßlichen Hochstraßen mit ihren Brükken, Aufbauten und Pfeilern, über die der Verkehr hupend, kreischend und stinkend quoll, bedrückten sie, als müsse sie fürchten, die Betonbauten würden just in dem Moment unter der ungeheuren Flut der Wagen zusammenbrechen, wenn sie hindurchfuhren. Das stetige Bremsen und Anfahren bescherte ihr Übelkeit, ihr Kopf dröhnte von der Vielfalt der Geräusche, die auf sie einstürmten. Bei einem Stopp blickte sie unvermittelt in das ausgemergelte Gesicht eines Kindes neben ihrer

Scheibe, das seinen Dienst als Fensterputzer anbot. Jo hätte beinahe aufgeschrien, als sie den Ausdruck dieser Augen sah. Darin spiegelte sich die Not der Vororte wider, das ganze Elend der Lehmstraßen, das gleich hier, nur wenige Meter neben der großen Verkehrsader, beheimatet war. Dort, wo Tausende von Zuwanderern ein hoffnungsloses Dasein zwischen Müllhalden und Abraumstellen fristeten, wo weder eine Kanalisation noch Schulen zu finden waren, die den Kindern von der Straße eine Zukunft hätten geben können. Statt dessen lernten sie früh, sich als billige Arbeitskräfte anzubieten, wenn sie nicht gar in die Fänge der Drogendealer gerieten. Billige Betäubungsmittel gehörten hier zum Alltag, um die allgegenwärtige Hitze, die fürchterliche Luftverschmutzung und die Ausweglosigkeit zu ertragen.

Und gerade jetzt muß ich mich von Thomas trennen, dachte Jo. Sie fühlte sich so verloren wie damals in der Libyschen Wüste, glaubte, kein Konzept zu besitzen, um sich in diesem Gewühl zurechtzufinden, um irgendwie in der sogenannten Zivilisation wieder Fuß zu fassen.

»Kairo – El Qahira, die Siegreiche«, schnaubte Thomas, fuhr in einem wilden Schlenker an ein Taxi heran, kurbelte das Fenster herunter und rief etwas zu dem Fahrer hinüber. Jo verstand, daß Thomas nach einer Abkürzung fragte, aber keine befriedigende Antwort bekam. Doch der Taxifahrer beschleunigte seinerseits, schaffte es, unter wildem Hupen mehrere Autos zu überholen, bis er die gewünschte Auskunft von einem Kollegen erhielt. Dann bremste er, so daß die hinter ihm Fahrenden fluchend in letzter Minute die Fahrbahn wechselten. Wieder auf gleicher Höhe mit Thomas, schrie er ihm die Antwort über das Getümmel herüber.

»Siehst du«, erklärte Thomas mit einem zufriedenen Lächeln, »diesmal besiegt sie mich nicht.« Er murmelte hin und wieder vor sich hin, schnalzte auch mit der Zunge, als wolle er ein Kamel antreiben, und verfiel gelegentlich in einen beruhigenden Singsang. Jo hatte den Eindruck, er spräche mit einem Dämon, einer Bestie, die es zu besänftigen und gleichzeitig zu besiegen galt. Dieses Zwiegespräch mit der brausenden, alles verschlingenden Stadt wagte sie nicht zu stören. Sie begriff, daß hier etwas gebändigt und der magische Sog aus Menschen und ihren Fortbewegungsmitteln auf vorsichtige Distanz gehalten werden mußte, wollte man nicht riskieren, daß dieses Monster einen verschlang und dann irgendwo in einer Gasse wieder ausspuckte, fernab ihres Ziels. »Ich war schon mal so genervt, daß ich mitten auf der Straße stehenbleiben mußte und nicht weiterfahren konnte«, erzählte Thomas jetzt. »Jeder, der einen Verkehrspilotenschein machen will, sollte erst einmal stundenlang durch Kairo fahren«, schlug er vor. »Danach schreckt ihn kein Nebel oder Hurrikan mehr.« Er bremste scharf und zog nach links, fuhr einige Meter wie ein Geisterfahrer auf der Gegenseite stadteinwärts und bog schließlich in eine oleandergesäumte Straße ein. Jo hörte auf, sich festzuklammern. »Mach die Augen auf, Mädchen«, forderte er sie auf, hielt das Auto an und reichte einem Uniformierten einen großen Schein. »Fünf Minuten«, versprach er, packte Jos Arm und zog sie mit sich.

Sie passierten eine kleine Pforte und kamen an ein schmiedeeisernes Gitter, das sich nach einem weiteren Geldschein auf wundersame Weise vor ihnen öffnete und den Blick auf einen kopfsteingepflasterten Hof vor einer Moschee freigab. Sie liefen über die stille menschenleere Fläche zu einer Brüstung hinauf, die den ruhigen Ort vor dem Getümmel der Stadt abschirmte.

»Hier stand einst Saladin.« Thomas richtete sich kerzengerade auf und blickte über die steinerne Mauer auf Kairo hinunter. Er schien sich mit seinen Worten zu wandeln und in der Abenddämmerung an Größe und Würde zu gewinnen. Parallel dazu versank das tosende Kairo zu ihren Füßen. Jo stand auf der Sultan-Saladin-Zitadelle, der befestigten Burg hoch über der Stadt. Der Lärm der Straßen drang nur noch von weitem zu ihr, der Staub hatte sich im Glanz der untergehenden Sonne in goldschimmernde Patina verwandelt, die jetzt die Dächer, Kuppeln und Minarette bedeckte, die der Riesenstadt den Charme ihrer einzigartigen Bestimmung zurückgab. Die ganze Anmut, die ganze Kultur des Orients lagen unter ihr, die Jahrhunderte der Gelehrten, Märchenerzähler und Wissenschaftler lagerten dort unten in den engen Gassen dieser weisen Metropole, dieser Stadt der Sternendeuter und modernen Denker zugleich. Dieses Kairo, das Kopten und Omaijaden, Mammelucken, Osmanen und Fatimiden und natürlich zuerst die Pharaonen und Ptolemäer geprägt hatten, war sowohl neuzeitliche Hauptstadt als auch Dorf, es vereinte Moderne und Tradition, Forschergeist und Fellachentum. Jo sog in tiefen Zügen die Luft ein, die jetzt durch die Oleander- und Rosenbüsche strich. Die Lobpreisung eines Muezzin drang an ihr Ohr und wurde zehnfach von den Gebetsrufern der umliegenden Minaretts wiederholt. Einen Augenblick lang schien es ihr, als halte die brausende Stadt den Atem an, um mit einem einzigen gemeinsamen Ruf *Allâh akbar* der Welt und ihren Schicksalsschlägen die Stirn zu bieten.

Der feierliche Moment berührte Jo so stark, daß sie tatsächlich nach Thomas' Arm griff und sich daran festklammerte. »Du wirst mir fehlen.« Sie spürte Tränen in den Augen.

Er blickte noch immer stur geradeaus. Vielleicht sieht er wieder Saladin, überlegte Jo. Sieht, wie er hier einst neben einem Kreuzritter aus dem Abendland stand und an dessen Menschlichkeit appellierte, dem päpstlich befohlenen Gemetzel Einhalt zu gebieten. Beobachtet, wie Saladin den fremden Gesandten ziehen läßt und ihm noch ein Schutzgeleit bis vor die Tore der Stadt anbietet.

»An meiner Seite«, griff Thomas ihre Gedanken plötzlich auf, »würdest du sehr schnell bequem werden. Wer sich in meinem Kielwasser bewegt, braucht nichts zu fürchten. Das ist nichts für dich.« Er packte Jo und hob sie auf die halbmeterbreite Brüstung hinauf. »Geh deinen Weg. Wenn du abstürzt, fang' ich dich auf.«

Minuten später, zurück in ihrem Auto, tauschten sie Adressen und Telefonnummern aus. »Du wohnst in München fast um die Ecke!« stellte Jo verwundert fest. Aber Thomas antwortete nicht. Er folgte jetzt einem Gewirr kleiner, ungepflasterter Straßen, wo Frauen vor ihren Häusern auf dem Boden saßen und Kräuter zu Bündeln banden.

»Pfefferminze und Petersilie für den europäischen Markt«, erklärte er. »Mit dem ersten Flugzeug werden sie morgen nach Norden geflogen.« Er bremste scharf, weil Hühner flügelschlagend vor ihm über die Straße rannten. Dann hielt er vor einem weißgekalkten Haus mit hoher Mauer. »Wir sind da. Bei Omar Aschram. Und wir sehen uns dann, in München. Ich bin selten daheim, aber wenn, dann nehme ich Kontakt mit dir auf. Übrigens: Omar, ja, wie soll ich sagen? Sieh ihn als Schicksalsfügung!« Er nahm Jo in die Arme und drückte sie fest an sich. »Paß auf dich auf, Mädchen! Du steckst mitten in einer Geschichte, die die Wüste für dich aufgehoben hat. Wenn du jetzt den Sphinx sehen könntest, würdest du feststellen, das alte Miststück feixt und grinst von einer Sandsteinbacke zur nächsten. Er hat einen Haufen Fragen und Aufgaben für die Menschheit parat und weiß, daß die Antworten dazu in den Fragestellern selbst stecken. Wenn du scheiterst und deine Knochen in der Wüste bleichen, macht ihm das gar nichts aus. Er glotzt weiterhin hochnäsig der aufgehenden Sonne entgegen, vielleicht auch dem Licht der Weisheit, und wartet auf das nächste Opfer. Deswegen nennen ihn die Araber *Vater des Schreckens*.«

Das Abendlicht fiel gefiltert durch das dichte Blattwerk blühender Bougainvilleen und Kletterrosenranken auf den Edelholztisch mit den kostbaren Kacheln, den Produkten alter arabischer Keramikkunst. Jo sah den letzten Sonnenstrahlen zu, die eine Schale mit Lotusblüten in goldenen Schimmer tauchten. Als sich Dämmerung ausbreitete und ein Diener Omars das Licht in gläsernen Öllampen entzündete, öffneten die Lotusblumen ihre Kelche.

Jo war an Omars Seite zum Dachgarten hinaufgestiegen, von wo die fernen Pyramiden so nah zu sehen waren, als ragten sie unmittelbar vor ihnen auf. Dieses Haus hier, hatte Omar erzählt, befände sich genau dort, wo schon seine Ahnen zu Pharaos Zeiten Parfümeure und Salbölbereiter am Fuß der mächtigen Bauwerke gewesen wären. Er hatte Jos Hand ergriffen, sie an die alte Narbe gelegt, die quer über sein Gesicht zog, und ihr erklärt, ein eifersüchtiger Nebenbuhler hätte sie ihm einst geschlagen, aber dies läge weit zurück. Jetzt sei das Feuer fast erloschen, wäre nicht Jo wie ein Hauch aus der Vergangenheit gekommen, um es neu zu entfachen.

Sie saß ihm gegenüber und betrachtete den alten Mann über das milde Licht der Öllampe hinweg. Seine Ähnlichkeit mit Achmed hatte sie tief berührt. Er hatte die gleichen markanten Gesichtszüge, war genauso hochgewachsen, asketisch und aufrecht in seiner Haltung wie sein jugendlicher Vetter draußen in der Libyschen Wüste. Aber dann erkannte sie, daß seine Schultern in dem dunklen Anzug deutlich heruntersanken, je länger er das ausgefeilte Ritual höflicher Gastfreundschaft und exzellenter Bewirtung pflegte. Seine Gestalt straffte sich erst wieder, als er Jo eine Lilie reichte und sie bat, den Duft der Blume mit den Gedanken zu verbinden, die er ihr entgegenbrächte. Milde lächelnd fragte sie ihn, ob er sie etwa für Poseidon halte, dem die Lilie geweiht gewesen wäre? Bei diesem Ausflug in die Geschichte der Pflanzen kam Farbe in seine eingefallenen Wangen, und Schalk blitzte in seinen Augen auf.

»Die griechischen Banausen hatten die Lilie einem Mann geweiht, aber in Ägypten diente sie immer nur der Verehrung schöner Frauen.« Omar erhob sich, ging langsam zu einem großen Blumenarrangement hinüber und zupfte eine Mohnblüte aus dem Strauß. Ob sie statt der Lilie diese Schönheit entgegennehmen wolle?

Jo, die Mohnblumen liebte, streckte die Hand danach aus und zuckte augenblicklich zurück. Der alte Kenner kostbarer Essenzen und Duftmischungen wollte ihr Wissen um die Sprache der Blumen testen. Sie blickte in den dunkelroten Kelch und wehrte das Geschenk höflich ab. »Man sagt, die erste Mohnblüte sei aus dem blutenden Herzen einer Frau entstanden, die getötet wurde, weil sie sich vielen Männern in Liebe hingab.«

Jetzt langte er über den Tisch, ergriff ihre Hand, hielt sie fest in der seinen und betrachtete sie nachdenklich.

Ich meinte, die staubigen Straßen Kairos in seinen Augen zu sehen, überlegte Jo, aber es stimmt nicht. Es ist die Asche eines fast erloschenen Feuers. Doch wenn mein Blick darübergeht, leuchtet dunkelrote Glut auf, und die Funken eines großen, alten Brandes werden emporgerissen und in den Nachthimmel getragen. Sie konnte sich nicht von diesem magischen Anblick trennen, bis ihre Augen tränten. Omars Gesicht verschwamm und schien sich im Schatten der Pyramiden aufzulösen. Nur die hellen Flecken in seiner Iris tanzten wie Irrlichter durch die Dunkelheit. Inmitten der üppig duftenden Sträucher und Blumen auf seinem Dachgarten nahm Jo plötzlich das Aroma wahr, das auch Achmed und die Wahrsagerin umgeben hatte. Omars Gesicht näherte sich dem ihren, bis sie seine Wange fühlte. Neben Sandelholz und Jasmin spürte sie den unbekannten Duft wie einen Hauch, der in dem Moment verwehte, da sie glaubte, ihn einordnen und definieren zu können. Sie fächelte sich Omars Geruch zu, und wieder schossen ihr Bilder durch den Kopf. Sie sah sich selbst auf einer Frühlingswiese neben einem neugeborenen Fohlen stehen, dessen blonde Mähne gerade im Wind trocknete. Jo fuhr zurück. Sie mußte verrückt sein. Das Bild paßte überhaupt nicht zu dem zarten, verführerischen Duft hier in Ägypten. Als sie erneut versuchte, das Aroma einzuatmen, konnte sie nur noch den betäubenden Dunst der Lotusblumen auf dem Tisch riechen. Aber sie fühlte, daß Omar ihr etwas in die rechte Hand legte. Sie spürte die leicht gerauhte Oberfläche und die feinen Rillen und ahnte bereits, was es sein könnte, bevor sie die Hand öffnete und das Steintäfelchen mit dem Zeichen der Bastet erblickte. »Aus Marsa Matrûh?« flüsterte sie.

»Von einer Wahrsagerin aus dem Besch-Tempel in Bahariya.«

Jo nickte nur. Sie wagte nicht, weiter zu fragen. Sie war an eine Familie von Gewürzhändlern und Parfümeuren geraten und hatte Zugang zu altem Wissen gefunden. Jedes Auskundschaften schien ihr nach den Ereignissen der letzten Wochen töricht zu sein. Sie ließ einfach die Stimmung hier hoch über Kairo auf sich wirken. Die jetzt hell angestrahlten Pyramiden hinter Omar ragten riesengroß in die Schwärze der Nacht hinein und schienen den gesamten Horizont zu verdecken. Aus Omars Blumenparadies stiegen betörende Düfte auf, und von fern hörte sie leise monotone Musik. Sie verlor sekundenlang die Orientierung, wußte weder, wie lange sie schon in Nordafrika war, noch, in welcher Zeit sie sich gerade befand. Besch, der Schutzherr der Phönizier, war er ihr nicht leibhaftig in Achmeds Zelt erschienen, und was hatte er in der abgelegenen Bahariya-Oase Omars Wahrsagerin eingeflüstert? Sie langte in ihre Hosentasche und legte ihr eigenes Steintäfelchen neben jenes von Omar.

»Sie wird die Glut deines Feuers neu entfachen«, zitierte Omar den Orakelspruch. »Sie wird dir Auge, Verstand und Nase sein, denn die Vergangenheit ist nie tot, sie ist nicht einmal vergangen.« Das Lied einer Nachtigall mischte sich jetzt in die schwermütigen arabischen Klänge aus der Tiefe des Hauses. In ihrem Dunstschleier zwischen Phantasie und Wirklichkeit spürte Jo, wie ihre Gedanken durcheinanderwirbelten, das Bild ihres Großvaters erschien und mit Omars Anblick verschmolz.

»Ich bin Parfümeur«, hörte sie ihn jetzt sagen. »Parfümeur aus dem Geschlecht der Aschram, die seit Menschengedenken der Welt mit Düften dienen. In unseren Papyri lagern Rezepte aus Cheops Zeiten, in der berühmten Lotus-Sammlung, um die uns heute die Wissenschaft beneidet, befinden sich Salbölgefäße und Parfümbehälter aus der Herrschaft der Könige vom Nil und ihrer phönizischen Händler. Der blaue gläserne *Gulabdan,* mit dem einst Saladin Rosenwasser versprengte, um die Moschee in Jerusalem vom Geruch der Christen zu reinigen, ist ebenso Teil der Lotus-Sammlung wie unzählige Grabbeigaben aus Samenkörnern, zerriebenen Blättern und Salbölresten von Tut Anch Amun bis Seth und Echnaton. Und selbst grünblaue Glasbehälter aus Kartaram mit vertrocknetem Inhalt liegen in meinen Vitrinen.« Omar machte eine Pause und atmete mehrmals schwer. »Schon der Vater meines Vaters hat alle Grabbeigaben gesammelt, die europäische Archäologen früher als unbedeutend bewerteten, wie Pflanzenreste, Mullbinden und Salben. Ich habe Tag und Nacht geopfert, diese Zeugnisse der Vergangenheit zu bewahren und zu entschlüsseln, meine Tochter. Ich habe meine Leidenschaft daran genährt wie an einer unerreichbaren Geliebten, habe die Analysen herbeigesehnt und mich zugleich davor gefürchtet wie bei einem Treffen mit der verbotenen Liebe im dunklen Winkel der Zypressenhaine. Ich habe um jede Erkenntnis gerungen, als gelte es, neue Welten zu erobern, und keinen Spott gescheut. Aber jetzt spüre ich die Kräfte schwinden und fürchte die Zeit.«

Omars magere Hand in der ihren wurde kalt und schien in ihrem Griff zu schrumpfen. Sie fürchtete einen schrecklichen Augenblick lang, er würde hier vor ihr zu Staub zerfallen wie ein alter Papyrus. Aber dann hörte sie ihn leise eine Klage aus dem Ägyptischen Totenbuch rezitieren: »O du, der du der Zeiten Flügel schneller schlagen machst, du Bewohner aller

Geheimnisse des Lebens, schließe Frieden mit mir, reiß ein die Schranken, die zwischen uns aufragen!« Omars Kopf sank auf seine Brust herab. Im gleichen Augenblick erschien ein junger Ägypter neben ihm, um ihm einen blauen Kelch mit einer süßlich duftenden Flüssigkeit an die Lippen zu halten. Jo erschrak. Dieser Mann mußte sie die ganze Zeit aus der Dunkelheit heraus beobachtet haben. Sie sah, wie Omar das Glas an den Mund führte und vorsichtig trank. Sekunden später straffte sich seine Gestalt, seine Augen leuchteten und blickten Jo jetzt herausfordernd an. »Das ist Tariq, mein Stellvertreter«, erklärte er und wies auf den jungen Mann mit den großen dunklen Augen in einem offenen, heiteren Gesicht. »Wollen wir in seinem Beisein prüfen, ob Sie, verehrte Jo, der Aschram-Parfümeure würdig sind!« Er prostete ihr zu und spitzte die Lippen: »Die schöne Helena, um derentwillen der Trojanische Krieg entbrannte, betäubte mit diesem Trank den Kummer um den einen Liebhaber und erlangte wieder Frohsinn für den nächsten. Deshalb nannte man sie die Göttin der Zärtlichkeit. Und der alte Omar ertränkt mit ihrem Wundermittel den einen Schmerz und wappnet sich für den wiederkommenden. Helena aber gab in den Wein …«, zitierte er Homer, als Jo ihm ins Wort fiel:

»Helena gab in den Wein ein bezauberndes Mittel, gut gegen Trauer und galliges Wesen. Für sämtliche Übel schuf es Vergessen.« Sie blickte von der Flüssigkeit zu Omars Gesicht und wieder zurück. »Nepenthes«, sagte sie leise. »Man nennt es Nepenthes.« Ein Rauschgift, dachte sie bei sich und starrte auf Omars welke Hand mit den vielen dunklen Leberflecken zwischen den blauen Adern auf papierdünner Haut. Er muß große Schmerzen erdulden, und die Sanduhr seiner Zeit scheint schneller zu rinnen, als sein Herz schlagen kann.

Sie hatte erwartet, daß der Abend nun zu Ende sei, daß sich Omar geschwächt zurückziehen und sie ihren Gedanken überlassen würde. Doch er schien von neuer Kraft und Unternehmungslust erfüllt zu sein und erklärte ihr, zwei Gäste seien eingetroffen, denen er die Lotus-Sammlung zeigen wolle. Jo solle wissen, wie er sich danach sehne, alle Kostbarkeiten in seinen Vitrinen zu enträtseln. Zwar habe sie ihm erzählt, daß sie noch mitten im Studium stecke und ihre Abschlußprüfung noch vor ihr läge, aber er sei sich sicher, daß er jemanden mit ihren Qualitäten gut als Mitarbeiter gebrauchen könne. So wünsche er sich den Tag herbei, an dem sie ihr Examen bestanden habe und ihr Wissen um die Geheimnisse der Düfte beisteuern würde. Tariq sei zwar ein begabter Parfümkoch, aber kein Analytiker.

»Vielleicht sollte ich die Flaschen aus Kartaram mitnehmen und analysieren«, schlug Jo vor. »Sozusagen eine Kostprobe meines Könnens.«

»Es mangelt Ihnen weder an Wissen noch an Können«, betonte Omar und reichte ihr seinen Arm. »Nicht an Schönheit oder List«, fügte er lächelnd hinzu. »Aber an Nüchternheit. Nach der Analyse phönizischer Salböle werden Wissenschaftler Sie nicht zu ihren Freunden zählen. Diese Forscher haben sich ihre eigene Welt erschaffen, einen Kosmos, der sich an ihren Dogmen ausrichtet. Sie werden Ihnen abenteuerliches Vorgehen anlasten und behaupten, Sie hätten die Ebene der Tatsachen verlassen. Diesen Vorwürfen können Sie nur mit Ergebnissen begegnen, die den Segen eines abgeschlossenen Studiums tragen.«

Jo fühlte, wie ihre Kopfhaut prickelte. Omar hatte Salbölgefäße aus Kartaram. Nur eine einzige Analyse würde vermutlich genügen, um alle Geheimnisse der alten Phönizierstadt und den Anschlag auf Professor Tellos aufzuklären. Sich so kurz vor dem Ziel zu wissen und nicht mehr erfahren zu dürfen bereitete ihr solche Gram, daß sie zögerte, ihm weiter die Treppen hinab in den Keller und zur Lotus-Sammlung zu folgen. »Ich habe in letzter Zeit genug erlebt und möchte jetzt nur noch schlafen.«

»Wir erleben stets mehr, als wir begreifen. Lassen Sie die Sammlung auf sich wirken! Einmal daheim in Deutschland angekommen und in Ihre Studien vertieft, werden Sie den Nachgeschmack der Neugierde spüren. Er wird Sie wie eine Droge beflügeln, einen zentralen Platz in Ihrem Denken einnehmen und Ihnen Durchhaltevermögen und Kraft schenken.«

Als er dies sagte, waren sie bereits im Kellergewölbe des Hauses vor einer großen Stahltür angelangt. Omar stellte ihr hier Robert Vigarelli, einen englischen Mitarbeiter von Sotheby's, und Karim Masul, einen jordanischen Parfümflaschendesigner, vor. Schließlich gab er eine Buchstaben- und Zahlenkombination in das Sicherheitsschloß ein, betätigte einige Lichtschalter und bat seine Gäste in das hallenartige Gewölbe.

Der Schein einer nachgebauten Petroleumlampe leuchtete Nischen und Erker des Vorraums aus und warf sein gedämpftes Licht auf die antiken Gegenstände zur Parfümherstellung. Jos Blick glitt über alte Waagen und Gewichte, Wiegemesser in allen Größen, Mörser aus Messing im Format eines Herrenzylinders oder so klein wie ein Fingerhut. Sie erblickte Reagenzgläser, kupferne Rotationskessel und Destillationsapparate aus Glas. Als sie die alten Rezeptformeln auf verblichenem Pergament las, gesellte sich Vigarelli zu ihr. »Störe ich Ihre Konzentration?« Jo versuchte gerade, das Hohelied Salomos zu entziffern, in dem der sagenhafte König Nord- und Südwind anrief, auf daß sie seinen Garten mit Balsamdüften durchwehen mögen. Sie warf Vigarelli einen Blick zu, sah sein gepflegtes Äußeres, grinste und deutete auf Zeilen aus dem Papyrus Ebers:

»... gegen Falten vermenge man eine Einheit Gummi von Terebinthe, Wachs, frisches Behen-Öl und Zypergras und reibe es täglich ins Gesicht.« Sie lachte und musterte den schlanken Mann an ihrer Seite genauer. Er schien so glatt und geschmeidig zu sein und mit seinem kleinen, gepflegten Kinnbart so geschniegelt, als bade er täglich in der Galle von Rind,

Öl, Gummi und Straußeneimehl, wie es das Rezept empfahl. Doch sein Lächeln erreichte die Augen nicht, sondern erinnerte an eine Maske.

»Ich sehe, Sie sind schon in die Falle gegangen«, sagte er jetzt tadelnd. »Omar, der alte Fuchs, schafft es immer wieder, Menschen so zu beeindrucken, daß sie ihm aus der Hand fressen. Wenn er Ihnen ein Geschäft vorschlägt und die Hand reicht, zählen Sie vorsorglich Ihre Finger und die Ringe daran. Ich kenne ihn schon seit Jahren, aber er versucht jedesmal aufs neue, mich hereinzulegen.«

»Verkauft er Teile der Lotus-Sammlung?« Jo blieb unbeeindruckt. Was mochte Vigarelli von ihrer Beziehung zu den Aschrams wissen, von den Verbindungen jenseits seiner Geschäftemacherei?

»Nein, eher ließe er sich auspeitschen. Aber kennen Sie einen Ägypter, der nicht handelt? Sehen Sie her!« Vigarelli zog einen Katalog aus seiner Aktentasche und deutete auf das Foto einer Silberschale mit goldenen Widdern. »Mein Kunde mußte dreihunderttausend Dollar dafür berappen.«

Jo war während seiner Worte weitergegangen und stand jetzt in der eigentlichen Ausstellungshalle mit den vielen Vitrinen. Vigarelli war ihr gefolgt und deutete noch immer hartnäckig auf das Bild. Sie warf einen Blick auf die Silberschale im Katalog und erkannte das einmalige Kunstobjekt aus Achmeds Brautschatz. Sie sah vom Katalog weg, hob den Kopf, registrierte den Putz, der von den Wänden bröckelte, sah die angeschlagenen Regalwände und glaubte, die Trostlosigkeit einer toten Sammlung zu fühlen. Plötzlich roch die Luft hier schimmlig und muffig und machte sie schwindlig. Sie mußte sich auf die Glasvitrine vor ihr stützen und starrte dabei ihr eigenes Spiegelbild an. Jo erkannte, wie niedergeschlagen und müde sie aussah, erblickte die scharfen Falten um ihren Mund und eine tiefe Querfurche über ihrer Stirn. Die Brautwerbung kam ihr in den Sinn, Achmeds sanfte Stimme und der ungeheure Schmerz beim Abschied. Warum verschacherte er ihre Zuneigung und das Vertrauen wie Kamelmist auf dem Basar?

»Überwältigend, nicht wahr?« Karim Masul hatte sich jetzt zu ihnen gesellt und blätterte in seinem Zeichenblock. »Diese modische Form habe ich dort drüben in der Vitrine der Nofretete gefunden. Sehen Sie das elegant geformte Gefäß mit dem winzigen Tropfen aus Glas, der auf die kostbare Substanz hinweist, die sich einst dort befunden hat?«

Jo hob erschrocken den Kopf. Wo war sie? Was sollte das ganze Theater um Silberschale und Zöllner? Es handelte sich doch um den Kunstgegenstand, von dem Thomas behauptete, er werde seit Monaten den Experten weltweit angeboten? Warum dieser üble romantische Schwindel auf ihre Kosten? Gab Achmed jetzt gerade ihre Geschichte am Feuer zum besten, während die Jungen und Alten Gewürzkaffee schlürften und sich Lachtränen aus den Augen wischten? Sie blickte zu Omar hinüber und meinte, dort Achmed wiederzusehen. Das waren die allzugut bekannten Aschram-Augen, die sie über das trübe Licht der Halle hinweg ansahen und Visionen vermittelten. Sie konnte jenseits der Vitrine Phönizier sehen, Männer, welche die Weite des Meeres überquert und fremde Ufer gefunden hatten, die Gewürze in Flaschen und Tonkrügen an Kamelreiter gaben, die mit ihren Tieren durch die Wüste bis hinunter zur weißen Brandung der Cyrenaika gezogen waren, mit dem Glanz der Sterne und dem Schein der Lagerfeuer im Blick. Bei diesen Bildern und der Erinnerung an Achmeds Augen glaubte sie zu erkennen, wie plötzlich die Düsternis der Halle abnahm, helles Licht auf spiegelnde Alabaster- und Glasbehälter fiel, Staubflocken über den schimmernden Vitrinen zu tanzen begannen und die Schatten im Raum kürzer wurden. Es wäre schön, dem alten Omar bedenkenlos zu vertrauen, kam es ihr jetzt in den Sinn, einem Mann, dessen ganze Leidenschaft der Parfümanalyse galt und der es ihr ermöglichte, Achmeds Augen wiederzusehen, diesen nachdenklichen, magischen Blick, stets auf der Kippe zwischen Ernst und Übermut, zwischen sandsturmgetrübtem Horizont und strahlender Sonne. Wie hatte sie je an Achmed und den Aschrams zweifeln können?

Das Gespräch um sie herum mußte weitergeführt worden sein, denn jetzt hörte sie Omar sagen: »Ich brenne vor Verlangen, diese Parfüme und Salböle zu untersuchen und das Geheimnis ihrer Herkunft zu entschlüsseln. Doch meine Lebensflamme ist fast erloschen. Deshalb zähle ich auf Jo Zakyneros. Sobald sie ihr Studium beendet hat, werde ich sie bitten, das Rätsel um diese unscheinbaren Reste aus der Vergangenheit zu lösen.«

Jos Blick ging zwischen Omar und dem Foto der Silberschale hin und her. Die Geschehnisse um sie herum schienen sich noch immer ein wenig außerhalb ihres Bewußtseins abzuspielen. Sie erwiderte nichts.

»Ich nehme Ihr Schweigen als Zustimmung«, fuhr er fort und sah zu der Silberschale im Katalog hinüber. »Vorausgesetzt natürlich, Frau Zakyneros hat den Mut, sich einer uralten Parfümeurfamilie anzuschließen, einer Sippe mit weitreichenden Geschäftsverbindungen und gut durchdachten Strukturen. Man muß Verständnis aufbringen, um hier zufrieden sein zu können, muß täglich sein Vertrauen neu prüfen, um nicht falschen Gedanken Einlaß zu gewähren. Manche schmerzhaften Entscheidungen sind nötig, um den politischen Wirren zu entgehen, Vereinbarungen, die erst im Laufe von Monaten begriffen werden können. Wer hier rasch urteilt, wird sich von Verrätern umgeben sehen. Dabei prägt die Familie Aschram eine ehrliche Leidenschaft, die jahrhundertealte Tradition ist: die vollkommene Hingabe an das Mysterium des Duftes und der Liebe.« Er kam zu Jo herüber, nahm sie beim Arm und führte sie durch seine Sammlung. An einer hölzernen Osiris-Figur, deren ausgehöhlter Leib noch immer Gerstenkörner beinhaltete, blieb er stehen. »Sehen Sie, das Wunder der Auferstehung! Osiris-Priester brachten diese Gerstenkörner zum Keimen, so daß die Gottheit in der Verheißung einer neuen Ernte dem Volk erschien.«

»Die Schale«, sagte Jo endlich und drehte Osiris den Rücken zu. »Sie wird seit Monaten angeboten. Achmed nahm mich zum Vorwand, um sie über die Grenze zu bringen.«

»Liebe und Geschäft schließen sich nicht aus, heißt die erste Lektion. Und die zweite lautet: Nicht alle Fragen werden beantwortet. Entwickeln Sie blinde Augen und taube Ohren für politische Verstrickungen! Die Welt ist voller Dummköpfe, die alles durchschauen wollen, bis sie ihr eigenes Todesurteil darin entdecken.«

Über Jos bloße Unterarme ging ein kühler Lufthauch. Aber Omar ließ ihr keine Zeit zum Nachdenken, sondern führte sie zu einem weiteren Schaukasten. »Was Sie hier sehen«, erklärte er, gleichermaßen an Vigarelli, Jo, Tariq und Masul gewandt, »sind nichts anderes als einige Binden, die um eine Mumie gewickelt waren. Leider hatten sie bereits im Abfall gelegen, als mein Großvater sie einem englischen Archäologen abkaufte, was ihm ein Spottlied bei den Händlern Kairos eintrug. Sie sind für jede Pollenanalyse unbrauchbar, obwohl sie aus dem Frühen Reich stammen und wertvolle Hinweise geben könnten.« Jo spürte den Druck von Omars Arm an ihrer Seite. »Wie ich sehe, ist Karim Masul, der ein aufmerksames Auge für Details hat, bereits aufgefallen, daß diese Binden trotz ihres beklagenswerten Zustandes einen besonderen Schimmer haben. Unter dem Mikroskop betrachtet, können Sie erkennen, daß hier ägyptische Baumwolle mit chinesischer Seide verarbeitet wurde. Eine Sensation natürlich, denn es soll zu dieser Zeit keine Handelsbeziehung zwischen China und Ägypten gegeben haben. Bedauerlicherweise wird das Resultat meiner Untersuchung von der Fachwelt nicht anerkannt. Aber kommen wir zu einem anderen Mysterium.« Er führte Jo, die noch immer etwas benommen an seiner Seite ging, zu einer Vitrine mit grünblauen Salbölbehältern aus Kartaram hinüber.

»Welchen Wert hat der Salbölrest einer Flasche, deren Siegel erbrochen wurde?« Seine Frage war an Jo gerichtet, die jetzt endlich wieder Leben in sich spürte, denn nichts auf der Welt konnte sie schneller und vollständiger vitalisieren als der Anblick ethnobotanischer Schätze aus phönizischer Zeit.

»Es handelt sich um eine frühe karthagische Epoche«, trug sie mit Examenskandidatenstimme vor. »Auf einer der drei Flaschen kann ich noch die Reste des Siegels erkennen, aber wie Sie schon sagten, ist keine der Flaschen unversehrt. Eine Pollenanalyse ist damit null und nichtig. Das Salböl selbst könnte man analysieren, denn wer sollte ranziges Fett in Flaschen füllen, um der Welt vorzugaukeln, daß hier neben Rosenöl auch Benzoe und Nelke verwendet wurden?« Jo lächelte jetzt. Sie kam sich vor wie ein Spürhund, der die Nase knapp über dem Boden hat und Witterung aufnimmt. »Wäre das Ergebnis sensationell«, sagte sie zu Omar hinüber, »würde die wissenschaftliche Welt natürlich die Echtheit bezweifeln.«

Jetzt wirbelten Staubfäden im Licht der alten Lampen auf, als ob sich das Geheimnis um eine Winzigkeit lüftete. »Denken Sie doch nur an das sogenannte Königsparfüm«, erklärte Jo der aufmerksam lauschenden Runde. »Wir wissen, daß sich die Herrscher vom Nil mit einem besonderen Duft parfümierten, einem Geruch, der ihnen den Respekt, aber vor allem die Liebe ihrer Untertanen einbrachte. Die Legende erzählt, daß Kleopatra die Segel ihres Schiffes damit besprühte, um Cäsar zu betören, als sie ihm entgegenfuhr. Leider hat man bis heute das alte Rezept nicht gefunden.« Ihr Blick fiel wieder auf die drei kleinen Behälter. »Wir können davon ausgehen, daß es Phönizier waren, die den damaligen Herrschern die Zutaten lieferten und vielleicht sogar das Geheimnis der Zusammensetzung hüteten. In einer Handelsstadt wie Kartaram, die zwischen den phönizischen Häfen und den Karawanenwegen lag, könnte man Hinweise dazu finden.«

»Und wieviel Aussagekraft besitzt die Analyse einer Studentin?« wollte Vigarelli wissen. Er wartete ihre Antwort nicht ab, sondern klopfte ihr auf die Schulter. »Der alte Omar suggeriert Ihnen gerade, daß Sie im Schnellverfahren das Staatsexamen bewältigen müssen, um dann für immer in Ägypten zu verschwinden. Sie zappeln wie eine Marionette in seinem Griff.«

Jo blickte an Vigarelli vorbei und hinüber zu einem riesigen Alambik, einem frühen Destillationsapparat aus Kupfer. »Aus Kartaram?« fragte sie.

»Sehr richtig.« Omar nickte ihr wohlwollend zu. »Es ist der gewaltigste Destillationsapparat, der jemals gefunden wurde. Wir haben dieses riesige schüsselartige Gefäß mit dem aufgesetzten Dampfdom einer gründlichen Untersuchung unterzogen, aber nur einen vollkommen sauberen Behälter vorgefunden, wenn man von einer gewissen Verunreinigung mit Salz absieht. Alle unsere Hoffnungen, hier auf die Zutaten eines mystischen Parfüms zu stoßen, wurden zunichte gemacht.«

Jo trat an das alte Gefäß heran, betrachtete es von allen Seiten, fächelte sich die abgestandene Luft der Halle zu, befeuchtete ihren Zeigefinger und nahm eine winzige Probe aus dem Hals des Dampfdoms. Sie steckte den Finger in den Mund, schloß die Augen und grübelte eine Weile. »Lassen Sie mich schon jetzt eine Analyse der Kartaramflaschen durchführen!« sagte sie plötzlich zu Omar hinüber und schenkte ihm ein durchtriebenes Lächeln. »Im Gegenzug verrate ich Ihnen das Geheimnis dieses Alambiks.« Sie hatte nie gewußt, wie Augen aussehen sollten, die als glühende Kohlen beschrieben wurden, aber nun sah sie sich genau diesem Funkeln aus dunklen Höhlen gegenüber, ahnte, wie Omar versuchte, ihre Gedanken zu lesen und ihr den Geistesblitz zu rauben. Dann hörte sie ihn tief Luft holen.

»Sie wollen mich überlisten, Händlerin, Sie wollen mich zu einem voreiligen Schritt verleiten, den ich bereuen werde. Aber glauben Sie mir, ich bin nicht Iarbas, und Sie sind nicht Dido.« Er machte eine auffordernde Handbewegung und geleitete die Besucher aus der Halle.

»Ich weiß nicht, von wem Sie sprechen!« Jo war draußen im Garten seines Hauses dicht an Omar herangetreten, atmete das süße Aroma seiner Blumenbeete ein und fühlte wieder die ferne Erinnerung an den Duft aus Achmeds Zelt.

»Natürlich wissen Sie das, Jo. Sie kennen sich doch bestens mit der Geschichte der Phönizier aus! Als Dido, die Phönizierin und Gründerin Karthagos, aus Tyros im heutigen Syrien floh, um in Libyen ein neues Reich zu gründen, spottete der dort regierende König Iarbas, er würde ihr für ihre Liebesgunst soviel Land schenken, wie sie mit einer Rindshaut bedecken könne. Dido willigte ein, zerschnitt die Rindshaut in hauchdünne Schnüre und umspannte ein riesiges Gebiet, auf dem sie Karthago gründete. Aber ihr Versprechen dem alten König gegenüber löste sie nie ein. Sie hatte ihn überlistet. Genau das wollen Sie auch, Jo. Sie wollen sich nicht an das Versprechen halten, erst ihr Studium abgeschlossen zu haben, bevor ich Ihnen meine Schätze anvertraue.«

Jo umklammerte das Zeichen der Bastet in ihrer Tasche. Sie sah sich tatsächlich wie ein Fisch in Omars Netz zappeln. Von neuem schien sie eine gewaltige Gefühlsregung zu packen, eine Art Gier, die sie bei klarem Verstand unter den Begriff »niedrige Beweggründe« eingereiht hätte. Und diese Leidenschaft brachte ihr jetzt eine blitzartige Erkenntnis ein. »Sie haben die Salbölreste bereits analysiert«, flüsterte sie Omar zu, damit die anderen Gäste sie nicht verstehen konnten. »Sie verwenden das alte Rezept für Ihr Parfüm, das Sie mit einem unwiderstehlichen Duft umgibt!«

Anstelle einer Antwort vollführte Omar eine tiefe Verbeugung. »Ich verneige mich vor der Königin des Scharfsinns.« Er griff nach ihrer Hand und küßte sie. »Und ich hoffe, daß ich mich auch bald vor der Majestät der Analyse verbeugen darf.« Er ging von ihr fort zu den anderen hinüber, tauschte ein paar Höflichkeiten aus und zog sich dann zurück. Tariq würde Jo bis zu ihrem Abflug aus Kairo zur Seite stehen, ließ er sie noch wissen. Er müsse seine Kräfte jetzt schonen und für ihre Wiederkehr nach bestandenem Examen zurückhalten.

»Sie sehen noch immer wie verzaubert aus!«

Jo riß sich vom Anblick der nordafrikanischen Küste los, die sie aus dem Fenster der Egypt-Air-Maschine unter sich im Dunst der Wüste verschwinden sah, und wandte sich Vigarelli zu. Sie hatten sich am Morgen beim Abflug aus Kairo getroffen und nebeneinander eingecheckt. Jetzt betrachtete sie Vigarellis süffisantes Lächeln und wünschte, sie säße allein im Flugzeug nach München. In seinem perfekt geschnittenen Anzug sah dieser Mitarbeiter von Sotheby's wie ein reicher anspruchsvoller Kunstkenner aus, den eine unangenehme Aura von Selbstüberschätzung umgab. Er dürfte Achmeds Alter haben, dachte Jo. »Jemand wie Sie fliegt zweiter Klasse?« fragte sie jetzt doch mit leisem Lächeln. Sie glaubte keine Sekunde daran, daß Vigarelli zufällig neben ihr aufgetaucht war.

»Ungern, aber es war die letzte Möglichkeit, noch heute aus Ägypten herauszukommen.«

»Warum diese Hast?«

»Geschäfte, nichts weiter. Bei meiner Arbeit mit unseren kritischen Kunden muß ich immer ganz vorne sein.«

»Und dieser kritische Kunde, der ein Vermögen für die Silberschale hergab, würde es Ihnen niemals verzeihen, wenn Sie mir seinen Namen verraten würden?« spielte Jo auf das Gespräch vom Vorabend an.

»Warum nicht?« Zu ihrem Erstaunen schien Vigarelli keine Geschäftsgeheimnisse hüten zu müssen. »Noch besitzt er die Schale nicht. Sie muß erst in einem komplizierten Verfahren übergeben werden, obwohl Omar die Hälfte des Geldes bereits in den Händen hält. Aber es wird wahrscheinlich schon morgen in jeder besseren Kunstzeitschrift zu lesen sein, daß Chapman der neue Besitzer ist. Ein reicher Texaner ...!«

»Ich kenne ihn.« Jo winkte ab. »Wer kennt Chapman nicht? Er ist Ingenieur und Erdölexperte, leidenschaftlicher Sammler antiker Wertgegenstände und mindestens ebenso begeisterter Orchideenzüchter. Er hat damals Abu Simbel gerettet. Ich glaube, nur ein Mann von seiner Besessenheit konnte den Plan realisieren, die Tempelanlage vor den Fluten des Nils zu retten, als dieser aufgestaut wurde. Chapman ist ein Genie. Ein ehemaliger Freund von mir, der Archäologe Gerrit Montanus, ist so etwas wie ein wissenschaftlicher Ziehsohn von ihm. Mag sein, daß es auch eine echte verwandtschaftliche Beziehung gibt. Jedenfalls habe ich durch ihn Chapman kennengelernt. Ich mag den alten Herrn. Er sieht ein bißchen aus wie der Weihnachtsmann mit seinem weißen Haar und dem jovialen Lächeln. Aber er ist immer noch sehr vital, platzt meist vor Unternehmergeist, ist an allem interessiert und bis unter die Hutkrempe voller ausgefallener Ideen. Außerdem ist er Orchideenliebhaber, was ihn sehr sympathisch macht. Und wenn er liebevoll von seinen Blumen erzählt, glaubt man, der Papst würde die Osterpredigt halten. Zudem hat er zahlreiche Kunstgegenstände gerettet, sie quasi in letzter Minute irgendeiner korrupten Regierung abgekauft und vor dem Untergang bewahrt. Ich glaube, er hat ein eigenes kleines Museum in Texas.« Jo nahm einen Orangensaft entgegen und lehnte sich entspannt zurück. Wenn sie auch nicht verstehen konnte, wie Achmeds Silberschale mit ihrem Grenzübertritt und dem Verkauf über Omar an Chapman zusammenhing, so fühlte sie sich doch beruhigt. Das Geschäft mit dem Kunstliebhaber war in irgendeiner Weise rechtschaffen. Dann kam ihr etwas in den Sinn, und der Orangensaft schwappte bedenklich im Glas. »War Chapman in Kartaram?«

Vigarelli ließ den Katalog sinken und zuckte die Schultern. »Wo ist das noch mal?«

»Kartaram!« rief Jo, so daß sich ihr Vordermann erschrokken umdrehte. »Die phönizische Ruine in Libyen, im Wadi Hamamah, wo Professor Tellos ...« Sie stockte plötzlich. Jo spürte eine heiße Röte in ihrem Gesicht aufsteigen. Natürlich war Chapman ein Ehrenmann, dessen Menschlichkeit sie niemals in Frage stellen würde.

»Möglich.« Vigarelli steckte den Kopf in seine Lektüre.

»Und Gerrit Montanus?« Jo dachte an das Gesicht hinter der Windschutzscheibe. Da Vigarelli ihr nicht antwortete, fuhr sie fort: »Kennen Sie Nabil Fara, den libyschen Erdölexperten und Hobbyarchäologen?« Ihre Stimme war wieder zu laut und schien durch das ganze Flugzeug zu hallen. Chapman und Nabil Fara, hatten sie nicht schon oft zusammengearbeitet? Sie hatte Nabil Fara nicht unter den Toten in Hamamah gesehen.

»Hören Sie«, sagte Vigarelli jetzt. »Ich kann Ihnen hier nicht Auskunft über den Bekanntenkreis meiner Kunden geben. Vielleicht können Sie mir erklären, was daran so wichtig sein soll?«

»In Kartaram«, begann Jo, »geht es um einen Schatz. Manche munkeln, es handle sich um Gold. Andere meinen, es wären Aromata, die früher einen unermeßlichen Wert hatten, da sie der Ausdruck ewigen Lebens waren. Wieder andere glauben, es könne sich um Beweise handeln, die Alte und die Neue Welt hätten lange vor Kolumbus Handelsbeziehungen unterhalten.« Sie dachte an Schamsis Münze mit dem Abbild Amerikas.

Vigarelli lachte jetzt und schlug eine Seite im Katalog auf. Er wies auf phönizische Münzen mit dem Abbild großer Segelschiffe, die in einem Tongefäß am Strand der Azoreninsel Corvo gefunden worden waren. Anhand dieser Münzen hatten einige Wissenschaftler erst vor kurzem die Hypothese aufgestellt, die Phönizier hätten bei ihren Fahrten Geldreserven in Form von Münzdepots auf Inseln angelegt. Das habe ihnen den Rückweg zum Heimathafen erspart, wenn sie von den Britischen Inseln wieder südwärts segelten. Und natürlich würde keiner daran glauben, daß sie einen Umweg über die Azoren gemacht hätten, um zurück ins Mittelmeer zu fahren. Also bliebe nur eine Erklärung für das Depot: Diese Reserve habe ihnen als Sparstrumpf gedient, wenn sie nach Amerika segelten. Allerdings sei diese These heftig umstritten. Aber von Spekulationen über Kartaram habe er noch nie gehört und kenne auch die Leute nicht, die sie ihm genannt hatte. Er habe vielmehr den Eindruck, sie sei dem alten Charmeur Omar auf den Leim gegangen. Als jahrelanger Kenner der Kunstszene müsse er sie dringend vor der Familie Aschram warnen. Er könne sich nur in seinen Alpträumen ausmalen, was diese leidenschaftlichen Menschen mit einer so großen Geldsumme anfangen würden. Sie stifteten sie sicher nicht der notleidenden Bevölkerung Afrikas.

»Woran denken Sie?« fragte Jo geradeheraus. Sie verabscheute Vigarellis vages Geschwätz.

Vigarelli nahm die kleine Papiertüte, in der sich ihr Frühstücksbrot befunden hatte, blies sie auf und ließ sie platzen. Der Knall schreckte die Stewardeß auf, die verunsichert zu ihnen herüberblickte. »Revolution, Waffenschieberei, terroristische Anschläge«, fügte er mit seiner glatten Stimme hinzu.

3. Kapitel

Jo hatte die feuchte Erde in den Ritzen zwischen den Steinplatten des Münchner Flughafens riechen können. Als sie durch die Schleuse zur Ankunftshalle gegangen war, hatte sie jäh stehenbleiben müssen, um diesen lange vermißten, vertrauten Duft einzuatmen. Dabei waren eilige Passagiere hinter ihr aus dem Trott geraten, und sie war unangenehm aufgefallen. Kurz darauf hatte sie zum zweitenmal für Aufsehen gesorgt. Zwei Beamte des Bundesgrenzschutzes hatten sie am Zoll abgefangen und in ein Büro der Flughafenpolizei geleitet. Das war natürlich nicht unbemerkt geblieben.

Jetzt saß Jo vor einem Schreibtisch und blickte immer wieder in den grauen regnerischen Nachmittag hinaus. Selbst durch den schmalen Fensterschlitz konnte sie das nasse Gras und die vom Regen aufgeweichte Wiese riechen. Viel stärker nahm sie jedoch den Dunst der nassen Lederjacke ihres Gegenübers wahr, von der noch das Wasser tropfte. Sie fühlte, wie geschärft ihre Sinne waren, wie genau sie Gesten, Gerüche und Geräusche aufnahm und analysierte. Als ob die lange Zeit in der Stille der Wüste sie zu einer aufmerksameren Person geformt hätte. Doch trotzdem entging ihr hier in diesem kahlen Zimmer etwas Wesentliches. Ihr war nicht ganz klar, warum sie so unfreundlich behandelt wurde. Jo begann, ihre Schläfen zu massieren. Die Müdigkeit, die sie jetzt einholte, umgab sie wie Watte. Der attraktive Beamte jenseits des Schreibtisches hieß Gruber, wie sie zum wiederholten Mal auf seinem Namensschild las. Von den Ärmeln seiner Jacke perlten Wassertropfen ab und bildeten kleine Pfützen neben dem Protokoll. Er befragte sie erneut über die Geschehnisse in Libyen. Bisher waren Jos Antworten freundlich ausgefallen. Sie verstand, daß man an ihr interessiert war, denn schließlich hatte sie einen Anschlag überlebt, bei dem ein bedeutender Wissenschaftler ums Leben gekommen war. Aber ihr wollte nicht in den Kopf, daß die Befragung so humorlos und unendlich lange vonstatten ging. Sie mußte ausgiebig gähnen.

»Ganz recht«, sagte Gruber und kniff seinen Mund zu einem schmalen Strich zusammen. »Ihre Lügengeschichten langweilen.«

Jo dachte gerade darüber nach, wann sie morgen an die Uni fahren würde, um noch am laufenden Semester teilnehmen zu können. »Wie bitte?« fragte sie völlig phantasielos zurück. Sie beobachtete, wie sich sein junges straffes Gesicht noch mehr anspannte, wie sich seine braunen Augen zu schmalen Schlitzen verengten und die Backenknochen deutlich hervortraten, während er alles, was sie zu Protokoll gegeben hatte, stichpunktartig aufzählte und schließlich mit der flachen Hand auf die Tischplatte schlug. »Märchen«, stieß er aus. Und er zischte das Wort, als ob es sich um die Bezeichnung einer tollwütigen Bestie handle. »Und dieser Libyer, der Sie angeblich gerettet hat, heißt Halef?«

Jo, die von Anfang an geneigt gewesen war, mit der Kriminalpolizei zusammenzuarbeiten, hatte gleichwohl zu Beginn ihrer Vernehmung beschlossen, dem ermittelnden Beamten nur einen Teil ihres Wissens zukommen zu lassen. Also nickte sie. Es ging ihn wirklich nichts an, ob Achmed Aschram so oder anders hieß. Und das bösartige Lächeln, das sich jetzt in Grubers Gesicht breitmachte, schien ihr recht zu geben. Gruber schlug eine Mappe auf und schob ihr ein Blatt mit Schwarzweißfotos herüber. »Es handelt sich nicht zufällig um diesen Mann?« Sein Zeigefinger tippte auf das Bild eines Nordafrikaners, den Jo noch nie gesehen hatte. »Oder um diesen?« Sein Finger fuhr die Reihe der Fahndungsfotos entlang. Jo schüttelte verneinend den Kopf, auch, als sie sich unvermittelt dem Foto von Achmed gegenübersah, einem Foto, das ihn jung und heißblütig zeigte, mit durchdringendem Blick und dem markanten Schnauzbart. Grubers Finger schien bei ihrem Kopfschütteln wie ein häßliches kleines Ungeheuer vor ihr auf den Fotos herumzukriechen. Sie fühlte ein fürchterliches Brennen in den Augen und einen Schmerz, der ihr die Kehle zuschnürte und ihr Herz rasen ließ. Wenn dieser Gruber auf die Idee käme, nach meinem Puls zu tasten, wüßte er, daß ich lüge, dachte Jo. Sie saß noch immer mit gesenktem Kopf auf ihrem Stuhl und starrte auf die Schreibtischplatte, auch als Gruber die Mappe mit den Fotos längst zur Seite geräumt hatte. Es handle sich um Terroristen, hatte er sie wissen lassen, um Menschen, die für Greueltaten rund um den Globus verantwortlich wären. Die Abscheulichkeit ihrer Handlungsweisen bräuchte er ihr nicht zu beschreiben, es sei denn, sie hätte eine kleine Gedächtnisauffrischung nötig. Bei diesen Worten hatte er dann eine weitere Mappe aufgeschlagen und ihr die Fotos Verbrannter und Verstümmelter gezeigt, von Menschen, die beim Absturz der amerikanischen PANAM-Maschine über Lockerbie das Leben verloren hatten oder beim Anschlag auf die Berliner Diskothek *La Belle* umgekommen waren. Endlich konnte sich Jo eine Gefühlsregung gestatten. Sie verbarg das Gesicht in den Händen und mußte gewaltsam gegen Tränen und ungeheure Scham ankämpfen. Denn sie trauerte nicht um die Opfer, sondern um sich selbst. Der Verdacht, Achmed könne eben doch ein Terrorist sein, traf sie wie ein Geschoß. War es denkbar, daß der Edelbeduine, wie ihn Thomas genannt hatte, ein Doppelleben führte und sie so getäuscht hatte? Daß seine Menschlichkeit aufhörte, wenn es um die Verwirklichung fanatischer Ziele ging? Jo war versucht, auf sein Bild zu tippen und Gruber wissen zu lassen, wie nah sie sich gekommen waren. Doch genau in diesem Moment, als Jos Wut über die ungeheure Täuschung, der sie aufgesessen war, so mächtig wurde, daß sie Gruber über alles informieren wollte, machte der einen entscheidenden Fehler: »Diese verdammten Araber«, sagte er.

Jo ließ die Hände sinken und blickte Gruber kaltblütig an. Wenn alle in einen Topf geschmissen wurden und man daraus die große Verallgemeinerungssuppe kochte, spielten Einzelschicksale wohl keine Rolle mehr. Ihre ganze negative Energie richtete sich jetzt auf Gruber. Für seine Bemerkung würde sie ihn bestrafen, und dabei interessierte es sie nicht, ob sie es auf legale oder illegale Weise zustande brachte. »Geben Sie mir einen Stift und einen Zettel. Ich male Ihnen ein Phantombild.« Sie fuhr mit dem Bleistift über das Papier und gewann mit jedem Strich etwas von ihrer Fassung zurück. Sie skizzierte ein hübsches Schwarzweißbild, das Grubers Wünschen vom bösen Mann entsprechen würde. Während ihrer Arbeit mußte sie ein Grinsen unterdrücken. Das Porträt hatte eine gewisse Ähnlichkeit mit Gruber, jedoch nicht die geringste mit Achmed oder einem der anderen Männer aus ihrer Zeit in der Wüste. Selbst Gruber schien die Nähe aufzufallen. Er scannte ihre Zeichnung ein und warf ihr einen bösen Blick zu.

Das kurze Hochgefühl schwand, als Gruber Jo danach aufforderte, ihn in den Nebenraum zu begleiten. Sie spürte, wie wacklig sie inzwischen auf den Füßen war. Und als sie neben Gruber an den Tischen vorbeiwanderte, auf denen das Handwerkszeug der Terroristen ausgebreitet lag, wie der Beamte es nannte, spürte sie, wie der Boden unter ihr zu schwanken schien. Sie sah Plastiksprengstoff und Zündkapseln, Kalaschnikows, Munition und Zündschnüre, den verdammten langen Draht, der jenem aus Achmeds Zelt glich und der hier als Langdrahtantenne beschrieben war, Tarnnetze und Messer und schließlich auch eine ansehnliche Sammlung von Handgranaten. Sie wußte, was jetzt kommen würde, und mußte sich am Tisch, auf dem die Panzerfaust lag, abstützen.

»Sie haben Ihre Tasche mit einem Handgranatenring geflickt«, sagte Gruber mit falschem Lächeln. »Wenn Sie kooperieren, könnte ich ein gutes Wort beim Staatsanwalt für Sie einlegen. Sie nahmen eine Exkursion in Libyen zum Vorwand, um ein Ausbildungscamp libyscher Terroristen zu besuchen. Ihre wissenschaftliche Karriere, die Sie mir vorhin so enthusiastisch schilderten, ist damit erledigt. Doch mit einem gewissen Entgegenkommen Ihrerseits könnte ich zumindest Haftverkürzung erreichen. Erzählen Sie uns endlich die Wahrheit!«

Inzwischen war es draußen dunkel geworden, soweit es an einem verkehrsreichen Flugplatzgelände überhaupt Nacht werden konnte. Gruber hatte ihr immer wieder die Fotos der

Terroristen vorgelegt, hatte sie die grauenhaften Bilder der Toten sehen lassen und die ewig gleichen Fragen gestellt. Dabei hatte er mal den Strahl der Schreibtischlampe direkt auf ihr Gesicht gerichtet, mal das Licht fast völlig gelöscht und irgendwo aus der Dunkelheit wie ein Dämon zu ihr gesprochen. Er hatte sie angebrüllt, ihr zugeflüstert, sie umschmeichelt und ihr gedroht, aber er hatte Jo nicht erreichen können. Sie hatte sich gedanklich vollkommen zurückgezogen und auf seine Fragen stets die gleichen Antworten gegeben. Es ist wie in jener Zeit, dachte sie dabei, als ich meine Eltern beerdigen mußte. Sie hatte alles ausgeführt, was man von ihr erwartet hatte, und dabei doch nur auf den Regen gelauscht, der damals wie heute gleichmäßig vom Himmel rauschte und dessen Melodie sie zu erkennen versuchte. Selbstverständlich fielen die Tropfen im Alpharhythmus, wußte sie bald. Jo spürte jetzt ganz deutlich, wie ihr der Regen zu Hilfe kam, seinen beruhigenden Rhythmus auf sie übertrug und sie stärkte. Naturvölker rund um den Globus bedienten sich des Alpharhythmus, um Kranke zu heilen und Trauernde zu trösten. Es war das monotone sanfte Klopfen, das auch Jo träumen ließ.

Ich bin eine Blume. Mein Kelch ist geschlossen, und der Sturm, der an mir zerrt, wird höchstens meine Wurzeln stärken. Ich habe schmale lange Blütenblätter, die fest von Kelchblättern umschlossen sind. Ihre rauhe Oberfläche kann Ungeziefer abhalten. Wenn sie verletzt wird, sondert sie eine Flüssigkeit ab, die den Räuber schädigt. Jo sah hoch und erblickte Grubers Mund direkt vor sich. Er sieht aus, als ob er mich fressen will. Fraßfeinde werden mit unverdaulichen Sekreten abgehalten, notfalls vergiftet, rekapitulierte sie in Gedanken. Gruber schien sie gerade anzuschreien, denn Jo hörte den Regen nur noch von fern an die Scheibe klopfen. Sie legte ihre Hand auf den rechten Oberschenkel und trommelte sich den Alpharhythmus auf ihr Bein. Sie durfte nicht aus dem Takt kommen.

Ein anderes Gesicht trat jetzt in ihr Blickfeld. Jo mußte zwinkern, um den Beamten wahrnehmen zu können, der sich ihr vorstellte. Ihre Müdigkeit war inzwischen so groß, daß sie das rundliche Gesicht mit der Brille über einer kleinen Stupsnase und den dünnen blonden Haaren nur noch verschwommen erkennen konnte. Er heiße Florian Elling, ließ er sie wissen und bat sie hinüber auf die Couch aus Kunstleder. Jo lehnte sich in das Polster zurück und verfiel in einen Sekundenschlaf. Ob ihr ein starker Tee helfen würde? Dieser Florian Irgendwie goß ihr eine Tasse dampfenden Tee ein. »Nicht schlecht«, urteilte Jo. Es war frisch aufgebrühter Schwarztee mit dem Aroma von Bergamotte. Sie biß heißhungrig in das Käsebrot, das Florian herüberschob. Sie ahnte inzwischen, daß sich freundlicher und unfreundlicher Beamter bewußt abwechselten, um ihr eine Auskunft zu entlocken, aber sie spürte trotzdem eine gewisse Sympathie für ihr Gegenüber. Er ist auffallend klein, dachte Jo, flink und kann nicht ohne Brille durch die Welt laufen. Als er diese abnahm und sich über die Augen fuhr, konnte sie seine dicken Gläser genau sehen. Sie ließ sich noch eine zweite Tasse Tee geben. »Florian hat's hier«, sagte sie zu dem gutaussehenden Gruber mit dem Verallgemeinerungstick hinüber und tippte sich an die Stirn. »Nicht ungefährlich, aber sicher unterhaltsamer als mit Ihnen. Wollen Sie nicht lieber eine Pause machen?«

»Gefährlich für wen?« fragte Florian.

»Für Unschuldige, die man so lange mißhandelt, bis sie schuldig werden.« Jo lehnte sich wieder zurück. »Ich würde zwar gerne schlafen, habe aber auch nichts gegen eine intelligente Unterhaltung. Wäre mal eine Abwechslung.«

»Jo? Ich darf doch Jo sagen? Also, Jo, ich möchte Ihre Meinung zum Zufall hören. Halt, lassen Sie mich erst ausreden! Nehmen wir ein kleines Beispiel: Sie haben einen Handgranatenring benutzt, um Ihre Tasche zu reparieren. Ihre Geschichte klingt zwar an vielen Stellen phantastisch, scheint aber andererseits Ihre kriminelle Unkenntnis zu bestätigen. Ich kann mir jedenfalls keine Terroristin vorstellen, die dermaßen naiv ist. Aber lassen wir das. Kommen wir auf den Ring zurück. Halef, der hilfsbereite Beduine, bietet Ihnen diesen zum Flicken an. Überlegen wir doch einmal gemeinsam, wie er in seinen Besitz kommen konnte. Wie Sie sagen, ist Halef ein friedlicher Mann, der nie in kriegerische Handlungen verwickelt war. Der Handgranatenring ist also ein Geschenk eines Bekannten, eines Soldaten vielleicht. Möglicherweise hat Halef ihn auch erhandelt und gibt ihn in seiner Großzügigkeit fort für einen leichten kleinen Damenrucksack, den man auch mit einer festen Lederschlaufe wieder funktionsfähig machen könnte. Natürlich gibt es auch noch die Möglichkeit, daß er den Ring loswerden wollte. Er möchte nichts mit militärischen Ausrüstungsgegenständen zu tun haben und war heilfroh, daß Sie ihn verwendeten. Und jetzt nehmen wir den Zufall zu Hilfe. Wir treffen zufällig auf denjenigen, der Halef den Ring gab. Er führt uns ziemlich sicher in den militärischen Bereich, oder sagen wir: dahin, wo scharf geschossen wird und Tötungsverfahren geübt werden. Selbstverständlich können wir diese Geschichte von hier aus nicht mehr aufrollen. Aber es war ja auch nur ein Beispiel. Wenden wir uns einem konkreten Fall zu, Ihnen, Jo!

Sie studieren Ethnobotanik. Das Interesse daran scheint Ihnen vererbt, quasi in die Wiege gelegt worden zu sein. Ihre Bekanntschaft mit Professor Tellos beruht auf diesem Studium und Ihrer besonderen Vorliebe für phönizische Geschichte. Vermutlich ist dies der gemeinsame Nenner, der Sie und Tellos verbindet. Gehen wir weiterhin davon aus, daß Sie nichts von seinen Kontakten zu terroristischen Gruppen wußten. Sie treffen Tellos in Libyen. Sie treffen ihn an einem Ort gemeinsamen Interesses. Die Arbeiter, die er um sich schart, sind ebenso in die Geschichte der Phönizier vernarrt. Dies ist der Kitt, der sie alle aneinanderbindet. Oder gibt es andere

Gründe, warum Tellos diesen und nicht jenen Arbeiter ausgesucht hat? Ihrer Schilderung nach sind alle ums Leben gekommen. Ein Beduine findet Sie, die einzige Überlebende. War er zufällig in Ihrer Nähe? Weiden seine Herden nicht weit von Ihrer Ausgrabungsstätte? Wollte er Tellos einen Dienst erweisen? Was verband diesen Beduinen mit dem Professor? Nichts, sagen mir Ihre Augen. Aber ich weiß, daß es immer einen gemeinsamen Nenner gibt. Er tritt um so deutlicher hervor, je einsamer der Ort der Zusammenkunft ist. Zumindest in diesem Punkt werden Sie mir zustimmen müssen.«

Jo nahm einen Schluck Tee. Damit konnte sie etwas Zeit gewinnen und versuchen, das unangenehme Gefühl zu verdrängen, das sich unter ihrer Kopfhaut breitmachte und kleine Schweißtropfen auf ihre Stirne trieb. »Mein Weg ist selbstverständlich vorgezeichnet«, antwortete sie lächelnd. »Als mein Großvater beschloß, mich vor mehr als einem Dutzend Jahre in die Geheimnisse der Parfümeurskunst einzuweisen, war bereits abzusehen, daß ich in einer regnerischen Nacht Ihnen gegenübersitzen würde.« Sie prostete Florian mit der Teetasse zu.

»Ganz recht.« Florian ging nicht auf ihre Ironie ein. »Sie studieren Düfte und ihre Wirkung auf die Menschen. Sie analysieren Geruchszusammensetzungen und beobachten die Signale, die Menschen aussenden, wenn sie mit diesen chemischen Lockstoffen in Kontakt geraten. Sie, Jo, haben einen gewissen Ruf an der Universität. Man nennt Sie die Königin der Analyse. Hieraus ergibt sich unser gemeinsamer Nenner. Ich studiere wie Sie die Menschen und ihre Signale. Ich erkenne im Verhalten Botschaften wie Unehrlichkeit und Ausflüchte. Sie verfolgen die Spur der Düfte, ich verfolge die Fährte der Lüge.«

»Ich gratuliere Ihnen! Sie sind ein richtiger Schlaukopf. So werden Sie auch begreifen, daß ich den Vorwurf der Lüge an Sie zurückgebe. Diese Explosion in Hamamah hat sich tatsächlich ereignet und ist kein Märchen, wie Gruber behauptet. Jedesmal, wenn ich darauf zu sprechen komme, wird er unsicher, das kann ich riechen. Das ist ein ungeklärter Punkt in seiner Darstellung, und er beginnt zu schwitzen.«

Wenn Jo gedacht hatte, Florian Elling würde jetzt zu brüllen anfangen wie Gruber vorhin, so wurde sie überrascht. Der Beamte zog einige Blätter hervor und tippte mit dem Bleistift darauf. »Libyen wird mit Argusaugen beobachtet. Wir haben längst nachgesehen, ob es vielleicht eine Satellitenaufnahme gibt, die Ihre Aussage beweisen könnte. Die Explosionskrater müßten zu sehen sein. Aber da ist nichts, ganz abgesehen davon, daß uns der Tod von Tellos durchaus bekannt ist. Er hatte einen Autounfall. Wie auch immer, Jo. Sie lügen, wenn auch nicht in allen Punkten. Sie sind absolut kein Profi, müssen sich verstellen und geben dabei das Lehrbeispiel eines Lügners ab. Ihnen fehlt die Übung, kann man sagen.« Der Beamte legte ihr noch einmal das Blatt mit den Fahndungsfotos vor. Jo wollte nur einen flüchtigen Blick darauf werfen, erkannte aber, daß diesmal die Porträts beschriftet waren. Abdul Ibn Achmed las sie unter Achmeds Bild. Sie hütete sich, zu lange auf den Namen zu starren. Es handelte sich also nicht um Achmed, sondern um seinen Sohn Abdul, der auf Malta als Flugzeugmechaniker tätig war! Jo fühlte Florians Blicke auf ihrem gesenkten Kopf. Sie schienen sich durch Haare, Haut und Schädelknochen direkt in ihr Gehirn zu brennen, um ihre Gedanken bloßzulegen. Sie schob das Blatt weg. »Ich habe keinen der Männer je zuvor gesehen. Wenn Sie mir die Fotos allerdings noch lange unter die Nase halten, werde ich noch von ihnen träumen.« Ein Anflug von Erleichterung erfaßte Jo. Doch in Sekundenschnelle verging dieses Gefühl wieder. Wußte Achmed nichts von den Aktivitäten seines Sohnes? War er nicht daran beteiligt? Sie sah ihn vor sich, wie er neben ihr saß, die Kalaschnikow putzte und mitten im Sturm ein Feuer mit Plastiksprengstoff entfachte.

Blaue Augen hinter dicken Gläsern, dachte Jo dann, als sie Florian ansah. Augen, die gelernt haben, das Überflüssige wegzufiltern, um die eigentlichen Signale zu erkennen. Wer ohne Brille nur schemenhaft die Mimik und Gestik des anderen ausmachen kann, orientiert sich an Merkmalen, die sonst bei der Vielfalt der Eindrücke untergehen. Sie hatte beobachtet, daß Florian die Brille immer wieder abnahm, um Jo zu betrachten.

»Gehen wir davon aus, daß Ihre Geschichte in Teilbereichen stimmt«, fuhr er fort. »Nehmen wir an, es hat eine Explosion gegeben. Wollen Sie nicht die Wahrheit erfahren? Möchten Sie nicht wissen, wer daran schuld ist?«

»Selbstverständlich.«

»Dann sollten Sie versuchen, sich an jede Einzelheit in Hamamah zu erinnern! Es käme doch nur eine Person aus Ihrem Umfeld für den Anschlag in Frage. Haben Sie darüber schon einmal nachgedacht? Und dabei geht es nicht nur um Ihre Kollegen, die Sie uns genannt haben, diese griechische Archäologin oder Nabil Fara aus Libyen. Der Täter könnte sich als einfacher Arbeiter getarnt haben, als Beduine. Hat er Sie absichtlich verschont, oder sind Sie ihm entgangen? Sie könnten uns zu ihm führen, wenn Sie kooperativ wären! Was könnte der Grund gewesen sein, daß Tellos sterben mußte und mit ihm jeder, der sich in Hamamah befand? Würde Ihre Geschichte stimmen, dann wären Sie in großer Gefahr und müßten um Ihr Leben fürchten.«

»Natürlich.« Jo nickte. »Falls ich nicht vorher einschlafe.«

»Schlafen Sie! Die Pritsche in der Zelle nebenan steht zu Ihrer Verfügung. Wir müssen Sie noch hierbehalten, bis wir in aller Frühe einen Zeugen befragen können. Träumen Sie vom Zufall!«

»Du?« fragte Jo vollkommen überrascht, als sie einige Stunden später ins Büro geführt wurde und Gerrit Montanus erblickte, der gerade ein Protokoll unterzeichnete. Auf seinem Gesicht erschien das bekannte Grinsen eines Schuljungen, das ihn um Jahre jünger aussehen ließ, ein Eindruck, der von seiner Sonnenbräune und dem verstrubbelten blonden Haar noch verstärkt wurde. Ich dagegen sehe bestimmt wie seine Mutter aus, ärgerte sich Jo. Sie straffte unwillkürlich die Schultern und riß die müden Augen auf.

»Ich bin aus wissenschaftlicher Neugierde hier«, sagte Gerrit mit unbekümmertem Lächeln, »weil ich das letzte große Geheimnis der Menschheit lösen will.«

»Und das wäre?«

»Warum du keinen Rechtsbeistand beanspruchst.« Und als Jo ihn nur hilflos anblickte, fuhr er kopfschüttelnd fort: »Es liegt doch überhaupt nichts gegen dich vor. Meines Wissens hätten sie dich nicht über Nacht hierbehalten dürfen. Ich habe meine Aussage zur Libyenexkursion gemacht. Schließlich warst du mit dem Segen der Uni unterwegs. Wenn du willst, fahre ich dich jetzt heim. Läßt du dich immer so leicht hinters Licht führen?«

Jo dachte an Achmed und seinen Sohn Abdul. War er die Erklärung für Achmeds Verhalten und die verdächtigen Gegenstände in seinem Zelt? Sie sah auf und begegnete Florians Augen. »Wenn Sie noch etwas zu sagen haben, tun Sie es! Es gibt kein halbunschuldig!«

»Halten Sie den Mund!« fuhr Gerrit ihn an. »Ohne Rechtsanwalt macht Frau Zakyneros keine Aussage mehr.« Jo beobachtete, wie das burschikose Lächeln aus Gerrits Gesicht wich. Er schnippte sein eben unterschriebenes Protokoll zu Florian Elling hinüber. Es rutschte über den glatten Schreibtisch, segelte zu Boden und fiel dem Beamten vor die Füße. Gerrit konnte seine Finger mit bewundernswertem Geschick einsetzen. Jo erinnerte sich daran, wie professionell er winzige Bruchstücke einer Vase aneinanderfügte oder von Erde befreite. Er stieß niemals etwas um und ließ nie etwas fallen.

Thomas hatte ihn einen Kotzbrocken genannt. Gab er sich so, wenn er Menschen verachtete? Fast hatte sie Mitleid mit diesem Florian, der das Protokoll aufhob, als wäre nichts geschehen. »Denken Sie an Ihr Umfeld«, ermahnte er sie und reichte ihr die Hand. »An den Zufall und den gemeinsamen Nenner!«

Ein dramatischer Morgenhimmel wölbte sich über München, als Jo kurz darauf in Gerrits BMW saß. Durch die getönten Scheiben sah sie hinter dunklen Wolkenbergen hin und wieder die Sonne aufblitzen und Sturmwolken über helle Bereiche treiben. Plötzlich verdunkelte sich der Himmel, und ein naher Blitz ging Jo durch Mark und Bein.

Später lauschte sie wieder dem Regen, der auf die Scheiben prasselte und der Blätter von den Bäumen riß, als sie auf der Grünwalder Straße unter Linden hindurchfuhren. Sintflutartig stürzte er vom Himmel, als sie an Jos Haus in der Ulmenstraße ankamen. Sie hatte Gerrit die Geschichte von Hamamah erzählt, war auch ihm gegenüber bei der Halef-Version geblieben, die sie in Gedanken »offiziell« nannte, und hatte dann während der ganzen Fahrt geschwiegen, Gerrits amüsanten Erzählungen von seiner Ausgrabung in Arpi in Italien gelauscht, erfahren, daß er von seinem Freund Chapman schon lange nichts mehr gehört habe und das neue Semester außer ihrem, Jos Verschwinden, nichts Sensationelles zu bieten habe. »Ich hatte Angst um dich«, bekannte Gerrit leise, als sie im Auto vor ihrem Haus auf eine Regenpause warteten. Er legte Jo in freundschaftlicher Art eine Hand auf die Schulter.

Jo, die vor Müdigkeit die Augen kaum mehr aufhalten konnte, sah ihn nur noch schemenhaft. Aber sie nahm wahr, daß er die linke Hand bereits auf der Klinke liegen hatte und darauf wartete, aussteigen zu können. In seinem Bemühen, sich einerseits Jo zuzuwenden, und dem Wunsch, auszusteigen, wirkte seine Haltung verdreht.

Jo blickte zu den großen alten Walnußbäumen hinauf, unter denen sie kurz darauf hindurchschritt. Der Regen rauschte in ihren Wipfeln. Seit Jahrzehnten hatte der Wind die Bäume in eine Richtung gedrückt und doch nicht verhindern können, daß sich Stämme und Äste gegen den Sturm zum Licht wandten. Jo lief das kurze Stück zum Hauseingang hinüber und sog dabei die feuchte Luft ein. Sie roch das nasse Grün um sich, die Wiese zwischen Terrasse und Thujahecke, die ersten Lilien im Halbschattenbeet und die Kletterrose von der Südwand. Die Fensterläden müssen neu gestrichen werden, dachte sie, und die Fensterscheiben sind seit Wochen nicht geputzt. Du lieber Himmel! Es sah so aus, als ob Patrizia, ihre Untermieterin, nur darauf geachtet hatte, daß das Dach noch auf dem Giebel saß. Der Wind hatte einen Topf mit Geranien umgeworfen und zerbrochen. Das mußte schon länger hersein. Jo erkannte lange Grashalme, die zwischen den Scherben wucherten.

Gerrit wartete noch immer neben ihr im Regen mit hochgeschlagenem Jackenkragen und einer alten Zeitung über dem Kopf. Sie langte rasch hinter den Buchsbaum, der neben dem Eingang wuchs, und holte den Haustürschlüssel hervor, der dort in einer Mauerritze hing. Vielleicht sollte ich das Versteck ändern, schoß es ihr dabei durch den Kopf. Es gefiel ihr nicht, daß Gerrit ihr zusah. »War schön, daß du mich abgeholt hast«, sagte sie lahm, während sie die Tür aufschloß und nach ihrem Gepäck griff. Und es wäre schön, wenn du jetzt verschwinden würdest, dachte sie.

»Ich habe zwar nicht vor, dich über die Hausschwelle zu tragen, aber ich bringe dich noch ins Bett. In alter Freundschaft!« Gerrit folgte ihr in den Hausflur.

»Verdammt!« Anstelle eines wohligen Gefühls des Heimkommens überkam Jo Wut. Sie mußte sich den Weg im Flur durch riesige Pappkartons bahnen und stieß dabei an eine Tüte mit Styropor, die sich auf den Boden ergoß. Das Verpackungsmaterial knirschte unter ihren Füßen. »Patrizia!« brüllte Jo in die Stille des Hauses hinein. Konnte das blöde Weib ihren verflixten Computerkrempel nicht oben in ihren Zimmern ausbreiten? In dem alten Haus blieb es still. Jo lauschte einen Moment und hörte dann die vertrauten Geräusche: das Plätschern des Regens von der Dachrinne in die große Tonne gleich neben ihrem Schlafzimmerfenster, das leise Summen der Lampe im Flur, das Knarren der alten Holzdielen vor ihrer Schlafzimmertür.

»Soll ich's noch in die Waschmaschine werfen?« Gerrit machte tatsächlich Anstalten, ihr Gepäck auszupacken; gerade hielt er ihr Beduinenkleid in der Hand. Gruber und Elling hatten ihr Gepäck wieder und wieder gefilzt und nichts gefunden, doch Gerrit Montanus würde sofort erkennen, daß Achmeds Balsamarium antik und kostbar war. Es lag unter dem Beduinenkleid und konnte jederzeit von ihm entdeckt werden. Welche Geschichte sollte sie sich dazu einfallen lassen? Jo wurde wütend. »Denk nicht mal daran«, sagte sie und nahm ihr Gepäck fort.

Etwas später, als Gerrit gegangen war und Jo erleichtert ins Bett sank, bereute sie ihr schroffes Verhalten. Gerrit hatte sich die Zeit genommen, ihr behilflich zu sein. Er war sicher noch immer der begehrteste Junggeselle am Institut, charmant, intelligent und ehrgeizig. Und verdreht. Jo hörte wieder den Regen rauschen. War es Zufall, daß er sich gleichzeitig ihr zuwandte und sich dabei wegdrehte? Und warum hatte er den Kopf zur Seite genommen und in den Außenspiegel geblickt, als sie ihn nach Chapman gefragt hatte? Florians Gesicht tauchte in ihrer Erinnerung auf. Sie sah seine Augen hinter den runden dicken Brillengläsern vor sich. Welche Bilder mochte er von ihr in seinem Analytikerkopf gespeichert haben?

All diese Überlegungen hatte Jo inzwischen verbannt. Sie stand in der U-Bahn, hielt sich mit einer Hand fest und umklammerte mit der anderen ihr Skript über die Graphitrohrofentechnik in der Spurenelementanalyse. Gerrit hatte ihr noch nachträglich Zugang zu den Kursen verschafft, die längst begonnen hatten, und sie mit Skripten ausgestattet, die es ihr ermöglichten nachzulernen, was sie versäumt hatte. Als sie am zweiten Tag nach ihrer Ankunft in Deutschland an der Uni erfahren hatte, daß sie dank seiner Hilfe dieses Semester noch absolvieren und sich damit zum Staatsexamen anmelden konnte, hatte sie versucht, jede Erinnerung an Hamamah zu verbannen und nicht einen Gedanken über das Geschehene, Achmed, Thomas oder Florian aufkommen zu lassen. Sie hatte sich bis zum heutigen Tag mit Lernen hypnotisiert und befand sich in einem Geisteszustand, in dem sie jederzeit Auskunft über Atom-Emissions-Spektrometrie oder die Farbvarianten der Spitzkegligen-Kahlkopf-Pilze geben konnte, aber konzentriert nachdenken mußte, wenn sie nach Datum oder Uhrzeit gefragt wurde. Sie wußte, daß es Sommer war, ein kalter verregneter Sommer, was sie aber als angenehm und erfrischend empfand, und sie hatte irgendwo im Kopf gespeichert, wie viele Wochen ihr bis zum Examen blieben. Sie verbrachte ihre Tage also mit der Lektüre des Prüfungsstoffes, die sie weder beim Mittagessen noch auf den Fahrten zur Uni unterbrach. Selbst abends beim Dauerlauf in den Isarauen nutzte sie die Zeit, gerade Gelerntes zu rekapitulieren. Hörte sie nämlich nur einen Moment damit auf, packte sie die Erinnerung an Libyen, Achmed und die Wüste, und ihr fiel ein, wie sehr ihr Achmed fehlte. Sie spürte, daß sie dieser Sehnsucht nicht gewachsen war; würde sie sich ihr hingeben, würde sie in ein tiefes Loch stürzen, darüber das mühsam Gelernte vergessen und sich womöglich noch an Gerrits Brust werfen, um Erlösung zu finden. Also verschwendete sie keinen klaren Gedanken an ihr Privatleben.

Jo versenkte die Spurenelementanalyse in ihrer Tasche, verließ die U-Bahn und holte auf dem Weg zum Archäologischen Institut die Aufzeichnungen über Zauberpflanzen hervor, hielt sich das Skript vor die Nase, wich auf dem Bürgersteig automatisch Entgegenkommenden aus, paukte dabei die Zusammensetzung der Hexensalben, prägte sich die Konsistenz der Eintagsblume, der Zauberpflanze der Medea, ein, mit deren Hilfe man den Drachen, den Wächter des Goldenen Vlieses, einschläfern konnte, und stieß schließlich auf die geheimnisvolle Pflanze Hestiateris, die ihren Namen von persischen Gastmahlen hatte, da sie dort verabreicht wurde, um Fröhlichkeit zu verbreiten.

Jo klappte ihr Skript zu, schloß die Augen und blieb mitten im Treppenhaus des Instituts stehen. Irgendeine Erinnerung versuchte zu ihr vorzudringen, etwas, das wichtig, aber von ihr unterdrückt worden war.

Sie war jetzt auf dem Weg zu Gerrits Büro, das vollkommen versteckt im dritten Stock des Archäologischen Instituts in der Schackstraße lag. Man mußte sich hier in den Treppenhäusern und Gängen gut auskennen, um hin- und vor allen Dingen auch wieder herauszufinden. Immer wieder wurden einzelne Bereiche plötzlich abgeschlossen, denn hinter diesen unscheinbaren braunen Holztüren lagerten archäologische Schätze in Kisten oder völlig ungeschützt auf Tischen, um untersucht, bestimmt und sortiert zu werden. Nach einem nicht zu erkennenden Muster schlossen die Wissenschaftler hier ganze Gänge ab, um ihre Schätze zu sichern. Wer sich aber gut auskannte, fand seinen Weg zu jeder Zeit durch die Bibliothek und über den Putz- und Toilettengang, der niemals abgesperrt wurde. Jo stieg gedankenverloren die Treppe weiter hinauf und öffnete die große Glasflügeltür. Jetzt fiel es ihr ein. Sie wollte versuchen, das geheimnisvolle Parfüm nachzukochen, das sie sowohl bei Achmed als auch bei seinem Vetter Omar gerochen hatte. Sandelholz und Jasmin waren die wesentlichen Bestandteile, und das andere mußte sie durch Experimentieren herausfinden.

Sie betrat die kleine Bibliothek und blieb wieder stehen. Die Erinnerung an Achmed kam mit solcher Macht über sie, daß sie Tränen in den Augen spürte. Außerdem wurde ihr regelrecht schlecht. Sie aß in letzter Zeit nur, wenn sie merkte, daß sie müde wurde, aber sie hatte keinen Appetit. Sie würde ihre Lebensfreude erst wiedergewinnen, wenn sie herausgefunden hatte, daß Achmed nicht in terroristische Anschläge verwickelt war. Warum machte sie nicht auf der Stelle kehrt, flog nach Ägypten, mietete sich ein Auto und fuhr nach Libyen, um erst vor seinem verdammten Zelt haltzumachen und ihn so lange mit Fragen zu bombardieren, bis sie die Wahrheit aus ihm herausgeholt hatte? Sie konnte so nicht weiterleben! Sie sehnte sich nach ihm mit einer Intensität, die ihr nicht nur geistige, sondern inzwischen auch körperliche Qualen bereitete, erinnerte sich an seine ungeheure Fürsorge und Zärtlichkeit, während ihr gleichzeitig die schrecklichen Bilder terroristischer Aktivitäten durch den Kopf schossen. Konnte ein Mensch mit dieser Sonne in den Augen kaltblütig morden? Achmeds Blick konnte finster wie ein Grab werden, besann sie sich. Ihr schwindelte. In der Ferne hörte sie schlagende Türen und laute Stimmen. Sie glaubte, Gerrit herauszuhören, der mit jemandem Englisch sprach, der mit typisch arabischem Akzent antwortete. So weit war es also schon mit ihr gekommen! Jo fuhr sich über die heiße Stirn und fröstelte gleichzeitig. Sie hörte jetzt näherkommende Schritte und trat rasch hinter eine Bücherwand. Niemand durfte sie so sehen. Minutenlang blieb sie bewegungslos stehen. Dann merkte sie, daß Tränen über ihr Gesicht liefen. Jo starrte auf die alten Bücher vor ihren Augen. Wo war sie eigentlich, und was wollte sie hier?

Sie überprüfte ihr Aussehen im Handspiegel und machte sich auf den Weg zu Gerrits Büro. Von weitem erkannte sie schon das Chaos in seinen Räumen, die zahlreichen Kisten, die bereits im Vorzimmer herumstanden, die Holzwolle am Boden und das Zeitungspapier, das dazu gedient hatte, jahrtausendealte Scherben vor weiterem Zerfall zu bewahren. Dazwischen wuselte seine Sekretärin, Frau Fischer, herum, eine Frau völlig unbestimmbaren Alters, die Gerrit hoffnungslos verfallen war. Wenn er sie direkt anblickte, schien sie sofort das Gehirn auszuschalten, so daß er es sich angewöhnt hatte, ihr einen Auftrag nur mit gesenktem Kopf zu erteilen. Falls sie also begriff, was er von ihr wollte, vergaß sie Raum und Zeit und verwandelte sich in eine perfekte Erfüllungsbeauftragte. Wenn Gerrit viel zu tun hatte, und das war meist der Fall, ließ sie niemanden zu ihm. So hätte sie auch gerne heute Jo abgewimmelt, aber dafür war es schon zu spät. Jo stieg über einige Kisten hinweg und stand in seinem Büro.

Es war schon später Nachmittag, und er lief unglücklich zwischen wirr gestapelten Holzkisten herum, versuchte, Frau Fischer einen Auftrag verständlich zu machen, gleichzeitig höflich auf Jos Dankesbeteuerungen zu reagieren und die Kisten samt Inhalt, Holzwolle und Bestandslisten im Blick zu behalten. Er war ein Mann, der mindestens drei Dinge gleichzeitig tun konnte. Er konnte telefonieren, nebenbei ein archäologisches Scherbenpuzzle zusammensetzen und sich Notizen für seine nächste Vorlesung machen. Nach ihrem Verständnis erklomm er damit die Stufen höherer männlicher Intelligenz, wußte sie doch aus vielen Gesprächen mit Patrizia, daß der gewöhnliche Mann niemals telefonieren und gleichzeitig ein Auge auf ein Haustier oder gar Kleinkind haben konnte. Bei ihr sei das übrigens ähnlich, entschuldigte die vielbeschäftigte Patrizia die Unordnung im Haus. Sie sei eben sehr männlich veranlagt, was ihr das mathematische Verständnis beschert habe und zugleich die Unfähigkeit, mehr als eine Sache im Auge zu behalten.

Trotz seiner außergewöhnlichen Begabung war Gerrit aber ein hormongesteuerter Mann, kam Jo wieder auf ihre Ausgangsüberlegung zurück. Sie hatte herausgehört, daß er bei seiner Ausgrabung in Arpi eine heiße Beziehung zu einer Archäologiestudentin eingegangen war, die wie Jo vor dem Abschlußexamen stand. Jo kannte diese Gabriela Barlin. Sie würde bald so mollig sein, daß ein Abseilen in römische Grüften bedenklich werden konnte. Doch wahrscheinlich genügte es Gerrit auch, wenn sie am Rande der Ausgrabung auf ihn wartete und ihn ihre bedingungslose Verehrung spüren ließ. Warum bin ich so ungerecht, fragte sich Jo. Schließlich konnte es ihr egal sein, wen Gerrit für seine Bettvorstellungen auswählte. Sie sah ihm zu, wie er, mit Jeans und Polohemd bekleidet, über eine große Kiste hinwegstieg. Von hinten betrachtet, hat er was von einem Cowboy an sich, dachte sie. Kombiniert mit seinem scharfen Verstand, gibt ihm das einen besonderen Reiz. Aber etwas verwirrt ihn heute. Ich kann es nicht sein. Er hat doch jetzt Gabriela. Immerhin, dachte Jo trotzig, liebt mich ein Terrorist, das katapultiert mich weit über das Niveau gewöhnlicher Frauen hinaus.

Aus den Augenwinkeln beobachtete Jo jetzt, daß Gerrit eine Kiste bewegte, ein kleines Ding nur, das er, während er auf sie einschwatzte und von der überlegenen Kunst der Römer aus Arpi erzählte, mit seinem rechten Fuß hinter eine größere Holztruhe zu schieben versuchte. Abwesend sah ihm Jo bei seinem Tun zu. Alles war besser, als ins Grübeln zu kommen, selbst das gedankenlose Starren auf Gerrits lange Männerbeine in blauen Hosen und Turnschuhen. Der Kerl gab sich bewußt ein lässiges Image, dabei strotzte er vor Ehrgeiz und Zielstrebigkeit. Sie lächelte verkniffen, als sie verschwommen erkannte, daß diese kleine blöde Kiste arabisch beschriftet war – obwohl sie aus einem Ausgrabungsort in Italien stammte.

»Arpi ist erst der Anfang«, hörte sie Gerrit dozieren. »Ich habe die Ausgrabung weitgehend abgeschlossen und werde mich entscheiden müssen.«

Warum war das verdammte Arpi so wichtig, versuchte sich Jo zu erinnern. Ach ja, Gerrit hatte sich gerade erst ausgiebig darüber verbreitet. Von Arpi aus hatten die Römer die Vernichtungszüge gegen Karthago gestartet. Jo hatte nicht aufmerksam zugehört. Sie kannte sein Lieblingsthema und war doch hier, um ihm zu danken, nicht um mit ihm zu streiten.

Inzwischen faselte er von Libyen und der dortigen Römerstadt Leptis Magna. Auch hier hatte sie versucht, die Ohren zu schließen. Allein der Begriff Libyen tat ihr so weh, als stoße ihr jemand ein Messer in die Brust. Als er aber tatsächlich behauptete, man müsse Prioritäten setzen, den phönizischen Siedlungsbereich in Leptis Magna dem Verfall und dem Meer preisgeben, um römische Ruinen ausgraben und der Menschheit erhalten zu können, vergaß sie sekundenlang ihren Kummer um Achmed.

»Was, sagtest du, ist die Alternative zu einem Ausgrabungsauftrag in Leptis Magna? Eine Dozentenstelle in Harvard? Um Himmels willen, Gerrit, verschwinde bitte in die USA. Da kannst du nichts kaputtmachen. In Libyen wäre dein Vorgehen unprofessionell und von Haß diktiert. Was hast du eigentlich gegen die Phönizier? Kannst du es immer noch nicht verkraften, daß sie den Römern überlegen waren? Sie haben unter ihrer Führung die klügsten und wagemutigsten Menschen des Mittelmeerraumes vereint, sie haben damals schon begriffen, daß gemeinsame Schrift und Sprache die Menschheit verbindet und zu nie dagewesenen geistigen Höhenflügen verleitet, sie haben die Welt erkundet, ohne sie zu erobern und zu zerstören. Was die Römer wichtig und bedeutend gemacht hat, haben sie von den Phöniziern abgeschaut, aber nur mangelhaft imitiert!«

Viel später, daheim in ihrem Bett kurz vor dem Einschlafen, erinnerte sich Jo, daß Gerrit sie wirklich haßerfüllt angestarrt hatte, ihr zugerufen hatte, sie sei ein Zögling des verdammten Professors Tellos, der jetzt dank eines Unfalls endlich aus dem Verkehr gezogen sei und den Weg freigemacht habe, Leptis Magna weiter auszugraben, ohne auf das barbarische Volk der Phönizier Rücksicht nehmen zu müssen. Aber zu diesem Zeitpunkt glitt Jo bereits hinüber in einen Schlaf, der ihr einen Traum bescherte: Sie sah Achmed hoch oben auf dem Kamm einer Düne stehen. Er lächelte ihr zu, bis der Wind Sand über sein Gesicht blies.

»Wie geht's deiner Festplatte?« Patrizia betrat die Küche, tippte an Jos Stirn und nahm sie dann beim Arm. »Heute wird draußen gefrühstückt.« Sie bugsierte Jo durch die große Küche hinaus auf die Terrasse. »Perfekt, nicht wahr?« Wenn Patrizia froh war, so wie jetzt, verstrahlte sie einen ungeheuren Charme. Jo fragte sich immer wieder, warum ihre Untermieterin nicht mindestens drei heiße Beziehungen zur gleichen Zeit laufen hatte. Patrizia gehörte zu den Frauen, die sowohl in alten abgeschabten Hosen als auch in perfekt geschnittenen Anzügen und sogar in Bermudas elegant aussahen, was im krassen Gegensatz zu dem Chaos stand, das sie gewöhnlich umgab. Ob sie bäuchlings unter einem Schreibtisch lag und Computeranschlüsse überprüfte oder einen Vortrag an der Uni hielt, immer sah sie gepflegt und damenhaft aus. Dabei war nichts Gekünsteltes und Zurechtgemachtes an ihr. Sie war ausgesprochen schlank, trug ihr schwarzes Haar kurz geschnitten und verplemperte keine Zeit mit aufwendiger Kosmetik. Es sind ihre wunderbaren Hände, dachte Jo. Sie konnte Patrizias schlanken Fingern stundenlang zusehen, ob sie sich mit Schraubenziehern oder Computertasten beschäftigten oder, so wie jetzt, frische Semmeln mit Honig bestrichen. Es war ein Genuß, einfach nur ihre Bewegungen zu beobachten. Sie ist klug und schön, dachte Jo und warf Patrizia einen prüfenden Blick zu. Und die meiste Zeit einsam. Oder vielleicht auch nicht? Möglicherweise war auch Patrizia ein ganz anderer Mensch, als sie bisher angenommen hatte. Denkbar war alles, denn in Jos Kopf schien das eine nicht mehr zum anderen zu passen. »Gibt's was Neues?« fragte sie deshalb.

Patrizias nußbraune Augen schimmerten. »Also hast du es entdeckt?« Sie wies auf das Beet am kleinen Gartentümpel. »Es ist frisch entkrautet. Jetzt bin ich aber froh. Seit Wochen habe ich mich auf Haus und Garten programmiert, und du hast nichts mitbekommen.«

»Stimmt.« Jo biß in die Honigsemmel, die Patrizia ihr zugeschoben hatte. Seit sie aus Libyen zurück war, päppelte Patrizia an ihr herum, brachte ihr unaufgefordert Kaffee oder Tee oder stellte ihr einfach einen Joghurt auf ihre Unterlagen. Der Kühlschrank war immer gut gefüllt, und der Kabelsalat im Flur war so weit zur Seite geschoben, daß sie zügig zur Tür gehen konnte, ohne zu stolpern. Doch sie hatte Patrizias Veränderung nur am Rande mitbekommen. »Warst du das etwa?« fragte sie schuldbewußt und wies auf das Beet. Sie konnte sich absolut nicht vorstellen, daß Patrizia Gummihandschuhe über ihre schlanken Finger streifte, sich Hacke und Schaufel nahm und zum Brennesselvernichten ausrückte.

»Bewahre! Nikos und Onkel Oswin waren hier. Übrigens nicht zum erstenmal. Und heute nachmittag kommen sie wieder.«

So, dachte Jo. Nikos war hiergewesen, der staatenlose Mittelmeerbewohner, der seine Zugehörigkeit je nach Auftrag benannte, der Italiener war, wenn er Pizzen buk, zum Griechen mutierte, wenn er im *Hellas* kellnerte, und gerne den Türken am Gyrosstand mimte. Und Onkel Oswin. Früher, als sie noch klar bei Sinnen war, hatte sie den alten Herrn immer wieder abends in den Isarauen getroffen, wenn sie zum Joggen unterwegs war und er dort spazierenging. Er hatte gleich neben der *Römerschanze* ein winziges Häuschen, ein windschiefes Kleinod, das früher ein Lagerraum des Gasthauses gewesen war. Es gehörte seit vielen Jahren Oswin, oder besser gesagt, seinen Büchern. Auch nach seiner Pensionierung als Bibliothekar lebte er mitten in seinen Werken. Sie hatte ihn schon vor Jahren kennengelernt und ihn damals einfach adoptiert. Sie nannte ihn Onkel Oswin, und er sagte manchmal Kind zu ihr, obwohl der eine vom anderen nicht allzuviel wußte. Sich mit ihm zu unterhalten verbuchte Jo stets als Gewinn, oft genug hatte er in alten Wälzern Informationen für sie gefunden, die noch nicht im Internet standen. In letzter Zeit waren sie sich nicht begegnet, wie ihr erst jetzt auffiel. Eigentlich machte er bei jedem Wetter seinen täglichen Spaziergang. Gut möglich, daß ich seit Wochen an ihm vorbeigerannt bin, ohne ihn wahrzunehmen, dachte Jo erschrocken. Und er und Nikos sind hiergewesen und haben gearbeitet, ohne daß ich es bemerkte? Stehe ich vollkommen neben mir? Sie warf Patrizia einen forschenden Blick zu. Vielleicht stand diese kurz vor der Entbindung? Wie ließe sich sonst ihr ungewöhnlicher hausfraulicher Anfall erklären? Jo wischte sich den Mund mit einer Papierserviette ab – mit einer echten Serviette, wohlgemerkt, und nicht mit einem Computerausdruck aus Recyclingpapier – und fragte verwirrt: »Hast du geheiratet, bist du Mutter geworden und schon wieder geschieden? Gibt es irgend etwas, deine Goldene Hochzeit oder so, das mir entgangen ist?«

»Diesbezüglich lastet ein Fluch auf mir«, erklärte Patrizia mit heiterem Gesichtsausdruck. »Wir haben das doch schon so oft besprochen. Zuerst stehen sie Schlange, und jeder will mal, aber spätestens nach einer Viertelstunde haben sie raus, daß ich eins und eins zusammenzählen kann. Eine böse Hexe hat an meiner Wiege einen Zahlenbann über mich gesprochen, aber das weißt du ja. Mir ist auch nicht klar, wie es immer wieder passiert. Beim letzten Mal stand ich bei Siemens auf der Chefetage rum. Wir wollten uns gerade für den Abend verabreden, als einer von den Ingenieuren mit einem Gleichungssystem für ein Offline-Anlagenmodell dazwischenkam. Es bestand aus etwa zwanzigtausend linearen und nichtlinearen Gleichungen ...«

»... die du im Kopf ausgerechnet hast. Oder so ähnlich«, ergänzte Jo. Patrizia war wirklich ein hoffnungsloser Fall.

»Sie können's nicht ab«, sagte Patrizia düster. »Ich kann mir alles erlauben, aber bei Zahlen hört der Spaß auf. Rechnen ist Männersache, verstehst du? Die aus der Branche wittern sofort die Konkurrenz und fürchten, bloßgestellt zu werden. Diejenigen, die hinterm Rücken heimlich mit den Fingern nachzählen, neigen zur Selbstzerfleischung. Ich kriege sie gerade mal ins Bett. Wenn wir aber dann einen Datenaustausch vollziehen und ich eine Berechnung der Optimierungsprobleme vorschlage, fallen sie bäuchlings von der Kante. Ich könnte ja auch mal den Mund halten«, fügte sie nachdenklich hinzu. »Aber ich habe es mir angewöhnt, die Kapazität gleich zu testen. Wenn wir später im Supermarkt stehen und er mit dem Taschenrechner herauskriegen will, ob drei Kisten Bordeaux günstiger als zwei Schachteln Pino Grigio sind, haben wir wieder das gleiche Problem. Da hast du es mit deinem Halef-wie-auch-immer-er-heißen-mag leichter.«

»Genau«, nickte Jo. »Er hat sich über meinen Geruchssinn so in mein Gehirn eingebrannt, daß ich Explosionen gesehen habe, die es in Wirklichkeit nicht gibt. Der Krater, den ich vor mir hatte, war nur das Loch, in das mein Verstand plumpste. Seitdem laufe ich halbblind durch die Welt. Nur gut, daß alle anderen normal sind und die einzig gültige Wahrheit kennen. Martin Gruber, der schöne Fahnder, beispielsweise. Er weiß es einfach, ohne Wenn und Aber, während Florian Elling, das Rundköpfchen, jedenfalls ein Satellitenbild zu Rate zieht.«

»Kripo«, sagte Patrizia versonnen. »Spurensicherung und so. Das wäre doch ein Job für dich. Auch ich wäre dort mit meinem Zahlenverständnis gut aufgehoben. Vielleicht läuft zwischen all den Leichen auch der einzig Kompatible für mich herum.« Sie blickte über den Frühstückstisch in das dampfende Grün des großen Gartens hinaus. Endlich hatte es einmal aufgehört zu regnen. Gut, daß sich Nikos und Onkel Oswin als Hausmeister betätigten, solange Jo blockiert war. Womöglich hätte es Patrizia andernfalls schon längst auf ihren Desktop geregnet. Und sie kümmerten sich darum, daß immer Eßbares im Haus war. Ihr Blick fiel auf den Honig. Nikos hatte ihn aus Kreta mitgebracht. Nicht einmal das hatte Jo bemerkt.

Der Gruber ist attraktiv, sinnierte Jo und würdigte nebenbei den Frühstückstisch, den Patrizia zustande gebracht hatte.

Tee, Brot, Müsli, Milch, alles war vorhanden. Jetzt fiel ein Sonnenstrahl auf ihre Rittersspornbeete und ließ die blauen Blumen leuchten. Wie das Meer der Cyrenaika, dachte Jo, das so ausgesehen haben mochte, als Dido, die Gründerin Karthagos, ihren Fuß auf das Land setzte und König Iarbas überlistete. Mit Gruber könnte ich nicht zusammenarbeiten. Der hat zu viele Vorurteile. Andererseits ist er ein attraktiver Mann. Ihm täglich bei der Arbeit zu begegnen wäre zweifellos netter, als von Scheusalen umgeben zu sein. Ihr fielen die Langweiler aus dem Institut ein, die noch immer glaubten, der Storch habe die Frau ins Bein gebissen. Statt tagaus, tagein mit solchen Kollegen zusammenzuarbeiten, würde sie zweifellos lieber mit Gruber über mehr oder weniger verdammte Araber streiten. Die Kripo schien wirklich eine Alternative für die Zeit nach dem Examen zu sein. Außerdem reizt mich Florian Elling, gestand sich Jo ein. Ob es an seinem runden Kopf liegt? Löst der etwa einen Kindchenschemareflex bei mir aus? Der Inhalt macht es, entschied Jo. Wir könnten uns in der Analyse gegenseitig anstacheln, intelligente Wortgefechte führen, versuchen, dem anderen Erkenntnisse vor der Nase wegzuschnappen …

»Mit deinem Hang, gewisse Vorschriften im bürgerlichen Gesetzbuch anders zu deuten, als es der Untersuchungsrichter tun würde«, unterbrach Patrizia Jos Überlegungen, »solltest du vielleicht Front und Waffenbrüder wechseln, ehe du dich an die Herren der Kripo heranmachst.«

»Kannst du so ohne weiteres die Finger von der Datenbank des Verteidigungsministeriums lassen?« konterte Jo.

»Das ist der Link!« Patrizia stand auf und häufte Frühstücksgeschirr auf das Tablett. »Sehen wir uns doch einmal die Satellitenbilder von Libyen an.«

»Du willst dich in den Polizeicomputer schleichen?« forschte Jo etwas später in der Küche, während sie Patrizia half, das Geschirr in die Spülmaschine zu räumen.

»Polizei«, echote Patrizia. »Die kriegen auch nur die Bilder, die sie bekommen dürfen. Frauen mit Denkvorgängen im Gigabereich gehen zurück an die Quelle. Natürlich nicht von hier aus. Das Haus muß seinen Ruf der Unbescholtenheit bewahren. Aber ich habe die nächsten Tage einen Auftrag bei einer Münchner Firma mit weltweiten Kontakten und Computern, die es aufzurüsten gilt.« Sie blickte aus dem Fenster zum Himmel hinauf. »Die Sonne scheint noch immer. Endlich wird es Sommer. Genau der richtige Tag, um ein bißchen zu surfen und bei den Amis im Pentagon vorbeizuschauen. Inzwischen solltest du Bannrituale studieren. Wir werden sie brauchen!«

Ich bin tatsächlich wacher geworden, stellte Jo auf ihrem Weg zwischen den einzelnen Vorlesungen und Kursen fest. Aber ich kann nicht behaupten, daß es mich freut. Sie war heute morgen an einem Reisebüro vorbeigegangen und hatte auch jetzt gegen abend noch immer das Foto einer hohen Sanddüne vor Augen, mit dem der Veranstalter für eine Safari nach Mauretanien warb. Tief in Gedanken versunken, hatte sie dann einen braunen Umschlag von Gerrit geöffnet, der neben ihrem Platz am Mikroskop gelegen hatte und einige zusammengeheftete Blätter enthielt. Er lasse ihr hiermit eine Sammlung der Examensfragen zukommen, schrieb Gerrit dazu, die Professor Langenberg im Mündlichen gerne stellen würde. Sie solle das nicht herumposaunen. Es handle sich um Insiderwissen. Warum bemühte sich Gerrit so um sie? In den letzten Wochen hatte er Dinge getan, die er noch nie für sie gemacht hatte.

Jo schob den Gedanken beiseite und konzentrierte sich allein auf den Mikroskopierkurs. Als sie nach dem Unterricht das Gebäude verließ und auf die Straße hinausging, entdeckte sie Martin Gruber und Florian Elling. Sie lümmelten vor der Uni herum.

»Ich muß gleich mit der U-Bahn zum Sendlinger Tor fahren«,

sagte Jo in der Hoffnung, die beiden bald wieder loszuwerden. »Falls Sie was von mir wissen wollen, fragen Sie jetzt.« Sie war nicht einmal stehengeblieben, als sie mit den beiden sprach, hatte wie immer ihr Skript über Zauberpflanzen in die Hand genommen und lief die Treppe zum U-Bahn-Schacht hinunter.

»Es gibt wirklich eine staatliche Einrichtung, die die Beschäftigung mit Zauberpflanzen finanziert?« fragte der hübsche Gruber mit der durchtrainierten Figur und betrat neben ihr die Bahn. »Wem soll denn der alte Hokuspokus nützen?«

Jo beobachtete einige junge Frauen im Mittelgang, die zu Martin Gruber herübersahen und versuchten, seine Aufmerksamkeit zu erlangen. Aber er war nur an ihr interessiert, hielt sich jetzt so an der Haltestange fest, daß er dabei Jo umarmte, und lächelte sie nachsichtig an. »Sie halten das Wissen um Zauberpflanzen für blöd?« fragte sie zuckersüß. »Tatsächlich ist es so, daß sich hauptsächlich Polizisten und Juristen dafür interessieren. Ich bin gerade auf dem Weg in die Rechtsmedizin. Irgendein mehr oder weniger idiotischer Rechtsmediziner vermutet einen Mord mit Zauberpflanzen, auch Rauschgift genannt.« Jo warf dem kleinen Florian Elling einen Luftkuß zu. »Irgendwie erinnern Sie beide mich immer an ein bekanntes Filmpaar. Aber ich komme nicht auf die Namen.«

»Ist Ihnen in letzter Zeit irgend etwas aufgefallen? Haben Sie das Gefühl, beobachtet zu werden?« Elling überging Jos Bemerkung, trat näher an sie heran und zückte ein Foto. »Kennen Sie diesen Mann?« Florian hielt ihr das Bild eines Mannes unter die Nase, eines Mannes mit Vollbart und langen Haaren. »Er kommt mir irgendwie bekannt vor«, antwortete sie wahrheitsgemäß.

»Ein Libyer, nennt sich Abdelasir. Wir vermuten, daß er in Deutschland ist.«

Jo schüttelte den Kopf und warf einen Blick auf die Uhr der

Haltestelle. Hoffentlich konnte sie die beiden jetzt loswerden. Sie war in einigen Minuten mit Patrizia per Telefon verabredet. »Können wir Sie in die Rechtsmedizin begleiten?« fragte Florian zu Jos Entsetzen, als sie ausstiegen.

»Wie wär's, wenn Sie gleich hier um die Ecke im Khan, einem persischen Lokal, auf mich warten? Der Besitzer ist ein alter Freund von mir. Lassen Sie sich Tschai geben.« Jo ließ die beiden einfach stehen, lief die Goethestraße hinunter und rannte in die Toreinfahrt der Rechtsmedizin. Sie verabscheute das Gebäude mit seiner düsteren Fassade, den vergitterten Fenstern und dem Geruch nach Verwesung. Die Rechtsmedizinerin Nadja Liebhoff, mit der das Ethnobotanische Institut eng zusammenarbeitete, behauptete immer, Jo bilde sich das nur ein. Ich kann sogar den nahen Schlachthof riechen, es ist gräßlich, dachte Jo. Sie gab die Unterlagen an der Pforte ab, stellte sich hinter die finstere Hofeinfahrt und zückte ihr Handy. »Patrizia?« fragte sie kurz darauf einige Male, denn der Empfang war überaus schlecht.

»Hände weg!« hörte sie immer wieder Patrizias Stimme, und schließlich, als die Verbindung einen Hauch besser wurde: »Laß die Finger davon, Jo. Es gibt nur ein Satellitenbild von Libyen in diesem Zeitraum. Verstehst du, es ist immer dasselbe Bild. Man müßte eine Veränderung sehen, Schiffe draußen auf dem Meer beispielsweise, aber es ist stets dasselbe Bild. Keine Explosionskrater, nichts.«

»Was bedeutet das?« schrie Jo in ihr Gerät, so laut, daß der Pförtner mißbilligend zu ihr herübersah. Dann fiel ihr ein, daß ihr vielleicht Gruber oder Elling gefolgt waren, und sie legte erschrocken die Hand auf den Mund. Das bedeute, hörte sie durch das Rauschen und Knacken hindurch, daß vermutlich an sehr hoher Stelle dort manipuliert wurde und dasselbe Satellitenbild mit dem Datum mehrerer Tage versehen wurde. Patrizia sagte, dies könne nur jemand bewerkstelligen, der weit oben throne. Und daß der Grund, so etwas zu tun, ein übler sein müsse. El Dorado Canyon, zum Beispiel, etwas, das ihr eine Nummer zu groß sei.

»Was?« brüllte Jo, aber da hatte Patrizia bereits die Verbindung unterbrochen. Tief in Gedanken versunken, machte sich Jo auf den Rückweg und versuchte, die Informationen zu verarbeiten. El Dorado Canyon sagte ihr nichts, aber eines hatte sie trotz der schlechten Verbindung herausgehört: Patrizia hatte Angst und wollte nicht länger über das Satellitenbild sprechen.

Später, als sie Florian Elling und Martin Gruber im Khan beim Tee gegenübersaß, hätte sie am liebsten nach El Dorado Canyon gefragt, aber statt dessen sagte sie: »Worauf stoßen wir an? Gibt es was zu feiern? Einen Fahndungserfolg? Eine baldige Verhaftung? Und welche Rolle spielt Abdelasir?«

»Man wird in der Kunstszene immer wieder auf ihn aufmerksam. Bei Sotheby's beispielsweise. Er steht im Verdacht, Kunstschätze außer Landes zu bringen. Und die Gelder fließen in dunkle Kanäle.«

Jo trank den persischen Tee mit lautem Schlürfen. Wenn man Luft und Tee gleichzeitig einsog, gewannen die Aromata an Kraft. Sie konnte einen Hauch Nelke und etwas Bergamotte identifizieren. Dann verschluckte sie sich fast. Verdammt noch mal. Dieser Mann auf dem Foto, dieser Abdelasir, war Nabil Fara! Sie mußte sich den Typ nur bartlos und mit kurzem Haar vorstellen. Als sie Nabil Fara das letzte Mal gesehen hatte, hatte er zusammen mit Eléni, der griechischen Archäologin, in Hamamah am großen Sandsieb gestanden. Das war mehr als vierundzwanzig Stunden vor dem Anschlag gewesen. Jo haßte es, an die Explosion zurückzudenken. Doch sie mußte sich dazu zwingen. War Nabil Fara unter den Toten gewesen oder nicht? Unter all den Leichen hatte sie Professor Tellos sofort an seiner Wollmütze erkannt. Und ihr wäre auch die europäische Kleidung von Nabil Fara und Eléni aufgefallen. Beide trugen immer Jeans und Windjacken. Sie hatte weder Eléni noch Nabil Fara ausmachen können. Konnte es also sein, daß er noch lebte und in Deutschland war, um Achmeds Silberschale abzuliefern? Steckte diese in der kleinen unbedeutenden Kiste mit der arabischen Beschriftung, die sie in Gerrits Büro gesehen hatte? Wenn das stimmte, dann hatte sie Nabil Fara sogar sprechen hören. Sie litt nicht an Halluzinationen, sondern hatte einfach nur auf der Leitung gesessen: Gerrit war ein fürchterlicher Lügner! Er hatte mit Chapman Kontakt gehabt und würde den Transport der Silberschale für Chapman übernehmen. So einfach war das.

»Jo?« diesmal war es Gruber, der sie einfach beim Vornamen nannte. »Wenn Sie etwas wissen, sollten Sie es uns sagen. Ich glaube, Sie sind in Gefahr.«

Jo verfolgte ihre Gedanken weiter. Wenn Nabil Fara lebte, dann mußte er auch Robert Vigarelli von Sotheby's begegnet sein. Hatte dieser ihr nicht erklärt, die Silberschale müßte in einem komplizierten Verfahren übergeben werden? Wer würde sich besser dafür eignen als Abdelasir alias Nabil Fara, der, laut Auskunft der Kripo, solche Transaktionen schon öfter gemacht hatte? Ein überaus unangenehmes Gefühl machte sich in ihr breit. Sie mußte schlucken, obwohl ihre Tasse geleert war. Schließlich wurde ihr Mund trocken, und ihre Kopfhaut kribbelte. Dieser Vigarelli hatte ebenfalls behauptet, er würde Nabil Fara nicht kennen. Sie logen alle; besonders Gerrit. Warum verschwieg er seinen jüngsten Kontakt zu Nabil Fara und Chapman? Wußte er etwas über die Geschehnisse von Hamamah? Sie blinzelte die beiden Beamten an. Martin musterte sie unverhohlen, so wie ein Mann eine Frau betrachtet, die ihn nicht nur aus dienstlichen Gründen interessiert. Florian hatte wieder die Brille abgenommen und blinzelte unbeholfen ins Licht. Die hellen Flecken um seine Augen ließen ihn unschuldig wie ein Baby aussehen, das man aus dem Mittagsschlaf geholt hatte. »Mir ist schlecht«, flüsterte Jo.

»Ist dir nicht gut?« Adil, der Besitzer des Lokals, erschien und brachte Jo ein Glas kaltes Wasser. »Vielleicht bedrängen dich die Herren von der Polizei zu sehr?« Als er den ungläubigen Blicken der Beamten in Zivil begegnete, fuhr er fort: »Ich kann es riechen. Ich habe die Polizei des Schahs gerochen und den Geheimdienst des Ajatollah. Es ist so ein Mief nach schlecht gelüfteten Räumen und der Angst, die dort verbreitet wird. Glauben Sie mir, wenn man selbst immer wieder wochenlang festgehalten wurde, weil man während der Schahherrschaft für Bewahrung von Tradition und Religion demonstrierte und dann nach seinem Sturz aus Gründen der Tradition und Religion ins Gefängnis wanderte, bekommt man einen guten Riecher für alles Miese.« Er räumte die Teetassen fort und verweigerte die Rechnung. »Geht aufs Haus«, knurrte er.

Jo saß noch immer unbeweglich da und starrte vor sich hin. »Abedelasir ist Nabil Fara«, sagte sie matt. »Jedenfalls kenne ich ihn unter diesem Namen. Er ist Erdölexperte und Archäologe oder andersherum. Kann sein, daß alle meine Informationen falsch sind. Er war bei der Ausgrabung in Hamamah dabei. Doch unter den Toten habe ich ihn nicht gesehen. Da bin ich mir jetzt ganz sicher.«

»Weiter«, drängte Florian. »Sie wissen noch mehr. Erzählen Sie!«

»Da ist ein Anruf für dich!« Adil, der das Verhör vom Tresen aus verfolgt hatte, trat zu Jos Tisch und bat sie, ihm ins Büro zu folgen. Dort zog er die Tür hinter sich zu. »Du kannst hier aus dem Fenster steigen. Dann stehst du direkt auf der Pettenkoferstraße und verschwindest. Ich halte sie noch ein bißchen hin.«

Jo lächelte müde. »Danke, Adil. Aber wir sind nicht im Iran.« Sie sah, wie er die Brauen zweifelnd hochzog.

Später, draußen auf der Straße, konnte Jo die Beamten davon überzeugen, daß sie alles gesagt hatte, was sie wußte.

»Genau«, bestätigte Martin Gruber freundlich und deutete eine Verbeugung an. »Frauen wissen eben nicht so viel wie Männer.«

Jo lächelte honigsüß zurück. »Aber was sie wissen, wissen sie besser.« Sie stieg zu den U-Bahn-Gleisen hinab und fuhr zum Goetheplatz. Dort wechselte sie die Linie und fuhr in die entgegengesetzte Richtung zurück. Sie blickte auf ihre Uhr. Wenn sie Glück hatte, war Gerrit noch in seinem Büro. Mit der Kistenladung aus Arpi würde er die nächsten Nächte durcharbeiten müssen. Sie würde auf ihn zugehen, ihn nach der Silberschale fragen, nach Nabil Fara und Chapman. Vielleicht ging er ihr an die Kehle, aber das kam ihr nicht weiter schlimm vor. Nur diese verdammten Lügen konnte sie nicht länger ertragen.

Ich habe Glück, dachte Jo später, wie sich das für jemanden gehört, der Pech in der Liebe hat. Von der Bibliothek des Archäologischen Instituts aus konnte sie bereits erkennen, daß in Gerrits Büro Licht brannte. Er war also da und sortierte seine Schätze. Sie betrat sein Vorzimmer und marschierte in sein Büro. Alle Türen standen weit offen. Jo klopfte nicht einmal an. Gerrit würde irgendwo zwischen seinen Kisten hokken. »Gerrit!« rief sie laut, als sie niemanden ausmachen konnte. Er war nicht zu sehen, mußte aber jeden Moment erscheinen. Er ließ seine Ausgrabungsstücke sicher nicht einfach so herumstehen. Jo setzte sich auf die Schreibtischkante und wartete. Direkt vor ihren Füßen ragte der Henkelgriff eines alten Kruges aus der Holzwolle. Sie konnte die Reste einer Bemalung ausmachen, Muster in braunroten, warmen Erdfarben. Am liebsten hätte sie nachgesehen, ob sich vielleicht eingetrocknete Weinreste im Krug befanden, die man analysieren konnte. Aber selbstverständlich konnte sie nicht in Gerrits Sachen herumschnüffeln. Wo blieb er nur? Mehr als die Hälfte aller Kisten war noch verschlossen, der einfache Holzdeckel nur festgetackert, wie es auch bei Weinkisten üblich war. Und welche Schätze mochten darunter verborgen sein? Diese Gegenstände hier würden eine Sensation darstellen, hätte man sie bei München gefunden. So stammten sie aber aus Arpi, wo man über Scherben aller Arten und Zeitalter stolperte. Kein Wunder, daß Gerrit sie so nachlässig bewachte. Andererseits war es Abend, und nur Insider wußten, wie man in sein Büro kam. Wer sollte hier eindringen und etwas entwenden? Jo stieg vorsichtig über Verpackungsmaterial hinweg und suchte die kleine Kiste mit der arabischen Beschriftung, in der sie die Silberschale vermutete. Sie entdeckte die Holzkiste an der alten Stelle und schnappte nach Luft. Sie hatte es geahnt: Die Kiste war tatsächlich an Chapman adressiert. Jemand hatte mit andersartiger, aber ausgefeilter Handschrift fast überdimensional Bill Chapman daraufgeschrieben. Ein Araber, dachte Jo. Ein Schreiber, der beim H darauf achten muß, nicht automatisch in Schnörkel überzugehen, und der das Doppel-L als zwei einsame Striche in der Landschaft darstellt. Die Kiste war von Hand übergeben worden, denn außer dem Namen war keine Anschrift zu entdecken. Die aufgedruckten arabischen Buchstaben bedeuteten vermutlich so etwas wie Vorsicht! Zerbrechlich! Jo hatte diese Schriftzüge schon öfter gesehen, obwohl sie sie nicht richtig lesen konnte. Zwischen gesprochenem und geschriebenem Arabisch lagen Welten. Und sie hatte jetzt nicht den Nerv, sich damit zu befassen. Gerrit hatte die Kiste noch nicht geöffnet. Wußte er nicht, was sie enthielt? Durfte sie nachsehen, ob sich die Silberschale darin befand? Dann wandelten sich ihre Bedenken in Ärger. Jeder belog sie. Also mußte sie selbst dafür sorgen, daß sie der Wahrheit näher kam. Jo gab sich noch eine Minute. Wenn Gerrit dann immer noch nicht erschienen wäre, würde sie nachsehen. Enthielt die Kiste tatsächlich die Schale, dann hatte sie von allen Beteiligten ja wohl das größte Recht, dieses wunderbare Stück persischer Silberschmiedekunst noch einmal in Händen zu halten, ehe es in Texas in einem Museum hinter Panzerglas verschwand.

Die Minute verstrich, ohne daß Gerrit auftauchte und sich erklären konnte. So nahm Jo das kleine Stemmeisen, das immer auf Gerrits Schreibtisch herumlag, und öffnete kurzerhand den Deckel. Nachher würde sie die herausstehenden Klammern wieder in die vorgegebenen Löcher drücken und vielleicht ein bißchen festklopfen. Sie schob ungeduldig Papier und Holzwolle beiseite und suchte nach dem Inhalt, nach der Silberschale mit den gehörnten Widdern aus Gold und Lapislazuli. Ihre Finger stießen auf etwas Scharfkantiges. Jo drückte das Verpackungsmaterial zur Seite und starrte auf den Gegenstand. Es war eine Kachel. Sekundenlang glaubte sie, vor Enttäuschung schreien zu müssen, dann spürte sie einen Kloß im Magen. Sie hatte diese Art Kachel schon einmal gesehen, damals, als sie die Leiche von Tellos entdeckt hatte. Er hatte diese purpurfarbenen Kacheln in den Resten phönizischen Mauerwerks noch immer angestarrt, während sein Blick schon längst gebrochen war. Jo blickte auf das Kunstwerk mit der Goldsprenkelung und der grünweißen Blume, die darauf abgebildet war. Das Blut rauschte in ihren Ohren. Automatisch tasteten ihre Hände die Kiste nach weiteren Schätzen ab. Da war nichts. Sie bewegte die Kachel vorsichtig, um sie besser betrachten zu können. Die obere Ecke war mit einer dicken Schicht Erde bedeckt. Mechanisch öffnete Jo ihre Tasche, faltete ein Blatt aus einem Notizblock zur kleinen Tüte und schabte sich eine Erdprobe in den Papierbehälter. Sie war jetzt wieder genauso gelassen wie damals im Wadi. Sie mußte einfach nur schneller sein, als ihr Verstand und der Selbsterhaltungstrieb reagieren konnten. Was sie hier tat, war reiner Wahnsinn. Beim geringsten Zögern würde sich ihr Kopf einschalten und ihre Finger und Knie zittern lassen. Was sollte sie Gerrit erklären, wenn er sie jetzt überraschte? Mit bebenden Fingern verpackte sie die Kachel an alter Stelle, drückte den Kistendeckel zu und lauschte. Draußen war nichts zu hören.

Jo huschte aus dem Büro, warf einen Blick in das leere

Vorzimmer, rannte durch dieses hindurch und stand auf dem Gang. Niemand war zu sehen. Sie eilte in die Bibliothek. Ein Student, der dort in eine Arbeit vertieft war, hob erschrocken den Kopf. Jo versuchte, ruhiger weiterzugehen, aber schon im Treppenhaus nahm sie drei Stufen auf einmal, stürmte aus dem Institut und rannte dann die Schackstraße entlang bis zur U-Bahn-Station. Sie benahm sich vollkommen idiotisch, aber sie konnte nicht anders.

Zwei Tage später hatte sich Jo immer noch nicht von ihrem Schrecken erholt. Sie war nicht mehr an die Uni gefahren, aus Angst, unvermittelt Gerrit gegenüberzustehen. Wie sollte sie diesem schamlosen Lügner begegnen? Sosehr sie auch darüber nachdachte, sie wußte keine Lösung. Sie hätte sich gern mit jemandem besprochen, mit einer Vertrauensperson. Aber Nikos hatte eine Nachricht hinterlassen, er könne erst in einigen Tagen mit Onkel Oswin wieder vorbeischauen. Und Patrizia schien sehr viel arbeiten zu müssen oder Jo aus dem Weg zu gehen. Sie kam erst spät in der Nacht heim, und Jo wagte es nicht, sie dann wieder mit ihren Problemen zu behelligen. So hockte sie in ihrem Arbeitszimmer vor ihren Büchern und lauschte auf den Regen. Eigentlich horchte sie, ob heimliche Schritte im Gang oder ungewöhnliche Geräusche zu hören waren, die ihr anzeigten, daß jemand kommen und sie bedrohen würde, da sie Zeuge eines Massakers in Hamamah war und einen Teil der Wahrheit kannte. Jo atmete auf. Alles blieb still. Für die nächsten Minuten, bis sie wieder auffahren und lauschen würde, vertiefte sie sich erneut in ihre Lektüre über die perfekte Riechschleimhaut eines Bluthundes. Jo spürte einen Knoten im Magen. Mußte sie sich bei ihrer Examensvorbereitung ausgerechnet mit einem Bluthund beschäftigen? Sie legte das Skript mißmutig zur Seite, als die Türklingel unerwartet schrillte. Jo fuhr hoch, als habe sie ein Skorpion gestochen. Ihr Herz hämmerte, als sie leise durch den

Gang schlich. Schon von weitem hörte sie seine vertraute Stimme.

»Himmel noch mal«, rief Gerrit. »Mach endlich auf, ich steh' im Regen!« Er machte einen Satz durch die geöffnete Tür und starrte Jo an. »Wie siehst du denn aus? Wenn du dich weiter in deine Höhle zurückziehst, bringst du dich noch um.« Er kniff Jo in die Wange. »Hab' dich für vernünftiger gehalten.«

Jo ließ ihn vorausgehen und blieb mit deutlichem Abstand zu ihm stehen. Kam Gerrit, um sie zum Schweigen zu bringen? Er zog die nasse Lederjacke aus und warf sie auf einen Sessel in der Wohnküche. »Kein Feuer im Kachelofen? Früher war's bei dir gemütlicher. Verheiz ein paar von deinen Wälzern! Du hast doch die Examensfragen. Damit kann nichts mehr schiefgehen. Außerdem eilt dir dein Ruf als Superanalytikerin voraus. Du hast noch immer herausgefunden, was du wissen wolltest, nicht wahr? Allerdings mußt du das Examen noch erleben.«

Jo lehnte sich jetzt an den Küchentisch und hoffte, daß es schnell ging, daß Gerrit einen Revolver ziehen und sie einfach erschießen würde. Bloß nicht erwürgen, dachte sie. Das muß grauenhaft sein.

»Ich kann hier nicht lange bleiben. Wenn ich kein hieb- und stichfestes Alibi habe – Frauen, du weißt schon.« Gerrit machte eine bedeutungsvolle Pause. »Kommen wir zur Sache.« Er langte in die Hosentasche. »Ich hätte es am liebsten an der Uni erledigt, aber dort läßt du dich ja nicht mehr blicken. Das ist das Fax, das uns den Unfalltod von Tellos meldete. Ich dachte, es ist vielleicht wichtig für dich.« Er zog die Hand aus der Tasche und reichte Jo ein zusammengefaltetes Fax herüber.

Jo nahm es mit bebenden Fingern entgegen und überflog es mehrmals. Die Buchstaben tanzten vor ihren Augen. Das Fax war von Nabil Fara unterschrieben. Sie legte das Papier zur Seite und steckte beide Hände in die Hosentaschen, um ihr Zittern zu verbergen. »Kennst du diesen Nabil Fara?«

»Flüchtig. Er hat mit mir vor Monaten über die Ausgrabung von Leptis Magna verhandelt.«

»Ist er nicht ein Bekannter Chapmans?«

»Nicht, daß ich wüßte. Habe den alten Chapman lange nicht mehr gesprochen.«

»Vielleicht schickt er dir mal wieder Orchideen?« Jo spürte, wie ihr Verstand langsam zurückkam. Chapman schickte regelmäßig Orchideen. Wenn er es nicht tat, war etwas nicht in Ordnung.

»Wie gesagt«, wehrte Gerrit ab, »unser Kontakt ist zur Zeit eingeschlafen. Vielleicht sollte ich mich mehr um ihn kümmern.«

Und vielleicht nicht so viele Lügen auftischen, dachte Jo. Sie atmete tief durch. Gerrit war ein Lügner, aber er schien nicht vorzuhaben, auch noch ihr Mörder zu werden. Sie begleitete ihn zur Haustür und schloß erleichtert hinter ihm ab. Bald bin ich reif für die Klapsmühle, dachte sie. Dann rannte sie zurück in die Küche und starrte auf das Fax. Nabil Fara hatte die Uni von Tellos' Tod benachrichtigt. Würde er das tun, wenn er der Mörder war? Und Gerrit? Hatte ihm nicht Nabil Fara die Kiste überbracht, und war diese nicht an Chapman adressiert? Er log unverfroren. War er in Ägypten gewesen? Hatte sie ihn vielleicht doch im Auto gesehen? Und warum ging diese Kachel an Chapman? Ein letztes Souvenir aus Kartaram, von Ruinen, die er nie gesehen hatte?

Die Kachel! Jo stöhnte auf. Warum hatte sie die Erde nicht längst untersucht? Ach was, Erde, an der Kachel klebte vor allem Blut! Sie würde morgen die Probe zu Nadja Liebhoff in die Rechtsmedizin bringen. Und ich verfluche mich, dachte Jo bitter, daß ich es nicht schon längst getan habe. Warum habe ich mich eigentlich nicht schlau gemacht und nachgeforscht, was El Dorado Canyon bedeutet? Auch dazu wäre genügend Zeit gewesen. Die Antwort lag auf der Hand. Sie war nicht Patrizia. Sie konnte nicht eins und eins zusammenzählen.

Das Leben ist vollkommen normal, sagte sich Jo am nächsten Morgen. Ich fahre wie jeden Tag zur Uni, lerne, absolviere meine Kurse und werde das Staatsexamen bestehen. Sie überprüfte ihr Lernpensum und verglich es mit den Tagen, die ihr noch blieben. Bisher lag sie gut in der Zeit. Sie würde sich noch einen einzigen Abstecher erlauben, die Probe vom Kachelrand in die Rechtsmedizin bringen, sie untersuchen lassen und danach alles vergessen. Sie kannte eine Menge Leute, die ein gewisses Interesse an Hamamah oder Kartaram hatten, aber ihr, Jo Zakyneros, war nicht mehr daran gelegen herauszubekommen, worin der gemeinsame Nenner bestand. Sie mußte an Florian denken und das, was er ihr mitgeteilt hatte. Der Verdacht gegen sie war fallengelassen worden. Ihrer wissenschaftlichen Laufbahn stand also nichts im Weg. Sie würde in kürzester Zeit ihr Examen bestehen und dann irgendwo in einem Institut untertauchen. In einigen Jahren hatte sie alles, was mit Hamamah in Verbindung stand, verdrängt. Es blieb also nur noch die Untersuchung dieser kleinen Probe.

»Ich muß mit dir reden«, las Jo am Abend des nächsten Tages. Eléni, die Archäologin aus Athen, hatte ihr eine E-Mail geschrieben. Jo schaltete ihren Bildschirm aus und klappte ein Buch über die Archäometrie auf. Sie wollte nicht mit Eléni reden, sie wollte keine neue Variante von Hamamah und Kartaram hören, irgendeine Geschichte, die nicht stimmte.

»Wir müssen uns sprechen!« Diese Notiz von Nadja Liebhoff fand sie tags darauf im Institut vor, als sie den Umschlag aus der Rechtsmedizin öffnete und nur diesen Zettel, aber nicht das erhoffte Ergebnis der Erdprobe in Händen hielt.

»Reden wir heute abend doch noch einmal über das Satellitenbild. Patrizia«, las sie Stunden später auf dem Display ihres Handys. Auf ihrem Weg zu einer Vorlesung über die Analyse von afrikanischen Jagdgiften blieb Jo stehen, lehnte sich an eine Hauswand, schloß die Augen und dachte nach. So leicht war es also nicht, das Geschehen im Wadi zu verdrängen. Vielleicht sollte sie doch noch ein paar Dinge klären. Dazu mußte sie Thomas erreichen. Von allen Verrückten, die ihren Weg kreuzten, schien er der Vernünftigste zu sein – von seinem Herodot-, Alexander- und Saladin-Tick mal abgesehen, seinen Geschäften mit Libyen und der Vorstellung über die Wandelbarkeit der Zeit, den Rätseln des Sphinx, der Vermutung, daß Gold in Kartaram gefunden worden war, und der Überzeugung, daß man im Orient einem Kreuzritter begegnen konnte. Sie nahm ihr Handy und wählte seine Nummer. Aber auch diesmal geriet sie nur an den Anrufbeantworter. »Ich muß dich sprechen«, sagte sie auf sein Band.

Als sie abends nach Hause kam, sah sie bereits von der Straße aus, daß sie erwartet wurde. Gedämpftes Licht fiel auf den regennassen Steinplattenweg, der vom Eingang um das Haus und die Blumenbeete herum zur Terrasse führte. Früher haben wir im Sommer dort draußen gesessen, erinnerte sich Jo. Onkel Oswin kam mit einer Flasche Rotwein vorbei, Nikos verschwand in der Küche und buk Pizzen, Patrizia fummelte an den Computern herum und ließ die Stromversorgung zusammenbrechen. Wir saßen bei Kerzenschein auf der Terrasse, spülten die halbgaren Pizzen mit viel Wein herunter und haben gelacht. Jo zögerte, bevor sie den Schlüssel ins Schloß steckte. Wir haben tatsächlich gelacht. Manchmal hörte ich die anderen schon lachen, bevor ich nach Hause kam. Als sie aber jetzt den Flur betrat, war alles still. Wie üblich bahnte sie sich ihren Weg durch Verpackungsmaterial und Anschlußkabel und öffnete die Tür zur großen Wohnküche.

Der Tisch war festlich gedeckt. Onkel Oswin saß wie immer am Ende der Tafel und blickte ihr erwartungsvoll entgegen. Nikos hatte eine blütenweiße Schürze um, die bis zum Boden reichte, ein bezauberndes Lächeln in seinem Gesicht, das die edlen Zügen eines griechischen Bronzekriegers hatte. »Keine Pizza!« rief er vom Ofen aus. »Arabisches Brot mit Auberginen. Komm her, Alte, du hast uns gefehlt!« Er nahm Jo in seine mehlbestäubten Arme, steckte ihr eine Zucchiniblüte ins Haar und tupfte ihr Tomatenmark auf die Wangen. »Zum Anbeißen.« Er hielt Jo ein Glas Retsina an die Lippen und ermunterte sie zu trinken. »Auf Zypern gereift, dort, wo sich die Göttinnen mit Sterblichen einließen, sich nächtelang leidenschaftlich eng umschlungen in Zypergras und Eichenmoos wälzten. Wo seitdem die Menschen versuchen, den Duft der Verführung und Ekstase einzufangen und in Parfüms zu bannen, wie wir von dir gelernt haben, mein Täubchen. Nur bei uns beiden ist es andersherum.« Er hatte sich bei Jo untergehakt und tanzte mit ihr einige Schritte Sirtaki.

»Du arbeitest also wieder im *Hellas*?« fragte Jo, die neben ihm das Bein vor- und zurückschwang. Bereits mit den ersten Klängen griechischer Musik, die Onkel Oswin jetzt lauter stellte, hatte sich Nikos Lenakis in einen Griechen verwandelt. Noch beim Tanzen warf Jo die Tasche auf einen Stuhl, schmiß die regennasse Jacke hinterher und schleuderte schließlich die Schuhe von den Füßen. Sie wirbelte um den großen Tisch herum, schaffte es, dabei Onkel Oswin einen Begrüßungskuß auf die Wange zu geben, während Nikos bei jeder Runde die Teigstücke weiterbelegte und schließlich das Blech in den Ofen schob, ohne in der Tanzbewegung innezuhalten. Er sieht sensationell aus, fand Jo. Nikos trug sein schwarzes Haar in schulterlangen Locken, war gut gebräunt und blickte sie träumerisch an. »Was ist bei uns andersherum?« flüsterte Jo, an seine Schulter gelehnt. Sie hatte immer einen gewissen Verdacht gehabt, was Nikos' Sexualleben betraf. Nikos sah hinreißend aus, und sie mochte ihn, sehr sogar, sie registrierte den Griff seiner schlanken, kräftigen Hand um ihre Taille, und sie mochte auch das, aber es berührte sie nicht. Er warf ihr wieder einen Blick aus dunklen, von langen Wimpern beschatteten Augen zu und erklärte: »Bei uns beiden bin ich der Gott und du die Sterbliche!« Er packte Jo, wirbelte sie um sich herum, stemmte sie hoch, hielt sie fest und ließ sie genau mit dem letzten Takt der Musik wieder zu Boden gleiten. »*Kalós orísate,* willkommen! *Eláte na fáte,* komm und iß!«

Jo nippte inzwischen am zweiten Glas Retsina, hörte das Feuer im Kachelofen prasseln und den Regen auf die Fensterbretter trommeln, sah Nikos zu, der unendlich viel Knoblauch für das Tsatsiki hackte, roch das warme Brot im Ofen und die schmorenden Auberginen, hörte auf Onkel Oswin, der von ihren Blumenbeeten berichtete, vom Löwenzahn, der sich überall breitgemacht habe, und vom verstopften Abflußrohr des Gartenteichs, in dem eine Kröte beharrlich Hausbesetzung betrieb, so daß er ein neues Rohr legen mußte, in das jetzt ein Frosch eingezogen sei, und ob sie überhaupt wisse, daß im Holzschuppen ein Marder wohne, sie solle auf ihr Fahrrad achten und dürfe auf keinen Fall die Fensterläden am Eingang streichen, denn dahinter schliefen Fledermäuse. Nach einiger Zeit konnte Jo dann endlich frisch gebackenes Brot in Tsatsiki stippen, was aber den taumeligen Zustand nicht vertrieb, sondern sie nur noch durstiger machte. Schließlich häufte Nikos Bauernsalat auf ihren Teller, gab ihr wie immer drei schwarze Kalamata-Oliven extra dazu und stellte eine weitere Portion für Patrizia bereit. »Sie kommt gleich«, sagte er und versuchte, schmachtend dreinzuschauen. »Sehnenden Herzens aber blickte Odysseus ...«, begann er. Sekundenlang wurde Jo sehr wach. »Wo bist du geboren, Nikos?«

»Piräus«, antwortete er theatralisch, »wenn es nicht Knossos oder Delphi war.«

Vermutlich war es Tunis, dachte Jo, oder Beirut. Er lügt, so wie alle in meinem Leben. Sein Griechisch stimmt nicht. Griechisch ist nicht meine Muttersprache, aber seine groben Schnitzer höre ich gleich. Und er zitiert Homer falsch. Aber spielt es eine Rolle? Und was wollte ich eigentlich Patrizia fragen? Patrizia wird es mir sicher gleich erklären. Als diese zu ihnen stieß, warf sie sich erst einmal in Nikos' Arme, der sie minutenlang wiegte, ehe sie ein ganzes Glas Wein in einem Zug leerte und zu Jo sagte: »Es ist nichts, nichts, was du wissen und hinterfragen solltest oder begreifen kannst. Mach es wie ich! Vergiß es einfach. Das wollte ich dir sagen.«

»Ich bin gut im Vergessen«, stimmte Jo mit vollem Mund zu. »Ich habe die Überlieferungen zu den bisher nicht identifizierten psychoaktiven Pflanzen schon dreimal gelernt und wieder total vergessen. Da gibt es das antike Achaimenis, das als Liebeszauber im Orient in Gebrauch war und das Aussehen von Bernstein hatte, Plinius hat's beschrieben, als er davon im verlorenen Buch, der Cheirokmeta, las, und ich habe den Faden verloren. Was wollte ich sagen?«

»Du wolltest nur genießen.« Patrizia prostete ihr zu. »Wir sind von zauberhaften Männern umzingelt, von Onkel Oswin, der in seiner Weisheit die Waschmaschine reparierte, ohne eine Computerexpertin dazu zu benötigen, und von Nikos, dem perfekten Hellenen.«

Jo sah zu Onkel Oswin, dem kleinen alten Mann mit der Brille, hinüber. Er sieht ein bißchen wie ein Fuchs aus, dachte Jo. Nein, korrigierte sie sich, eher wie ein Wiesel. Wobei ich noch nie ein Wiesel mit Tonsur gesehen habe, bei dem die restlichen grauen Haare an den Seiten wie ein Strahlenkranz abstehen. Was verleiht ihm das Wieselaussehen? Es sind seine flinken Augen hinter der Brille und der leicht gespitzte Mund. Aber wer ist er eigentlich? Sie erinnerte sich, daß sie vor Jahren einmal durch seine Brille geblickt und keinerlei Veränderung festgestellt hatte. Sie hatte dem keine Bedeutung beigemessen. Vielleicht trug er Fensterglas auf der Nase, weil es zum Image eines Bibliothekars gehörte? Sie dachte an seine Bücherwände in dem kleinen Häuschen an der *Römerschanze*. Waren es echte Bücher oder nur Papprücken? »Was war in dem Wein?« fragte Jo. Der Raum drehte sich um sie.

»Das große Vergessen. Wenn deine Platte erst gelöscht ist, kannst du sie mit neuer Weisheit bestücken. Wir helfen dir dabei.« Patrizia drückte auf den Dimmer und tauchte die Wohnküche in dämmriges Licht. »Sieh her, das Orakel deiner Untermieterin wird zu dir sprechen.« Sie rollte ein Beistelltischchen heran, das mit Spielkarten, Würfeln, Dominosteinen, chinesischen Bronzemünzen und ägyptischen Orakelsteinen belegt war. »Wußtest du das nicht?« fragte sie die staunende Jo.

»Mach nur«, ächzte Jo. Natürlich hatte sie nicht gewußt, daß sich Patrizia damit in ihrer Freizeit beschäftigte. Sie ließ den Blick durch den Raum schweifen. Kamen hier fremde Leute zu Séancen zusammen, weissagte ihnen Patrizia mit Hilfe von Hexagrammen und Dominosteinen? Und wo war die Kristallkugel?

»Ehe ich's vergesse«, mischte sich Onkel Oswin ein. »Patrizia, ich habe endlich herausgefunden, wie das älteste Lehrbuch der Welt heißt, mit dem man einen Code knacken kann. Es wurde 1412 von dem Perser Qualquaschandi verfaßt und nach ihm benannt. Vielleicht nützt dir die Information.« Er schob Patrizia einen Zettel hin. »Aber bei den Sumerern habe ich nur herausgefunden, daß sie bereits vor mehr als viertausend Jahren mit Codes arbeiteten. Und im vierten vorchristlichen Jahrhundert muß die Welt von einem Verschlüsselungswahn befallen worden sein. Das ist alles.«

»Ach, ich liebe euch«, antwortete Patrizia. »Ich werde euch mit einer Widmung in meiner Doktorarbeit würdigen, euch einen Ehrenplatz ganz vorne auf der ersten Seite reservieren.«

»Doktorarbeit?« echote Jo.

»Über Wahrscheinlichkeitsberechnungen bei der Zufallstheorie, einfach formuliert. Bemüh dich nicht, Jo, du verstehst es sowieso nicht. Das sind ganz einfach Zahlen auf der einen und Zahlen auf der anderen Seite. Und die sitzen hier.« Sie ließ ihre Hände über den Karten, Steinen und Würfeln kreisen. »Gibt's schon Kaffee, Nikos? Sonst könnten wir auch aus dem Kaffeesatz lesen. Nein?« Patrizia dämpfte wieder die Stimme und babbelte Unverständliches über dem Beistelltisch, hob den Blick und starrte Jo an. »Ich hab's erraten«, flüsterte sie mit gekünstelter Stimme. »Du bevorzugst die berühmten ägyptischen Orakelsteine, um in deine Zukunft zu blicken. Selbst wenn es sich nur um eine billige Imitation aus dem Spielzeugladen handelt.« Jo beobachtete Patrizias Handbewegungen, als sie die 25 Steinchen aufnahm und so auf den Tisch legte, daß nur die glatte Oberfläche zu sehen war. Sie war noch immer vom Wein benommen und gelöst genug, das Theater mitzuspielen.

»Große Pythia, Geliebte des neben dir sitzenden Apolls in Gestalt unseres verführerischen Nikos, ich beuge mich deiner Vorhersage und biete dir als Opfergabe meine Friedfertigkeit an. Magst du unseren Hausgang auch weiterhin mit deinem Krempel heimsuchen, wie einst die sieben Plagen Ägypten bedrängten. Aber erlaube, große Seherin, daß ich dir meine bescheidene Meinung kundtue. Ich nehme einen Stein, und ich sage voraus, daß es sich um das Zeichen der Bastet handelt.« Jo hatte Thomas vor Augen, der sie darüber aufklärte, daß alle 25 Steine dasselbe Symbol trugen. Sie lächelte also geheimnisvoll, ließ ihre Hand über den Steinen kreisen, zuckte hierhin und dorthin und nahm schließlich einen aus der Mitte. Sie hielt das Zeichen der Bastet in der Hand und präsentierte es den anderen. Dann lehnte sie sich zurück. Was würde Patrizia, die Mathematikerin, ausgerechnet ihr über die Schutzgöttin der Parfümeure und Salbenbereiter erzählen können?

»Moment. Kaffee, Nikos, sonst kann ich nicht denken.« Patrizias Stimme war vollkommen normal. Sie dimmte das Licht höher. »Du bist genau der Faktor X in meiner Hypothese, den ich bestimmen muß. Onkel Oswin, konnte Jo sehen, wohin ich den Bastetstein gelegt habe?« Der Alte schüttelte den Kopf. »Das ist es«, fuhr daraufhin Patrizia fort, »das ist genau der Knackpunkt. Heute kann ich das nicht mehr berechnen. Nikos, um Himmels willen, ist dein Tsatsiki scharf. Ich habe zuviel Wein getrunken.«

»Hör auf mit dem Theater«, sagte Jo böse. »Jeder blöde Orakelstein trägt das Zeichen der Bastet.«

»Häh?« Patrizias Finger schienen ausnahmsweise flinker als ihr Verstand zu sein. Jo sah, wie sie ein Täfelchen nach dem anderen umdrehte. Anubis, Re und Hathor kamen zu Vorschein, Imhotep, Apis, Amun und Osiris. Kein Symbol glich dem anderen.

Minutenlang sagte keiner etwas. Jo starrte auf den Teller mit den Auberginenresten. Sie hatten eine gewisse Ähnlichkeit mit dem, was von den Arbeitern im Wadi Hamamah übriggeblieben war, das ließ sich nicht leugnen. Mit leiser Stimme erzählte sie von Hamamah, von Marsa Matrûh, von der weissagenden Frau aus Ägypten, von jener aus dem Tempel des Besch in Bahariya, die Omar den Orakelspruch der Bastet mitgeteilt hatte, von dem unwiderstehlichen Duft dieser Aschrams, von Omar und seinem Vetter Achmed, nein, Halef, von deren Lockstoff, den sie nicht vergessen, aber auch nicht entschlüsseln könne, von den kleinen Glasflaschen aus Kartaram, der Ruine, dem Zentrum des phönizischen Handels mit Ägypten und dem Rest der Welt, das wohl durch eine Explosion zerstört worden sei oder etwa nicht? Jo blickte Patrizia flehend an. Hatte diese ihr nicht einen Begriff genannt? Sie dachte an den Explosionskrater, der auf den Satellitenbildern nicht zu sehen war. »El Dorado Canyon«, sagte sie abschließend. Es klang wie ein Amen.

»El Dorado Canyon – fünfzehnter April 1986«, griff Onkel Oswin das Stichwort auf. »Der amerikanische Präsident läßt Libyen bombardieren. Es sollen chemische Anlagen zerstört werden, die zur Herstellung von Giftgasanlagen dienen. In Wahrheit werden die Städte Tripolis und Benghasi getroffen. Zivilisten kommen ums Leben, darunter auch Gaddafis kleine Tochter. Libyen protestiert ungehört vor dem Weltsicherheitsrat. Zwei Jahre später kommt es zum Flugzeugabsturz von Lockerbie. Libysche Attentäter werden dahinter vermutet. Einer von ihnen soll auf Malta als Flugzeugmechaniker tätig sein und den Koffer mit der Bombe an Bord gebracht haben. Vier Jahre später verhängt die UN auf Druck der USA ein Embargo über Libyen. Mit dem üblichen Ergebnis: Die schmutzigen Geschäfte laufen ungebremst weiter, wer ohne Embargo wenig Skrupel hatte, hat jetzt gar keine mehr, die Schuldigen bereichern sich noch ungeheuerlicher als zu Zeiten der freien Handelsbeziehungen, und die Unschuldigen leiden. Aber das sind gerade mal vier Millionen Libyer, Araber, arabisierte Berber und Tuareg, Kulughli, also Nachfahren aus türkischer Besatzungszeit, und ein paar Beduinen ungewisser Abstammung, alles in allem völlig unbedeutende Zahlen. Die sozialistische Volksrepublik Libyen, basierend auf der Rechtsgrundlage des Koran, wird von Amerika zum Schurkenstaat erklärt. Europäische Länder beziehen das dringend benötigte Erdöl weiterhin aus Libyen, denn schließlich will keiner ins Verderben rennen, schon gar nicht zu Fuß. Die USA mit der größten Erdölnachfrage verbrauchen jetzt eine Million Barrel irakisches Öl pro Tag und haben kein Problem, deshalb dem Irak, dem anderen so bezeichneten Schurkenstaat, zu Kreuze – oder besser: zum Halbmond zu kriechen, damit die Airconditionanlagen und Fußwärmer Tag und Nacht in Betrieb bleiben können. Auf eine gewisse Moral, oder nennen wir's Haltung, muß man eben verzichten, wenn es um frische Eiswürfel geht. Wo waren wir inzwischen? Ach ja, beim El Dorado Canyon Nummer zwei vielleicht. Hübscher Code für den Befehl, Libyen zu bombardieren. Wer Kenntnis von diesen Dingen hat, besäuft sich, so wie wir, oder freut sich des Lebens, je nach Einstellung, oder sprengt Unschuldige in die Luft und trägt seinen Teil dazu bei, daß die gottverdammte Menschheit endlich wieder an ihren Ursprung zurückkehrt.«

»Und der wäre?« fragte Jo. Sie schielte zu den schwarzroten Auberginen hinüber. Sie waren ihr nicht bekommen. Wenn sich auch, dank des Weines, in ihrem Kopf nichts mehr regte, im Magen spürte sie ein deutliches Rumoren. Seit Hamamah war ihr ständig schlecht. Und endlich wußte sie auch, warum: Sie ging mit dem Massaker schwanger.

»Ja, ja, der Ursprung«, murmelte Onkel Oswin und schien darüber einzuschlafen, aber dann hieb er mit der Faust auf den Tisch, daß Gläser und Teller hochsprangen. »Bums«, sagte er überflüssigerweise. »Und die Erde war wüst und leer.«

Schließlich war es Nikos, der den Bann brach. »Und Circe verwandelte die Menschen in Schweine! Gehen wir zur Tagesordnung über.« Er räumte Geschirr in die Spülmaschine, legte melancholische griechische Musik in den Kassettenrecorder, verstaute Weinflaschen im Kühlschrank und brühte zum Schluß Kaffee auf. »Patrizia?« fragte Jo noch einmal nach der ersten Tasse Kaffee, die ihr Gehirn belebte.

»Nein.« Patrizia spreizte alle zehn Finger. »Kein Wort zum Satellitenbild. Du kommst in Teufels Küche.«

Nikos flocht sich Alustreifen vom Weinverschluß in seine schwarzen Locken und piekte Jo mit einer Gabel. »Du bist schon in Teufels Küche. Widme dich mal deiner Wäsche. Wir haben Handtücher und Bettwäsche gewaschen, auch mal ein T-Shirt von dir dabei gehabt, aber ...« Er machte eine bedeutungsvolle Pause, verschwand in Jos Bad und kam in ihrem Beduinenkleid wieder. »Das liegt seit Wochen herum. Hat es Reliquienwert?« Mit lasziven, verführerischen Bewegungen tänzelte er vor ihr herum, schob das Becken vor und zurück und bewegte die Arme über dem Kopf. »Leihst du es mir mal?« fragte er hoffnungsvoll und schnüffelte am Rocksaum, den er kokett anhob. »Aber ungewaschen mit diesem Duft der Verführung?«

»Es riecht noch immer nach Achmed?«

»Namen«, antwortete Nikos. »Nichts als leere Worthülsen. Fülle sie mit Leben! Laß mich den Geliebten riechen! Gib uns sein Parfüm, Jo! Es macht Männer und Frauen und alle Zwitterwesen verrückt.«

Hatte sie Achmed gesagt oder Halef? Jo biß sich auf die Lippen. Achmed und sein Sohn waren in die schmutzige Politik verwickelt, die zu Bombenangriffen auf beiden Seiten führte. Dazwischen stolperte sie über zerfetzte Leichen im Wadi Hamamah, kam Gerrit in die Quere, der alles vernichten wollte, was an Phönizier erinnerte, und traf jetzt auf Nikos, den nur ein blödes Tuntenparfüm interessierte, während die Welt um ihn herum gerade mal wieder in Untergang und Wahnsinn abdriftete. Bisher hatte sie den Gerüchen vertraut, hatte sich mit dem Studium der Pflanzen und Aromata eine berufliche Karriere aufgebaut, war glücklich, wenn sie riechen und dabei träumen konnte und berauschte sich an der Vielfalt der Düfte. Aber jetzt war es genug. »Blödes Parfüm«, sagte sie mit Nachdruck. »Deswegen geht die Welt nicht unter.«

»Das würde ich nicht unterschreiben, Kind«, widersprach Onkel Oswin. »Du machst mir Sorgen! Weißt du etwa nicht, daß das Römische Reich wegen eines Parfüms unterging? Cleopatra hatte die Segel ihres Schiffes mit Königsparfüm getränkt, als sie Cäsar entgegenfuhr. Er nahm den Duft auf und war ihr verfallen. Das war der Anfang vom Ende der römischen Weltherrschaft. Wir lassen dich jetzt alleine, damit du morgen wieder lernen kannst. Mach uns bloß keine Schande!«

Jo und Patrizia begleiteten die beiden noch bis zur Tür. »Und dieser El Dorado Bums«, sagte Nikos zu Oswin, »was da so aus dir rausgesprudelt ist, das steht alles in deinen Büchern?«

»So ungefähr«, antwortete Onkel Oswin. »So wie du Homer zitierst, mehr oder weniger.«

Jo schloß die Tür hinter ihnen und folgte Patrizia zurück in die Küche. Sie sah ihr zu, wie sie Dominosteine und Spielkarten einsammelte. »Und du hast wirklich keine Explosion auf dem Satellitenbild gesehen?« fragte sie.

»Ach ja«, wehrte Patrizia ab. »Krater hin, Krater her. Das ist nur so ein Wortspiel – wie mit Achmed, der eigentlich Halef heißt.«

Jo hatte nicht richtig zugehört und fuhr sie gereizt an. »Ich kann es nicht mehr ertragen. Alle lügen in dieser Sache.«

»Da sagst du was.« Patrizia nickte mehrmals und sammelte weiter Orakelsteine und chinesische Münzen ein. »Und du lügst besonders schlecht.«

In der Wüste hatte Jo nicht so unter der Hitze gelitten wie heute in München. Nach wochenlangem regnerischem Wetter schien nun die Sonne von einem blanken Himmel. Die ganze Stadt dampfte wie ein tropischer Wald. Gegen Mittag fühlte sie sich so matt, daß sie sich kaum dazu aufraffen konnte, die Rechtsmedizinerin Nadja Liebhoff im Khan zu treffen. Jo hatte das Lokal vorgeschlagen. Sie wollte unter keinen Umständen an einem so schwülen Tag in das medizinische Institut gehen. Der penetrante Geruch dort würde bei dieser Luftfeuchtigkeit noch unerträglicher sein. Die Liebhoff willigte ein; ihr sei ein Ortswechsel recht, ließ sie Jo wissen, wenn man nicht weit zu gehen habe und es dort Vegetarisches gäbe. Sie verabscheue Fett, Blut und Püriertes.

»Sie scheinen hier Stammgast zu sein? Ich habe nur Ihren Namen erwähnt, und schon kam der Chef persönlich mit einem Glas Airan«, nickte Nadja Liebhoff anerkennend. »Und für meine Füße brachte er ein Kissen. Wissen Sie, ich stehe immer auf kalten Kacheln herum. An einem Tag wie heute quellen meine Füße auf wie Hefeknödel.« Die Rechtsmedizinerin strich sich ihr mausgraues Haar hinter die Ohren. »Er hat mir gefüllte Zucchini auf persische Art und gelben Reis empfohlen. Was halten Sie davon?«

»Die Zucchini schmecken nach Zimt, aber sehr scharf, und der Reis wird mit Kurkuma gewürzt. Das färbt ihn gelb. Versuchen Sie es einfach.«

»Etwas Unbekanntes versuchen? Und sei es auch nur ein

fremdes Essen? Genau das ist mein Problem. Schauen Sie mich an, was sehen Sie?«

Jo stutzte. Sie sah eine reife Frau unbestimmbaren Alters mit grauen Haaren und Sorgenfalten, einer rundlichen Figur, die in einem braunen Kostüm steckte und konturenlos in die braunroten Polster überging. »Ich sehe scharfe Augen«, antwortete Jo. »Vielleicht ein bißchen müde, aber voller Interesse.«

»Das ist auch das Beste, was ich zu bieten habe. Und das war's dann auch schon. Der Rest ist deutsche Norm: zwei Kinder, zwei Autos, Doppelverdiener, Doppelhaushälfte, Skiurlaub im Winter, spanische Insel im Frühling und Sommer in der Toskana. Na, das stimmt nicht ganz. Wir waren schon überall, aber fragen Sie mich bloß nicht, wo. Wenn ich abends am Urlaubsort ankomme und morgens aus dem Fenster schaue, kann ich unser Fünf-Sterne-Hotel nur grob einordnen. Haben die Sonnenschirme Bastfransen, sind wir wahrscheinlich in Asien, entdecke ich Spitzbögen im Mauerwerk, vermute ich, irgendwo im Orient zu stecken. Sonst ist alles gleich, das Essen, die Touristen, der Service. Ich weiß nur ziemlich genau, wenn wir in den USA sind. Allerdings bin ich mir nie sicher, wo denn nun eigentlich. Ich war schon zweimal in Dallas«, fügte sie versonnen hinzu. »Vielleicht sogar öfter, aber schlagen Sie mich. Ich kann mich an nichts Markantes erinnern.« Nadja Liebhoff nahm eine winzige Probe von den gefüllten Zucchini und testete sie vorsichtig. »Kann man essen. Wissen Sie, ich denke mir das oft. Warum, verdammt noch mal, essen wir nicht einfach hier? Unser Reiseunternehmen schickt uns im klimatisierten Bus zu irgendeinem Basar, dort wartet der deutschsprechende Reiseführer und zeigt uns zwei schöne saubere Läden. Aber manchmal kann ich einen Blick in eine finstere Gasse werfen, ich seh' was vom Leben, verstehen Sie? Da gibt es Garküchen, Straßenverkäufer, offene Brotstände, kleine Teestuben, alles Orte, wo ich einmal im Leben hinmöchte. Und wo lande ich?

Am Hotelbuffet. Das schlimmste ist, mein Mann ist so glücklich damit. Wir machen alles gemeinsam. Wir telefonieren zweimal am Tag miteinander, wir schlafen abends beide vor dem Fernseher ein, und wir kriechen zur gleichen Zeit ins Bett. Nicht, daß sich dort Aufregendes täte. Aber wenn ich später nachkommen will, wird er unruhig.«

Jo schob ihren Teller mit arabischen Möhren und grüner Gerste zu Nadja Liebhoff hinüber. »Kosten Sie mal davon.«

Die Medizinerin pickte sich eine Möhrenscheibe heraus. »Schmeckt ein bißchen nach Weihnachten, aber man könnte sich daran gewöhnen.« Am Nebentisch wurde Lammspieß serviert, und dabei schien ihr etwas einzufallen. »Das Opferlamm. Blut und Gemetzel. Die Erdprobe. Doch lassen Sie uns erst den letzten Happen hinunterschlucken!«

Jo horchte auf. Liebhoff hatte nur eine Erdprobe und wenig Information erhalten. Hatte sie daraus ein Massaker ablesen können? Es wäre besser, sie würde gleich mit ihrer Analyse herausrücken.

»Angeblich gehen die meisten Männer fremd«, fuhr die Liebhoff jedoch unbeirrt fort. »Meiner nicht. Wenn er's nur täte! Dann könnte ich ihn ohne schlechtes Gewissen verlassen. Da war mal einer«, erzählte sie und schob Reiskörner auf ihrem Teller hin und her, »einer aus dem Team Ärzte ohne Grenzen. Wir sind uns am Flugplatz über den Weg gelaufen. Er hat all das gemacht, wovon ich immer geträumt habe. Er hatte eine abgeschabte Jeans an, zu lange Haare und Bergschuhe an den Füßen. Immer wenn ich Bergschuhe sehe, könnte ich heulen.« Nadja Liebhoff legte tatsächlich den Kopf in die Hände. Jo warf einen flehentlichen Blick zu Adil hinüber. Wie hieß das verdammte Zauberkraut, das man in persisches Essen mischte, um lachen zu können?

»Das ist nicht mein Tag heute, nicht wahr?« Liebhoff lächelte jetzt dünn. »Wir hatten einfach immer zu viel Geld. Ich wollte so gerne mit Rucksack und Zelt reisen, statt dessen fliegen wir Erster Klasse. Weil es angeblich sicherer ist. Wir haben Knautschzonen im Auto und eine Alarmanlage im Haus. Wenn eine Katze durch den Garten schleicht, geht's Licht an, und so eine blöde Schaltung sorgt dafür, daß immer ein paar Lampen im Haus brennen, wenn wir abends nicht da sind. Er«, sagte sie mit besonderer Betonung, »er hat mir damals prophezeit, daß ich es eines Tages bitter bereuen werde, nicht einen Schritt aus meinem Käfig herausgemacht zu haben. Ich habe es ihm nicht geglaubt, dachte, mich an Normen halten, Karriere aufbauen, Geld verdienen und bloß nicht auffallen, das sei wichtig. Und heute? Ich habe noch nie Sand zwischen den Zähnen gehabt, obwohl wir schon oft in Tunesien waren. Aber eines sage ich Ihnen: Wenn mein Mann auch noch darauf besteht, Golf zu spielen, lass' ich mich scheiden!«

Jo zwang sich, ihren Teller annähernd leer zu essen. Sie hatte keinen Appetit mehr, wollte aber Adil nicht kränken. »Sie können immer noch aussteigen«, schlug sie vor.

»Ach was, mir tun die Füße weh. Früher hatte ich schon keinen Mut, jetzt fehlt er mir erst recht.«

Adil stand plötzlich mit zwei Gläsern an ihrem Tisch. »Rosen von Schiras, ein Geschenk des Hauses! Probieren Sie dieses Getränk. Es nimmt die Bitterkeit und regt zum Träumen an. Wir nennen es Scherbet. Das Rezept ist ein Geheimnis. Aber ich verrate Ihnen zumindest, daß es mit Rosenwasser gewürzt ist.« Er wartete, bis Liebhoff einen Schluck davon gekostet hatte, und verbeugte sich dann. »Kennen Sie unseren bedeutendsten Dichter, Hafis? Jeden Dienstagabend werden hier seine Gedichte vorgetragen. Auf Farsi natürlich. Wir erklären Ihnen den Inhalt der Verse und lesen sie dann in unserer Muttersprache vor. Während Sie nur dem Klang der fremden Worte lauschen, beginnen Sie zu träumen.«

»Und Sie meinen, das könnte mir noch helfen?«

»Wie unser Dichter sagt: Wie eng wäre das Leben, gäbe es nicht den breiten Hof der Hoffnung!«

Jo blickte verstohlen auf ihre Armbanduhr. In einer halben Stunde begann ein Analysekurs, zu dem sie keinesfalls zu spät kommen durfte. Nadja Liebhoff hatte ihre Bewegung registriert. »Erstens, zweitens, drittens«, sagte sie. Die Müdigkeit verschwand aus ihrem Gesicht, und ihre Gestalt straffte sich. »Was Sie mir geliefert haben, war eine satte Blutprobe mit ein bißchen Erde. Grundsätzlich handelt es sich um eine Menge, die niemand freiwillig oder aus Versehen hinterlassen hat. Ihr Erklärungsversuch, ein Arbeiter habe sich vielleicht beim Herausnehmen der Kachel verletzt, ist hinfällig. Zweitens: Dieser Mensch, der dort sein Blut vergoß, hat ein schweres Trauma erlitten. Ich würde es nicht einmal als Unfall mit tödlichem Ausgang bezeichnen. Eher tippe ich auf Mord. Die Blutprobe zeigt eine ausgeprägte Hämolyse, also ein Aufbrechen der roten Blutkörperchen. Verstehen Sie, was das bedeutet? Dieser Mensch wurde ganz kurz vor seinem Tod entweder schrecklich mißhandelt, oder er erlitt ein massives Trauma. Gewöhnlich erreicht das Hämoglobin in dreißig Sekunden die Leber und wird dort abgebaut. In diesem Fall trat der Tod vorher ein. Ich möchte es so formulieren: Das Opfer wurde bei lebendigem Leib zerfetzt und starb innerhalb von wenigen Sekunden.«

»Ein Autounfall?«

»Nein, nicht massiv genug. Ich kenne solche Befunde von Selbstmordattentätern, die sich mit Bomben in die Luft sprengen. Halt! Keine Erklärungen. Ich will das Wie und Wann nicht wissen. Die Sache ist inoffiziell und bleibt es, solange ich nichts darüber weiß. Also halten Sie bitte den Mund! Aber kommen wir zu drittens. Sie sind doch mit dem Archäologen Montanus befreundet? In den letzten Monaten gab es eine Dokumentationsreihe mit ihm. Normalerweise schlafe ich ja vor der Glotze ein, aber diesmal bin ich wach geblieben. Ich kenne Montanus seit Jahren, aber erst im Fernsehen wurde mir klar, daß er mich auf erschreckende Art an meinen Mann erinnert. Bloß kein Risiko eingehen, bloß nicht aus der Reihe tanzen! Und wenn in den Schulbüchern steht, daß die Römer die tollsten Kerle waren, dann stimmt das eben, und all die anderen Kulturen sind nur Beiwerk, um die Römer zu verherrlichen. Ich habe Latein immer gemocht, aber seit dieser Montanus-Predigt fange ich an, es zu verabscheuen. In der Dokumentation ging es um phönizische Münzen, die auf den Azoren gefunden wurden und einen Hinweis liefern, daß die Phönizier über den Horizont der Römer hinaus gesegelt sind. Ich wußte nicht, daß eine zweitausend Jahre alte Geschichte einen Menschen noch so aufbringen kann wie Gerrit. So hatte ich ihn noch nie erlebt. Ich dachte, der Bildschirm fängt zu qualmen an. Mein Mann fand Montanus sympathisch, murmelte: Solche Männer braucht die Wissenschaft! Du lieber Himmel! Ich habe tatsächlich an den Einschußwinkel gedacht und kalkuliert, daß es als Mord im Affekt durchginge. Aber, was ich Sie fragen wollte: Haben Sie etwa vor, Montanus zu heiraten?«

»Er steht schon lange nicht mehr auf meiner Kandidatenliste, auch wenn er mir in den letzten Wochen sehr geholfen hat. Sonst könnte ich jetzt nicht das Staatsexamen machen. Das muß ich zugeben.«

»Unsinn, er will Sie kaputtmachen, das treibt ihn. Sind Sie nicht die Phönizier-Expertin aus der Wüste? Jedenfalls hat mir Ihr Professor Langenberg schon öfter diesbezüglich von Ihnen vorgeschwärmt. Und der ehrgeizige Montanus, der die Phönizier am liebsten aus der Geschichte tilgen würde, möchte Sie deshalb erledigen, das steht für mich fest.«

»So?« Jo fand, daß es womöglich noch schwüler geworden war als vor einer Stunde. »Wie denn?«

»Er sorgt dafür, daß Sie Karriere machen, er steckt Sie ins Establishment wie in eine Zwangsjacke. Wenn Sie Ihr Examen und eine Stelle an der Uni haben, gehen Sie schneller vor die Hunde als bei einem Giftmord. Sie haben dann ein sicheres

Einkommen, und das werden Sie behalten wollen. Das bringt er Ihnen schon bei. Jetzt sind Sie noch Studentin und können sich fast alles leisten, Exkursionen, Schulden, Freundschaften zu Menschen zweifelhafter Herkunft, gewagte Theorien. Wenn Sie erst etabliert sind, ist Schluß damit. Deswegen unterstützt er Sie! Er will Sie mundtot machen. Womöglich bietet er Ihnen ein Leben an seiner Seite, einen Urlaub auf Gran Canaria und ein deutsches Normbett an. In dreißig Jahren sitzen Sie dann hier und sehen aus wie ich. Versprechen Sie mir, daß Sie auf der Hut sind!«

An Liebhoffs Äußerungen zu Gerrit Montanus mußte Jo noch tagelang denken. Es heiterte sie ein bißchen auf, wenn es sie auch wieder an die Geschehnisse im Wadi erinnerte. Das Blut auf der Kachel konnte von Professor Tellos stammen, denn dieser hatte ganz nahe am Kraterrand gelegen. Aber hatte sie nicht eine zweite Explosion vernommen, als sie bereits auf der Rückfahrt war? Natürlich, erinnerte sich Jo, das war ja der Grund, warum ich das Gaspedal wie verrückt durchgetreten habe. Und wer hat mir erzählt, durch diese Explosion wäre alles in Kartaram vernichtet worden? Jo wußte es nicht mehr, aber gleichzeitig setzte sich eine andere Überlegung bei ihr fest: Jemand hatte zwischen erster und zweiter Explosion eine Kachel aus Kartaram entfernt. Sie mußte diesen Menschen um Sekunden verpaßt haben und war vielleicht deshalb noch am Leben. Jo starrte nachdenklich vor sich hin, bis ihr klar wurde, daß die anderen Studenten um sie herum bereits die Mikroskope abgeschaltet hatten, die Schutzhüllen darüber stülpten und den Raum verließen. Sie warf einen letzten Blick in ihr Gerät und identifizierte die Probe eindeutig als Eichenpollen. Es gab wirklich keinen Anlaß, diese mit Eschenpollen zu verwechseln, so wie es ihr beim letzten Mal passiert war. Sie mußte sich nur konzentrieren.

Jo verließ den Raum und eilte hinter ihren Kommilitonen

her. Nächste Woche begann die schriftliche Prüfung. Sie würde fünf Tage lang getestet werden, bis sie am Ende über allen Analyseverfahren, Zaubertränken, Parfümherstellungsmethoden und Rezepturen vergessen hatte, wie sie hieß und wo sie wohnte. Sie mußte jetzt ganz bei der Sache sein und durfte sich durch nichts ablenken lassen.

Am späten Abend klingelte das Telefon. Jo saß zu Hause am Schreibtisch und versuchte, die Hieroglyphen eines ägyptischen Papyrus zu entziffern, der die Verabreichung verschimmelten Brotes an ägyptische Arbeiter beim Pyramidenbau empfahl. Die Rezeptur, die jahrelang unverstanden gewesen war, wurde heute als sinnvolles Antibiotikum interpretiert. Ihr Telefon klingelte noch immer. Jo blickte es feindselig an. Wer wagte es, sie aus ihren Gedanken zu reißen?

Zuerst war die Verbindung so schlecht, daß sie glaubte, der Anruf käme aus Libyen oder Ägypten, aber dann hörte sie, daß es Eléni, die griechische Archäologin, war. Sie sei auf der Fähre nach Zypern, vernahm Jo, und sehr beunruhigt, weil sie von Jo nichts gehört habe. Ob Nabil Fara sie damals erreicht hätte? An diesem Sonntag, an dem Jo nicht im Wadi gewesen, sondern nach Apollonia gefahren sei, habe einer der Arbeiter Goldmünzen entdeckt. Sie, Eléni, habe diese nicht zu Gesicht bekommen, sei aber mit Tellos und Nabil Fara nach Tobruk gefahren. Nabil Fara habe über Funk einen weiteren Sachverständigen benachrichtigt und ihn wissen lassen, die Goldmünzen bergen eine Sensation. Man wollte sich in Tobruk treffen.

Wer dieser Sachverständige sei, wollte Jo wissen.

Eléni wußte es nicht. Sie wäre gerade in ihrem Hotelzimmer in Tobruk angekommen, als ihr auch schon Nabil Fara geraten habe, sofort Libyen zu verlassen. Es gäbe große politische Schwierigkeiten.

Ob sie wirklich alles habe stehen- und liegenlassen, fragte Jo dazwischen. Ihre Frage überschnitt sich mehrfach mit Elénis Antwort, bis sie schließlich verstanden hatte, daß Eléni eine gewisse Übung habe, sofort jede Ausgrabungsstätte zu verlassen. Ob Jo glaube, daß die Bedingungen auf Zypern besser als in Libyen wären, hörte sie die Archäologin fragen. Sie würden schon seit Monaten zwischen Lefka und Karavosti graben, quasi genau auf der griechisch-türkischen Grenze, und hätten das Gebiet schon mehrmals fluchtartig verlassen müssen. Sie grüben trotz nationaler Fehden und Schießwütigen auf beiden Seiten einen vorchristlichen Friedhof aus, und sie hoffe, sie würde dabei nicht ihr eigenes Grab schaufeln.

Vom Rauschen begleitet, vernahm Jo noch, daß es bei der Exhumierung um Grabbeigaben wie Fluchtafeln und Salbenbehälter ging, die in phönizische Zeiten zurückreichten. Wenn sie noch immer so wagemutig sei, könne sie auch nach Zypern kommen und mit ihr graben, hörte sie Eléni sagen. Und daß Tellos tot sei, wäre ihr klar. So etwas nenne man politische Schwierigkeiten. Aber da sie lebe, hätte Nabil Fara wohl sein Versprechen gehalten und Jo noch am selben Tag in Apollonia abgefangen und außer Landes gebracht.

So ungefähr sei es gewesen, gab Jo zurück. Sie sah sich außerstande, Eléni die lange verworrene Geschichte über den Äther zu brüllen. Aber eines fragte sie doch: Was mit den Goldmünzen geschehen sei?

Der Arbeiter sei noch in Tobruk mit seinem Fund getürmt. Das gäbe es hin und wieder. Wahrscheinlich wollte man ihm ein kleines Anerkennungsgeld verweigern, und jetzt seien die Münzen verloren.

»Hieß er vielleicht Schamsi?« rief Jo in die Sprechmuschel, einer plötzlichen Eingebung folgend.

»Adio!« schrie Eléni zurück.

Die Nacht war zum Teufel. Jo blickte auf das aufgeschlagene Buch vor sich. Es zeigte eine Horus-Stele, eine mit Schlangen- und Krokodilsymbolen verzierte Basaltfigur, über die man im Alten Reich Wasser gegossen hatte, um Heilwasser zu erhalten. Etwas in dieser Art mußte sie auch unternehmen. Wenn sie jetzt ins Bett ging, würde sie fürchterlich ins Grübeln geraten. Am Kühlschrank zögerte sie, die Hand nach einer Flasche Wein auszustrecken, schloß ihn wieder und stellte statt dessen den Teekessel auf die Herdplatte. Als das Wasser kochte, gab sie Malvenblätter und etwas Johanniskraut hinein und murmelte dabei einen alten Abwehrspruch. »Heil dir, Horus. Zerstöre das Übel, das in mir steckt.« Jo ließ den Tee fünfzehn Minuten ziehen, goß ihn durch ein Sieb und schmeckte ihn mit Honig ab. Sie setzte sich in den alten Lehnsessel, den Onkel Oswin so liebte, und nippte am Tee. Doch die dunkelrote Farbe erinnerte sie wieder an Hamamah. Wer war der Sachverständige? Was zeigten die Goldmünzen? In Gedanken bat sie Nabil Fara um Verzeihung. Sie hatte ihn immer verdächtigt, an dem Massaker im Wadi beteiligt gewesen zu sein. Aber sein Bemühen, Eléni und sie zu warnen, sprach dagegen. Wieso hatte er sie nicht in Apollonia erreicht? Jo erinnerte sich an diesen Tag, den sie in den griechischen Ruinen von Apollonia am Meer verbracht hatte. Gegen Mittag war sie von dort aufgebrochen und nach einigen Kilometern von der Küstenstraße abgebogen, um über ein schmales Sträßchen direkt nach Cyrene zu gelangen. Dieses Ruinenfeld lag steil am Berg. Sie war stundenlang zwischen Apollo-Quelle, Agora-Forum und Theater hin- und hergewandert. Dabei war der Nachmittag vergangen, so daß sie von dort direkt ins Wadi Hamamah gefahren war. Selbst wenn Nabil Fara für sie eine Nachricht in ihrer Unterkunft hinterlassen hatte, hätte sie diese nicht rechtzeitig vorgefunden.

Und warum bekam Chapman diese wunderbare Kachel aus Kartaram? Was hatte sich nur wirklich ereignet? Hatten die Amerikaner ein vermeintliches Terroristenlager bombardiert, oder hatten libysche Regierungstruppen Tellos mit Waffengewalt gezwungen, die Ausgrabung einzustellen? War Nabil Fara zwischen den Explosionen im Wadi gewesen? Hatte er die Kachel für Chapman geborgen? Die beiden arbeiteten hin und wieder zusammen, auch wenn Gerrit behauptete, davon nichts zu wissen. Gut möglich, daß Nabil Fara Chapman einen Gefallen schuldete. Wenn ihn der libysche Zoll beim Kachelschmuggel erwischt hätte, wäre es um Nabil Fara geschehen gewesen. Jo zuckte zusammen: War etwa Chapman der Sachverständige? Aber dann verwarf sie den Gedanken sofort. Chapman war Patriot, er liebte seine US-amerikanische Heimat bis zur Peinlichkeit. Jo hatte nie verstanden, wieso der alte Herr in Stars-and-Stripes-T-Shirts herumlief und überall US-Fahnen und -Fähnchen flattern hatte. Zumindest war er der letzte, der ein Embargo unterlaufen und den Erzfeind unterstützen würde, und sei es nur bei einer archäologischen Ausgrabung. Er gehörte zu den wenigen Menschen, die Großzügigkeit und Toleranz ausübten, doch in einigen Fällen bei ihren Prinzipen blieben. Eines davon war Chapmans unerschütterliche Vaterlandsliebe. Sie ließ ihn ein wenig schrullig, aber auch sehr liebenswert erscheinen. Er war ein feiner alter Herr, der noch an Werte glaubte.

Die nächsten Tage bis zum Examen verliefen völlig ungestört. Patrizia, Onkel Oswin und Nikos schauten ab und zu bei ihr vorbei, brachten ihr süßen Kuchen, der am Gaumen klebenblieb, oder Gyrosspieße mit scharfer Joghurtsoße, die den penetranten Fleischgeschmack übertünchen sollte, rissen auch mal das Fenster in ihrem Arbeitszimmer auf, stülpten Kaffeesatz aus Nikos' Kaffeekännchen auf Teller und prophezeiten Jo ein bestandenes Examen, füllten den Toilettenschrank mit Klopapierrollen und sorgten für Anmachholz am Kachelofen. Sie vermieden es jedoch, Jo auf ihren Lernstoff anzusprechen; nur so konnten sie einer ethnobotanischen Vorlesung entgehen. Draußen, außer Hörweite, gaben die drei ihrer Sorge Ausdruck. Einer tobenden, durchs Examen gerasselten Jo konnten sie sicher nicht genug Widerstand entgegenbringen. Onkel Oswin erinnerte an sein schwaches Herz, Patrizia an ihre Kabel im Flur, nur Nikos war unbekümmert und zuversichtlich, so daß sich Patrizia und Oswin gegen ihn verbündeten. So viel Optimismus an den Tag zu legen gehörte sich nicht, das zog ja das Unheil magisch an. So tischten sie ihm eine gehörige Portion Skepsis auf. Was konnte Jo nicht alles gefragt werden! War es schon schwierig genug, Tausende Pflanzen zu kennen, so schien es doch nahezu unmöglich zu sein, auch noch die Formeln und alten Sprüche, die Art der Anwendung und die rachsüchtigen Götter beim Namen zu nennen, denen sie in törichten Bestechungsversuchen geweiht worden waren. »Alles unnötig«, meinte Patrizia leise zu Oswin, »kann man alles vom PC runterladen.«

Doch Jo hatte genau gehört, was Patrizia geflüstert hatte: »Eben nicht. Es geht um die Verknüpfung, die der Computer nicht herstellen kann. Stell dir vor, wir finden im Senegal ein altes Grab. Neben dem Leichnam identifizieren wir Tali-Früchte. Daraus können wir schließen, daß der Mann mit den Früchten vergiftet wurde. Tali-Früchte wurden als eine Art Gottesurteil verwendet, wenn es darum ging herauszufinden, warum die Ernte verdorrte und das Vieh starb. Solche drastischen Methoden wurden im Senegal bei Dürre und Epidemie angewandt. Mit diesem Wissen können wir dem geologischen, archäologischen und biologischen Puzzle ein ethnobotanisches Teil hinzufügen.«

So gewappnet und darüber hinaus gerüstet mit Gerrits Prüfungsfragen, wagte sich Jo wenig später in das Examen. Am Nachmittag ihres letzten schriftlichen Prüfungstages spürte sie zuerst Erleichterung, die aber rasch von ungeheurer Müdigkeit abgelöst wurde. Schon auf dem Heimweg die Ulmenstraße hinunter glaubte Jo, vom gleichmäßigen Rauschen des Regens auf ihrem Schirm einzuschlafen. Als ihre drei Freunde sie dann in der Küche mit einem Umtrunk überraschten, schüttete sie ein, zwei Gläser in sich hinein und wankte ins Bett. Sie wollte nur noch schlafen. Zwei Tage lang bekam sie keiner zu Gesicht, und als sie am dritten Tag Nikos über den Weg lief, bedauerte er, daß Jo die selbstgewählte Einsiedelei verlassen hatte. Das Weib hat sensationell schlechte Laune, fand er und beschloß, sie nicht vor dem Examensende wiederzusehen. Patrizia warf nur einen Blick auf Jos Gesichtsausdruck und willigte kurz darauf telefonisch ein, endlich einen Auftrag in Stuttgart zu übernehmen, vorausgesetzt, sie könne dort im Hotel wohnen, bis alles installiert sei. Onkel Oswin blickte von seiner Arbeit an der Kellertreppe auf, sah Jos Miene, zog den Kopf ein und murmelte, er müsse ein paar Tage ins Ärztezentrum, um sich untersuchen zu lassen. In kurzer Zeit war das Haus leer.

Jo wanderte von einem Raum zum nächsten. Hatte sie eigentlich alle Examensbögen ausgefüllt? In ihrer Erinnerung kam es ihr so vor, als ob sie vergessen habe, das Blatt umzudrehen und die Rückseite zu bearbeiten. Das war natürlich Unsinn, oder etwa nicht? Jo starrte in die grüne Welt jenseits des Fensters hinaus. Grün in allen Schattierungen. Dunkelgrün wie die Kuppel eines ungeheuren Domes leuchteten die Kastanienblätter über ihr. Grünbraun erschienen die fingerförmigen Blätter des Ahorns auf der Westseite des Gartens. Hell, fast weiß, glänzten die kleinen Blättchen der Felsenbirne, wenn der Wind durch sie strich und die Rückseite nach oben wendete. Konnte sie tatsächlich schon einzelne gelbe Beeren ausmachen, die bald rot sein würden? War es bereits so spät im Jahr und der Sommer vergangen, ohne daß sie es bemerkt hatte? Dann fiel ihr Blick auf blauen Eisenhut, und sie atmete auf. Er blühte noch, ließ das Licht in seiner Umgebung grünblau schimmern wie phönizisches Glas aus Kartaram. Mechanisch wandte sich Jo vom Fenster ab und stieg in das Dachgeschoß hinauf. Im ersten Stock mußte sie einen schweren Karton vom Treppenabsatz räumen, um weitergehen zu können. Wenn das alte Haus einmal Feuer fing, blieb ihnen nur der Sprung aus dem Fenster. Am besten stürze ich mich in mein

Giftbeet, beschloß Jo, während sie weiterstieg. Sie hatte es schon vor Jahren in einem schattigen Teil an der Hausmauer angelegt. Im Frühling blühten dort Maiglöckchen unter Seidelbastbüschen, die bald von Bergenien und Dodecathus und später von Fingerhut und Tollkirsche abgelöst wurden. Mir ist es nur noch nicht gelungen, dort Fliegenpilze zu kultivieren, überlegte sie. Doch der Boden ist immer feucht und weich und würde meinen Fall dämpfen.

Jo blieb vor der Speichertür stehen. Hinter dieser unscheinbaren alten Holztür befand sich ihr Allerheiligstes. Nach ihrer Rückkehr aus Libyen war sie nur ein einziges Mal hier heraufgestiegen, um zu überprüfen, ob alles unversehrt sei. Damals hatte sie sich nicht gestattet, an den Pflanzenölen zu schnuppern, knisternde getrocknete Kräuter zwischen den Fingern zu zerreiben und im Duft der Aromata zu träumen. Aber jetzt würde sie in den Gerüchen schwelgen, würde Duftmischungen erschaffen und endlich das Geheimnis um Achmeds Parfüm lüften. Die Tür knarzte beim Öffnen, so wie sie es seit Jahren tat. Jo genoß dieses Geräusch wie eine Ouvertüre. Vielleicht gelang ihr ein Meisterwerk.

Besucher, die diesen ausgebauten Teil des Dachbodens betraten, wunderten sich, daß Jo hier – angesichts ihrer Schätze – keine stabile, moderne Tür mit Sicherheitsschloß gewählt hatte. Aber sie liebte nicht nur das Knarren der alten Bretter, sondern auch den Geruch nach unbehandeltem Fichtenholz, der sie zeitlebens daran erinnerte, daß ihr Großvater ihr diesen Raum eingerichtet hatte. Jo stellte den Reisigbesen zur Seite, der gleich neben der Tür an der Wand lehnte. Auch das brachte ihre Besucher zum Schmunzeln. Sie konnte noch so oft erklären, daß er allein dazu diene, die vielen Spinnweben von den Balken zu kehren, damit sie nicht die klare gelbe Essenz ihrer Duftmischung trübten. Der Blick der anderen verriet ihr stets, daß sie sich vorstellten, wie Jo hier oben Essenzen mixte, sich damit salbte, das große Fenster öffnete und auf jenem Besen in die Nacht hinausflog. Nachdenklich ging sie an ihre Glasschränke, entstöpselte Flaschen und Salbentöpfe, schnupperte an dunklen Flüssigkeiten und wedelte sich den Duft heller Essenzen zu. Dann schloß sie die Augen, erinnerte sich an das gleißende Licht der Wüste, das Knirschen des Sandes unter ihren Füßen, an den Geruch frisch gebackener Brotfladen auf Kamelbällchenfeuer und an Achmed. Sie sah ihn vor sich, wie er bei Einbruch der Nacht aufstand und eine Kamelhaardecke über ihre Schultern legte, und spürte seine Hand, die sie sanft berührte. Jo fühlte ihre Kehle eng werden. Sie ging von ihren Pflanzenölen fort und lehnte sich an die Wand.

Sie blickte zu dem hohen Giebeldach hinauf, wo getrocknete Kräuter und Blumen an der Decke hingen. Wahrscheinlich würde es nicht genügen, allein Essenzen zu vermischen, um Achmeds Parfüm nachzuempfinden. Sie würde frische und getrocknete Blütenblätter verwenden müssen, würde sich der Destillation, der Solventextraktion, der Enfleurage und des Auspressens bedienen müssen, um dem Duft längst vergangener Epochen mit den damaligen Methoden nahezukommen. Jo lächelte die Trockensträuße an. Achmeds Parfüm war eine Herausforderung. Sie war bereit, sie anzunehmen.

Doch zuerst beginne ich mit einem Duft, der Thomas und seinen Vorfahren gewidmet ist, beschloß Jo. Vom Leichten zum Schweren, wie es sich gehört. Wenn ich den Geruch von mittelalterlichen Karren, Fett und Morast, Eisen und Rost mit dem Aroma von Schmieröl, heiß gelaufenem Motor, Gummi und Ledersitz mische, werde ich seinem Duft nahekommen.

Mehr als eine Stunde später tupfte sich Jo einen Tropfen ihrer Komposition auf den Unterarm und roch daran. »Es riecht nach Thomas!« rief sie in die Stille der Dachkammer hinein und schwenkte den Flakon. »Es riecht nach heißen Reifen, Witz und Sachverstand. Nach Saladin und Alexander, nach Zuverlässigkeit und Freundschaft.« Sie sah jetzt tatsächlich Thomas vor sich. Er füllte gerade Diesel nach, wischte sich die Finger an der Jeans ab und zwinkerte ihr zu. Ob sie vergessen habe, daß sie immer auf ihn zählen könne, fragte er dabei. Daß es drei unveränderliche Größen in ihrem Leben gebe, ihn, die Wüste und Achmed.

Achmeds Duft!

Jo verschloß die kleine Flasche mit dem Mechanikerparfüm, ging ans Fenster und öffnete es weit. Kühle, feuchte Luft strömte zu ihr herein. Draußen war es inzwischen dunkel geworden, so finster, wie es nur im Sommer werden konnte, wenn ein wolkenverhangener Tag wenig Licht hindurchließ, das zusätzlich vom dichten Laub der umstehenden Bäume fast gänzlich geschluckt wurde. Sie schloß das Fenster wieder, schaltete den Abzug und einen Heizlüfter ein. Die Luft mußte trocken und warm sein. Wie sollte es ihr sonst gelingen, den Duft aus der Wüste nachzuempfinden? Jo legte ein Protokoll an. Jeder Tropfen Jasmin-Essenz mußte notiert werden und jeder Milliliter Sandelholz.

Zahlreiche Versuche und Duftmischungen später verwarf Jo schließlich alle Kompositionen bis auf eine. Sie betupfte ihr Handgelenk, roch daran und wußte, daß sie einen großen Fehler gemacht hatte. Mit diesem Aroma beschwor sie die Vergangenheit herauf: Achmeds Blick, den Abschied und die Wehmut. Im Spiegelbild des Glasschrankes glaubte sie, Achmeds Augen neben den ihren zu erkennen, meinte sogar, seine Stimme zu hören. Dann verblaßte diese Vision plötzlich. Jo überprüfte den Duft und wurde unzufrieden. Der sanfte warme Ton hatte sich verflüchtigt, ein herber Geruch blieb zurück. Das war nicht Achmeds Duft. Das war nur eine ungenaue Erinnerung an ihn. Etwas, das schmerzte.

Sie schloß die Lider und lehnte sich an den Tisch. Die Hitze seines Körpers fiel ihr ein, der in all den Wochen in der Wüste immer so nahe bei ihr war, wie es die Beduinensitte gerade noch erlaubte. Sie meinte, den Wind zu spüren, der durch seine *Gallabiyya* strich und den dünnen Stoff so fest an seinen

Körper preßte, bis seine Muskeln hindurchschimmerten. Doch etwas fehlte.

Jo ging vom Tisch fort und trat an das hohe regenbeschlagene Fenster. Diesen Ort hier oben hatte sie immer geliebt. Sie stand weit über dem Erdboden, war den Wipfeln ihrer Bäume nahe und blickte über ihren Garten hinaus und hinüber bis zu den nahen Isarauen. Es war Großvaters Idee gewesen, ihr das Dachgeschoß als Labor einzurichten. Seit diesen Kindertagen waren große Glasschränke, Keramikplatten, Waschbecken und genormte Maßbehälter dazugekommen. Die Kinderküche mit den einfachen Holztischen und Puppenschälchen war verschwunden und hatte stabiler Experimentierausstattung weichen müssen. Trotzdem bewahrte Jo in einem Schränkchen aus Zedernholz noch immer ihre winzigen Fläschchen und Trichter aus früherer Zeit auf.

Wenn sie vom Nordfenster hinaussah, blickte sie direkt in die dunkelgrünen Kronen der Walnußbäume hinein. Mit ein wenig Phantasie konnte sie in den knorrigen Stämmen etwas ausmachen, das sie an die Gestalt ihres Großvaters erinnerte. Wenn sie nur mit ihm über Achmeds Zauberparfüm sprechen könnte! Sie betrachtete das regennasse Grün und ließ ihre Gedanken wandern. Zum erstenmal glaubte sie, als Analytikerin versagt zu haben. Sie hatte eine Erinnerung an Achmed geschaffen, an das schwarze Zelt in der Wüste, an ihn, wenn er hoch oben auf dem Kamm einer Düne stand und nach den Kamelen Ausschau hielt. Aber das Aroma vermittelte ihr nicht das Gefühl von Sicherheit und Fürsorge, das sie immer dann empfand, wenn seine Nähe die Luft zwischen ihnen zum Knistern brachte. Sie hatte geglaubt, es sei ein leichtes, sein Parfüm nachzuahmen. Dem war nicht so. Jo blickte den Regentropfen nach, die sich am Hindernis des Fensterkreuzes sammelten, bis der kleine See gefüllt war, zum Überlaufen kam und in einem Schwall am Glas herunterrann. Ein Parfüm, in der feuchten Wärme eines deutschen Sommers komponiert, würde immer anders riechen als eine Essenz, die in der trockenen Luft Kairos entwickelt wurde. Schon aus diesem Grund konnte sie Achmeds Parfüm nicht imitieren, versuchte sie, sich zu trösten. Doch von welcher Substanz ging nur dieser liebliche Duft aus, den sie neben Jasmin und Sandelholz gerochen hatte? Sie überprüfte die lange Liste möglicher Zutaten und blieb bei Waldmeister hängen. Jo schüttelte den Kopf: »Jetzt spinnst du«, sagte sie laut. Vielleicht hatten keltische Druiden daraus betörende Zaubertränke hergestellt, das mochte sein. Aber war er Bestandteil orientalischer Wohlgerüche? Jo holte dennoch das Fläschchen heran und öffnete es. Sie blickte wieder auf die Äste der großen Bäume. Wie Arme streckten sie sich beschützend über ihrem Eingang aus. Irgendein Gedanke ging ihr im Kopf herum. Jo wagte kaum zu atmen. Der Dunst aus den geöffneten Flaschen bewirkte, daß sie verschiedene Dinge miteinander verknüpfte und wie eine lose Bildfolge zu einem sinnvollen Film verband. Altbekannte Gefühle packten sie, Empfindungen, die ihr anzeigten, daß sie den Aromata auf die Schliche kam: Diese gewisse Hitze im Kopf, das Kribbeln unter der Kopfhaut und das Sausen in den Ohren! Jetzt war sie der Entschlüsselung nahe. Jo fuhr sich mit der Zunge über die trockenen Lippen und trat von einem Bein auf das andere. Nur nicht verkrampfen, ganz locker bleiben, einfach aufnehmen, was auf mich einstürmt, ohne es zu werten oder abzuwehren!

Wie lange Jo vor ihrem Fenster gestanden und wie oft sie verschiedene Mischungen getestet hatte, konnte sie später nicht mehr nachvollziehen. Als sie aber eine goldgelbe Flüssigkeit in einen edlen arabischen Parfümflakon goß, einen einzigen Tropfen auf die Innenseite ihrer Armbeuge aufbrachte und daran roch, wußte sie, daß sie die Zusammensetzung von Achmeds Parfüm weitgehend imitiert hatte. Jo ließ sich müde auf einen alten Holzschemel sinken. Wo hatte sie ihre Uhr abgelegt? Es mußte schon nach Mitternacht sein. Trotzdem rekapitulierte sie ihr Vorgehen. Das dunkle Grün draußen, ihre Duftproben und die Gedanken an Achmed hatten sie verrückterweise an eine Art Dschungel, an satte Feuchtigkeit und nicht an die Trockenheit der Wüste denken lassen. Dabei war ihr Waldmeister eingefallen, ein Kraut, das beim Trocknen den Duft nach Cumarin verströmt. Die Arme ihres Walnußbaumes hatten sie wiederum an einen alten Mann und damit an Alraune erinnert, an jene geheimnisvolle Pflanze der Antike, von den Arabern Abu'l-ruh, Meister des Lebensatems, genannt. Die Wurzel dieser Pflanze sah aus wie ein zwergenhaftes Männchen. Zusammen mit den Inhaltsstoffen, die im Altertum als wichtige Schmerzmittel verwendet wurden, war Alraune mit der Christianisierung als Hexentrank und Henkerswurz in Verruf geraten. Das alles war Jo nur nebenbei durch den Kopf gegangen, während sie statt Waldmeister Alraune-Essenz tropfenweise unter ihr Parfüm gemischt hatte und damit Achmeds Duft nahegekommen war. Was sie jetzt im nachhinein beschäftigte, war der Gedanke an den nicht unerheblichen Cumaringehalt der Alraune-Wurzel. Cumarin wirkt auf den Menschen wie ein Pheromon, ein Sexuallockstoff, der Werbeverhalten auslöst. Die Sehnsucht nach Achmed packte sie von neuem. Ich sollte längst begriffen haben, daß Achmed nicht der Menschenfreund aus der Wüste ist, schalt sie sich. Kann es sein, daß Cumarin Rezeptoren in meinem Gehirn besetzt und Liebeswahn simuliert? Glaube ich deshalb, aus seinem speziellen Geruch seinen hohen sozialen Rang und seine Fortpflanzungsfähigkeit herauszuspüren? Ergeht es mir wie dem Affen bei der Aufnahme einer Duftmarke? Regiert mich mein Primatenerbe, so daß ich sein Aroma nur emotional bewerte, es auf seine genetische Verträglichkeit und sein Durchsetzungsvermögen teste und darüber vergesse, daß ich neben meinem Riechhirn auch noch einen politischen Verstand besitze und ein Gewissen, das sich an moralischen Werten orientiert? Jo schnupperte wieder an Achmeds Duft. Auch mit dem Wissen um seinen Sohn und dessen Verstrickung in terroristische Aktivitäten konnte sie seinen Geruch nicht mit unangenehmen oder verabscheuungswürdigen Empfindungen in Verbindung bringen. Sie hatte damals im Wadi das Aroma seiner Hände aufgenommen und es auf immer mit den Begriffen wie Fürsorglichkeit und Ritterlichkeit verbunden. Daß ein uraltes phönizisches Parfüm dazu beitrug, ihm in bedingungsloser Zuneigung zu vertrauen, sprach für die Macht der Duftstoffe – und für das Können der Phönizier. Jo setzte sich auf und starrte in das Dämmerlicht ihres Labors. Den Römern war es gelungen, alle Zeugnisse um das Wissen der Phönizier zu vernichten. Trotzdem hatten sie nicht verhindern können, daß andere Kulturen ein wenig davon bewahrt hatten. So gab manche griechische Legende einen Hinweis auf die Phönizier. Hekate, die griechische Oberhexe persönlich, war die Magierin, die über die Zauberpflanzen wachte und sich Hüterin der Alraune nannte, dieser Pflanze, die Liebestollheit hervorzurufen vermag. Und deren gehorsame Sklavin ich bin, fügte Jo in Gedanken hinzu. Laut sprach sie den botanischen Namen der Alraune aus und prüfte, wie ihr das Wort auf der Zunge zerging: »Mandragora!« War sie tatsächlich die gesuchte Zutat? Hätte sie Spuren von Mandragora in den Salbölbehältern von Kartaram finden können? Mandragora gedieh im Altertum an trockenen, sonnigen Orten, war auf Zypern, Kreta und Sizilien heimisch, typisch, daß es die Phönizier von ihren Fahrten durch das Mittelmeer mitbrachten. Kala Andropos hieß die Pflanze in Griechenland, guter Mann, ehe sie durch die christliche Religion in Drachenpuppe umbenannt wurde.

Jo barg das Gesicht in ihren parfümierten Armen. Mandragora hin oder her. Sie mußte ehrlich mit sich sein. Sie hatte die Rezeptur nicht hundertprozentig getroffen. Vielleicht lag es an der feuchten Luft hier. Sie stand auf, schloß erst die Schränke, dann die Tür zum Allerheiligsten und tappte schließlich hinunter in ihr Schlafzimmer. Die Wüste fehlt mir so sehr, dachte sie beim Rauschen des Regens vor ihrem weit geöffneten Fenster; die Trockenheit der Wadis, das Geräusch wiederkäuender Kamele, der Schein unseres Feuers und das Zischen des Wasserkessels. Und Achmed. Sie spürte feuchte Nachtluft auf ihren Wangen, kroch tiefer unter die Bettdecke und schlief auf der Stelle ein. Sekunden später schreckte sie hoch: Sie würde Achmed nie begreifen können. Und sie würde das Rätsel um seinen Duft nicht lösen können. Es wird auf immer ein Geheimnis der Wüste bleiben: *El Sirr el Saharâ.*

Früh am Morgen stand Jo wieder auf, ging unter die Dusche und versuchte, Duft und Erinnerung abzuwaschen. Als sie in ihr blasses trauriges Spiegelbild blickte, stellte sie fest, daß sie vor einer wichtigen Entscheidung stand. Was war schrecklicher in ihrem jetzigen Zustand: die Erinnerung an Achmed oder das Warten auf die Prüfungsergebnisse? Ich könnte versuchen, mit Omar Aschram Kontakt aufzunehmen, überlegte sie. Vielleicht würde er ihr jetzt, nach dem Examen, gestatten, die alten Salbölreste zu analysieren. Jo ging in die Küche hinüber und setzte den Teekessel auf. Sie sah dem aufsteigenden Dampf zu, der in der Kühle des frühen Morgens an den Kacheln kondensierte und in kleinen Bächen hinabrann. Für die Analyse der Kartaram-Salböle würde sie Omar das Geheimnis verraten, das der riesige Alambik, dieser gewaltige Destillationsapparat, barg. Jo mußte lächeln. Schon damals in Omars Lotus-Sammlung hatte sie plötzlich gewußt, daß die Phönizier den Alambik verwendet hatten, um Meerwasser zu destillieren und Trinkwasser zu erhalten. Es lag doch auf der Hand, daß die bedeutendsten Parfümköche des Altertums das Wesentliche einer Destillation erkannten und es auch nutzten, um Salzwasser in Süßwasser zu verwandeln. Mit diesem überdimensionalen Alambik konnten sie ausgedehnte Fahrten möglich machen, Reisen, die sonst durch die Menge des Trinkwasservorrats begrenzt waren. Aus diesem Grund hatte man keine Duftölreste in diesem Alambik gefunden, sondern nur Spuren von Salz, kombinierte Jo. Diese Hypothese konnte sie jetzt Omar mitteilen. Dafür würde er ihr die Salbölreste zur Analyse anvertrauen. Sie würde Jasmin, Sandelholz und Mandragora darin finden.

Ach so, fiel es Jo ein, als sie den ersten Schluck Tee schlürfte, der sie ein wenig belebte. Ich muß ja erst das Examen bestanden haben. Womit ich wieder bei Null gelandet bin. Auf der sattsam bekannten Endlosschleife, die sich ausschließlich um Achmed und das Staatsexamen dreht, das Zentrum meiner derzeitigen Lebensgeschichte, in der ich selbst nur eine Statistenrolle spiele.

Irgendwo hatte sie einmal gelesen, daß Hausarbeit von den Sorgen des Alltags ablenken würde, daß betrogene Ehefrauen zu Scheuerlappen und Putzeimer griffen und sich den Kummer von der Seele schrubbten. Tatsächlich stellte sich eine gewisse Befriedigung ein, als sie am Nachmittag gebügelte Wäsche in aufgeräumten Schränken verstaute und das Klo gewischt hatte. Zumindest hatte sie mehrere Dinge gleichzeitig getan. Sie hatte über Düfte und das Geheimnis von Kartaram gerätselt, Putzmittel auf Boden und Wänden verschmiert, versucht abzuschätzen, ob sie im Examen gerade noch oder eben nicht durchgekommen war, und um Achmed getrauert. Bei ihrer ersten Ruhepause in der Wohnküche hinten auf dem ausrangierten Sofa, wo Nikos schon einmal die Nacht verbrachte, fand sie ein aktuelles Kinoprogramm, als sie Zeitungen unter den Kissen hervorholte. Sie studierte es interessiert. Ein schöner Film, warum war ihr das nicht früher eingefallen? Es mußte ja keine Komödie sein, beschloß Jo, der nicht nach leichten Scherzen war. Es gab Liebesfilme, stellte sie beim Durchblättern fest, und Thriller und Actionfilme, in denen Liebe und Tod miteinander verbunden wurden. Die Filme waren zeitgemäß und erzählten die Geschichten politischer Intrigen, von gemeinen Terroristen und mutigen Agenten. Jo ließ das Blatt sinken. Ihr war weder nach Bombenaction noch nach Romanzen mit abenteuerlichen Männern. Sie wollte also nicht den »Englischen Patienten« sehen und auch nicht »Jenseits von Afrika«. Aber sie könnte sich »Robin Hood« noch einmal anschauen. Doch dann fiel ihr der Sarazene ein, der darin eine wichtige Rolle spielte. Sie dachte an sein dunkles Gesicht und den wehenden Mantel. Bloß das nicht! Noch viel weniger kam »Lawrence von Arabien« in Frage. Schließlich fiel ihre Wahl auf einen Horrorfilm, auf einen Armlehnenkraller. In einer Geschichte von Vampiren, Wiederauferstandenen oder bösen Geistern würde sie ihren Problemen nicht begegnen. Eine Stunde später lehnte sich Jo im Kinosessel entspannt zurück. Doch schon nach wenigen Minuten wurde sie unruhig. Der Protagonist in diesem Streifen sah die Welt mit anderen Augen als seine Mitmenschen. Gestalten und Gebäude verschwammen vor seinen Blicken und riefen Erinnerungen an frühere Zeiten hervor. Jo fühlte sich unangenehm berührt. Das glich ja ihren eigenen Visionen! Sie verließ den Kinosaal nach wenigen Minuten. Um Gänsehaut zu spüren und an der Wirklichkeit zu zweifeln, brauchte sie nicht ins Kino zu gehen.

Wieder zu Hause, setzte sie sich vor den Fernseher. Als erstes flimmerte ein weiß-schwarzes Palästinensertuch über den Bildschirm, mit dem weinende Frauen die Leiche eines Kindes bedeckten, das bei einem Vergeltungsschlag der Israelis in Nablus ums Leben gekommen war. Im zweiten Programm ging es um den Streit in der amerikanischen Regierung, ein riesiges Erdölvorkommen in einem Naturschutzgebiet in Alaska zu erschließen, und auf dem nächsten Kanal lief ein Western. Jo schaltete ab. Die Ausrottung der Indianer gehörte nun wirklich nicht zu den Dingen, die sie von ihrer eigenen Misere ablenken konnten. Also würde sie ein wenig Sport treiben, beschloß sie.

Unterhalb ihres Hauses in den südlichen Isarauen lief sie auf einem der zahlreichen Pfade zur Forststraße hinunter und folgte ihr, bis sie zur Floßlände gelangte. Die Isar sei früher ein wichtiger Verkehrsweg gewesen, stand dort zu lesen. Sofort verknüpfte Jo den Hinweis mit dem Wissen um das seefahrerische Können der Phönizier. Wieviel Kühnheit bedurfte es, auf gefährlichen Wasserwegen weit über den Horizont hinaus zu segeln? Was hatte die Menschen zu dieser Tat getrieben? Die Phönizier waren reich und unabhängig. Mit ihren Fahrten setzten sie ihren Reichtum und ihr Leben immer wieder aufs Spiel. Warum? Die Gier nach Schätzen allein konnte es nicht sein, überlegte Jo. Es war die Gier nach Wissen, nach Erkenntnis. Sie verlangsamte ihren Laufschritt und blieb jäh stehen. Genau das ist unser gemeinsamer Nenner, das ist mein phönizisches Erbe. Ich werde nicht ruhen, bis ich herausgefunden habe, was sich jenseits meines Horizontes in Kartaram ereignete.

Die folgenden Tage ihres Lebens würden Jo fehlen, wenn sie jemals an sie zurückdachte. Aber sie tat es nicht. Als sie die Benachrichtigung in den Händen hielt, sie habe das schriftliche Staatsexamen mit Auszeichnung bestanden und könne nächste Woche zur letzten Prüfung, zum mündlichen Examen bei Professor Langenberg, antreten, vergaß sie wieder einmal die Welt um sich herum. Sie registrierte vage, daß Patrizia in ihre Zimmer in der Ulmenstraße zurückgekehrt war. Sie hörte sie leise mit Nikos und Onkel Oswin sprechen, die ihr nur von weitem zuwinkten. Solange Jo auch nicht die allerletzte Frage befriedigend beantwortet hatte, war es besser, ihr aus dem Weg zu gehen. Sie haßte Vorschußlorbeeren und sprang jedem an die Gurgel, der sie in Sicherheit wiegen wollte. Sobald mir jemand suggerieren möchte, daß alles einfach gut wird, gerate ich in Panik, weil ich um meinen kritischen Verstand fürchte. Also vertiefte sich Jo wieder in ihre Studien.

Dann war es soweit. Jo hatte die letzte Frage beantwortet, hatte mit den anderen Prüflingen aus ihrer Gruppe qualvolle

Minuten auf dem Gang des Instituts verbracht, hatte der Versuchung widerstanden, an der geschlossenen Tür der Prüfungskommission zu lauschen, und war schließlich vollkommen zermürbt zur Bekanntgabe der Noten in das Zimmer zurückgegangen. Danach schien es ihr, als ob das Leben langsam seinen normalen Gang nehme. Sie hörte das Rauschen des Verkehrs draußen auf der Ludwigstraße und blickte den Wolken nach, die über das Universitätsgebäude trieben. Als letzten Akt steckte sie Gerrits hilfreiche Prüfungsfragen in einen Umschlag und adressierte diesen an einen jüngeren Kommilitonen. Dann rannte sie die Straße hinunter, spurtete zu den U-Bahn-Gleisen hinab und erwischte den Zug in letzter Minute. Sie verpaßte die Straßenbahn Richtung Ulmenstraße und lief die ganze Strecke zu Fuß. Sie spürte warme und feuchte Luft auf ihrer Haut prickeln und fühlte, wie sich ihre Haare zu winzigen Locken rollten. In einer Buchenhecke sang eine Amsel, und Kinder flitzten auf Skateboards über die Gehsteige. Jo rannte übermütig hinter ihnen her. Erst als sie in die Ulmenstraße einbog, verlangsamte sie den Schritt. Dort hinten stand tatsächlich ihr Haus. Es sah ein bißchen schäbig und alt aus und duckte sich unter die dichten Kronen der Bäume. Hatte sie die letzten Wochen hier verbracht? Jo lachte vor sich hin. Vielleicht war sie längst ausgezogen und würde einen fremden Namen neben ihrem Briefkasten lesen, fremde Gesichter hinter den Fenstern ihrer Zimmer sehen. Wenn Jo weniger erleichtert und dafür aufmerksamer gewesen wäre, hätte sie bemerkt, daß tatsächlich drei Gesichter aus dem ersten Stock auf sie herabschauten, drei angespannte Mienen, die ihren Freunden gehörten und die versuchten herauszufinden, ob die Welt sich auch morgen noch drehen würde oder der ethnobotanische Untergang nahe sei. Inzwischen fürchtete auch Nikos das Ende des Universums, besonders, als Jo im Hausflur einen Schrei ausstieß. Sekundenlang blieb alles still, Onkel Oswin hielt sich sogar die Hand vor den Mund, da er glaubte, sein heftiges Atmen, das er seinem strapazierten Herzen verdankte, wäre bis unten zu hören. Für den Fall, daß Jo nicht bestanden hatte, wollte er lieber seine Anwesenheit leugnen. Aber dann begriffen sie mit einem Schlag das freudige Ereignis und stürmten die Treppe hinunter. Jo hatte bestanden! Sie hatte nicht nur bestanden, sondern durch ihre Leistung so beeindruckt, daß ihr Professor Langenberg sofort eine Stelle an der Uni angeboten hatte.

»Und du hast natürlich zugesagt«, wagte jetzt Onkel Oswin auf sich aufmerksam zu machen.

»Ich habe natürlich abgesagt«, erklärte Jo mit Nachdruck. Dann zitierte sie Nadja Liebhoff und malte ihre Version vom ethnobotanischen Establishment und dem stillen Warten auf den Tod in den schwärzesten Farben aus.

Patrizia, die kein regelmäßiges Einkommen hatte und dauerhafte monatliche Zuwendungen trotz Schaffensunlust und Siechtum zu schätzen wüßte, verdrehte die Augen und stieß die einzigen arabischen Worte aus, die sie aus Jos Erzählungen kannte: »*Ya Salam,* du lieber Himmel!«

Nikos ließ endlich den Sektkorken knallen und überlegte angestrengt, ob er Jos Entscheidung mit einem Zitat aus der griechischen Vergangenheit bereichern könne. »Die Irrfahrten des Odysseus«, sagte er traurig, als Sektschaum über den Glasrand sprudelte und auf den Boden tropfte. Doch Jo blieb vollkommen unbeeindruckt. »Bist du nicht auch ein Nomade?« fragte sie nach dem ersten Glas Sekt und schien jeden in der Runde anzusprechen. »Hat jemand von euch ein geregeltes Einkommen, einen vorzeigbaren Ehepartner und ein Sparbuch? Ich will eure Vergangenheit gar nicht wissen«, wehrte sie ab, als Onkel Oswin nach einer Erklärung suchte. »Es genügt mir, wenn ich meine erfahre. Ich muß herausfinden, was sich im Wadi Hamamah ereignet hat. Ich leite ab Donnerstag einen Ethnobotanikkurs für Erstsemester. Wenn ich den abgehakt habe, geht es zurück nach Nordafrika.«

»Also doch ein bißchen etabliert?« stichelte Patrizia.

»Nur geschickt. Ich will Zugang zu den Analysegeräten der Uni haben. Es gibt einen Salbölrest aus einem persischen Weinbecher, den schon Könige wie Xerxes oder Kambyses an die Lippen setzten. Und es gibt eine geheimnisvolle Substanz in einem phönizischen Parfümbehälter. Vielleicht ein Hinweis auf altes Geschehen, vielleicht eine Fährte.« Zum Glück ist Gerrit nicht hier, fügte sie in Gedanken hinzu. Ihr Hinweis auf die Phönizier hätte ihn angestachelt, Gutes über die Römer vorzubringen. Der unvermeidliche Lateinerspruch über die Wahrheit im Wein wäre damit zum Beginn einer Römerpredigt geworden, die keiner von ihnen hören wollte.

Nikos schien sich gedanklich auch in dieser Richtung zu bewegen, denn er ermahnte Jo, lieber Erinnerung im Wein zu suchen statt Vergessen. Erinnerung an das Zauberparfüm und seine Herstellung. Schließlich habe er, wie befohlen, das Parfüm benutzt und das Verhalten der Riechenden getestet. Er könne Jo mitteilen, daß die Welt wie erwartet verrückt sei und jetzt auch noch wild nach diesem Geruch. Männlein wie Weiblein ohne Unterschied. Es handle sich also um einen bisexuellen Lockstoff, das verstünde er auch ohne Studium und Examen. Außerdem würde es seine Weltsicht bestätigen. Alle Dinge hätten zwei Seiten. Wissen und Weiber, Kerle und Katastrophen. Wer es also schaffe, den heterogeschlechtlichen Zwilling in sich zu Wort kommen zu lassen, könne Ereignisse und Menschen aus zwei unterschiedlichen Lagern beurteilen. Deswegen sei er göttlich und habe auch, nüchtern betrachtet, Ähnlichkeit mit Apoll und Aphrodite zugleich.

Und mit dem eitlen Narziß, der in sich selbst verliebt sei, rief Patrizia dazwischen, und was das eigentlich mit Jo zu tun habe?

Wenn dieses sagenhafte Parfüm in Kartaram gebraut worden war, erklärte Nikos, dann lohne es sich, dort noch einmal nachzusehen. Er könne Jo gut verstehen. Die Frau in ihr wolle herausfinden, ob Achmed-Halef so gut war, wie er roch, und der Mann in ihr möchte der Welt die Stirn bieten und die Tatsachen aufdecken. Nikos griff nach Jos Haaren und drehte sich eine blonde Strähne um seinen Finger. »Geht es dir tatsächlich um die Wahrheit – um nichts als die Wahrheit –, oder bist du der Einflüsterung eines magischen Geruchs erlegen und hast Sachverstand durch Leidenschaft ersetzt?«

Am nächsten Morgen stand Jo als erste auf und bereitete das Frühstück. Sie schlich in die Küche, holte die frischen Semmeln vorsichtig aus der Papiertüte und vermied jedes Rascheln, um Onkel Oswin nicht zu wecken, der auf dem alten Sofa schlief. Nikos hatte es tief in der Nacht an ihn abgetreten und sich plötzlich entschlossen, einen Platz in Patrizias Bett anzunehmen. Das forderte zwar ihre Neugierde heraus, aber weder sie noch Onkel Oswin wagten es später, den beiden fragende Blicke zuzuwerfen.

Es war ein Tag wie aus einem Werbefilm. Spätblüher leuchteten im Garten in allen Farben, die Luft war erfüllt vom Summen der Insekten, Schmetterlinge saßen in Schwärmen auf Sonnenbraut und Goldaster. Jo konnte Trauermäntel, Bläulinge, Admirale und Kleine Füchse ausmachen, die den vielfältigen Farben im Garten zusätzliche bunte Tupfen verliehen. Eine Bachstelze trippelte vor ihnen über den Rasen und erhaschte eine langbeinige Schnake, die träge an Jos kleinem Gartenteich durch die feuchtwarme Luft getaumelt war. Jo lehnte sich in ihrem Stuhl weit zurück und genoß die Sonnenstrahlen auf ihrer Haut.

»Da ist ein Anruf für dich!« rief Patrizia von der Küche aus. Als Jo ins Haus ging, registrierte sie, daß Patrizia tatsächlich am Herd stand und Nikos half, Weißwürste in heißes Wasser zu legen. Jo grinste. Die Nacht mit Nikos mußte anregend gewesen sein.

Dieses Lächeln trug sie noch immer auf dem Gesicht, als sie später wieder in den Garten herauskam. »Stellt euch vor,

Chapman hat angerufen und mir artig zum Examen gratuliert. Gerrit hat gestern mit ihm telefoniert und von mir gesprochen. Früher hätte mir Chapman Orchideen geschickt«, sagte Jo versonnen. »Aber die gehen jetzt sicher an Gerrits neue Liebe. Ist auch egal. Ich freue mich einfach, daß ich den alten Herrn noch einmal gesprochen habe. Und er hat mich auch beglückwünscht, daß ich das Abenteuer in Libyen so gut überstanden habe. Ich habe ihm von meinem Autounfall erzählt, und er sagte etwas Interessantes. Da gäbe sich die zivilisierte Menschheit rund um den Globus Mühe, daß man immer brav angeschnallt sei, und jetzt hätte mir der Umstand, daß ich nicht angeschnallt gewesen war und deshalb aus dem Auto geschleudert wurde, das Leben gerettet. Fehler hätten eben auch ihr Gutes. Trotzdem könne die Summe aller Fehler den Tod bedeuten.«

»Komische Gratulationsrede zum bestandenen Examen«, knurrte Patrizia.

»Ach wo, das war nur ein Spruch. Er gibt gerne seine Lebensweisheit weiter, steht ihm auch zu als alter Mensch.«

Sie prosteten einander mit Weißbier zu, fischten heiße Würste aus dem Topf, tunkten sie in süßen Senf und aßen ofenwarme Brezeln. Heute abend endet die Auszeit, das war Jo klar. Sie würde schon morgen die Erstsemester übernehmen, die nach dem Ferienkurs entscheiden sollten, wie es in ihrem Leben mit der Ethnobotanik weitergehen sollte. Onkel Oswin und Nikos würden an ihre eigene Arbeit zurückkehren, und Patrizia schien mit ihrer Schroffheit das Ende der Schonzeit anzudeuten. Ihre kritische Bemerkung über Chapman ärgerte Jo. Während Patrizia sich vermutlich mit Nikos vergnügt hatte, machte es Jo traurig, daß niemand seine trostspendenden Arme um sie legte. Jo blinzelte in das helle Sonnenlicht hinein. Eine Amsel war unter lautem Kreischen aufgeflogen und saß jetzt schimpfend und zeternd im Pfaffenhütchenbusch neben dem Gartenteich. Jo erkannte einen ziemlich großen Schatten, der plötzlich den Rasen verdunkelte. Sie sprang auf und war mit einem Satz drüben bei der hohen Gestalt. »Mein Gott«, stieß sie hervor.

»Du darfst Thomas sagen. Komm an meine Klagemauer!« Er packte Jo und wirbelte sie herum. »*Marhaba!* Wenn ich die Schuhe ausziehe, rieselt Wüstensand heraus. Ich bin direkt von Damaskus in deinen lieblichen Garten geflogen!« Thomas lachte in hohen Tönen, die nicht zu ihm passen wollten, setzte sich zu den anderen und begann eine seiner persönlichen Tausendundeinenachtgeschichten zu erzählen. Jo beobachtete Nikos, der Thomas mit glänzenden Augen anblickte und andächtig lauschte. Ob Leibesfülle noch immer ein Ausdruck von Ansehen und Reichtum sei, wollte er schließlich wissen. Ohne eine Antwort abzuwarten, verschwand er in der Küche und kehrte mit gefüllten Schüsseln und Platten wieder. Onkel Oswin nutzte die Pausen, wenn Thomas den Mund voll hatte, und warf gescheite Bemerkungen über Alexander den Großen ein. Die Gesprächsthemen wechselten übergangslos von der Not der Palästinenser zu Seleukos, der unter Alexander dem Großen diente und Seleukia, die Brückenstadt am Euphrat, gründete, über Wasserpumpen für den Irak, die zu liefern händlerisches Geschick erfordere, um nicht das Embargo zu verletzen, über Gaddafis Bestreben, Libyen durch Wasserprojekte von Agrarimporten unabhängig zu machen, und führten zu Saladins Begegnung mit den Beduinen im Wadi Ram vor mehr als achthundert Jahren. Schließlich war man bei Jos Geruchskompositionen angelangt.

»Du behauptest, am Geruch würde man den sozialen Status erkennen?« Thomas leerte sein Weißbierglas und bat Nikos um Nachschub.

»Schon bei der Geruchskommunikation erhalten wir Informationen über die Spezies, die soziale Gruppe, das Geschlecht, den Fortpflanzungsstatus, das Alter, die Gesundheit, den Rang, die Identität, die genetische Verwandtschaft …«

»Das stinkt zum Himmel!« rief Thomas dazwischen. »Du selbst mit deinen ewigen Zweifeln an Achmed bist doch der beste Beweis, daß dich die Nase an der Nase herumführt.«

Jo überschlug in Gedanken, ob sie vor den anderen erzählen durfte, daß man ihr Fahndungsfotos von Achmeds Sohn Abdul vorgelegt hatte, und entschloß sich, mit den Freunden ihr Wissen zu teilen. Einige Minuten nach ihren Bekenntnissen und Offenbarungen herrschte atemlose Stille im Garten, dann setzte sogar das Brummen und Schwirren der Insekten wieder ein.

»Seht Jo an!« forderte Thomas schließlich. »Prägt sie euch genau ein, nach dem Motto: vorher – nachher. Ihr wißt, was ich meine. Es gibt Serien in Zeitungen, da werden Frauen im Vorher-Nachher-Verfahren von einer grauen Maus in einen Pfau verwandelt. Und genau das werde ich jetzt tun. Patrizia, du bist doch das Mathewunder, komm her zu mir und hilf rechnen. Also«, begann Thomas nach einer Bedenkminute, verbesserte sich aber und versuchte es auf andere Art: *»Kansamán«*, sagte er verheißungsvoll, »es war einmal. So beginnt jede gute arabische Geschichte. Es war einmal ein kleiner Junge Abdul Ibn Achmed, der an einem heißen Tag in der Mittagshitze mit seinem Vater Achmed Aschram durch die Nubische Wüste zog. Der Knabe war damals genau zehn Jahre alt, schleppte bei der Rast Kamelfutter herbei, sammelte Feuerholz und bereitete einen herrlichen Karkaré, den Malventee der Beduinen. Es war der einundzwanzigste Dezember 1988. Ich weiß das deshalb so genau, weil ich damals neben Abdul in besagter Wüste saß, mir meinen Hintern vom Kamelreiten wundgescheuert hatte und jeden einzelnen Tag im Kalender strich, um nicht den Rückflug nach München zu verpassen. Denn trotz meiner rosaroten Rückseite war ich in die Wüste verliebt und wäre gern mein Leben lang dort geblieben. Ich hatte Archäologen bei mir, wie ich Jo schon erzählt habe. Darunter den Besserwisser Montanus. Alles in allem wissen diese und ich genau Bescheid, daß Abdul, eben jener Abdul vom Fahndungsfoto, damals noch ein Kind war. Heute sitzt er als Flugzeugmechaniker auf Malta, aber damals saß er auch nach stundenlangem Fußmarsch nicht eine Sekunde still, sondern rannte um uns herum, brachte Zucker und Wasser, Erdnüsse und Aprikosen, pfiff und lachte und sang. Ein Kind halt.«

»Hätten wir etwas begreifen sollen?« fragte Patrizia. »Ich habe keine mathematische Fragestellung entdecken können.«

»Der einundzwanzigste Dezember 1988!« rief Onkel Oswin. »An diesem Tag ereignete sich der Lockerbie-Absturz. An einem Tag, an dem der Verdächtige noch ein Kind war und Tausende von Kilometern entfernt in der Wüste herumrannte!«

Dieser Thomas hat recht, dachte Nikos. Mit seinem Vorher und Nachher. Als Jo endlich begriff, daß Achmeds Sohn nicht verantwortlich für Lockerbie und kein Terrorist war, begann sich ihr müdes Gesicht zu straffen. Ihre Haut glänzt ja, stellte Nikos fest, die Haare strahlen sogar. Sie sind nicht mehr so stumpf wie vor einigen Minuten, und ihr Gesicht erst! Die kleinen Falten um Augen und Mund sind verschwunden. »Du gehst als Abiturientin durch«, sagte er zu ihr, die immer noch wie verzaubert Thomas anblickte. Dann sprang sie endlich auf und schlug ein Rad über den grünen Rasen. »Wer hat Abdul verleumdet? Warum weiß Interpool nicht, wie alt er ist?« fragte sie jetzt atemlos.

»Wer weiß schon, wie alt ein Beduine ist? Aber außer mir könnten alle Archäologen bezeugen, daß Abdul damals noch ein Kind war. Und wer ihn hineingelegt hat? Achmed hat viele Feinde. Angefangen von Montanus bis zu Regierungsmitgliedern, schätze ich. Mit dem Verdacht gegen seinen Sohn kann man ihn schön klein halten. Vielleicht geht es sogar von den Libyern selbst aus, von ganz oben. Da fällt mir übrigens etwas ein, was dir wichtig sein könnte. Mohammed, mein geliebter libyscher Zwischenhändler und zukünftiger Knastbruder, wenn sie uns bei Embargoverletzungen erwischen, hat mich wissen lassen, daß sie Nabil Fara verhaftet haben, als er, vor einigen Tagen aus Europa kommend, die libysche Grenze überschritt. Interessiert dich ja vielleicht. Jetzt sitzt er in Tobruk. Ziemlich üble Sache. Man hängt ihm das Massaker von Hamamah an. Außerdem wirft man ihm vor, daß er mit dem Feind, sprich den Amerikanern, kooperiert habe. Sagt dir das etwas?«

Stunden später waren die fünf noch immer damit beschäftigt, die vielen Informationen zu sortieren und in einen logischen Zusammenhang zu bringen. Jo war geneigt, Nabil Fara zu verteidigen, doch Thomas schwankte. Mohammed hätte eine Warnung gefunden, die Nabil Fara für Jo in ihrer Unterkunft hinterlegt habe. Das wäre zwar anständig von ihm gewesen, aber auch grenzenlos dumm. Denn das diene als Beweis, daß er von der geplanten Beseitigung des Professors gewußt habe.

»Hat er das Wadi in die Luft gesprengt?« fragte Jo abschließend.

Thomas zuckte die Schultern. »Zumindest hat er es nicht verhindert. Nach der Rechtsprechung der Beduinen, und es sind vor allem Beduinen ums Leben gekommen, hat er Blutrache auf sein Haupt geladen. Zu seinem Glück sitzt er im Gefängnis. Denn nur dort ist er sicher. Er kann sich nie wieder frei in Libyen bewegen, denn dann würden ihn die Beduinen töten. So nach und nach«, ergänzte Thomas und pellte eine Weißwurst. »Schön langsam, damit er auch etwas davon hat.«

»Und El Dorado Canyon zwei?« warf Onkel Oswin ein. »Was ist mit der Version, die Amerikaner hätten ein Terroristenlager bombardiert?«

»Da scheint auch etwas dran zu sein. Es sieht so aus, als ob jemand zwei Fliegen mit einer Klappe habe schlagen wollen.

Und Nabil Fara wird verdächtigt, die unterschiedlichen Interessen vereint zu haben. In den Augen der libyschen Regierung ist er ein Verräter. Vielleicht haben ihn die Amerikaner bezahlt, damit er Unruhen ausnutzt, um politische Gegner auszuschalten?«

»Aber warum?« fragte Jo. »Professor Tellos war vor allem Archäologe, Phönizier-Experte und Leiter der Ausgrabung.«

Thomas winkte ab. »Das Massaker in Hamamah hatte nichts mit Archäologie zu tun. Das sollte nur ablenken. Man hat so lange gewartet, bis Tellos endlich aus Leptis Magna verschwunden war, wo man ihn nicht in die Luft sprengen konnte, ohne nicht auch die wenigen kostbaren Touristen zu gefährden. Wahrscheinlich hat man deshalb diese griechische Archäologin Eléni und dich vorher gewarnt. Es sollte nur libysche Opfer geben. Schau nicht so betroffen, Jo! Denk an die gute Nachricht, die ich gebracht habe, sonst verdirbst du dir den ganzen Tag!«

Jo gewann etwas von ihrer frohen Stimmung wieder, als sie nach dem Gespräch in der Küche stand, Geschirr und Essensreste forträumte, Kaffee kochte und an Achmed dachte. Wenn er auch Waffen und Sprengstoff besaß, so war er wenigstens nicht in den Anschlag auf die PANAM-Maschine verwickelt gewesen oder hatte gar seinen Sohn dazu angestiftet. Er war zu diesem Zeitpunkt in der Nubischen Wüste gewesen, hatte Archäologen wie Montanus begleitet und ihnen römische Schätze gezeigt. Bei dem Gedanken an Gerrit fühlte Jo wieder einen unangenehmen Druck im Kopf. Jos Blick fiel auf die Torte, den süßen Traum aus Mandelschaum, Eiern und Likör, die Nikos ihr zu Ehren gebacken hatte. Sie mußte sich wirklich auf das Gute von heute besinnen, es genießen und die Erinnerung daran für schlechte Zeiten aufbewahren. Das waren Achmeds Worte gewesen. Danke, dachte Jo. Danke, Achmed, für deine Zuneigung, deinen Anstand und Witz und das Siwanische Ritual. Jo lehnte mit der Kuchenplatte in der Hand an der Tür und blickte verträumt auf den Garten hinaus. Sie schloß die Augen und versuchte, sich an das Licht zu erinnern, das Achmed und sie wie ein magischer Zirkel umgeben hatte.

»Tut mir leid, daß nur ich es bin, der Sie berührt«, hörte sie plötzlich eine leise Stimme neben sich und fühlte, wie ihr jemand die Torte aus der Hand nahm.

»Heute ist der Tag der Überraschungen«, rief Onkel Oswin in diesem Moment vom Garten aus.

Jo öffnete die Augen und blickte in Florian Ellings Gesicht, der sie verschmitzt musterte. »So viel Glück?« fragte er und gratulierte ihr zusammen mit Martin Gruber zum Examen. »Wir kommen selbstverständlich nicht zufällig«, fuhr er fort. »Das widerspräche jeder von mir aufgestellten Theorie. Wir wissen, daß Sie bestanden haben, und sollen Sie im Auftrag unseres Chefs abwerben. Wir erwarten von Ihnen eine aufregende Bereicherung unserer Arbeit, den Einblick in gewisse Kreise. Die Arbeitsbedingungen bei der Kripo sind übel, das Gehalt entspricht den Bedingungen, und die Klientel besteht aus Mördern, Zuhältern und Dealern. Die Öffentlichkeit wird in Ihnen eine Schnüfflerin sehen, und die Medien warten darauf, Sie bei der kleinsten Ungereimtheit coram publico hinzurichten. Wenn Sie einen Fall nicht bereits aufgeklärt haben, solange noch der Geruch verbrannter Gummireifen vom Fluchtauto über dem Tatort schwebt, gelten Sie als Versager, der Steuergelder verschleudert. Wochenenden werden meist ruiniert, Urlaub wird so lange verschoben, bis er verfallen ist, und die Nächte sind kurz. Dafür bekommen Sie einen Schreibtischplatz in einem Großraumbüro, ein Mikroskop in einem gekachelten Raum, wo es nach Desinfektionsmitteln und Leichen riecht, und als Morgengruß regelmäßige Anbrüller vom Chef, weil er den Druck von oben an Sie weitergibt. Wenn Sie das alles noch nicht überzeugen kann, dann denken Sie bitte an uns, Ihre jungen, dynamischen Kollegen, charmant, gutgelaunt und attraktiv. Können Sie dem widerstehen?«

Jo ließ sich Nikos' kalorienträchtige Kuchenverführung auf der Zunge zergehen, nahm nur winzige Stücke mit der Gabel auf, um den Genuß dieses Tortentraums möglichst lange auszudehnen, nippte an ihrem Kaffee und brachte schließlich ihre Bedenken vor: Sie sei hingerissen von Florian und Martin, aber gerade das wäre ja der Grund, nicht bei der Polizei zu arbeiten. Wie könnte sie neben solchen Kollegen Spuren überprüfen, wenn sie doch durch deren Männlichkeit und Charme von der Ernsthaftigkeit der Tätigkeit abgelenkt würde? Jo genehmigte sich noch ein Gäbelchen Torte und beobachtete die beiden jungen Männer amüsiert. Trotz ihrer vorgebrachten Ironie waren sie als mögliche Arbeitskollegen weit interessanter als Professor Langenberg und sein unscheinbares Team, die alle miteinander so farblos waren, als hätten sie wie gepreßte Blumen lange zwischen Bücherseiten gelegen. Jo fing einen Blick von Patrizia auf. Ihre Augen unter dem kurzen schwarzen Haar funkelten wie Warnsignale.

»Na?« fragte Patrizia schließlich, als sich jeder von jedem verabschiedet hatte und nur noch sie und Jo auf den Terrassenstufen in den warmen Strahlen der untergehenden Sonne saßen.

»Ich bin verwirrt«, gestand Jo.

»Dafür hast du mich.« Patrizia nahm einen faustgroßen flachen Stein auf und bewegte ihn vor Jo hin und her. »Woran erinnert dich das? Okay, keine Ratespiele mehr. Das soll dich an eine Computermaus erinnern. Das ist das hübsche kleine Ding, das man hin und her schiebt. Klickt man mit ihr an der richtigen Stelle an, bekommt man Informationen. Du glaubst doch nicht, daß dir diese Menschen alle zufällig begegnen? Du bist die Maus in diesem Rätsel um Kartaram. Wenn sie dich benutzen, haben sie Zugang zum System.«

»Thomas?« fragte Jo ungläubig.

»Unbewußt. Aber mir kam es vor, als überbringe er eine Botschaft von diesem Mohammed: Komm nach Libyen, liebe Jo, alles in Butter oder Kamelmilch, was weiß ich. Und die Herren der Polizei wollen an dir dranbleiben. Das hast du doch hoffentlich kapiert. Du weißt etwas, Schätzchen, du kennst die Koordinate, auf der die Interessen vieler verschiedener Leute zusammenkommen, die aus unterschiedlichsten Beweggründen in Kartaram mitmischen. Auch dein süßer Achmed, oder wie war das mit der Silberschale?«

Jo, die bei der Erwähnung der Silberschale vor allem an Omar und seine Salbölreste dachte, sprang auf. Sie hatte gestern sofort nach bestandener Prüfung eine entsprechende Nachricht an Omar Aschram in Kairo gefaxt. »Hast du etwas gehört? Sind heute Faxmitteilungen gekommen?« Sie wartete Patrizias Antwort nicht ab, sondern lief in ihr Arbeitszimmer hinüber. Doch zu ihrer großen Enttäuschung war der Schreibtisch vor dem Faxgerät leer.

Die Nachricht, daß Omar schwer krank sei und in Dubai, im besten Krankenhaus des Emirats, operiert werde, erhielt sie Wochen später in Form einer Mail, die sein Stellvertreter Tariq gesendet hatte. Außerdem ließ ihr Omar sagen, daß es ihm eine persische Silberschale aus dem Familienbesitz der Aschrams ermögliche, diese teure und langwierige Behandlung im Ausland zu bezahlen. Ob sie nun den Schmuggel der Schale über die Grenze verstehen und verzeihen könne? Er bete darum, Jo noch persönlich in der Lotus-Sammlung die Salböle aus Kartaram überreichen zu können, sofern dies Gottes Wille sei, *inschallâh.*

Jo hatte feuchte Augen, als sie diese Nachricht Patrizia mitteilte. Sie hatte längst den Erstsemesterkurs abgeschlossen und soviel Spaß daran gefunden, daß sie eine zweite Gruppe im Anschluß übernommen hatte. Danach hatte sie als freie Mitarbeiterin einen Arbeitsvertrag am Ethnobotanischen Institut unterzeichnet. Aber heute war wieder ein Tag, an dem sie es bereute, nicht nach Nordafrika aufgebrochen zu sein.

»Hör auf zu flennen«, sagte Patrizia grob. »Diesmal bin ich diejenige, die dich davor warnen muß, im System unterzugehen. Wie lange bist du jetzt wieder an die Uni gebunden?«

Hatte sie einen Fehler gemacht? Jo mußte noch Wochen später an Patrizias Vorwurf denken. Sie stand von ihrem Schreibtisch in der Uni auf und sammelte ihre Unterlagen ein. Gedankenverloren schlüpfte sie in ihre Winterjacke und setzte eine Wollmütze auf. Es war schon ausgesprochen kalt in diesen Novembertagen. Heute morgen war ihr Garten weiß gewesen, und auch jetzt schlug Schneeregen gegen die Scheiben.

Sie hatte vor einiger Zeit ausführlich mit Thomas über Achmed und seinen Sohn diskutiert. Ob es eine Möglichkeit gäbe, Interpol mitzuteilen, daß Abdul Ibn Achmed zur Tatzeit noch ein Kind gewesen sei, hatte sie wissen wollen. Aber Thomas hatte ihr geraten, sich aus den Verstrickungen herauszuhalten. Solange Abdul nicht verhaftet und angeklagt sei, sollten sie ihr Wissen für sich behalten. Dann hatte er verstehend genickt, als Jo ihm erklärte, sie würde vorläufig nicht nach Libyen reisen. Da sie nun wußte, daß Achmed kein Terrorist war, drängte es sie nicht so sehr, ihn wiederzusehen. »Ich muß erst wieder ganz im Gleichgewicht sein, ehe ich ihm begegne«, hatte Jo erklärt. Aber Achmeds Duft, das geheimnisvolle Parfüm, ob das jetzt vergessen sei, wollte Thomas abschließend wissen.

Jo zog die Wollmütze noch tiefer ins Gesicht. Fußgänger auf der Ludwigstraße hasteten mit hochgeschlagenem Mantelkragen und gesenktem Kopf an ihr vorbei. Bei diesem Wetter konnte der Gedanke an die Wüste schon verführerisch wie eine Droge sein. Jo lief die Treppen zur U-Bahn hinunter. Im Zug roch es nach feuchten Lodenmänteln und nassen Jacken. Sie verkeilte sich und ihre Aktentasche zwischen Tür und Sitzplatzabsperrung. So konnte sie die Hände in der Jackentasche lassen und sie wärmen. Sie dachte daran, daß sie den Inhalt des persischen Trinkgefäßes, des königlichen Bechers, untersucht und tatsächlich Drogen gefunden hatte. Jo starrte in ihr Spiegelbild im Zugfenster, ohne es wahrzunehmen. Sie hatte Spuren gekelterten Weins gefunden, Hanf, Bilsenkraut und Mandragora, also Alraune, die sich wahrscheinlich auch in Achmeds Parfüm befand. Man hatte sicherlich Alraune unter den Wein gemischt, um den bitteren Geschmack des Bilsenkrautes zu mildern, überlegte sie. Als sie in der Pollenanalyse die Pollen des Persischen Walnußbaumes entdeckt hatte, hatte sie einen Moment lang daran geglaubt, uralte Reste eines berauschenden königlichen Getränks vor sich zu haben. Aber dann war sie auf Spuren von Vanille gestoßen. Das hatte alles zunichte gemacht. Schade. Jo erinnerte sich genau an den Moment, da ihr klar wurde, daß der alte Weinrest hochgradig verunreinigt sein mußte. Denn erst 1841 war es Edmond Albius gelungen, Vanille durch künstliche Befruchtung auf Bourbon, einer der Gewürzinseln im Indischen Ozean, zu züchten. Folglich konnte der Inhalt des Weinbechers nicht aus den Zeiten der Perserkönige wie Xerxes oder Kambyses stammen. Er war irgendwann im 19. Jahrhundert oder sogar noch später zusammengemischt worden.

Trotzdem sah sie ihre Parfümmischung vom Sommer durch die Weinanalyse in gewisser Weise bestätigt. Hier wie dort hatte man Mandragora verwendet. So waren also die alten Rezepte und Zutaten noch bekannt. Die dumpfe Müdigkeit, die sie den ganzen Tag schon im Griff hatte, wurde noch stärker, als sie jetzt ihre Haustür aufschloß, ihre nassen Sachen auszog und sich einfach in den alten Sessel am Kachelofen fallen ließ. Im Moment konnte sie nichts auf der Welt aus ihrem Arbeitstrott aufrütteln. Sie sah Nadja Liebhoffs schlaffes Gesicht vor sich, als sie wenig später in der Küche einschlief.

Diese Müdigkeit verhinderte im Februar bei Semesterende, daß Jo einwilligte, Ferienkurse für Anfänger abzuhalten. Sie stand am weit geöffneten Fenster im Ethnobotanischen Institut und genoß die Strahlen einer ersten Frühlingssonne. Heute war ein besonders milder Tag gewesen, und unten zwischen den Haselnuß- und Forsythiensträuchern verkündeten die ersten Schneeglöckchen und Krokusse schon das Ende des Winters. Zum Glück nur hier in München, dachte Jo. In den Alpen würde noch genug Schnee liegen. Sie hatte vor, die Ferien an frischer Luft zu verbringen, mit Skitouren und Sonnentagen im Schnee und mit harter Arbeit an ihrer Dissertation, wenn das Wetter für Ausflüge weniger günstig war. Auf keinen Fall würde sie in diesem muffigen Institut bleiben. Professor Langenberg hatte verärgert reagiert und erstaunt die Augenbrauen hochgezogen, als Jo zum zweitenmal eine feste Anstellung an der Universität ablehnte. Er hatte Worte wie »einmaliges Angebot« und »Chance« benutzt und nicht verstehen können, daß dies kein großes Interesse bei ihr weckte.

Mich interessiert gar nichts, dachte Jo unlustig, am wenigsten die Abschiedsrede von Gerrit. Sie stand inzwischen mit einem Sektglas in der Hand in Gerrits Büro und musterte die Anwesenden. Gerrit sah nach wie vor überaus attraktiv aus. Sie betrachtete nachdenklich Gabriela Barlin, die klein, rund und sehr bekümmert neben ihm stand. Gerrit würde in wenigen Stunden in die USA fliegen, um dort eine Dozentenstelle in Harvard anzutreten. Wenn sie von Gabrielas geknickter Haltung ausging, konnte sie schlußfolgern, daß sie wohl nicht eingeladen war, ihn zu begleiten. Jo leerte ihr Glas. Es war höchste Zeit zu verschwinden. Gerrits Rede langweilte sie. Möglicherweise war sie in den letzten Wochen kritischer geworden, denn sie fand Gerrits Eitelkeit nahezu unerträglich. Arme Gabriela, dachte Jo. Er sitzt noch nicht ganz im Flieger, dann hat er die nächste. Aber sicher keine Schwarzhaarige. Ich erinnere mich sehr gut, daß Gerrit nach dem ersten Zusammentreffen mit Patrizia gesagt hatte, er könne Schwarzhaarige nicht ausstehen. Inzwischen bin ich mir allerdings sicher, daß seine tiefe Abneigung gegen Patrizia nicht von ihrer Haarfarbe, sondern von ihren Äußerungen herrührt.

Es war ein schwüler Tag gewesen, als Gerrit Patrizia zum erstenmal begegnet war. Sie hatte, wie zu erwarten, am Computer gesessen und mit einem Schraubenzieher in den Eingeweiden des Geräts herumgefummelt. Jo wurde schwindlig, wenn sie an die Schaltungen und Festplatten dachte, die Patrizia um sich liegen hatte, mit schlafwandlerischer Sicherheit aufnahm und einsetzte, festschraubte und miteinander verband. Sie hatte größten Respekt vor Wesen, die es Leuten von ihrem Schlag ermöglichten, nur noch auf einen Knopf drücken zu müssen. Obwohl Patrizia halb unter dem Schreibtisch in den Innereien der Feinmechanik untergetaucht war und deutlich genug signalisierte, daß sie jetzt nicht den Kopf für anderes frei hätte, hatte Gerrit auf sie eingeredet, hatte seine Tätigkeit an der Uni dargestellt und über die Römer gesprochen. Da war Patrizia aus dem Bauch des Rechners aufgetaucht. Die Römer, wer seien denn die, hatte sie geschnaubt. Die kannten doch nicht einmal die Null. Wer nicht mit Zahlen umgehen konnte, habe bei ihr keine Chance, Cäsar hin oder her. Nullen waren sie, was ihr Zahlenverständnis anging. Es sei fast schon eine Meisterleistung, dermaßen inkompetent mit Zahlen zu jonglieren und die Null zu ignorieren. Insofern würde sich Gerrit tatsächlich mit außergewöhnlichen Menschen beschäftigen. Toll.

Jo blickte wieder zu Gerrit hinüber und unterdrückte ein Gähnen. Sie mußte hier raus! So wie damals, nachdem sie die Kiste mit der Kachel von Kartaram geöffnet hatte. Gerrit wandte sich ab, um am Ende seiner Rede die Glückwünsche des Dekans entgegenzunehmen, und Jo huschte unauffällig hinaus. Ihr war etwas eingefallen, eine Idee gekommen, die sie wie ein Blitz aus heiterem Himmel traf. Plötzlich ging es um Minuten.

Kurz darauf saß sie in ihrem Labor vor dem Fluoreszenzmikroskop. Warum hatte sie eigentlich nicht früher daran gedacht, die Blut- und Erdprobe der Kachel aus Kartaram selbst zu analysieren? Sie würde Pollen derjenigen Pflanzen finden, die im Wadi Hamamah wuchsen. Das könnte eine Bestätigung sein, daß es sich tatsächlich um die Kachel handelte, die sie damals in der Nacht der Explosion gesehen hatte. Während Jo die Probe auf den Objektträger aufbrachte und die Schärferegelung veränderte, spürte sie die bekannte Hitze im Kopf, die sich immer einstellte, wenn sie einem ethnobotanischen Indiz auf der Spur war.

Zuerst registrierte sie die Pollen der Palisaden-Wolfsmilch. Jo blickte vom Mikroskop hoch und gab eine Notiz in ihren Computer ein. Diese Pflanze, die von Februar bis Juli blühte, war typisch für die Cyrenaika und den Zeitraum, in dem sich der Anschlag ereignet hatte, ebenso wie die Spritzgurke, deren Pollen sie anschließend identifizierte. Dabei regulierte sie mehrmals die Feineinstellung am Mikroskop. Etwas verhinderte den scharfen Blick auf ihre Probe. Sekunden vergingen, bis Jo begriff, daß dieses Etwas sehr große, sogenannte Pollensäcke waren. Pollinium mit Haftscheibe, notierte Jo am PC und fotografierte das Bild. Die Hitze im Kopf nahm plötzlich zu. Sie ließ das Blut in ihren Schläfen pochen und die Lippen trocken werden. Ein unangenehmes Prickeln im Nacken veranlaßte Jo, sich umzuschauen. Stand jemand hinter ihr und beobachtete ihr Tun? Natürlich war sie allein. Doch die Überlegungen zu Hamamah, die jetzt durch ihre Gedanken zogen, versetzten sie augenblicklich in einen Ausnahmezustand. Sie glaubte, wie eine Fackel im Dunkeln zu leuchten, so spürbar ahnte sie die Vorgänge und die Gründe des Massakers. Jeder, der ihr zufällig begegnete, würde sofort von ihrem Gesicht ablesen können, was sie wußte. Denn auf ihrer Stirn stand in großen Lettern der Name des Schuldigen geschrieben.

Draußen auf dem Gang schlug eine Tür zu. Jo starrte wie hypnotisiert auf den Türknauf. Alles blieb still. Sie wandte sich erneut dem Mikroskop zu, überprüfte noch einmal das Bild. Es hatte sich nichts geändert.

Jo fühlte ein saures Brennen im Mund und mußte schlucken, preßte die Hände an die Schläfen und wünschte sich die Unwissenheit der letzten Monate zurück. Damals war sie verwirrt gewesen, weil sie nicht begriff, was in Hamamah passiert war. Jetzt hatte sie ein viel größeres Problem: Sie wußte, was geschehen war; sie wußte, wer hinter dem Anschlag steckte, warum Kartaram gesprengt worden war, was Achmeds Parfüm in Wirklichkeit enthielt und was die Phönizier von ihren Fahrten über den Atlantik mitgebracht hatten. Sie wußte, warum Tellos sterben mußte, warum Eléni und sie gewarnt worden waren, was auf der Goldmünze zu sehen war und welche Blume die phönizische Kachel aus Kartaram zierte. Eine Blume als Symbol phönizischen Triumphes sozusagen, der Beweis ihrer Parfümeurskunst, ihres Händlergeschicks und ihrer nautischen Fähigkeiten! Diesen Fund, dieses Zeugnis phönizischen Könnens, hatte Tellos mit seinem Leben verteidigt. Wäre sie an seiner Stelle gewesen, sie hätte ebenso gehandelt. Oder bestand die Möglichkeit, daß sie sich abermals täuschte? Jo ließ die Finger über der Tastatur schweben. War sie jetzt vollkommen verrückt geworden?

Wenig später hatte Jo die gesamte Erdprobe aus Kartaram verarbeitet und sogar einen Abstrich ihrer Tasche vorgenommen, um Verunreinigung auszuschließen. Am Rande registrierte sie, wie Mitarbeiter das Institut verließen, Schritte auf dem Gang verhallten, Lichter verloschen und Türen klappten. Sie ging zu einem anderen Fluoreszenzmikroskop hinüber und überprüfte ihre Analyse erneut. Vielleicht war ihr Mikroskop kontaminiert?

Irgendwann an diesem Abend beendete Jo ihre Arbeit. Mechanisch speicherte sie die Erkenntnisse auf Disketten, druckte ihre Analyse aus, räumte auf und nahm mit, was sie unter keinen Umständen wochenlang im Institut liegenlassen wollte. Langsam ging sie den langen dunklen Korridor hinunter, nickte dem Pförtner zu und machte sich auf den Heimweg. Auch in der U-Bahn hielt sie den Ausdruck des charakteristischen Pollenbildes in den Händen. Es gab keinen Zweifel. Sie konnte es noch so oft anstarren, das Ergebnis war immer dasselbe. Das Geheimnis der Wüste, *El Sirr el Saharâ!* Als die Bahn ruckartig bremste, sie tief in Gedanken einen Sicherheitsgurt vermißte, der ihren Satz nach vorn aufgefangen hätte, hatte sie plötzlich einen galligen Geschmack im Mund. Und dann wurde ihr regelrecht schlecht. Sie sah wieder die zerfetzten Leichen im Wadi vor sich, erinnerte sich an ihre Flucht im Auto, an den Lastwagen, der ihr entgegengekommen war, an den Sicherheitsgurt, den sie nicht angelegt hatte. Und daran, daß sie diese Unterlassung niemandem erzählt hatte. Mit einemmal wußte sie alles.

»Alles!« schrie Jo später, als sie in der Ulmenstraße vom Telefon zu ihren Schränken eilte und ihre Koffer packte. Sie hielt ein Paar leichter Lederstiefel in der Hand, die sie bevorzugt in der Wüste trug. Genau die würde sie brauchen. Dann fixierte sie wieder das Telefon. Natürlich war Thomas nicht da, aber Tariq, Omars Stellvertreter in Kairo, hatte versprochen, Mohammed in Libyen ausfindig zu machen und sofort zurückzurufen. Jo nahm ihren Seidenschlafsack aus dem Schrank und verpackte ihn im Rucksack. Medikamente? Hatte sie genug gegen Durchfall, Schmerzen und Fieber? Jo lief die Treppe zu Patrizias Badezimmer hinauf, wühlte in deren Vorräten und hinterließ ihr dann auf dem Schreibtisch eine entsprechende Nachricht. »Ich fahre in die Wüste«, kritzelte sie hastig nieder. Wann würde sie wiederkommen? Jo zögerte, dann schrieb sie wie immer: »Rückkehr ungewiß, mach dir keine Sorgen!«

4. Kapitel

Bereits im Flugzeug der EgyptAir, das sie am nächsten Tag nach Kairo brachte, hatte Jo wieder das seltsame Empfinden, in einer anderen Zeit zu leben, in einem Nebenuniversum, in das sie Horus, der Schutzherr von Egypt-Air, trug. Da es ein Jubiläumsflug war, gab es für jeden Gast einen kleinen Parfümflakon als Geschenk, einen verführerischen, samtartigen Geruch herber und süßer Schönheit zugleich, der zum Träumen anregte. Sie öffnete die winzige Papyrusrolle, die dem Parfüm beigegeben war, und las einen Segen Imhoteps. Sie selbst sei der Schöpfer ihres Glücks, entzifferte sie, und sei fähig, das Leben zu gestalten, das sie sich wünsche.

Jo sah dem Flugbegleiter nach, der ihr gerade mit besonderer Aufmerksamkeit begegnet war. Es war Hauptreisezeit und die Maschine bis auf den letzten Platz mit Touristen belegt, trotzdem hatte er sich die Zeit genommen, Jo in ein Gespräch zu verwickeln. Sie würde finden, was sie suche, hatte er sie unvermittelt wissen lassen und Jo ein Glas Wasser aus Siwa gereicht. Sie würde nicht die übliche Touristentour absolvieren, dies sehe er ihr an, sondern in die Wüste gehen müssen, um Erfolg zu haben. Er wäre Jo schon einmal begegnet. Wann dies gewesen sei? Mit einem Lächeln hatte er geäußert, daß Tag und Jahr keine Bedeutung hätten, denn die Zeit habe ihr eigenes Maß. Man könne draußen in der Wüste seinen Ahnen begegnen, aber es geschähe auch, daß man plötzlich seinen Nachfahren gegenübersäße und mit ihnen die Angst vor der vernichtenden Gewalt eines Sandsturmes teilen müsse. Die Trennung zwischen Gegenwart, Zukunft und Vergangenheit sei etwas für Theoretiker, für Menschen, die in den Pyramiden ein steinernes Bauwerk sähen und nicht die zu Stein gewordenen Visionen der Menschheit.

Und meine Vision? Anderntags ging Jo rasch eine schmale Gasse hinunter, soweit ein schnelles Fortkommen im Khan el Khalili, dem persischen Basar von Kairo, überhaupt möglich war. Nein, danke, sie wolle jetzt keinen Schmuck kaufen, ließ sie den Händler wissen, der sie schon seit Minuten begleitete und ihr verschiedene Angebote unterbreitete. Sie sei in Eile und auf dem Weg in den Gewürzmarkt, zu Garka, dem Chemiker. Jo blieb stehen und überprüfte noch einmal die Wegbeschreibung, die ihr Tariq bei ihrer Ankunft in Kairo in die Hand gedrückt hatte. Sie müsse das Gäßchen der Kupfer- und Messingschmiede hinuntergehen und dann abbiegen, um in die Straße der Buchbinder zu kommen. Wenn sie einem steilen Treppchen zu ihrer Linken folgen würde, gelange sie zu dem berühmten Fischâui-Café. Von dort wären es nur ein paar Schritte in den Gewürzmarkt hinein. Garkas Laden befände sich gleich am Eingang, genau da, wo das alte Portal aus der Zeit des großen Khalili zu den überdeckten Lagerhallen führe.

Der Schmuckhändler neben ihr räusperte sich jetzt. Er sei ein Verwandter Garkas und könne sie sofort zu ihm bringen. Jo grinste. Sie waren immer alle miteinander verwandt, wenn es die Möglichkeit gab, ein Geschäft abzuwickeln. Sie war inzwischen weitergegangen, hatte die Messinggasse und das Café hinter sich gelassen und tippte jetzt an ihre Nase. »Ich brauche keinen Führer. Ich kann den Gewürzmarkt riechen.« Doch als sie unmittelbar vor Garkas Laden stand, überlegte sie es sich anders, langte in ihre Hosentasche und kaufte dem Händler einen kleinen silbernen Anhänger ab, der eine winzige Papyrusrolle darstellte.

»Es ist das Zeichen des Imhotep«, erklärte der Händler und half Jo, den Anhänger an ihrer Kette zu befestigen. Plötzlich stutzte er. »Du trägst dieses Zeichen bereits bei dir. Willst du es trotzdem kaufen?«

Jo blickte erstaunt in die braunen Augen ihres Gegenübers. Ein Händler, der einen Kauf rückgängig machen wollte? Der Mann trug eine löchrige *Gallabiyya*, Gummisandalen, die mit den Resten eines Autoreifens geflickt waren, und ein zerrissenes Tuch um den Kopf. Sein hageres Gesicht, das darunter zum Vorschein kam, sah nicht nach Reichtum und Wohlstand aus. »Den Segen des Imhotep zweifach zu besitzen bringt Unglück.«

»Und was besagt dieser Segen?« Jo registrierte, daß sich plötzlich Menschen um sie scharten und ihrem Gespräch zuhörten.

»Imhotep segnet dich. Er sagt, du selbst bist der Schöpfer deines Glücks und gestaltest dir das Leben, das du dir wünschst.«

Jo wich einen winzigen Schritt zurück. Die Papyrusrolle aus dem Flugzeug! Sie warf einen forschenden Blick auf den Händler. Sah er ihr an, daß sie gestern mit EgyptAir geflogen und als einmalige Gabe den Segen des Imhotep erhalten hatte?

»Schenke ihr den Anhänger«, forderten die Umstehenden. So sei es möglich, den Segen zweifach zu erhalten, ohne Imhoteps Fluch auf sich zu laden. Das wäre trotzdem gefährlich, mischte sich ein alter Mann mit langem grauem Bart ein und hielt seine Hände in einer schützenden Geste über Jos Kopf. *Allâh* möge sie behüten! Man blickte in Jos beunruhigtes Gesicht, schob ihr einen Hocker hin und servierte ihr ein Glas Zimttee aus dem Café gegenüber. Der Betrag für den Anhänger lag vor ihr auf dem kleinen wackligen Tisch. »Machen wir einen Tausch«, schlug Jo vor, hängte die silberne Papyrusrolle wieder an ihre Kette und reichte dem Händler das Geld. »Danke für dein Geschenk. Und hier ist dein Lohn, weil du mich zu Garka geführt hast.«

»Sie ist klug«, sagte ein Mann, der geröstete Erdnüsse und Pinienkerne aus einem Bauchladen verkaufte.

»Sie wird Imhotep nicht täuschen können«, warnte der Alte und schlurfte davon. Jo lächelte freundlich und nickte den Menschen zu. Alles war in Ordnung.

Sie blickte sich um. Man hatte ihr den Hocker in Garkas Laden gestellt, einen offenen Verkaufsstand unter dem steinernen Gewölbe einer uralten Mauer. Hier sollte sich früher die Herberge für die Karawanenführer und Händler befunden haben, die den Khan el Khalili mit Gewürzen, Pflanzen, Hölzern und Duftstoffen belieferten und zum bedeutendsten Gewürzmarkt des Nahen Ostens machten. Jo nahm die vielfältigen

Düfte auf, die ihre Nase umspielten, glaubte das Muharat, die rote Gewürzmischung, zu riechen, die ein Händler neben ihr abwog. Direkt vor ihrem Hocker feilschte ein alter Mann um Hendál, ein Mittel gegen Rheuma, entschloß sich dann anders, kaufte eine Handvoll Wacholderbeeren und schimpfte, diese Kababa Síni wären nur hier teuer wie Goldkörner und würden einem gleich gegenüber, wo man Jansún und Camus handle, fast geschenkt. Jo musterte die offenen hölzernen Schubfächer, sah einen mumifizierten Wiedehopf, der zum Kauf dargeboten wurde, neben Nabk liegen, den kleinen getrockneten eßbaren Früchten für den Hunger zwischendurch, entdeckte Schlangenhaut und Krokodilzähne, Gläser mit bernsteinfarbener Flüssigkeit, getrocknete Korallen und die Knochen eines kleinen Säugetiers. Garka, auf dessen Erscheinen sie noch immer wartete, schien nicht nur Chemiker, sondern auch *Attâr*, ein Kräuter- und Gewürzhändler, zu sein, vielleicht auch ein Giftmischer, dachte Jo, als ihr Blick auf golfballgroße getrocknete Früchte fiel. Das waren die Beeren des Damar-Strauches, der in der Sahelzone wuchs und als Abtreibungsmittel galt. Der Sack stand abseits, dort, wo Garkas Laden in die finsteren Winkel des dunklen Portals überging, eines bröckelnden, häufig ausgebesserten Mauerwerks, das den Blick auf eine Lagerhalle freigab, in die kaum Tageslicht fiel. Das würde der Kundin erlauben, sich unerkannt zu nähern, als weiterer Schatten nur im Schatten selbst, als zusätzlicher dunkler Fleck in der Finsternis. Das Getöse der Gassen würde ihre Stimme verzerren, ihr Flüstern, wenn sie Geld für den Tod bot. Jos Augen hatten sich inzwischen an die Düsternis des Khan el Khalili gewöhnt, und so erkannte sie eine zerlumpte Gestalt, die neben dem Früchtesack hockte und ihn bewachte. Sie hatte sich vorhin schon gefragt, wie Garka seinen offenen Laden vor Übergriffen schützen würde. Man erzählte sich in Kairo, die Bewohner der Metropole würden Tag und Nacht nicht kennen, sondern in Schichten schlafen. Somit war immer jemand greifbar, der einen Auftrag ausführen konnte. Jetzt fiel ein Lichtschimmer auf den Mann und das getrübte Weiß seiner nach oben verdrehten Augäpfel. Ein Blinder also, dachte Jo, der perfekte Händler für tödliches Gift. Kein Gericht konnte ihn zwingen, die Käuferin zu identifizieren. Und das Gramm zuviel, das Quentchen, das über Koliken und Brechdurchfälle den Tod von Mutter und Kind herbeiführen konnte, schätzte er mit seinen zitternden verwelkten Händen ab, wenn er die Kundin bediente. Jo schauderte und blickte fort. Ein alter Mann trat jetzt an sie heran und stellte sich als Garka vor, als Freund des Parfümeurs Omar Aschram. Er sei der Chemiker, der damals unabhängig von Omar eine Analyse des alten Parfüms aus Kartaram durchgeführt habe, und nun sei er gekommen, um Jo behilflich zu sein. Womit könne er ihr dienen?

Jo musterte die große imposante Gestalt mit dem gewaltigen Leibesumfang, die in einer weiten hellen *Gallabiyya* steckte. Kleine Augen blickten aus einem runden Gesicht, durch die dicken plumpen Finger glitt unaufhörlich eine Gebetsschnur. Garka hatte sich einen Stuhl herbeibringen lassen, eine stabile Messinganfertigung, hatte in die Hände geklatscht und sich und Jo frischen Tee und *Fetîr,* das mit gehackten Nüssen gefüllte Blätterteiggebäck, reichen lassen. Zusätzlich ließ er ihr ein Glas *Rumân,* den Saft des Granatapfels, servieren, von Früchten, die er selbst frisch aus einer Oase hole, wie er versicherte, so *Allâh* ihm gnädig sei und seine Gesundheit erhalte. Er sprach von Omar Aschram, der sein Leben durch Arbeit ruiniert habe, von den hohen Kosten für medizinische Zuwendung, den vielen Armen Ägyptens, denen er mit seinem Wissen beistehe, mit den Pulvern und Tinkturen, die er feilböte, für ein kleines Geld nur, eine Winzigkeit, vergliche er sie mit den Preisen im Krankenhaus. Ob Jo an Kinderlosigkeit leide, wagte er zu fragen, da sie dünn wie ein Wasserträger sei, *ya salam,* und ob es den Deutschen so schlecht ginge? Denn sie wären ja alle nur Spielbälle der Politiker, Datteln, süße

Früchte, die sich diese einverleibten, aussaugten und wie Kerne von sich spuckten. Ob sie von der großafrikanischen Konferenz unter der Leitung Gaddafis gehört habe? Jetzt wäre die Gegeneinladung fällig gewesen, und alle afrikanischen Staaten hätten dem Libyer erlaubt, das Land zu verlassen, so daß das Embargo zur Farce geworden sei und den Amerikanern mehr Lächerlichkeit als Achtung beschere. Omar Aschram habe ja Verwandte in Libyen, einem Land übrigens, in dem die medizinische Versorgung dermaßen schlecht sei, daß die reichen Emirate wie Dubai noch reicher würden, da sich Ägypter und Libyer zusammentäten, um gemeinsam dorthin zur Behandlung zu reisen. Wer sich das nicht leisten könne, müsse sich allein *Allâh*s Barmherzigkeit anvertrauen – und Garkas Kunst. Ob Jo an Kopfschmerzen leide wie die meisten Europäerinnen? Doch viele kämen hier nicht vorbei, und wenn, dann in Begleitung eines Ehemanns in kurzen Hosen, was den halben Khan zum Lachen brächte, denn hier liefe niemand in der Öffentlichkeit in Unterhosen herum. Und sie säßen dann, ängstlich um sich blickend, bei ihm oder seinem Vetter Hassan, dem Parfümeur gleich nebenan, fürchteten sich vor den Menschen und hielten sich an ihren Handtaschen fest. Jo wäre nicht so eine, das habe er sofort erkannt, ob er ihr ein Geschenk machen dürfe? Sein Vetter Hassan habe ein wunderbares Massageöl aus fünfzehn Blumenessenzen entwickelt, geeignet für eine Salbung, die er ihr zukommen ließe, wenn sie ihm vertrauen wolle und ihm hinauf in das Zimmer folgen möchte, das sich gleich hier über dem Portal befände. Er wüßte, Europäer hätten gewisse Vorbehalte, den ganzen Körper zu salben und zu massieren, aber er versichere ihr, daß alle seine Kunden anschließend von neuem Lebensgefühl und Energie erfüllt seien.

»Ein Mittel gegen Husten?« fragte Jo und klopfte auf ihre Brust. Sie dachte dabei an ein pfefferminzhaltiges Öl, das sie immer gerne aus Ägypten mitbrachte. Garka nickte, klatschte wiederum in die Hände und befahl einem Mitarbeiter, verschiedene Flaschen herbeizubringen. Der junge Mann entstöpselte die Glasbehälter, tropfte Jo eine Winzigkeit auf ihre Finger und forderte sie auf, damit ihren Hals einzureiben. Garka beobachtete sie, nahm die Flaschen an sich, schickte den jungen Mann fort und rieb Jos Handgelenke und Schläfen ein, bat um Erlaubnis, ihren Ausschnitt zu salben, bewegte sich mit seinen Fingern vom Hals bis zu den Schultern, den Nacken hinunter und zu den Armen zurück. Scharfe, aromatische Düfte stiegen auf. Garkas geschickte Finger erinnerten Jo an Besch, den alten Heilkundigen. Sie identifizierte die Gerüche als Minze und Salbei, erkannte Thujaöl, Kiefer und Thymian, bis sie in der Vielfalt der Düfte die Orientierung verlor. Sie kaufte fünf verschiedene Fläschchen. Der Inhalt variierte von beißend scharf bis angenehm frisch und schimmerte in hellem Grün oder im dunklen Ton eines Algenteiches. Sie habe leider keine Zeit, Garkas Geschenk anzunehmen und sich massieren zu lassen, bedauerte Jo, aber sie würde sich doch sehr für die Analyse des alten Parfüms aus Kartaram interessieren.

»Die Ungeduld der Jugend!« Garka zog den Stuhl näher an die Portalwand und lehnte sich mit dem Kopf dagegen. Er schloß die Augen und schien einzuschlafen. Jo sah geduldig dem Treiben auf der Gasse zu, sah große gerollte Zimtstangen, die den Besitzer wechselten, beobachtete, wie Männer Säcke mit Karub, den getrockneten Baumfrüchten, herbeischleppten, registrierte, daß der alte Wiedehopf verkauft wurde und gleich darauf ein weiterer mumifizierter Vogel auf dem Ladentisch lag und als einziger seiner Art angeboten wurde. Sie nippte an ihrem Granatapfelsaft, erwiderte freundlich den Gruß, den ihr ein Lederhändler zurief, der sich, beladen mit Taschen, Schuhen und Gürteln, seinen Weg durch die Menge bahnte. Sie kaufte einem kleinen Jungen eine Tüte Mandarinen ab und beobachtete verblüfft, wie der Gewürzhändler von nebenan den Kleinen aufforderte, Jo einige Piaster zurückzugeben. Sie habe zuviel für die Früchte bezahlt, man dürfe sich nicht übervorteilen lassen.

Als der Ruf des Muezzin zum Gebet durch den Khan el Khalili schallte, schlug Garka neben ihr die Augen wieder auf. »Die Analyse, natürlich. Hier ist sie, meine Tochter.« Er zog eine vergilbte Seite aus der Tasche seines weiten Gewandes und reichte sie Jo hinüber. »Für dich. Aber sie wird dir nichts nützen. Sie wird dich genauso wie Omar in die Arbeit treiben, dich Tag und Nacht nicht ruhen lassen, nur um etwas bestätigt zu finden, was ohnehin jedes Kind weiß. Alle Weisheit geht von diesen Völkern hier aus, von den Ägyptern und ihren Nachbarn, die der Welt das Wissen um den Kalender, die Seefahrt und den Sternenhimmel beschert haben, die Meister des Kunsthandwerkes gewesen sind, hervorragende Ärzte, begnadete Bauherren und geschickte Händler.« Aber es sei müßig, dies einer Gesellschaft vermitteln zu wollen, die sich durch das Verleugnen alles Mystischen den Weg versperre, über das nüchterne Denken hinaus Erkenntnis zu gewinnen, schloß er. Und deshalb eile er jetzt zum Gebet, wie es der Prophet befohlen habe.

Jo vertiefte sich in den alten Analysebericht. Zu ihrem großen Erstaunen las sie, daß Garka Professor war und einen Lehrstuhl an der Technischen Universität von Kairo innehatte. Sie überflog die Liste der gefundenen Zutaten und spürte ihr Herz pochen. Hier stand schwarz auf weiß, was das alte Parfüm von Kartaram wirklich enthielt und was Jo seit ihrer Erdanalyse vermutete. Ihr Atem ging jetzt heftig. Sie hielt das Papier fest, als könne es ihr jemand entreißen. Die Analyse war eindeutig. Doch wenn sie nicht ein versiegeltes Gefäß aus phönizischer Zeit fand und es unter der Aufsicht einer europäischen Universität untersuchen konnte, würde ihr kein Wissenschaftler glauben, was hier als Parfümzutat vermerkt war. Deshalb mußte sie einen Beweis in Libyen finden. Morgen würde sie den Bus nach Assalum nehmen. Dort, am

Grenzübergang zwischen Ägypten und Libyen, würde Mohammed auf sie warten. Sie würde alles erzählen, ihm und später der ganzen Welt das seefahrerische Können der Phönizier darstellen. Dazu würde sie seine Unterstützung brauchen. Der große Mann mit den bemerkenswerten Manieren würde ihr noch einmal helfen müssen, und er würde es gerne tun. Jo stand auf, steckte das Papier in ihren Rucksack, dorthin, wo Imhoteps Segen ruhte. Dann schulterte sie die Tasche und rückte den Anhänger an ihrem Hals zurecht.

Warum gerade sie in die Ereignisse von Hamamah verwickelt war, konnte sich Jo nach wie vor nicht recht erklären. Wollte sie alles nur dem Zufall anlasten, so mußte sie ihn stark strapazieren. Daran änderten auch die von ihr entdeckten Beweggründe und Indizien nichts. Im Grunde genommen kehrte sie bei allen Überlegungen immer wieder zu Florian Ellings Hypothese vom gemeinsamen Nenner zurück. Wenn sie ihm in diesem Punkt zustimmte, dann ließ dies nur einen einzigen Schluß zu: Sie war diejenige, die sich einen verdammt guten Reim auf die Geschehnisse machen konnte. Somit stellte sie eine Bedrohung für alle dar, denen nicht an einer Aufklärung der Ereignisse gelegen war.

Von neuem hatte sie das Gefühl, über ihren Nacken streiche ein kühler Lufthauch, als ob sich ihr jemand von hinten näherte. Das unbehagliche Empfinden wurde wieder so mächtig, daß Jo den Kopf wenden und um sich blicken mußte. Aber alles, was sie entdeckte, war der Grenzübergang nach Libyen, einige häßliche Betonbauten mit Toilette, Gebetsraum und Teebar, Busse und ihre Fahrer, die rauchend herumstanden, Koffer, Kartons und im Staub spielende Kinder, klapperdürre halbwilde Hunde, die auf Steinwurfweite um die Busse schlichen, und Mohammeds Auto, das sie nach Libyen bringen sollte. Obwohl sie doch von Thomas wußte, daß Mohammed ein hoher libyscher Beamter war, überraschte sie sein Auftreten. Als sie vor Minuten aus dem Bus gestiegen war, hatte sie Mohammed zuerst nicht entdecken können. Dann stand er plötzlich in einem tadellos geschnittenen dunklen Anzug mit weißem Hemd und Krawatte vor ihr. Sie konnte seine gepflegten schmalen Hände sehen, sein krauses schwarzes Haar, das nun kein Turban verdeckte, und sein charmantes Lächeln. Es sei ihm eine Ehre, sie abermals über die Grenze begleiten zu dürfen, ließ er sie wissen, auch wenn es diesmal in die andere Richtung ginge. Sekundenlang war Jo versucht, ihren Beschluß ohne jede Erklärung über den Haufen zu werfen, ihre Entscheidung zu widerrufen, einfach auf dem Absatz kehrtzumachen, den Bus nach Kairo zu besteigen und wieder zurückzufahren. Stärker als dieses momentane Bedürfnis aber war der Wunsch, endlich mit jemandem das Wissen um Hamamah teilen zu können, mit einem Menschen, der die Tragweite einschätzen und vielleicht politische Schritte unternehmen würde.

»Deshalb bin ich hier«, sagte Jo laut, so daß einer der Hunde, der sich nahe an sie herangewagt hatte, die Ohren spitzte. »Ich will wieder nach Libyen.« Sie beobachtete etwas später, wie Mohammed das Zollamt verließ, die vier breiten Betonstufen hinunterstieg und auf sie zukam: ein großer, selbstbewußter Mann. Er hatte Jo weder Fragen gestellt noch Erklärungen verlangt, sondern war einfach nur ihrer Bitte nachgekommen, noch einmal nach Libyen reisen zu dürfen. Eine jähe Eingebung ließ Jo ahnen, daß Mohammed weit mehr über Hamamah wußte, als sie bisher angenommen hatte. Er reagierte nicht überrascht, sondern gelassen und entschlossen. Entschlossen wozu? Einen entsetzlichen Augenblick lang brachte Jo die Ereignisse in eine andere Reihenfolge und versuchte abzuschätzen, ob er derjenige war, der den Lastwagen wie ein Geschoß in ihre Richtung gesteuert hatte, doch dann verblaßte dieses Szenario. Über Mohammeds Gesicht huschte ein verbindliches Lächeln. Er sah klug und gebildet aus, ein Mann, der in mehreren Welten daheim war, der die *Gallabiyya* des Beduinen mit dem Anzug tauschte, der Jo galant den Arm reichte oder sie mit einem sinnlichen Tanz zu verführen suchte, je nachdem, wie es die Lage erforderte und die Sitten es zuließen. Er winkte den Fahrer seines Dienstwagens herbei und ließ die Türen öffnen. »Nach Libyen«, befahl er und gab dem Angestellten ein Zeichen. Jo sog die Luft ein. Es gab kein Zurück mehr.

Jo hatte verstohlen auf ihre Uhr geblickt, sich dann in Mohammeds Dienstwagen zurückgelehnt und die Zeit verstreichen lassen. Nach der stundenlangen, anstrengenden Busfahrt von Kairo war es erholsam, sich in die Polster des Audis zu lehnen, die angenehm gleichmäßige Temperatur der Klimaanlage zu spüren, den Blick ungehindert von grellem Sonnenlicht durch die getönten Scheiben nach draußen schweifen zu lassen und auf das leise Summen der Reifen zu lauschen. Sie würde keinesfalls das Gespräch eröffnen, auch wenn es sie noch so drängte, endlich ihr Wissen loszuwerden. Andererseits stieg eine dumpfe Müdigkeit in ihr auf, die sie bald überwältigen würde. Um vorzubringen, was gesagt werden mußte, brauchte sie einen klaren Kopf und einen wachen Verstand. Notfalls mußte sie die große Rede auf morgen verschieben. Doch Mohammed kam ihr zuvor.

Sie hatten Tobruk hinter sich gelassen und fuhren jetzt an der Küste westwärts, an den Ausläufern des Marmarika-Plateaus entlang. Hier, an diesen Hangstufen, wo sich fremde Mächte im Zweiten Weltkrieg die großen Panzerschlachten geliefert hatten, sei ein idealer Ort, um sich auszutauschen. Man hätte weder Störungen noch Lauscher zu befürchten und der Weg zu seinem Haus nördlich von Darnah inmitten der Cyrenaika sei noch weit. Lang genug, um Jo Gelegenheit zu geben, von ihrer Rückkehr nach Deutschland zu erzählen und ihm darzustellen, was sie jetzt wieder nach Libyen führe. Es gäbe Wasser und einen kleinen Imbiß im Auto, man könne jederzeit eine Pause einlegen oder Rast in einem der kleinen Cafés in Küstennähe machen. Jo möge beginnen.

Jo warf einen Blick auf die steppenhafte Landschaft, die sie jetzt verließen, um hinunter an die Steilküste zu fahren. Es war später Nachmittag, und sie erhaschte einen traumhaften Ausblick auf wilde einsame Sandstrände in kleinen felsigen Buchten mit azurblauem Wasser. Die Ausläufer des Akhdar-Gebirges bildeten hier eine Regenbarriere; von alters her waren Invasoren über das Meer gesegelt, um in diesem malerischen Küstensaum zu siedeln. Die griechischen Städte Apollonia und Cyrene waren heute noch Zeugen dieser Vergangenheit.

»Die Geschichte beginnt weit weg von hier in Leptis Magna, der Römerstadt östlich von Tripolis«, sagte Jo. »Professor Tellos, weltweit bekannter Phönizierexperte, entdeckte unter römischen Ruinen alte phönizische Siedlungen, Hafenanlagen und Lagerhäuser. Er verfolgte die Spur phönizischer Siedler die Küste entlang, gelangte so auch nach Tukrah und Apollonia. Was in hellenistischer Zeit unter dem Begriff »Fünf-Städte-Bund« oder Pentapolis bekannt war, war lediglich auf phönizischen Ruinen errichtet und als Erbe früheren Phöniziertums weitergeführt worden. Das alles ist nicht überraschend oder aufregend. Aber Professor Tellos fand auch Hinweise auf Kartaram, eine phönizische Siedlung jenseits der niederschlagsreichen Küstenregion, eine Stadt in einem Wadi, das auch vor mehr als zweitausend Jahren trocken gewesen sein muß, trockener zumindest als jede Siedlung am Meer oder im grünen Akhdar-Gebirge. Natürlich fragte er sich, was ein seefahrendes Volk veranlaßt haben mochte, eine Stadt meerfern am Rand der Wüste zu gründen. Tellos muß sehr schnell erkannt haben, daß Kartaram nichts weiter barg als Lagerhallen, die allein dazu dienten, die verderblichen Güter der Phönizier vor Schimmel und Feuchtigkeit zu schützen. Es müssen Waren gewesen sein, die erst verarbeitet werden mußten, bevor sie in den Handel gelangten. Der Verdacht, es gehe dabei um Gewürze, vor allen Dingen aber um getrocknete Blumen, Kräuter, Wurzeln und Blätter, die in der Trockenheit der Wüste ihr Aroma behalten, liegt auf der Hand. Ein solches Lagerhaus der Phönizier heute zu entdecken, wäre eine Sensation, die man nur mit den Goldfunden im Tal der Könige vergleichen könnte. Tellos hielt an seiner Hypothese fest, obwohl er niemanden von der Richtigkeit seiner Vermutung überzeugen konnte. Getrocknete Blumen – man muß viel Sachverstand besitzen, um zu erkennen, daß sie der Wissenschaft so wertvoll sind wie Edelsteine.«

Jo machte eine Pause. Warum sagte Mohammed nichts? Sie nahm den Duft seines Deodorants wahr, der jetzt zu ihr herüberschwebte, und fühlte sich bestätigt. Es war ein heißer Duft, ein Geruch, der entstand, wenn jemand heftig erregt war. Wenn sie ihrer Nase vertrauen konnte – und das konnte sie fast immer –, so schienen ihn ihre Worte doch nicht so unbeteiligt zu lassen, wie sein Schweigen und seine ungerührte Miene ausdrücken sollten.

»Der zweite Punkt, der dann den Geschehnissen die verhängnisvolle Richtung gab, ist das Embargo. Professor Tellos hatte nicht die Möglichkeit, die Ausgrabung Kartarams in einer öffentlichen Ausschreibung anzubieten. Er war auf verdeckte Geldgeber angewiesen. Deutsche und italienische Archäologen gruben in Leptis Magna. Das Embargo hatte auch ihnen die Möglichkeiten genommen, im großen Stil zu arbeiten. Doch unter Berücksichtigung aller Vorschriften und unter strengsten Auflagen war es Einzelpersonen gestattet, im kleinsten Umfang archäologisch tätig zu sein. Es war der einzige Strohhalm, den der Professor greifen konnte. Der deutsche Archäologe Gerrit Montanus hatte Zugang zu Leptis Magna. Nabil Fara verhandelte im Auftrag Ihrer Regierung, Mohammed. Es ging dabei um deutsche Gelder, die nach Leptis Magna fließen sollten.«

Jo zögerte weiterzusprechen. Es fiel ihr schwer, von Gerrit zu reden, als ob es sich um einen Fremden handeln würde. Doch nach einigen Minuten fuhr sie fort: »Montanus blokkierte jede Zuwendung, die dem Erhalt phönizischer Ruinen dienen sollte. Geld und die Zahl der Wissenschaftler waren begrenzt. Er bestand darauf, daß Zeit und Arbeit ausschließlich in die Restaurierung römischer Altertümer investiert wurden. Er vernachlässigte die Phönizier und gab den Römern den Vorzug. Aber er kennt einen sehr reichen Mäzen, einen Erdölexperten und Orientkundigen, einen Mann, der Abu Simbel verlegt und vor den Fluten des Nils gerettet hat. Er wandte sich an Chapman, den Texaner. Chapman schien der geeignete Mann zu sein. Er hat nur einen Fehler: Er ist Amerikaner. Unvorstellbar, daß Libyen mit Amerika Geschäfte macht, noch undenkbarer, daß Chapman Libyen unterstützt.«

Jo mußte wieder eine Pause einlegen, um die nächsten Gedankengänge zu ordnen. Sie blickte aus dem Fenster auf die blühenden Mimosenhaine, die sich an den Hängen in betörender Schönheit entfalteten. Sie stellte sich vor, wie damals vor Tausenden von Jahren phönizische Seefahrer nach langer, gefahrvoller Reise über das Meer schon von weitem den Duft der Akazien und Mimosen gerochen hatten und sich zu Hause wähnten. In der Geschichte heißt es, griechische Siedler hätten den Olivenbaum nach Nordafrika gebracht, aber Jo meinte, es besser zu wissen. Die Heimat des Olivenbaums war Phönizien. Undenkbar, daß jene Invasoren ohne Olivenbaumsetzlinge ein neues Land besiedelt hatten, das ihnen Heimat werden sollte. Der phönizische Olivenbaum war genauso in der Geschichte Nordafrikas durch die Zerstörungswut der Römer ausgemerzt worden wie auch jede andere Erinnerung an die Phönizier.

Sie griff nach der Wasserflasche und trank einen Schluck. Der Kopf des Fahrers zeigte die gleiche vorbildliche, ausschließlich nach vorn ausgerichtete Haltung, kein forschender Blick im Rückspiegel deutete ihr an, daß er zuhörte und aufnahm, was sie erzählte. Mohammed saß neben ihr. Er hatte die Augen halb geschlossen, seine Hände lagen entspannt in seinem Schoß.

»An dieser Stelle kommt Nabil Fara Bedeutung zu. Er hat jetzt seinen großen Auftritt. Über ihn und Montanus kam Chapman ins Spiel, ein Mann, der mit Hilfe amerikanischer Satellitenbilder längst erkannt hatte, daß es tatsächlich einen großen Lagerraum im Wadi Hamamah gibt. Chapman entwickelte einen Plan, den er schon öfter verwirklicht hat. Er bot über Nabil Fara an, die Ruinen von Kartaram zu kaufen und sie so vor dem Verfall zu retten. Das Geld sollte vermutlich nicht Libyen, sondern einem gemeinnützigen Zweck zugute kommen, jeder Beteiligte hätte also nur als Gewinner aus diesem Geschäft hervorgehen können. Vermutlich wehrte sich Tellos gegen diese Idee. Kein Stein aus Kartaram durfte verkauft werden. Mit seinen Vorbehalten machte sich Tellos jedoch überall unbeliebt. Die einzigen Menschen, denen er vertrauen konnte, waren Beduinen aus Hamamah. Sie haben ihm einst den Hinweis auf die im Sand verborgenen Ruinen von Kartaram geliefert, und sie waren auch diejenigen, die ihn bei einer privaten Ausgrabung in Hamamah unterstützten. Die offiziellen Gelder, die Tellos noch zur Verfügung hatte, benutzte er, um die griechische Archäologin Eléni und mich zu verpflichten. Eléni ist Expertin für zypriotisches Glas, für Grabbeigaben, Vasen und Parfümbehälter, für all das unscheinbare kleine Zubehör, das erst mit unserem modernen Analyseverfahren so überaus wertvoll wird. Ich habe einen gewissen Ruf als Parfümexpertin. Das war der Grund, warum er uns nach Libyen holte, ein Beweggrund, der mir damals nicht klar war. Aber Tellos wußte, daß er in Hamamah auf uralte Parfümlager stoßen würde. Deshalb wollte er uns an seiner Seite haben. Und dann kam der schicksalhafte Tag, an dem Schamsi die Goldmünzen fand.« Jo unterbrach sich und warf Mohammed einen fragenden Blick zu. »Können Sie mir folgen? Waren Sie dabei, als diese Goldmünze Chapman vorgelegt wurde?«

»Ich höre Ihnen interessiert zu, fahren Sie fort!«

»Ich jedenfalls habe eine von Schamsis Goldmünzen gesehen. Sie zeigt eine Seekarte. Am westlichen Rand kann man die Umrisse Amerikas erkennen. Auf einer anderen Münze sind ein hochbordiges phönizisches Schiff und auf der Rückseite eine Pflanze abgebildet.« Jo zögerte wieder. »An dieser Stelle wird es fast peinlich für mich. Ich bin Botanikerin, und ich habe diese Münze mit dem Pflanzenbild sekundenlang gesehen, aber ich habe nicht erkannt, was für Chapman sofort offensichtlich war.«

»Und das wäre?« Zum erstenmal unterbrach Mohammed ihren Redefluß.

»Ach ja«, sagte Jo, ohne ihm direkt zu antworten, und lächelte bitter. »An dieser Stelle tritt Achmed auf, und ich denke, Sie waren auch dabei. Achmed kennt Chapman. Er hörte, daß dieser in Nordafrika sei, und suchte ihn auf, um ihm die persische Silberschale zu verkaufen. Mit dem Erlös sollte Omars teure Krankenhausbehandlung bezahlt werden. Sie, Mohammed, haben es Chapman ermöglicht, nach Libyen einzureisen, in Tobruk abzusteigen und das Geschäft abzuwikkeln. Chapmans Gier nach diesem einmaligen persischen Silberschatz ließ ihn glauben, Omar, der Ägypter, sei der Verkäufer. Achmeds Grundsatz wiederum lautet, Geschäft geht über Feindschaft. Dem Handel stand nur noch der libysche Zoll im Weg, aber da war ja ich zur Stelle, um Ihnen als Tarnung zu dienen. Aber zurück nach Tobruk. Gerade als das Geschäft zustande kam, platzte Schamsi mit seinem Goldmünzenfund herein, vermutlich gefolgt von Tellos und Nabil Fara. Chapman, Kunstliebhaber und Orchideenzüchter, warf einen einzigen Blick auf die geprägte Blume und wußte, daß sie eine amerikanische Orchidee darstellt, eine Pflanze von großer

Einmaligkeit. Zusammen mit der Seekarte kann es keinen Zweifel mehr geben: Phönizier sind nach Amerika gesegelt, haben dort Handel getrieben und ihre Schätze zurück in die Alte Welt gebracht.«

»Die Orchidee?« fragte Mohammed.

»Später«, winkte Jo ab. »Ich erkläre es Ihnen nachher. Was sich wirklich in Tobruk ereignet hat, weiß ich nicht genau, aber ich denke mir, daß Chapman ein letztes Angebot für Kartaram machte. Niemand außer ihm ahnte, worum es tatsächlich ging. Tellos mochte eine Vermutung gehabt haben und lehnte das Angebot ab. Schamsi fürchtete, seine Münzen würden im Museum verschwinden, und floh. Achmed befürchtete eine Entwicklung der Ereignisse, die er noch nicht überschauen konnte. Er eilte zurück in die Negev Hamida. Sie, Mohammed, gerieten in Versuchung. Chapman bot eine ungeheure Geldsumme. Aber Professor Tellos blockierte jedes Geschäft. Er war mehr als unerwünscht und sollte deshalb aus Kartaram verschwinden. In diesem Punkt waren Sie sich alle einig. Nabil Fara erhielt den Auftrag, Eléni und mich außer Landes zu schaffen. Zu diesem Zeitpunkt wußten Sie noch nicht, daß Nabil Fara für Chapman arbeitet. Können Sie mir zustimmen?«

»Ziemlich«, gab Mohammed zu. Der Fahrer seines Dienstwagens mußte jetzt das Tempo verringern, da sie sich einem Militärposten näherten. Doch das Auto wurde einfach nur durchgewinkt und konnte den Schlagbaum ohne Verzögerung passieren.

»Ein Wettlauf begann«, fuhr Jo fort. »Achmed versuchte in der Negev, Beduinen zu finden, die Kartaram schützen würden. Tellos eilte nach Kartaram zurück, um seine Ausgrabung voranzutreiben, Nabil Fara bemühte sich, mich ausfindig zu machen. Und Sie, was taten Sie?«

»Ich war auf dem Weg nach Benghasi.«

»Ich glaube, das stimmt sogar«, sagte Jo mit einem Nicken. »Denn was dann geschah, konnte nur Chapman voraussehen.

Er machte sich ebenfalls auf den Weg, und zwar nach Kartaram. Als er eintraf, muß er folgende Szene vor Augen gehabt haben: Die Arbeiter hatten den ganzen Tag über weitergegraben und das erste phönizische Mauerwerk bloßgelegt. Als Tellos erschien, konnte er eine phönizische Ruine besichtigen. Es handelte sich um eine Wand, die mit purpurfarbenen Kacheln geschmückt war. Diese wunderbaren Kacheln zeigten die gleiche Pflanze, die auch auf der Goldmünze zu sehen war. Auch wenn Tellos vielleicht nicht erkannte, um welche Blume es sich handelte, war ihm klar, daß hier ein ungeheurer Schatz verborgen lag, ein Schatz an welken Blättern und eingetrockneten Salbölresten wohlgemerkt, aber ein Wissen, das Millionen wert sein konnte. Vielleicht hatte er auch schon Jahre zuvor von der Analyse des alten Parfüms aus Kartaram gehört. Achmeds Beduinen fanden hin und wieder«, Jo schluckte, um das Wort Grabräuber nicht über die Lippen kommen zu lassen, »fanden also ab und zu unscheinbare Glasfläschchen, die Achmed der Lotus-Sammlung zuführte, um sie der Nachwelt zu erhalten. Den vertrockneten Salbölrest analysierte sein Vetter Omar, braute daraus ein bemerkenswertes Parfüm mit einem sensationellen Inhaltsstoff, den ich roch, kaum daß ich das Bewußtsein damals nach dem Unfall wiedererlangte.«

»Der Inhaltsstoff wäre?«

»Eines nach dem anderen. Ich muß die Geschehnisse nacheinander berichten«, wehrte Jo ab. »Wo waren wir? Genau, bei Ihnen, Mohammed. Sie waren auf dem Weg nach Benghasi, um militärische Unterstützung anzufordern. Da Sie nicht ahnten, was Chapman zu diesem Zeitpunkt bereits wußte, wollten Sie Tellos mit Waffengewalt zwingen, die unbedeutende Ruine freizugeben und an den Amerikaner zu verkaufen. Tellos scharte seine wenigen Arbeiter, Beduinen aus Hamamah, um sich. Er verkündete, diese phönizische Ruine mit seinem Leben zu schützen. Niemand sollte ihm nahe kommen. Er band einen Gürtel mit Sprengkörpern um seine Brust.

Sprengkörper, die er übrigens von Nabil Fara hatte, wie ich vermute, dem Erdölfachmann und Archäologen, der auch als Sprengmeister bei Probebohrungen arbeitet. Oft genug Seite an Seite mit Chapman. Chapman also stand Tellos, dem lebenden Zeitzünder, in Hamamah gegenüber. Vielleicht unterbreitete er ein letztes Angebot. Möglicherweise auch nicht.«

Jo blickte aus dem Fenster. Das Auto folgte jetzt der Straße, die sich in weiten Kurven an das Gebirge schmiegte und bald in engen und steilen Serpentinen die Höhen des Akhdar erklimmen würde. Sie kannte diesen Straßenabschnitt der Cyrenaika. Hier war sie entlanggefahren, als sie auf dem Weg nach Hamamah gewesen war.

»Die Arbeiter hatten sich um Tellos versammelt. Der Professor selbst schützte das wunderbare phönizische Mauerwerk mit seinem Leben. Chapman, der Orchideenfachmann, der Gentleman mit schlohweißem Haar, der große Mäzen, lenkte scheinbar ein. Er stieß sicher keine Verwünschung aus oder sagte etwas Häßliches. Das ist nicht sein Stil. Er wird jovial gelächelt und den Hut gezogen haben. Dann ging er hinüber zu dem kleinen Taleinschnitt, in dem Nabil Faras Hütte stand, abseits und geschützt, damit der dort lagernde Sprengstoff nicht einem Arbeiter gefährlich werden konnte. Dort stand auch Chapmans Auto, ein Datteltransporter, der ihm in Libyen als Fahrzeug diente, um kein Aufsehen zu erregen. Chapman betrat die Hütte, suchte vielleicht ein bißchen herum und tat dann, was er schon hundertmal gemacht hatte: Er betätigte die Funkzündung für den Sprengsatz.«

Das Auto bog jetzt um eine scharfe Kurve und mußte unvermittelt bremsen. Ungeachtet der hereinbrechenden Nacht und des Verkehrs trieb ein Schäfer seine Herde den steilen Berghang hinab und über die Straße. Minutenlang waren sie eingekeilt von blökenden, aufgeregt trippelnden Leibern und saßen zwischen dem Auf und Ab der Schafrücken fest. Im Licht der Scheinwerfer konnte Jo mächtige alte Olivenbäume jenseits der Straße ausmachen. Ein griechisches Wort des Schafhirten hätte genügt, um sie glauben zu lassen, sie befände sich mitten in Griechenland und nicht in Libyen. Aber Mohammed holte sie rasch in die Wirklichkeit zurück. »Eine ungeheure Vermutung, Jo. Eine Anschuldigung. Kann es nicht sein, daß Tellos die Explosion selbst auslöste?«

»Nicht, wenn Sie gehört haben, was ich noch zu sagen habe. Ich kenne Chapman als Ehrenmann. Ich habe lange überlegt, ob es irgendeinen Grund geben könnte, aus diesem Menschen einen gewöhnlichen Mörder zu machen. Und ich habe den Grund gefunden. Chapman sprengte also Tellos samt seinen Arbeitern in die Luft. Ich glaube sogar, daß er dabei das Gefühl hatte, die Welt vor einem ungeheuren Schaden zu bewahren – seine Welt wohlgemerkt, aber dazu später. Dann rannte er zum Tatort, sah das Werk seiner Zerstörung und erkannte, daß er nicht nur Tellos erledigt, sondern außerdem die phönizische Ruine im großen Stil freigesprengt hatte. Er beugte sich über den Kraterrand, an dem Professor Tellos lag. Chapman brach die erste phönizische Kachel aus dem Mauerwerk, die er erreichen konnte. Sie war von Tellos Blut besudelt. Chapman wickelte sie in seine Jacke. Die Kachel ist eine wunderbare Arbeit und ein unvergleichliches Zeugnis phönizischer Kunst. Obwohl Chapman genau diesen Beweis zerstören mußte, wollte er diese eine Kachel für sich aufbewahren. Er ist Kunstsammler und Orchideenzüchter. Die Kachel zeigt eine Orchidee. Vermutlich ist es die älteste Orchideendarstellung dieser Welt. Der Kunstliebhaber Chapman konnte nicht anders handeln. Er nahm eine Kachel mit, trug sie hinüber zu seinem Auto, verpackte sie in Holzwolle, steckte sie in eine kleine Kiste, die Sprengstoff enthielt, nahm den Sprengstoff und brachte weitere Ladungen im Wadi an. Er mußte alle Toten und die Altertümer von Kartaram in die Luft jagen. Nichts durfte übrigbleiben. Dann sah er die Scheinwerfer eines Autos. Er hoffte, es wäre Nabil Fara, wunderte sich, daß dieser nicht den Weg zu seiner Hütte nahm, sondern jenen über die Sanddüne. Chapman verbarg sich. Er sah mich kommen.«

»Ihre Szene?« fragte Mohammed, aber Jo erkannte in seinem bleichen Gesicht, daß ihm jeder Humor abhanden gekommen war.

»Ich fand Tellos, sah die zerfetzten Leichen, warf einen Blick in den Krater und entdeckte die phönizischen Ruinen. Hier hat mich Chapman überschätzt. Ich habe nicht erkannt, welche Blume auf den Kacheln abgebildet war. Ich geriet in Panik, floh. Kaum hatte ich den Krater verlassen, explodierte das ganze Wadi hinter mir. Chapman, der mich an meinem blonden Haar auch bei Nacht identifiziert haben mußte, wußte, daß ich die einzige Zeugin bin. Dank einer schicksalhaften Fügung war ich um genau jene Sekunden schneller, die Chapman gebraucht hätte, um mich mitsamt dem Wadi hochgehen zu lassen. Er sprang in seinen Lastwagen und begegnete mir auf der Straße nach Marawa. Er hatte die Scheinwerfer nicht eingeschaltet, fuhr auf mich zu und provozierte den Unfall. Nach dem Zusammenstoß stellte er fest, daß ich schwer verletzt und gelähmt war. Ohne ärztliche Hilfe hatte ich in der Wüste keine Überlebenschance. Ich war nicht angeschnallt gewesen und wurde beim Aufprall der Fahrzeuge aus dem Auto geschleudert. Andernfalls wäre ich zerquetscht worden. Nur zwei Menschen wissen davon. Ich selbst und Chapman. Er gratulierte mir erst vor einigen Monaten anläßlich meines bestandenen Examens zu diesem glücklichen Umstand des unterlassenen Anschnallens, wie gesagt, ein Mann mit Manieren. Den Rest meiner Libyengeschichte kennen Sie. Achmed, der mit seinen Beduinen eintraf, um Tellos zu helfen, fand mich. Nabil Fara verzettelte sich hier in dieser Gegend, um mich außer Landes zu schaffen. Chapman fuhr zurück nach Tobruk und verschwand über die Grenze. Er wagte nicht, die Kachel mitzunehmen, sondern gab Nabil Fara den Auftrag, sie nachzuliefern. Und jetzt kommen wir zum Kern der Sache.«

Jo mußte wieder innehalten. Sie fühlte ihr Herz heftig gegen die Rippen pochen. Sie brauchte eine Pause, doch Mohammed wollte jetzt nichts mehr davon wissen. »Erzählen Sie!« Er klang nicht verbindlich, und Jo beeilte sich, seiner Aufforderung nachzukommen.

»Der Archäologe Montanus war in verschiedene Verhandlungen und Geldangebote verwickelt. Er legte zwar keinen Wert darauf, phönizische Altertümer auszugraben, aber er war kein Mörder. Damit er nicht Nachforschungen anstellen würde, sobald er in Leptis Magna graben konnte, verschaffte ihm Chapman eine Stelle in Harvard. Wer Gerrits große Eitelkeit einzuschätzen weiß, kann ihn wunderbar manipulieren. Eines Tages entdeckte ich in seinem Büro eine kleine Kiste. »Bill Chapman« stand darauf und daneben auf arabisch: »Vorsicht, Sprengstoff!« Damals dachte ich, es hieße »Vorsicht, zerbrechlich!«, aber es tut nichts weiter zur Sache. Fragen Sie mich jetzt nicht nach dem Wann und Warum, sonst komme ich nie zum Ende«, wehrte Jo gereizt ab. Sie hatte keine Lust, Mohammed zu erklären, warum sie in Gerrits Sachen herumgeschnüffelt hatte. »Ich öffnete also die Kiste«, fuhr sie fort. »Ich erkannte die Kachel wieder, sah Erde und Blut daran kleben und nahm eine Probe. Die Blutuntersuchung bewies, daß es sich um jemanden gehandelt haben mußte, der noch vor seinem Tod buchstäblich zerfetzt wurde. Sehr viel später kam ich auf die Idee, eine Pollenanalyse durchzuführen. Ich fand Pollen jener Gewächse, die für die Cyrenaika typisch sind. Und ich fand frische Orchideenpollen. Das sind ganz typische Bilder, die jeder Botanikstudent identifizieren kann. Orchideenpollen befinden sich in großen Pollensäcken von unverwechselbarer Form. Wie kommen diese Pollen in ein Wadi am Rand der Libyschen Wüste? Nur ein Mensch, der jede freie Stunde seines Lebens bei seinen geliebten Orchideen verbringt, der seine Jacht und seinen Privatjet mit Orchideen bestückt, der sogar Orchideenblüten im Knopfloch einer Jeansjacke trägt, nur der ist in der Lage, soviel Orchideenblütenstaub auf frischem Blut unbewußt zu verteilen, daß ich es auch Monate später noch nachweisen kann. Sie werden mir recht geben, daß weder Sie noch Nabil Fara, Tellos oder Achmed oder irgendein anderer Mitarbeiter Orchideenpollen in seiner Kleidung hatte, außer Chapman selbst. Als ich das im Mikroskop erblickte, wußte ich alles. Ich wußte, daß Chapman der Mörder war, und ich wußte, welche Pflanze Achmeds Parfüm den unwiderstehlichen Duft verleiht. Ich hatte Wochen vorher bereits versucht, diese geheimnisvolle Essenz nachzukochen. Damals dachte ich, die Pflanze Mandragora würde dem Parfüm diesen zauberhaften süßlichen Geruch geben. Seit der Entdeckung am Mikroskop weiß ich, daß es Vanille ist.«

»Vanille, und?« fragte Mohammed. »Wo ist die Sensation?«

»Vanille ist eine Orchidee. Eine bis zu fünfzehn Meter lange Kletterpflanze mit unscheinbarer weißgrüner Blüte, jener Blüte, welche die phönizische Kachel und Münze ziert. Sie wuchs früher ausschließlich in den tropischen Wäldern an der Ostküste Mexikos. Genau an jenem Küstenabschnitt, wo ein Schiff landen oder stranden würde, wenn es aus der Alten Welt über den Atlantik gesegelt wäre. Eben dort, wo in den berühmten Basaltköpfen von La Venta Männer mit Helmen und negroiden Gesichtszügen verewigt worden waren. Daß lange vor Kolumbus immer wieder Schiffbrüchige an Amerikas Küsten gespült wurden, scheint doch sehr offensichtlich zu sein. Neu ist die Überlegung, daß Seefahrer Winde und Strömungen nutzten, um wieder nach Afrika zurückzusegeln. Die Phönizier, Meister der Nautik, waren dazu in der Lage. Sie, Experten im Gewürzhandel und der Welt beste Parfümeure, erhandelten an Mexikos Küsten Vanilleschoten, jene getrockneten, fermentierten Früchte, die das unvergleichliche Aroma verbreiten. Bei diesem Stoff handelt es sich um Cumarin, um einen sogenannten Sexuallockstoff, der unseren Pheromonen verwandt ist. Er ist ihnen so ähnlich, daß die Natur ihn benutzt, um unser Verhalten zum Wohle unserer Nachkommen zu beeinflussen. Das Haar neugeborener Säugetiere riecht nach Cumarin oder Vanille, nennen Sie es, wie Sie wollen. Der Duft versetzt uns in milde Stimmung, weckt unseren Beschützerinstinkt und läßt uns zärtlich mit dem kleinen Wesen umgehen, ob es sich nun um ein neugeborenes Fohlen handelt oder um ein Menschenbaby. Selbstverständlich erschnüffelten die Phönizier diesen Schatz. Sie verarbeiteten Vanille in ihrem Königsparfüm, sie parfümierten persische Weine damit, Getränke, die dem Herrscher vorbehalten waren und ihn gnädig stimmen sollten, besonders, wenn es sich um Heerführer handelte, die durch die Libysche Wüste zogen, um Ägypten zu unterwerfen, Siwa zu zerstören und die Cyrenaika zu erobern. Die Phönizier machten mit Vanille ein Vermögen. Sie lagerten diese kostbare Substanz an einem trockenen Ort, in Kartaram, der Weststadt, im Wadi Hamamah. Sie nahmen die Vanilleorchidee in ihr Wappen auf, sie prägten Münzen mit ihrem Bild. Sie zeigten sie öffentlich, denn niemand außer ihnen konnte den Atlantik überqueren.«

»Warum haben sie die Pflanze nicht mitgebracht und hier angebaut?«

»Vanille gedeiht nur in tropischen Regionen. Mit dem Untergang der Phönizier ging auch das Wissen um Vanille verloren. Als Kolumbus 1492 Amerika wiederentdeckte, brachte man später auch Vanillepflanzen in die Alte Welt mit. Aber diese bildeten keine Früchte. Die überaus empfindlichen Blüten öffnen ihre Blütenblätter nur in einer einzigen Nacht und werden dann von Kolibris bestäubt. All dies war den mexikanischen Indianern bestens bekannt, doch sie fielen dem Kreuz und dem Schwert zum Opfer, ehe sie die Europäer in diese Geheimnisse einweihen konnten. Erst 1841 gelang in der Alten Welt die künstliche Bestäubung der Vanilleblüte. Seit dieser Zeit ist das Gewürz als Bourbon-Vanille im Handel, und die wenigsten wissen, daß seine Heimat Mexiko ist.«

»Und Chapman hat die Vanilleorchidee sofort erkannt?«

»Er ist ein Orchideenexperte von Weltruf.«

Zwischen Mohammed und Jo breitete sich ein großes Schweigen aus, eine Stille, die so mächtig wurde, daß Jo glaubte, den Wind in den Ästen der alten Olivenbäume rauschen zu hören.

»Ich habe Ihnen aufmerksam zugehört«, sagte Mohammed nach einer Weile. »Ich habe mich bemüht, logisch mitzudenken, Ihre Indizienkette zu akzeptieren, auch wenn ich den einen oder anderen Sachverhalt aus anderer Sicht kenne. Aber ich kann nicht nachvollziehen, warum dieser Chapman der große Böse sein soll, das Monster, das, ohne zu zögern, Menschen in den Tod schickte.«

»Sie verteidigen Chapman?« fragte Jo leise. »Sie haben immer noch nicht begriffen, was Chapman gefunden hat?«

»Doch, selbstverständlich. Soweit kann ich Ihnen folgen. Die Phönizier sind erfolgreich nach Amerika und wieder zurück gesegelt.«

Jo lachte jetzt. »Stellen Sie sich bitte eine Zeitung vor. Nehmen wir die *New York Times*. Dort kann man auf der ersten Seite in fetten Buchstaben lesen: Libyen hat Amerika entdeckt!«

Der Fahrer, ein Mann, der keine Ohren zu haben schien und bis jetzt robotorhaftes Verhalten an den Tag gelegt hatte, drehte sich so ruckartig nach Jo um, daß das Auto von der Straße abkam, mit einem scheußlichen Geräusch durch den Straßengraben rumpelte, an einer kleinen Steinmauer entlangschrappte und schließlich wieder auf die Fahrbahn zurückschlitterte. Mohammed hatte einen Fluch ausgestoßen, brüllte den Fahrer an und schrie irgend etwas zu Jo hinüber. Als endlich ein Hauch Ruhe eingekehrt war, der Wagen wieder der Straße folgte und jeder vor sich hin starrte, fragte Mohammed noch einmal: »Was behaupten Sie?«

»Aber das erkläre ich Ihnen doch die ganze Zeit!« brüllte Jo plötzlich los. Die ganze aufgestaute Anspannung entlud sich in ihrer Stimme. »Geht das jetzt endlich in Ihren Schädel rein«, rief sie vollkommen respektlos. »Kapieren Sie immer noch nicht, worum es hier geht? Libyen hat Amerika entdeckt. Das darf nicht sein! Schon gar nicht für einen Patrioten wie Chapman. Diese Tat der Libyer, oder besser, der Menschen, die damals in Libyen lebten, ist so ungeheuerlich, daß sie niemals in die Geschichtsbücher gelangen darf. Stellen Sie sich die Konsequenzen vor! Eine libysch-amerikanische Partnerschaft vielleicht? Und was ist mit Kolumbus? Hat man nicht erst vor einigen Jahren den fünfhundertsten Jahrestag seiner angeblichen Amerikaentdeckung gefeiert? Soll man das jetzt alles rückgängig machen und zugeben, daß braunhäutige Wüstenbewohner aus Libyen die Seefahrer waren, die den Weg nach Amerika fanden? Ausgerechnet die Bewohner eines Schurkenstaates? Das konnte Chapman nicht gefallen. Er ist mächtig und einflußreich, so einflußreich, daß er Satellitenbilder einsehen und vielleicht sogar austauschen darf. Immerhin ist er einer der größten Geldgeber im nächsten Wahlkampf. Er ist Patriot vom Scheitel bis zur Sohle. Er weiß, was er seinem Vaterland schuldig ist. Der Fund von Kartaram erlaubt ihm, Tellos und seine Beduinen in die Luft zu sprengen. Es handelt sich ohnehin um Menschen, die mit einem Fuß im Lager der Terroristen stehen. Zumindest aus der Perspektive eines Chapman. Es ist ein leichtes, Achmed mundtot zu machen, den einzigen Verstehenden vielleicht, den es in Libyen geben mag. Sein Sohn wird als Terrorist verleumdet. Und in all den Wochen hat Chapman Montanus ausgehört, hat herausgefunden, daß Jo Zakyneros nichts weiß, nichts begriffen hat. Er gratuliert mir sogar artig zum Examen, wagt es, vom Sicherheitsgurt zu sprechen, den ich nicht angelegt hatte. Er wähnt sich in Sicherheit.«

Wieder schien die Stille im Auto greifbar zu sein. Jo merkte, daß sie fröstelte, während sie gleichzeitig glaubte, ihr Kopf sei heiß wie nach einem stundenlangen Marsch durch die Wüste. Sie fühlte sich so wenig aufnahmefähig und so gänzlich ausgelaugt, daß Mohammed die Frage zweimal wiederholen mußte. Was sie denn mit ihrem Wissen vorhabe, verstand sie endlich.

»Ich decke alles auf«, sagte Jo quasi mit letzter Kraft. »Einmal müssen die Lügengeschichten ein Ende haben. Ich will zurück ins Wadi Hamamah. Ich muß eine alte Parfümflasche finden. Vielleicht hat Chapman irgend etwas übersehen. Und dann bringe ich es an die Öffentlichkeit.«

Sie waren inzwischen an Mohammeds Haus angekommen. Beiläufig registrierte Jo, daß sie sich vor einem großen Steinbau mediterraner Bauweise befand, vor einem beeindruckenden Haus mit arabischen Spitzbogenfenstern, filigraner Steinmetzarbeit, Satellitenschüsseln auf der Dachterrasse und bewaffneten Männern in Khaki. Neben Mohammed ging sie einen alten Plattenweg entlang, stieg breite Terrassenstufen zur Eingangstür hinauf, sog den Duft blühender Narzissen ein und vernahm das Plätschern eines Springbrunnens. Nach der anstrengenden Fahrt und dem langen Bericht glaubte sie, hier mitten im Paradies zu stehen. Gleichzeitig verwirrten sie die vielen Uniformierten, die technischen Anlagen und das *Marhaba,* das Mohammed nicht ausgesprochen hatte. Man sagt wohl nicht Willkommen, wenn man eine Festung betritt, dachte sie mit seltsamer Klarheit, die an Intensität zunahm, als sie zu ihren Räumen geleitet wurde. Ein Soldat mit Maschinenpistole öffnete ihr die Tür, um sogleich seinen Posten draußen auf dem Gang wieder einzunehmen. Jo machte einen Schritt in das große Zimmer hinein und drehte sich rasch nach Mohammed um. Er versuchte, höflich auszusehen, unbeteiligt wie ein Hoteldirektor, der ihr die Suite vorführt. Doch seine Augen verrieten ihn. Er sah bekümmert aus, so, als täte ihm alles sehr leid, all das, was er veranlassen müsse und nicht ändern konnte.

»Ich habe wohl einen Fehler gemacht?« flüsterte Jo, die plötzlich verstand. »Es war ganz falsch, Ihnen meine Erkenntnisse mitzuteilen.« Sie glaubte, den Boden unter den Füßen zu verlieren. »Bei allem, was geschehen ist, decken Sie trotzdem Chapman.«

»Das Embargo«, antwortete Mohammed rasch. »Schieben Sie alles auf das Embargo. Es zwingt uns, Dinge zu tun und Geschäfte abzuwickeln, die wir andernfalls weit von uns weisen würden. Versuchen Sie, uns zu verstehen, mich zu verstehen. Ich diene meiner Regierung. Meine persönliche Neigung muß dabei zurückstehen.«

Jo war viel zu müde, um nach diplomatischen Worten zu suchen. »Bin ich Ihre Gefangene?«

»Im Gegenteil!« Mohammed deutete eine Verbeugung an. »Sie sind in Gefahr. Niemand hat Interesse daran, daß Sie die Tatsachen aufdecken. Weder die wenigen Geldgeber, die Libyen noch unterstützen dürfen, noch die Empfänger dieser Gelder. Libyen ist vollkommen isoliert. Wenn auch die Beträge gering sind, die bei archäologischen Ausgrabungen in das Land fließen, so sind doch die dabei entstehenden Kontakte bedeutend, stellen sie doch für unsere Studenten und Wissenschaftler die Möglichkeit dar, mit der westlichen Welt in Verbindung zu treten. Wissen Sie, daß man seit dem Embargo in unserem Land nicht mehr Englisch lernen kann? Sie sind klug genug, um abzuschätzen, daß uns dies an den hinteren Rand des Fortschritts katapultiert, an den Abgrund. Wir müssen jedes Angebot annehmen und dürfen nicht wählerisch sein. Geht das Wohl des Staates nicht vor das Schicksal des einzelnen? Trotzdem wollen wir Sie schützen. Wir dachten, Tellos habe sich selbst in die Luft gesprengt, und von Vanille wußten wir nichts. Aber jetzt haben Sie mir klargemacht, wer der wirkliche Täter ist. Chapman wird diese von Ihnen geplante öffentliche Hinrichtung nicht dulden. Und wir brauchen Chapman. Ich biete Ihnen also Asyl an. Archäologisches Asyl, wenn Sie so wollen.«

Jo sah dem Zimmermädchen zu, das in ihre Räume gehuscht kam und die Decke des großen Bettes zurückschlug, die Vase mit den Tulpen zurechtrückte, die Vorhänge am Fenster schloß und auf einen Wasserkrug deutete, der auf dem Tisch stand. Jo nickte abwesend. Es war hübsch hier, zweifellos, komfortabel wie in einem Mehrsternehotel und weit besser als in jedem Gefängnis. Dann sah sie auf die Stiefelspitzen des Soldaten, der vor der offenen Tür stand. Mohammed lehnte irgendwie schuldbewußt am Türrahmen, wich ihrem Blick aus und starrte in eine finstere Ecke ihres Zimmers. Asyl, dachte Jo aufgebracht. Sie wollte kein Asyl. Aber Mohammed sah nicht so aus, als ob ihn das interessieren würde. »Was haben Sie mit mir vor?« Jo mußte diese Frage stellen, sie hatten schon lange genug um den heißen Brei herumgeredet.

»Ich wäre nicht Politiker, ließe ich mich zu einer vorschnellen Äußerung hinreißen. Sprechen wir morgen darüber. Versuchen Sie zu schlafen.«

Als ob ich ein Auge zutun könnte, schimpfte Jo, kaum daß sich die Tür hinter Mohammed geschlossen hatte. Doch wenige Augenblicke später stellte sie fest, daß Vögel sangen. Sie öffnete erstaunt die Augen und sah Sonnenlicht durch die Vorhänge schimmern. Ein neuer Tag war angebrochen.

Jo blickte von ihren Notizen auf und blätterte in ihrem Kalender zurück. Tatsächlich. Es war bereits Ende März, und sie befand sich inzwischen seit vier Wochen in Mohammeds Obhut. Sie ließ die vielen Blätter mit ihren Zeichnungen und Bemerkungen durch die Finger laufen. Wie ein Trickfilm spulte sich sekundenschnell der Bestand an Blumen und blühenden Sträuchern und Bäumen hier auf Mohammeds Besitz ab. Sie hatte fünf verschiedene Narzissenarten identifizieren können, hatte Baumheide und Glöckchenlauch unter blühenden Kapernsträuchern, weiße Reseden, Zistrosen in verschiedensten Arten und Farben entdeckt, dazu den Zistrosenwürger an den rosafarben blühenden Pflanzen, echten Venuskamm und Apulischen Zirmet. Bald würden Zitronen- und Orangenbäume ihre Knospen öffnen und schließlich von blühenden Ölbäumen abgelöst werden. Abseits all dieser Naturbeobachtungen hatte sie sowohl höflich und sachlich mit Mohammed über ihre Lage diskutiert, hatte ihm versichert, daß sie unbedeutend sei und einfach den Mund halten würde, so daß er sie wieder ausreisen lassen könne, dann wieder hatte sie ihn angeschrien und verflucht, der verschiedensten Verbrechen bezichtigt, ihn angefleht, tagelang geschwiegen oder einfach nur im Garten gegraben, dort, wo Reseden standen, die gerne auf lockerem Schutt siedelten und deshalb als verläßlicher Anzeiger für Ruinen dienen konnten. Sie hatte die Reste griechischer Säulen freigelegt, verstanden, daß dieses Haus hier eine libysche Nachrichtenzentrale oder Fernmeldestation war, errichtet auf dem Landsitz eines Ptolemäerfürsten, der wiederum dort gesiedelt hatte, wo schon Jahrhunderte zuvor griechische Bauern, dem Orakelspruch von Delphi folgend, eine neue Heimat gefunden hatten.

Jo hatte es sich angewöhnt, bei Sonnenaufgang aufzustehen und als erstes in den Garten hinauszugehen. Anfangs wurde sie von einem bewaffneten Soldaten und manchmal von Mohammed begleitet, aber oft genug durfte sie allein durch die lichten Oliven- und Zypressenwälder streifen, die Mohammeds Anwesen umgaben. In den ersten Tagen ihres Aufenthaltes war sie durch Stern- und Kronanemonenwiesen gegangen, hatte sich mitten zwischen die violett, rot, blau, rosa und weiß blühenden Blumen gesetzt, war dem betörenden Duft von Traubenhyazinthen gefolgt und hatte dann auf brachliegendem Ackerland rote Spargelbohnen und Rosenlauch entdeckt.

Tage später war sie noch tiefer in den Wald vorgedrungen. Milz- und Streifenfarn dämpften ihre Schritte, sie mußte sich bücken, um unter den Ästen eines riesigen Phönizischen

Wacholders hindurchzukriechen, und kam plötzlich auf eine Lichtung, auf der die narzissenähnliche Tazette zu Hunderten blühte. Jo war wie betäubt stehengeblieben. Das frühe Morgenlicht gab dem Grün des Blütenschafts einen bläulichen Schimmer und fiel durch die weißen, cremefarbenen und gelben Blütendolden wie durch das Glas eines Domfensters. Ein betörender Duft lag über der Lichtung. Jo beobachtete, wie mit steigender Sonne Insekten heranschwärmten und die Blüten summend umkreisten. Über der Lichtung wölbte sich ein azurblauer Himmel, an dem einige Federwolken vorübertrieben. Schließlich drängte Mohammed sie, der sie an diesem Morgen begleitete, einige Schritte weiterzugehen, um sich im Schatten einer Kiefer hinzusetzen. Der Waldboden war hier erstaunlich feucht, und Jo stand wieder auf, um im Umkreis nach dem Grund der Nässe zu suchen. Sie folgte dem sumpfigen Gelände, orientierte sich an verschiedenen Farnarten, bis sie plötzlich einen Schrei ausstieß. Sie kniete sich auf dem sumpfigen Boden vor einer großen Pflanze nieder, deren lanzettartigen Blätter den Grund bedeckten. Im grünen Blätterherz saß auf einem kurzen Schaft eine bläulich-weiße Blütentraube aus hundert Einzelblüten. Ob Mohammed wisse, welche Pflanze das sei, wollte Jo wissen, zückte ihren Notizblock, die Stifte und das Vergrößerungsglas und machte sich daran, die Pflanze abzuzeichnen.

Nein, dies sei eben keine Meerzwiebel, antwortete sie Mohammed, der ihr den Namen »Moly« vorgeschlagen hatte. Sie maß gerade mit ihrem Meterband ein Blatt ab und notierte stattliche achtundfünfzig Zentimeter Länge. Jo war versucht, Mohammed eine der vielen Geschichten über die Zauberpflanze Moly zu erzählen, jene Pflanze, die Homer schon beschrieben hatte und die noch kein Botaniker bis heute eindeutig hatte bestimmen können. Aber sie beschränkte sich auf die Sensation, die sie entdeckt hatte. Es handle sich um eine Lilienart, ließ sie Mohammed wissen, und zwar um den Peruanischen Blaustern. Natürlich wären seit der Entdeckung Perus durch die Spanier fünfhundert Jahre vergangen, und es gäbe zahlreiche Möglichkeiten, wie eine Pflanze aus Peru in die Cyrenaika gelangen könne. Trotzdem wüßte sie zu gerne, ob Mohammed ihr plausibel machen könnte, welches Abenteuer diesen Blaustern aus Südamerika nach Nordafrika geführt hätte. Ja, natürlich, winkte Jo ab. Die Erdnuß, die Fol Sudani, der Beduinen liebste Dauernahrung aus Amerika, würde in Oasen angebaut, ebenso wie zahlreiche andere indianische Pflanzen auch. Man denke nur an Tomaten und Kartoffeln. Aber diese Pflanzen hätten Nahrungswert. Vom Peruanischen Blaustern könne man nur einmal probieren, denn er koste das Leben. Also, was tat die Pflanze hier? Mohammed hatte weder an diesem Tag noch am nächsten Tag eine Antwort. Aber dann machte er Jo den Vorschlag, in naher Zukunft libysche Studenten in Ethnobotanik auszubilden, um ihrem Asyl einen Sinn zu geben. Das war an jenem Vormittag gewesen, an dem sie den gruftartigen Weinkeller besichtigten, der noch altertümliche Wandmalereien zeigte. Sie würde Studenten unterrichten, willigte Jo ein, wenn sie wenigstens mit Thomas Kontakt aufnehmen dürfe. Doch Mohammed lehnte auch das ab. Wie immer verwies er auf das Embargo.

Jo sah sich die Zeichnung der Großen Wachsblume an, einer aufrecht wachsenden Pflanze mit gelber Blütenkrone, die hier am Wegesrand blühte. Die Blumenpracht der Cyrenaika hatte Jo fast mehr aus der Fassung gebracht als die Ungeheuerlichkeit ihrer Haft. Im Gegensatz zur Wüste waren die Nächte hier nicht kalt, sondern lau und im Sommer wahrscheinlich wenig erfrischend. Tagsüber stiegen manchmal Schmetterlingsschwärme aus dem Grünen Gebirge auf, Scharen von Admiralen und Distelfaltern, die sich auf den Weg über das Mittelmeer und die Alpen machten. Besonders beim Anblick der bunten Flügel, die unbehindert davonflatterten, hatte sie immer wieder Fluchtpläne entwickelt und verworfen, hatte an

Florian Elling gedacht und tagelang die Hoffnung gehegt, man würde sie vermissen, hatte die Nachricht an Patrizia, sie solle sich keine Sorgen machen, »Rückkehr ungewiß«, in ihren Alpträumen verwünscht und war immer wieder zum gleichen Problem zurückgekehrt: Kartaram durfte nichts anderes als eine Legende sein. Solange das Embargo bestand, waren sie fest in Chapmans Hand, eines Mannes, der die wenigen Kontakte zur freien Welt gnadenlos unterbinden würde, käme auch nur der Hauch eines Verdachts gegen ihn auf.

Jo blätterte unschlüssig in ihrem Heft herum. Es gab darin gewellte Seiten, auf die ihre Tränen getropft waren, und solche mit Knicken, die entstanden waren, als sie mit dem Heft auf den Tisch geschlagen hatte, um Mohammed zum Umdenken zu bewegen. Sie würde schlimmer behandelt werden als Nabil Fara, hatte sie vorgestern behauptet, und Mohammed hatte sie wissen lassen, daß Fara im Gegensatz zu ihr der Tod drohe. Denn es gäbe Zeugen, die ausgesagt hätten, daß er in der Nähe war, als das Wadi in die Luft gesprengt wurde. Außerdem sei er seit Jahren als Doppelagent für die USA und Libyen tätig. In diesem Zusammenhang laste man ihm mehrere politische Morde an. Sie hielten ihn quasi in Haft und Schutzhaft zugleich, da auch die Amerikaner Interesse hätten, ihn zu verurteilen, ganz zu schweigen von den Beduinen, die ihn gerne mitten aus dem Gefängnis entführen würden, um ihn bei sich vor Gericht zu stellen. Aber sie hätte nichts getan, hatte daraufhin Jo mit vor Wut heiserer Stimme gefaucht, sie hätte nur nachgedacht. Das wäre schon immer, zu allen Zeiten, Regierungsformen und Religionen lebensgefährlich gewesen, hatte Mohammed geantwortet.

Das Embargo! Wie alle Hausbewohner saß Jo allabendlich im großen Eßraum vor dem Fernseher und verfolgte die Nachrichten. Irgendwie bekamen sie über Ägypten und Tunesien europäische und amerikanische Sender herein, doch konnte man nie sicher sein, daß Bild und Ton gleichzeitig serviert wurden. Jo blickte sich um. Das Küchenpersonal saß neben und hinter ihr. Sie zauberten orientalische Genüsse aus einer weißgekachelten Küche und schienen das Ziel zu haben, Jo so zu füttern, daß ein Weglaufen nur noch im Watschelgang möglich wäre. Inzwischen trug sie auch gerne die weite *Galiabiyya* der Frauen, ein herrlich luftiges Kleidungsstück, das sie nicht zwang, dem süßen Gebäck zu entsagen oder den Bauch einzuziehen. Jo setzte sich aufrechter hin. Wenn sie sich weiterhin so gehenließe, würde ihr vermutlich als allerletzte Möglichkeit einfallen, Mohammed zu heiraten, um wenigstens den Hauch eines normalen Lebens führen zu können. Sie hatte schon mit dem Gedanken jongliert, eine Krankheit vorzutäuschen, um mit Krankenhauspersonal in Verbindung zu kommen, das zum großen Teil aus Nordkoreanern bestand. Vielleicht würden ihr diese Menschen zur Flucht verhelfen. Dann hatte sie an die gespannte politische Lage zwischen Nordkorea und Deutschland gedacht und den Gedanken wieder verworfen. Heute morgen hatte sie unter Mastixbüschen und rotblühenden Rizinussträuchern die unscheinbaren Blütchen der Schmerwurz entdeckt, einer tödlich giftigen Pflanze. Es gäbe also auch die Möglichkeit, die ganze Mannschaft hier zu vergiften, hatte sie überlegt, und es mußte ja nicht gerade eine Vergiftung mit Todesfolge sein, um vielleicht die Freiheit wiederzuerlangen. Aber auch diese Lösung hatte ihr nicht zugesagt.

Jo konzentrierte sich erneut auf das Fernsehprogramm. Der amerikanische Präsident hielt gerade eine Ansprache an die Nation, die Jo nur teilweise verstehen konnte. Er rief dann die afrikanischen Staaten auf, das Embargo gegen Libyen einzuhalten, wenn sie nicht Vergeltungsmaßnahmen der USA riskieren wollten. Solange der Attentäter von Lockerbie nicht ausgeliefert werde, solange würde auch das Embargo bestehen bleiben. Viel mehr konnte Jo nicht verstehen. Der Originalton war von schrillen Nebengeräuschen überlagert, und die arabischen Schriftzüge am Bildfuß konnte sie nicht schnell genug entziffern. Ihre Gedanken schweiften wieder ab. Würde bei Semesterbeginn vielleicht Professor Langenberg nach ihr fahnden lassen? Jo erinnerte sich an seinen mißbilligenden Gesichtsausdruck, als sie eine Anstellung abgelehnt hatte. Nach dieser Absage würde Langenberg wohl keine weiteren Gedanken mehr an sie verschwenden. Jo spürte wieder dieses Kribbeln am ganzen Körper. Es setzte immer dann ein, wenn sie das Bedürfnis hatte, ihren Kopf wie eine Tobsüchtige an die Wand zu schlagen. Sie, und niemand sonst, war ganz allein schuld an ihrer Situation. Wie konnte sie dermaßen blauäugig in ein Land reisen, ein Regierungsmitglied in eine wilde politische Geschichte einweihen und glauben, dies alles liefe an ihr vorbei, als ob sie ein Statist sei? Ohne wahrzunehmen, was jetzt gerade über den Bildschirm flimmerte, horchte Jo in sich hinein. Hier lag die Lösung! Der Begriff »Statist« barg eine Möglichkeit, ihren Problemen zu entkommen.

Plötzlich fand sie die abgestandene Luft unerträglich, konnte weder das grelle Licht des Fernsehers noch das Geschnaufe der fetten Köchin zu ihrer Linken länger aushalten. Sie stand so jäh auf, daß ihr Stuhl kippte und der Soldat an der Tür erschrocken zusammenzuckte. Jo versuchte, gemessenen Schritts den Raum zu verlassen, doch kaum am Treppenabsatz angekommen, rannte sie die Stufen in den ersten Stock zu ihren Zimmern hinauf. Der Türposten sprang zur Seite und salutierte vor Schreck. Jo riß ein Blatt Papier von ihrem Schreibtisch und kritzelte »Statist« darauf. Dann schrieb sie wahllos alles auf, was ihr in diesem Zusammenhang einfiel. Sie bemerkte nicht, daß es inzwischen Nacht geworden war, achtete nicht auf ihren Magen, der hungrig knurrte, und unterdrückte sogar das Bedürfnis, zur Toilette zu gehen. Schließlich blickte sie auf und sah genau in Mohammeds Gesicht. Wie lange er schon im Zimmer gestanden und sie verwundert beobachtet hatte, wußte sie nicht. Jo machte einen Satz auf ihn zu, sprang ihn an wie ein Kind, das sich dem Vater in die Arme wirft, und küßte ihn auf beide Wangen. Der Posten am Eingang klappte die Absätze zusammen und vollführte eine zackige Wendung.

»Ich muß ins Bad«, keuchte Jo. Sie hing noch immer an Mohammeds Hals und ließ ihn erst jetzt los. Sie war total verschwitzt und fürchtete, den Weg bis zur Toilette nicht mehr zu schaffen. Sie eilte hinüber in ihr Bad, kickte die Tür mit dem Fuß zu, riß ihr Kleid hoch und hockte sich auf die Schüssel. Dabei starrte sie in ihr gerötetes Gesicht, dessen Abbild der lange halbblinde Spiegel von gegenüber zurückwarf. Sie betätigte die Spülung und registrierte, daß das Wasser mal wieder den Sockel der Toilette umflutete. Gedankenverloren sah sie den Rinnsalen zu, die sich in der Mitte des Fliesenbodens sammelten und durch den Notabfluß hinuntergurgelten.

Ob alles in Ordnung sei, hörte sie Mohammed von jenseits der Tür fragen.

Jo blickte wieder in den Spiegel. Sahen so Siegerinnen aus, Frauen, die eine ganze Nation an der Nase herumführten und die Weltpolitik beeinflußten? Es schien doch offensichtlich zu sein, daß sie vor den Verhandlungen, die sie zu führen gewillt war, erst noch ihr Äußeres verändern mußte.

»Ich habe Ihnen ein Geschäft vorzuschlagen, einen politischen Schachzug, der Sie zum Helden der Nation machen könnte«, sagte sie beiläufig zu Mohammed und öffnete die Tür einen Spalt.

Etwas in Jos Augen mußte Mohammed elektrisiert haben. Er hatte sich schon manchen ihrer Vorschläge angehört, aber bei diesem horchte er auf. »Ich bin Ihr interessierter Zuhörer. Sprechen Sie!«

Jo deutete eine Verbeugung an. »Ich wäre nicht Wissenschaftlerin, wenn ich mich zu vorschnellen Äußerungen hinreißen ließe. Ich möchte Ihnen nur soviel verraten, daß es um die Auflösung des Embargos geht, was Sie problemlos bewerkstelligen könnten. Schlafen Sie erst einmal. Wir sprechen morgen darüber.« Sie kickte die Tür wieder zu.

In dieser Nacht legte sich Jo jedes Wort zurecht, nahm das Lexikon zu Hilfe und übersetzte jedes Argument ins Arabische, nur für den Fall, daß Mohammed ihr Englisch nicht verstehen würde. Schließlich gelang es ihr, ein wenig zu schlafen.

Auch an diesem bedeutenden Morgen ging sie zuerst zu ihren Blumen und blühenden Sträuchern hinunter. Jetzt, da sie fast sicher war, die Cyrenaika bald verlassen zu können, kam ihr die Schönheit dieser Region besonders betörend vor. Sie mußte sich auch eingestehen, daß sie hier wie im Urlaub umsorgt wurde. Selbst die langen politischen Diskussionen, die sie mit Mohammed führte, hatten einen Reiz, den sie in Deutschland vermissen würde. Obwohl er sie gefangenhielt, war er ihr nicht unsympathisch. Sie konnte seine Beweggründe teilweise verstehen. Ob sie diese Freiheitsberaubung so großzügig hingenommen hätte, wäre Mohammed ein häßlicher Gnom gewesen? Jo hörte Schritte und wußte, daß er auf der Suche nach ihr war. Sie spürte das Blut in ihren Schläfen rauschen. Heute war zweifellos ein besonderer Tag und noch dazu einer, an dem Mohammed nach Benghasi fahren wollte. Sie hatte also wenig Zeit, um ihn von ihrer Idee zu überzeugen. Sie setzte sich auf den jüngst ausgegrabenen Säulenrest, scharrte den Boden vor ihren Füßen glatt und legte zwei kleine Marmorbruchstücke darauf. Dann verschränkte sie die Arme und blickte Mohammed entgegen.

Ich bin richtig gut, fand sie Minuten später, als sie noch immer mit größter Selbstverständlichkeit von der Schönheit der Cyrenaika sprach, über die wunderbaren alten Tonkrüge, die sie gestern als Honigbehälter entdeckt hatte, vom ausgezeichneten Essen und über die freundliche Behandlung, die ihr widerfahren würde. Für jeden Tag, den du mich hier festgehalten hast, sollst du schmoren, dachte Jo und machte keinerlei Anstalten, Mohammed in ihre Überlegungen einzuweihen. Er hatte sich ihr gegenüber auf den Boden gesetzt und tatsächlich begonnen, mit den kleinen Marmorsteinchen zu spielen. Er müsse jetzt nach Benghasi aufbrechen, sagte er schließlich. Ob sie ihm noch etwas mitzuteilen habe? Zur Beendigung des Embargos vielleicht?

»Ach ja.« Jo verbuchte einen Pluspunkt für sich, da er das Gespräch eröffnet hatte. »Wie war das noch mal?« Sie sah, wie eine Ader an Mohammeds linker Schläfe zu pochen begann. Die Sonne war höher gestiegen und wurde unangenehm stechend. Sie rutschte von ihrer Säule herunter und hockte sich vor ihn hin. »Sie haben es in der Hand.« Sie tippte leicht auf seine Rechte, welche die Steine hielt. »Das eine Steinchen ist Nabil Fara. Ein Mensch, den die Libyer verurteilen, der Morde begangen, sein Land verraten und den USA gedient hat. Legen Sie den Stein hierhin.« Jo zeigte auf den östlichen Rand ihres Sandplatzes. »Der andere Stein ist Abdul Ibn Achmed, den die westliche Welt für den Attentäter von Lockerbie hält. Legen Sie ihn dorthin.« Jo wies auf den westlichen Rand. Dann erhob sie sich und gab vor, gehen zu wollen.

»Das Embargo?« fragte Mohammed. »Jo, bitte, ich verstehe nicht!«

Sie machte eine winzige Kehrtwendung. »Kann ich Libyen verlassen und wieder betreten, wann ich will? Ich habe Ihren Schutz und Ihre Unterstützung?«

Mohammed nickte. Da ihr das nicht genügte, bestätigte er mit einem lauten »Ja, beim Barte des Propheten« und legte die rechte Hand aufs Herz.

Vermutlich hätte ich noch fünf Reitkamele, eine Lastwagenladung feinster Datteln und lebenslanges Auffüllen meines heimatlichen Heizöltanks verlangen können, dachte Jo, während sie registrierte, wie eine Schweißperle von Mohammeds Stirn rann, von der Augenbraue abgelenkt wurde und an seiner Schläfe hinunterfloß. Sie wartete noch ein wenig, bis sich andere Schweißtropfen auf den Weg machten und Mohammed mit dem Finger zwischen Hemdkragen und Hals fuhr. Der Schwarm laut zwitschernder Stare, der in den Aprikosenbäumen saß, erhob sich wieder in die Lüfte. Dann bückte sie sich und tauschte den einen Stein gegen den anderen aus.

In den folgenden Tagen, in denen Mohammed Jos Vorschlag der Regierung unterbreitete, mal in seinem Haus in der Cyrenaika auftauchte und ruhelos durch die Gänge des großen Gebäudes lief, mal mit quietschenden Reifen davonfuhr, mußte Jo immer wieder an das Ei des Kolumbus denken, an jene Idee, die in ihrer Schlichtheit genial war. Was sie an dem Vergleich störte, war Kolumbus, dem sie die Entdeckung der Neuen Welt nun doch nicht streitig machen konnte. Im Wadi Hamamah sei alles pulverisiert, ließ Mohammed sie wissen, dort könne sie nichts mehr finden und noch sei das Embargo nicht aufgehoben. Jo gestand sich ein, der Nachweis, phönizische Seefahrer hätten die Küsten Amerikas lange vor Kolumbus entdeckt, sei im Vergleich zu ihrer Freiheit zweitrangig. Trotzdem schmerzte es sie, dies nun nicht mehr publik machen zu können. Dann wieder gab es Stunden, in denen sie überzeugt war, größenwahnsinnig zu sein, da sie sich anmaßte, die amerikanische und libysche Politik beeinflussen zu können. Würde man sie deshalb steinigen oder in die Wüste jagen? Wie konnte sie so vermessen sein?

Aber dann kam der siebte April. Bereits gestern hatte Mohammed eine mögliche Änderung der politischen Lage angedeutet und Fasten angeordnet. Jo war das nur recht. Auch wenn sie versuchte, Gelassenheit vorzutäuschen, konnte sie seit drei Tagen fast nichts mehr zu sich nehmen. Ihre Phantasie spielte ihr immer wieder vor, lebenslang in Libyen festzusitzen. Zusätzlich fürchtete sie um Mohammed. Er war ihr Beschützer. Sollte ihm etwas zustoßen, sollte er in Ungnade fallen, so würde sie in ein gewöhnliches Gefängnis verlegt werden. Als sie ihren Platz vor dem Fernseher einnahm, fühlte sie sich einem Herzversagen nahe. Die Nachrichten würden Konflikte und weltweite Spannungen zeigen, von Überschwemmungen und Börsenkrächen berichten und über eine gewisse politische Entscheidung. In wenigen Minuten wüßte Jo, ob es einen neuen Tag für sie geben würde, ein Leben in Freiheit, das ihr die Chance gab, mit sich und der Welt abermals in Einklang zu kommen. Oder eben nicht.

Der Empfang war auch an diesem Tag schlecht. Zuerst bekamen sie einen deutschen Nachrichtensender herein, der gerade, als die Worte »Libyen« und »Embargo« fielen, von einem tunesischen Programm gestört wurde. Doch auch dort schien es nur ein Thema zu geben. Jo hätte am liebsten geweint. Sie verstand nicht, worum es nun eigentlich ging, so lange nicht, bis sich die Schreie und Rufe der Zuschauer gelegt hatten, Mohammed aufstand und eine Erklärung für seinen Haushalt abgab. Das Embargo gegen Libyen sei beendet, sagte er. Nachdem der Attentäter von Lockerbie, ein gewisser Nabil Fara, dem schottischen Gericht in den Niederlanden überstellt worden sei, hätte der UN-Sicherheitsrat im Gegenzug die Aufhebung der gegen Libyen verhängten Sanktionen beschlossen.

Jo hatte sich bei Mohammeds Worten wie alle anderen von ihrem Platz erhoben. Jetzt kam er zu ihr herüber und bot ihr seinen Arm an. »Ich begleite Sie zum letztenmal zu Ihren Zimmern. Sie werden verstehen, daß ich mich sofort auf den Weg nach Tripolis machen muß. Schon in wenigen Stunden will der italienische Außenminister zu ersten Verhandlungen über die Vergabe von Staatsaufträgen eintreffen. Abdelabas wird Sie nach Assalum an die ägyptische Grenze fahren. Aber Sie können auch als Gast in meinem Haus bleiben. Es steht Ihnen frei, zu kommen und zu gehen, wann immer Sie wollen. *Marhaba* in Libyen!«

Der nächste Morgen begann mit dem zauberhaftesten Tagesanbruch ihres gesamten Aufenthalts. Die Sonne war gerade aufgegangen, als Jo den klapprigen Pickup von Abdelabas bestieg und der Mannschaft Mohammeds ein »*Allâh* sei mit euch« zum Abschied zurief. Sekundenlang war Jo sogar versucht,

Mohammeds Angebot anzunehmen und noch etwas zu bleiben. Doch dann warnte sie ihr siebter Sinn. Auch sie durfte ihr Schicksal nicht zu sehr herausfordern. Vielleicht ergab sich bei der Vernehmung Nabil Faras etwas, das die Auflösung des Embargos rückgängig machen konnte. Auf dem ganzen Weg bis zur Grenze dachte Jo über Nabil Fara nach. Würde er die Verurteilung als Attentäter von Lockerbie hinnehmen? Wenn es einem Beduinen gelänge, sich in das libysche Gefängnis einzuschleusen, würde er Nabil Fara bei lebendigem Leib aufschlitzen und zerstückeln. Die amerikanischen Gerichte würden ebenfalls nicht sanft mit einem Doppelagenten umgehen. So mochte das schärfste Urteil des schottischen Gerichtes milde sein, im Vergleich zu den Strafen, die ihm in den beiden anderen Ländern drohten.

Und der wirkliche Attentäter? War es notwendig, den gekauften Killer, der die Bombe installierte, zu bestrafen? Blieben nicht die Verantwortlichen unbehelligt, jene, die, weitab vom Geschehen, den Plan entwickelt und umgesetzt hatten? Jo wußte, daß an Bord der Maschine zahllose Geheimdienstleute und Agenten unterschiedlichster Nationen gewesen waren. Durch diesen Anschlag sollten Menschen beseitigt werden und Länder dabei in Verruf geraten. Die Tat eines einzelnen?

Und Chapman? Jo wollte nicht mehr an ihn denken. Es gab zu viele Menschen seiner Art, die glaubten, ihre Hingabe an Nation, Religion oder Dogma rechtfertige ein Verbrechen. Chapman würde weiterhin Kunstschätze sammeln, Vergnügungsplätze bauen, Probesprengungen vornehmen, Orchideen züchten, soziale Einrichtungen unterstützen und Ehrungen erfahren. Mit welchen Worten hatte Chapman sie gewarnt? Die Summe aller Fehler könne den Tod bringen? Aus dieser Perspektive betrachtet, schien es Jo ratsam, Kolumbus nicht vom Sockel stürzen zu wollen. Es könnte ihren Sprung in den Tod bedeuten, zu einer Zeit, da sie endlich wieder einen Schritt in ein neues freies Leben machen durfte.

In Amsaad, der kleinen Grenzstadt auf libyscher Seite, wurde Jos Vorfreude auf dieses Leben jäh gebremst. Viele Libyer wollten endlich Verwandte in Ägypten besuchen, Geschäfte abwickeln oder nach Kairo zum Arzt fahren. Die Grenzbeamten sahen sich außerstande, alle Ausreisewilligen noch heute abzufertigen. Sie müsse bis morgen warten, ließ man sie wissen. Jo lehnte das Angebot Abdelabas ab, zurück nach Tobruk zu fahren und ein Hotel aufzusuchen. Sie würde wie die anderen Menschen hier in der kleinen Stadt die Nacht verbringen. In einer Lagerhalle gab es für jeden eine Decke und eine heftig frequentierte Toilette mit Dusche. Morgen würden sie nach Assalum transportiert werden, und man hoffte, Ägypten könne genügend Busse schicken, um die vielen Menschen zu befördern.

Doch auch am nächsten Tag bekam Jo keine Möglichkeit, Libyen zu verlassen. Sie hatte schließlich, nach vielen Wartestunden, aus eigenem Entschluß darauf verzichtet. Sie war weder in Eile noch krank und ließ deshalb den Libyern den Vortritt. Am dritten Tag überreichte ihr der Zollbeamte mit Grandezza Visum und Paß und hieß sie in Ägypten willkommen. Sie konnte eine Fahrkarte für den Bus nach Kairo lösen.

Als sie aber das total überladene Gefährt betrat, zögerte sie. Sollte sie hier drinnen nicht ersticken, so würde der Bus vermutlich auf halber Strecke einfach einknicken und liegenbleiben. Doch ein Zurück gab es nicht mehr. Die Menschen hinter ihr drängelten und schoben sie zu den rückwärtigen Sitzen. Wer hier kehrtmachen wollte, würde die Meinung aller gegen sich haben. Aus den Augenwinkeln sah Jo, daß der bekannte Gleichmut großer Ungeduld wich, einem heftigen Schubsen und rücksichtslosen Treten, Schieben und Zerren zum Opfer fiel. Taschen und Beutel wurden in Hutablagen verstaut, die sich bedenklich ausbeulten, Kisten, Körbe und Bündel wurden über die Köpfe hinweggereicht und auf dem Boden gestapelt.

Jo kannte ägyptische Busse und den Zustand mancher Sitze, wußte, daß Klimaanlagen gerne stillstanden oder eisige Zugluft verströmten, und war dann doch überrascht, daß diese hier aus der Fußbodenverkleidung blies, als der Bus endlich rukkelnd anfuhr. Dort, wo weder Kartons noch Kleiderbündel die Lüftungsschlitze bedeckten, wirbelte schwarzer Staub auf, legte sich auf Arme, Kopftücher, Gesichter, klebrige Bonbons und beschlagene Wasserflaschen, verschonte den aufgeschlagenen Koran eines Imam genausowenig wie das Baby, das erschöpft an der Brust seiner Mutter schlief. Beim ersten Halt, den die Fahrgäste nur wenige Minuten hinter der Grenze schreiend erzwangen, kletterten einige Männer über die anderen hinweg nach draußen, suchten große Steine und legten sie als provisorische Abdeckung über die Löcher. Jo fühlte sich an Dächer erinnert, durch die der Regen tropft. Hier war es allerdings umgekehrt, und das Ungemach quoll von unten nach oben. Sie teilte sich die Zweierbank mit einem korpulenten jungen Mann und einer tief verschleierten Frau. Die ersten Minuten versuchte jeder, dem anderen nicht zu nahe zu kommen, doch bald kapitulierte der Dicke und legte seinen linken Unterarm auf Jos Beine, während er den Sitzreihen vor, hinter und neben sich erklärte, es ginge nicht anders. Die Verschleierte hatte schon längst einen Teil ihrer Röcke und Tücher über Jo gebreitet. In einer Linkskurve mußte sich Jo an der Schulter der Frau abstützen, um nicht auf sie zu rutschen, da der Dicke von nebenan auch keinen Halt fand. Dabei gelang es ihr, einen Blick auf ihre Armbanduhr zu werfen. In Gedanken überschlug sie die vielen Stunden Fahrzeit bis Kairo, die noch vor ihr lagen. Der Busfahrer versuchte jetzt, den kalten Dieselruß der Klimaanlage durch rasantes Fahren auszugleichen. Frühestens gegen Abend würden sie in Kairo sein, wo sie ein Hotelzimmer nehmen und am nächsten Tag nach Deutschland zurückfliegen würde. Was ihr in libyscher Haft wie ein Traum erschienen war, erfüllte sie jetzt mit leiser Schwermut. Sie flog mit leeren Händen zurück. Sie würde gut daran tun, das Wadi Hamamah, alle die Geschehnisse und Menschen, denen sie dort begegnet war, schleunigst und endgültig zu vergessen. Besonders einen Menschen, dachte Jo. Sie gestattete es sich nicht einmal, seinen Namen zu denken.

Nur Minuten später bremste der Fahrer den schwer beladenen Bus. Jo hörte plötzlich fürchterliche Geräusche, die sie an ihren eigenen Unfall erinnerten, das Stöhnen und Aufheulen des Motors, der die Geschwindigkeit drosseln sollte, und schließlich die angstvollen Rufe der Insassen. Als der Bus endlich stand und das Geschrei zwischen dem Fahrer und den Menschen draußen auf der Straße abnahm, wagte Jo, die Hände vom Gesicht zu nehmen und einen Blick aus dem Fenster zu werfen.

Der Bus stand in einer Herde blökender Schafe und brüllender Kamele, in einem Wirrwarr. Zum Glück schien kein Tier verletzt zu sein. Beduinen hoch oben auf ihren Reitkamelen trieben die große Herde über die Straße nach Süden. Jo wandte sofort den Blick ab. Die Gestalten in den wehenden Mänteln erinnerten sie viel zu sehr an Achmed und seine Leute. Sie schloß die Augen und fingerte an Imhoteps Segen herum. War es ihr wirklich gegeben, ihr eigenes Glück zu bestimmen? Schließlich spürte sie, wie der Dicke neben ihr immer heftiger an ihrem Bein rüttelte und der Greis hinter ihr, der mit der imposanten Zahnlücke im Oberkiefer, auf ihre Schulter tappte; der Busfahrer brüllte etwas von vorne nach hinten. Da der Bus sehr lang war, mußten seine Worte förmlich durchgereicht werden; der Mann mit dem weißen Turban in der dritten Reihe schnappte sie auf und gab sie an den großen Dünnen in der abgeschabten Khakijacke weiter, der sie wiederum einem Alten mit gehäkelter Kopfbedeckung zurief. Gleich einer Wasserflasche wanderte die Botschaft bis zu dem Alten, der vor Jo saß. Dieser drehte sich nun mühsam nach Jo um, brachte damit die beiden Hühner in Aufruhr, die in einem Korb auf den Beinen seines Nachbarn hockten und mit den Flügeln schlugen. Schließlich gelangte die Frage an Jos Ohr. »Du heißt Jo?« verstand sie und bestätigte das mit einem heftigen *Aiwa*, ja, das jetzt den gleichen komplizierten Weg nach vorne zurücklegte.

Dann möge sie bitte aussteigen, wenn sie denn wolle, kam es mit großer Verzögerung zu ihr zurück. Dort draußen warte jemand auf sie.

Wer dies sei, ließ Jo über die Häkelkappe, die Hühner, die verblichene Khakijacke und den weißen Turban den Busfahrer fragen. Die Antwort war ein Wort, das Jo verstand, noch ehe es über die einzelnen Meldeposten zu ihr gelangte. Vielleicht lag es auch daran, daß ihr die Fahrgäste plötzlich diesen Namen laut zuriefen; teils, weil sie von Jos Miene große Freude ablesen konnten, teils, weil sie alle endlich die Fahrt nach Kairo fortsetzen wollten. »Achmed!« riefen also die Mitfahrenden und hoben Jo samt Gepäck über Beine, Federvieh und gerollte Teppiche hinweg, über Plastikkanister, zusammengebundene Pappkartons, das schlummernde Baby, ein besticktes großes Sitzpolster und eine nachlässig verpackte Wasserpfeife auf dem Schoß eines Scheiks in wallender Kluft. Sie stemmten und schoben sie so lange weiter, bis sie endlich draußen stand, wo sie weder die stechende Sonne spürte noch die Dieselwolke des abfahrenden, hupenden Busses roch, sondern Achmed sah, den goldgelben Sand der Wüste zu seinen Füßen, das wollige Haar seines Reittieres, bunte Troddeln am Zaumzeug und Vögel, die kreischend mitten aus der Herde aufstiegen und sich hinter den Tieren wieder niederließen.

Achmed ließ sein Kamel niederknien, stieg ab und schritt neben Jo einher, als hätten sie sich erst vor Minuten getrennt, geradeso, als ob der eine zum Holzsammeln einige Schritte vom Lager fortgegangen wäre. Ohne miteinander zu sprechen, folgten sie der blökenden Herde immer weiter nach Süden, bis die Straße mit dem Verkehrsgetöse hinter ihnen lag und die Tiere Klippenziest und Kratzdisteln fanden. Achmed suchte einen hohen Dornbusch auf, der genügend Schatten spendete, um dort in seinem Schutz Rast zu machen. Jo beobachtete, wie er fast alle seine Hirten mit der Herde weiterschickte. Ali, den Jo als begabten Sänger noch gut in Erinnerung hatte, und ein junger, mit einem *Kefir* verschleierter Mann blieben mit einem Dutzend hochbeladener Kamele zurück. Die Beduinen breiteten eine Kamelhaardecke aus, luden Jo zum Sitzen ein, entzündeten im Handumdrehen ein kleines Feuer, stellten Beutel mit Datteln und *Mischmisch,* den getrockneten Aprikosen, zurecht, brühten Hibiskustee auf und reichten ihn Jo im einzigen Becher, den sie bei sich hatten. Der erfrischende, saure Tee machte die Runde, Trockenfrüchte wurden verzehrt und schließlich von gesalzenen Sonnenblumenkernen abgelöst. Ich kann die Schalen noch mit dem gleichen Geschick ausspucken wie Monate zuvor, stellte Jo fest. Hin und wieder sah sie zu den Kamelen hinüber, hatte im Blick, daß alle noch die Fußfesseln trugen, die ihnen nur kleine Schritte erlaubten, schnippte einen glühenden Holzsplitter von der Decke und begegnete schließlich Achmeds Augen. Er sieht sehr ernst aus, dachte Jo. Sie vermißte den Schalk in seinem Blick und ein Zeichen, daß er sich über ihr Wiedersehen freue.

»Ich möchte dir ein Geschäft vorschlagen«, eröffnete er das Gespräch, zog dem neben ihm sitzenden jungen Mann das Tuch vom Kopf und fuhr fort: »Dieser hier ist mein Sohn Abdul. Du hast ihn von dem Verdacht befreit, ein Terrorist und gemeiner Mörder zu sein. Wir mußten ihn monatelang in der Wüste verstecken, aber bald wird er zurück nach Malta gehen können. Ich biete dir dafür mein Leben an – oder das hier.«

Ein Leben gegen ein anderes! Das war tatsächlich kein Anlaß zu Späßen, sondern ein bitterernstes Beduinengesetz. Jo musterte Achmeds schmales, von Bescheidenheit und Zurückhaltung gezeichnetes Gesicht, die markante Nase, den

Schnauzbart, die vielen Stirnfalten und den Ausdruck seiner Augen. Glitzerte darin etwas, das verdächtig nach Tränen aussah? Sie beobachtete, wie er sich um Gelassenheit bemühte, wie seine Augenbrauen auf und ab gingen und seine Mundwinkel zuckten. Natürlich war Achmed nicht zufällig hier. Nur Mohammed wußte, von wem der Vorschlag stammte, Nabil Fara gegen Abdul auszutauschen. Nur dieser konnte Achmed aufgeklärt haben. Und so war Achmed über die Grenze gegangen, war Jo entgegengeritten und hatte seine Herde auf die Straße getrieben, um den Bus nach Kairo aufzuhalten. Jetzt ging es darum, die Gesetze der Wüste zu erfüllen, all die komplizierten Vorschriften und Regeln, die ihm verboten, Jo einfach in die Arme zu nehmen und an sich zu drücken, ihr zu danken und sich über das Wiedersehen zu freuen.

Jo dachte an ihren Handel mit Mohammed zurück und setzte die gleiche, ernste und würdevolle Miene wie Achmed auf – wie es sich nun einmal gehörte, wenn man in der Wüste Beduinen gegenübersaß, deren angesehenster Scheik eine Tat mit seinem Leben bezahlen wollte. Sie legte sich die Worte zurecht, ließ sich Zeit mit der Antwort und wies schließlich auf das Bündel, das ihr Achmed als Alternative geboten hatte. »Ich nehme dieses da.«

Das Paket aus Palmfasern war nicht größer als ein dickes Buch und sah vollkommen unbedeutend aus. Achmed löste den Knoten der Pflanzenfaserschnur, schlug die Palmmatte zur Seite und entfernte bedächtig einen Kokon aus Schaf- und Kamelwolle. Darunter kam eine kleine grünblaue Glasflasche zum Vorschein, ein unverwechselbarer Behälter, ein Gegenstand aus Jos Träumen und Spekulationen.

Vorsichtig nahm sie das verschrammte Gefäß hoch, benutzte ihre Lupe und begutachtete es von allen Seiten. Es mußte Jahre, vermutlich Jahrhunderte im Sand gelegen haben. Die scharfen Körner hatten tiefe Rillen in das Glas gekerbt. Doch noch war die Flasche unversehrt und das phönizische

Siegel ungebrochen. Der Flaschenhals war einst mit einem Korken und einem Öltuch verschlossen worden. Ein intaktes Keramiksiegel, das Bild eines hochbordigen phönizischen Schiffes, einer Bireme, hielt das Tuch noch immer auf dem Flaschenkörper fest. Jo streckte die Flasche der Sonne entgegen. Am Gefäßboden konnte sie deutlich die Reste eingetrockneten Salböls ausmachen.

»Am *Awaynat*, dem Berg der Felsbilder, gibt es eine verborgene Siedlung«, erklärte Achmed. »Seit Jahrzehnten suchen die Menschen nach ihr. Sie nennen sie Zarzura, die Messingstadt. In unseren Geschichten heißt es: Folge dem Pfad, und du wirst nach Zarzura gelangen. Du wirst ihre Mauern verlassen und den König schlafend finden. Wecke ihn nicht auf, aber nimm von den Schätzen. *Allâh* wird mit dir sein.«

Ein frischer Wind kam auf und fuhr in die Glut des kleinen Feuers. Ali warf eine Handvoll Sand darauf und erhob sich. Jo sah ihn zusammen mit Abdul die Kamele herbeiholen und eines hinter das andere führen.

Achmed nahm die Kamelhaardecke, klopfte sie aus und legte sie über ein Lasttier. »Die Phönizier haben in Zarzura Salböle gegen Weihrauch getauscht«, erzählte er nebenbei. »Ich habe diese Flasche in einem Grab am Berg der Felsbilder gefunden.« Er ging zu der Karawane hinüber, wählte ein großes dunkles Kamel aus, führte es zu Jo heran, ließ es niederknien und befestigte das Palmfaserbündel auf seinem Rücken. Dann reichte er ihr eine blaue *Gallabiyya* und einen *Kefir*. Er drehte sich um, als sie das Gewand überstreifte, die europäische Kleidung darunter ablegte und in ihren Taschen verpackte. Gemeinsam verteilten sie Jos Gepäck auf dem Kamelrücken, gruben von entgegengesetzten Seiten eine Rinne unter dem Bauch des Tieres, um einen weiteren Strick hindurchzuführen, und begegneten sich mit den Händen unter dem wolligen Tierkörper. Sie bildeten Gewicht und Gegengewicht, als Achmed den Strick kräftig anzog und verschnürte.

Dann wartete Jo neben ihrem Tier, bis die Männer das Mittagsgebet gesprochen, die rituelle Reinigung vollzogen und sich aus dem Sand erhoben hatten. Ali und Abdul lösten den Tieren die Fußfesseln. Achmed half Jo in den Sattel und ließ ihr Kamel aufstehen. Das ruckartige stufige Erheben kam Jo wie ein vertrautes Ritual vor, wie eine lange vermißte Bewegung. Hier oben, auf dem Rücken des Tieres, spürte sie den heftigen Wind, der ihr Sandkörner ins Gesicht blies und den *Kefir* flattern machte.

»Wir müssen noch vor dem Nachmittagsgebet die schützenden Klippen des *Gilf* erreichen«, sagte Achmed und gab das Zeichen zum Aufbruch. Ein Dutzend Kamele setzte sich in Bewegung, Sand und Staub wirbelten auf, bis die Tiere in den gleichmäßigen schwankenden Trott verfielen. Ali ritt an die Spitze der Karawane und führte sie geradewegs nach Süden. Abdul trabte neben den Lasttieren auf und ab, bis alle in den wiegenden Schritt verfallen waren, den sie stundenlang beibehalten konnten. Jo und Achmed bildeten den Schluß. Sie blickte an Achmeds Profil vorbei gen Osten. Dort zeigte ein dunkler Streifen am Horizont an, daß sich ein Sturm näherte. Schon jetzt schienen die Glöckchen am Hals der Kamele heller zu klingen. Und plötzlich glaubte Jo, Musik zu hören, sanftes und dann heftiger werdendes Schwirren und Singen, als der Wind Sandkörner über den Boden trieb. Die Sonne brannte auf ihr Gesicht und die unbedeckten Hände. Die gleiche Hitze hatte schon vor Jahrtausenden jene Menschen geplagt, die Salböle und Parfüme in den Süden transportierten, die den mörderischen Ritt durch die Wüste wagten, um einen Duft gegen Räucherware einzutauschen; ein Parfüm vielleicht, das aus den Aromata einer Pflanze komponiert war, die jenseits des Atlantiks gedieh, das Menschen betörte und sie zu Milde und Nachsicht verführte. Und gerade als sie dieses dachte, wehte Achmeds Duft zu ihr herüber und verwandelte die Wüste um sie herum sekundenlang in einen Ort der Sicherheit und Zuflucht.

Die Ohren ihres Reittiers gingen aufmerksam vor und zurück. Dann sah Jo, wie das Kamel plötzlich jenes Augenlid schloß, das dem Wind ausgesetzt war. Eine Bö riß Sandwolken hoch und peitschte sie über die Reiter. Die bunten Bänder an den Führstricken und Halftern der Tiere flatterten, die Troddeln sprangen auf und ab wie Bojen auf See. Genauso unvermittelt legte sich der Wind. Brütende Hitze breitete sich aus, jeder Schritt nach Süden zu den goldenen Sanddünen war ein Schritt in die Einsamkeit und Glut der Wüste, in eine grausame Öde, deren Schrecken nur noch von ihrem Zauber übertroffen wurde. Mückenschwärme stiegen aus den Fellen der Tiere auf und verschwanden wie ein Spuk, als sich der Wind von neuem erhob. Achmed steckte den *Kefir* fest, so daß nur noch seine dunklen Augen heraussahen. Jo tat es ihm gleich. Wenn erst der Sturm an ihnen zerren würde, war kein Tuch mehr zu bändigen. Sie blickte an Achmed vorbei in die Wüste, über die flirrende Hitze nach Süden. Sie sah über die gebogenen Kamelhälse und beladenen Rücken hinweg und kehrte wieder zu Achmeds Augen zurück. Sie hatte ihn auf Beduinenart wissen lassen, daß sie mit ihm zum Fundort des phönizischen Flakons ziehen würde, hatte durch die Selbstverständlichkeit geantwortet, mit der sie ihre Aufgabe als Mitglied seiner Karawane wahrnahm. Es lagen Tage und Wochen vor ihnen, in denen sie all das besprechen konnten, was sie seit Monaten plagte. Ein Schimmer in Achmeds Augen, der Funke einer winzigen Unsicherheit, der verriet, daß er trotz allem Jos Absage fürchtete, beendete schließlich das Offizielle zwischen ihnen und schuf die alte Vertrautheit.

Ob sie mit ihm dort im Süden hinter den Horizont gehen wolle, rief Achmed ihr gegen den pfeifenden Wind zu, die altbekannte Herausforderung im Blick, einen Hauch gutmütigen Spotts, gemischt mit aufrichtigem Respekt und dem Versprechen, an ihrer Seite zu sein.

Er würde sie nicht auf Händen dorthin tragen, wußte Jo. Sie

würde Blasen an den Füßen bekommen und wundgescheuerte Stellen an Beinen und Gesäß, Mückenstiche auf den Augenlidern, aufgeplatzte Lippen und blutende Finger. Sie würde Kamelmist in ihrem Kleid sammeln, abgestandenes Wasser in winzigen Rationen trinken, Sternschnuppen vom Himmel fallen sehen und mit drei Männern aus einem Topf essen. Sie würde schnappenden Kamelzähnen ausweichen, Treibsand umgehen, Streit vermeiden und sich mit Sand waschen müssen. Ein unbedachtes Wort konnte Folgen haben und noch viel mehr eine herausfordernde Geste. Ihr Platz mochte an Achmeds Seite sein, doch die Harmonie dieser Reise durfte keiner von ihnen mit Leidenschaft stören. Wir werden nachts einen Kamelsattel zwischen uns legen müssen, dachte Jo. Von allen Prüfungen wird dies die schwerste sein.

Sie versuchte, gefaßt zu bleiben, und bemühte sich, ihn noch ein wenig im ungewissen zu lassen. Doch Sand und Sturm störten ihre Balance. Losgerissene Disteln, Äste und kleine Büsche trieben über den Boden, Sandkörner wirbelten auf, ließen die Augen tränen, knirschten zwischen den Zähnen und rieselten den Rücken hinunter. Jo glaubte, die Elemente leibhaftig zu spüren: das gleißende Licht, die Härte der Erde, die Sehnsucht nach Wasser, die Kraft des Windes, die Weite des Himmels und jene Energie, die sie am Leben erhielt. All dies war jetzt in ihr vereint, pulsierte durch ihre Adern, beherrschte ihr Denken und machte sie zu einem Teil des Ganzen. Etwas von der Ewigkeit dieser Landschaft ging auf sie über. Es gab kein Zurück. Das war die Macht der Wüste. Sie ließ keinen Spielraum für Lügen und Täuschungen. Das war ihre Versuchung, ihr eigentliches Geheimnis. *El Sirr el Saharâ.*

Ihr Aufenthalt in Achmeds Zelt vor einem Jahr hatte sie die Furcht vor der Wüste gelehrt, hatte sie täglich hoffen lassen, dieser Öde den Rücken kehren zu können und ihr Alltagsleben wiederaufzunehmen. Und im libyschen Asyl der letzten Wochen hatte sie stündlich darum gebangt, jenem Land mit seinen unsicheren Verhältnissen und politischen Verstrickungen entkommen zu können. Doch jetzt spürte sie den unwiderstehlichen Drang, zurück in die Libysche Wüste zu gehen. Jo hob den Kopf und blickte um sich, als könne sie die Versuchung wie ein juwelenbesetztes Kleinod ausmachen. Aber sie sah nur die Weite und die bizarren Formationen aus Sand und Fels. Da erkannte sie, daß die Verlockung dort lauerte. Sie nistete ebenso in den hocherhobenen Kamelköpfen wie im dürren Buschwerk der Dünen. Und sie begriff, daß sie ein ständiger Begleiter der Menschen war, die mit der Wüste lebten. Ihre sehnigen Gestalten spiegelten sie wider, die Schwielen an ihren Händen und Füßen, der Ausdruck ihrer Augen, wenn sie erneut einen Tag in Hitze und Einsamkeit bezwungen hatten. Wenn sie sich der Herrschaft der Wüste beugten und ihr doch mit Witz und Erfindungsreichtum, mit Leidenschaft und Bescheidenheit das tägliche Glück abtrotzten. Sie atmeten sie ein und gaben sie bereitwillig weiter, ohne jemals zu fordern oder zu bitten. Sie hüllten den Fremden in ein schützendes Tuch, gewebt aus Gastfreundschaft und Anstand. Sie richteten ihr Tun an der Größe der Ebenen aus und Liebe und Haß an der Gewalt der Wüste. Und dieses gestattete Jo nur eine einzige Antwort. Sie blickte Achmed an und trieb ihr Kamel Richtung Süden.

»Yalla!«